Desconhecido sob meus olhos

YULLE

DESCONHECIDO SOB MEUS OLHOS

BÚSSOLA

VOLUME 1

1ª Edição, 2024

EDITORA EUPHORIA

CAPA:
Medusa Artes
Maldição Art & Design

ILUSTRAÇÕES:
Medusa Artes

DIAGRAMAÇÃO:
Daniele Ramos

REVISÃO DE TEXTO:
Andrea Santos
Clarissa Rachid
Maria Victoria de Oliveira Lima
Rafaela Silva

DADOS INTERNACIONAIS PARA CATALOGAÇÃO NA PUBLICAÇÃO (CIP)
(CÂMARA BRASILEIRA DO LIVRO)

DESCONHECIDO SOB MEUS OLHOS: Bússola, 1ª EDIÇÃO,
EDITORA EUPHORIA, 2024, CNPJ: 39.317.627/0001-06
Contato: sac@editoraeuphoria.com.br
Site: editoraeuphoria.com.br
Rio de Janeiro — RJ

Yulle
Desconhecido sob meus olhos / Yulle. --
1. ed. -- Rio de Janeiro : Editora Euphoria, 2024. -- (Bússola ; 1)

ISBN 978-65-84923-26-3

1. Romance brasileiro I. Título. II. Série.

24-222633 CDD-B869.3

Índices para catálogo sistemático:
1. Romances : Literatura brasileira B869.3
Aline Graziele Benitez - Bibliotecária - CRB-1/3129

AVISO DA AUTORA-AMIGA:

Olá, meus nenéns!

Esta autora que vos fala tem um conselho precioso: se um estranho lhe mandar mensagens anônimas, não faça como Gael e "dê corda até se enforcar". Bloqueie a pessoa.

Brincar com a ficção é divertido e ler sobre isso pode causar euforia e aquela adrenalina gostosa, mas a realidade (na maioria das vezes) é uma merda perigosa.

Aproveitem os livros. Por aqui, mergulhem na emoção de se envolver com um desconhecido, mas cuidado com quem vocês interagem virtualmente.

Sempre com amor, Yulle.

AVISO DE GATILHOS

A história contém cenas de sexo explícito, uso de substâncias lícitas e ilícitas, abuso psicológico, violência física, violência verbal, palavras de baixo calão, quadros de ansiedade, quadros de depressão, episódios sensíveis e demais cenas que podem ser consideradas delicadas ao leitor. Recomendada para maiores de 18 anos.

#DOCECONHECIDO

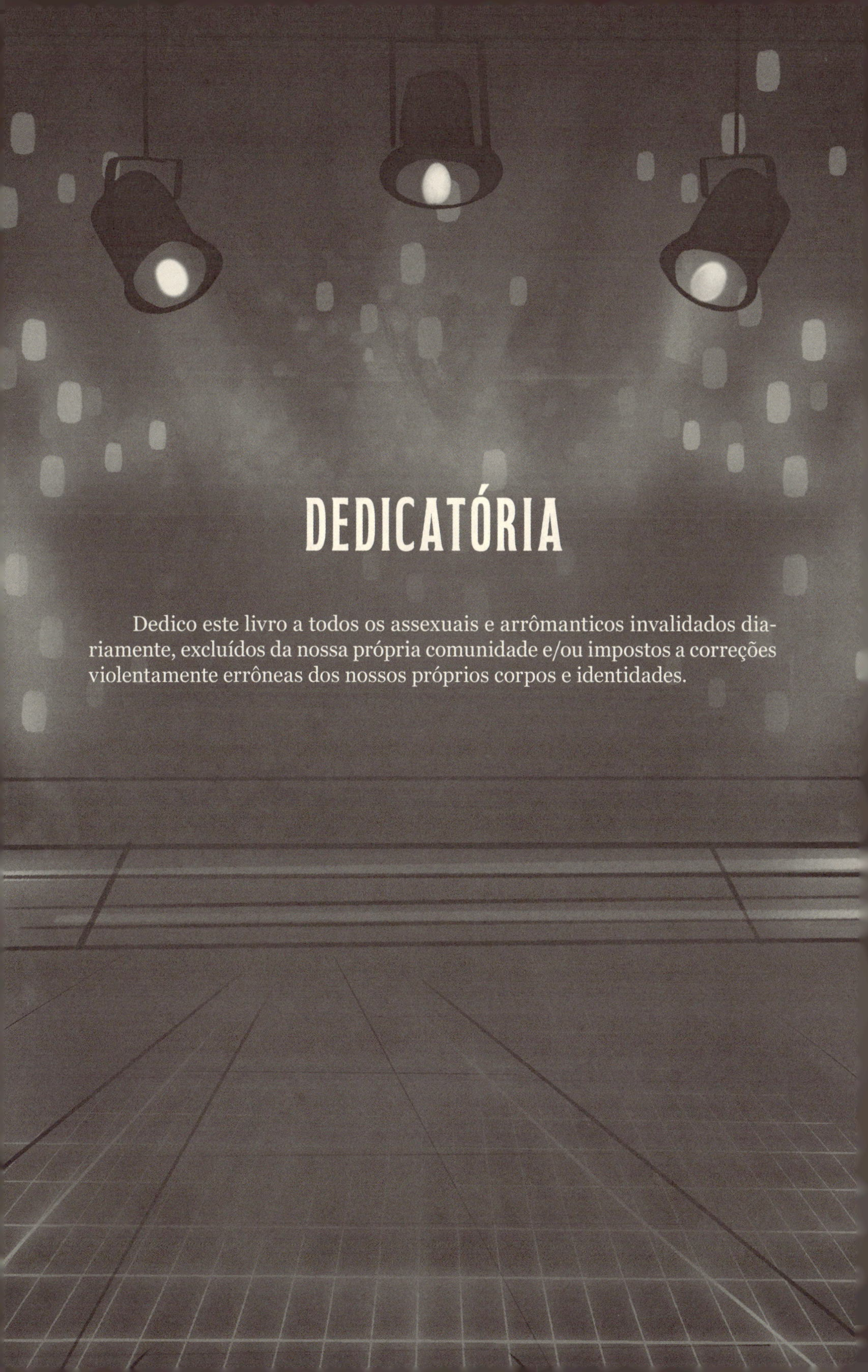

DEDICATÓRIA

Dedico este livro a todos os assexuais e arrômanticos invalidados diariamente, excluídos da nossa própria comunidade e/ou impostos a correções violentamente errôneas dos nossos próprios corpos e identidades.

PRÓLOGO

Astra, Caelum
Junho de 2039

Meu nome é Gael Bandile e eu poderia me apresentar de diversas formas, mas ultimamente tenho pensado sobre as coisas que me moldam.

E eu fico confortável por me definir assim.

Eu me sinto...

Encaixado.

Eu sou demissexual.

Fodidamente demirromântico.

Meio antissocial também.

Isso faz com que raramente tenha interesse por alguém, já que evito contato com qualquer pessoa. Contato que poderia me fazer criar laços mais estreitos e, aí sim, surgir alguma fagulha se eu der a chance.

Mas acabo evitando a todo custo. Por foco, por planos futuros...

Porra, porque eu não quero e não sinto vontade.

Aproveitando-me disso, trabalho num lugar que paga muito, muito bem, mas que seria perigoso para qualquer pessoa que pensa, exclusivamente, com os órgãos genitais.

Sou barman numa boate LGBTQIAPN+ de striptease e, apesar de evitar me aproximar de humanos, por livre e espontânea vontade, sou muito educado com meus clientes e constantemente elogiado por meu profissionalismo.

Também trato todos os meus colegas de trabalho muito bem — pelo menos, os que me tratam da mesma forma — afinal, não há nada pior do que um emprego fodido em que você odeia todo mundo.

Então, eu evito *todo e qualquer* tipo de conflito...

Mesmo não sendo meu ideal de carreira, o dinheiro é bom demais e estou guardando para sair do país.

Sempre quis ir para Aleegra, trabalhar como quadrinista e, depois de uma oportunidade de estágio perdida, por falta de grana para a estadia mensal até receber meu primeiro salário, e para as passagens de avião, é naquele trabalho que invisto, a fim de poupar o máximo de dinheiro possível.

A verdade é que eu já tenho o dinheiro e continuo guardando ainda mais.

Só falta uma oportunidade nova para meter o pé de Caelum.

Então, eu continuo ali, naquele bar da boate, dando meu melhor até quando não estou nos meus dias mais ensolarados.

E a vida, na maioria do tempo, é tranquila.

Até o dia que deixa de ser.

Até o dia que eu recebo uma mensagem inofensiva.

Que, com o passar das semanas, prova que não é tão inofensiva assim...

1

BARMAN

Astra, Caelum
Junho de 2039

Estou fechando o bar. Apago as luzes e jogo o meu pano surrado por cima do balcão enquanto ando devagar em direção ao vestiário dos funcionários, tirando meu celular do bolso e checando as mensagens. Meu lado antissocial foi cultivado por muito tempo, então seria esperado que não tivesse nenhuma.

Não é o que acontece.

Existem três delas, todas do mesmo remetente:

Desconhecido.

Desconhecido:

Muito trabalho hoje? 05:17

Você deve ser o barman mais bonito que eu já vi. 05:17

É até burrice colocar alguém pra chamar atenção lá no palco e esconder você atrás do bar. 05:18

Que porra...

Desbloqueio o aparelho, franzindo tanto o cenho que temo que ele nunca mais volte para o lugar.

Estou cansado, a noite foi longa e meus pés doem. Então, respondo, sem medo algum de soar estúpido, àquela pessoa que conseguiu meu telefone sem nem mesmo me pedir permissão.

Eu:

Quem é? 05:18

E como caralhos conseguiu meu número? 05:18

Desconhecido:

Foi difícil, mas você vale o esforço. 05:19

Aquilo me faz revirar os olhos com violência.

Todos os dias, recebo cantadas de algum bêbado ou até mesmo dos sóbrios, por cima do balcão do bar. Existem os bem insistentes e aqueles que desistem rápido, ou aqueles que vêm todos os dias apenas para me ver, mas não adianta.

Eu não consigo sentir, não consigo me envolver. Eu não quero e nem entendo o porquê de tamanha teimosia da parte de alguns deles.

Na verdade, talvez entenda...

Sei que alguns objetificam meu corpo de forma grotesca.

Forçam uma barra que chega a ser desconfortável, por achar que minha cor é garantia de que sou uma *máquina sexual bem-dotada*, mas não adianta explicar que eu não funciono desse jeito. Que não é uma simples piscada de olhos que me faz cair feliz numa cama e foder até o dia raiar, igual aos filmes pornôs que essa galera está acostumada a ver.

Não é como eu funciono.

Sem conexão, não há nada que me faça tirar minha roupa.

E quem estiver por trás dessas mensagens parece ser só mais um desses que não enxergam limites, mesmo que eu os desenhe com tinta verde-neon.

A pessoa continua online, provavelmente esperando uma resposta minha, enquanto eu estou com meu celular na mão, no meio da pista de dança vazia e suja, ponderando sobre o que está acontecendo.

Ela me irrita mais do que qualquer um jamais irritou, porque ninguém nunca invadiu minha privacidade assim.

Eu:

Eu não sei em que porra de mundo você vive, mas no meu é bem fodido que alguém pegue o número do outro sem permissão. 05:22

Você gosta de vôlei? Olha o bloqueio que eu vou te dar. 05:223

Desconhecido:

Por favor, espera. 05:23

A pessoa desconhecida pede milissegundos antes que eu consiga alcançar o botão para bloquear seu contato.

Filho, filha ou filhe da puta.

O pior é que eu sou curioso, então prolongo minha atenção desnecessária.

Desconhecido:

Um mês. 05:26

A pessoa continua, já que eu fico apenas olhando para tela, sem saber o que escrever.

Eu:

Um mês o que, porra? 05:29

Eu sou tão lerdo para responder quanto consigo.

Eu estou cansado.

Eu quero minha cama.

Eu continuo curioso *pra caralho.*

A pessoa começa a digitar...

Ela demora, pausa, parece que desiste de escrever e, logo após, o letreiro de "digitando" é mostrado novamente.

Não consigo esperar mais, então bloqueio a tela do meu celular e ando em direção ao vestiário. Dou passos mais rápidos enquanto, mentalmente, decido que só respondo novamente quando sair do chuveiro.

Mas as notificações de mensagens, antes contidas, agora soam em sequência, e eu esqueço o meu banho.

Desconhecido:

Conversa comigo por um mês, barman. 05:35

Que carência da porra é essa?

Desconhecido:

Eu não sou um maníaco, só quero conversar. 05:35

Exatamente o que um maníaco diria.

Espera... É um homem?

Desconhecido:

Se, até o final deste mês, você concluir que eu não sou interessante o suficiente para ser digno da sua preciosa atenção, eu sumo e não perturbo mais você. 05:36

O cara é abusado a ponto de ser debochado.

E eu não estou pensando direito.

Estou mesmo considerando essa porra?

Eu bloqueio o telefone, incapaz de responder-lhe naquele momento, enquanto me remoo por dentro.

Não tem o que considerar.

Eu deveria bloqueá-lo.

Ainda assim, a adrenalina de estar falando com um estranho, que me admira secretamente, é combustível o suficiente para que eu decida:

Eu:

Você tem 30 dias. 06:05

Nem mais nem menos. 06:05

E não crie expectativas... 06:06

Eu vou bloquear você no final da contagem. 06:06

Eu, enfim, consigo bloquear meu celular e ir tomar meu banho, já que o estranho parece ter desistido de conversar ao se deparar com minha grosseria sem fim.

Termino o banho, coloco uma roupa limpa e vou em direção à minha bolsa, para pegar tudo e ir embora, quando constato que a desistência foi apenas um engano.

Ele é obstinado demais, rápido demais.

Que preguiça...

Desconhecido:

Como foi o trabalho hoje? 06:38

Eu:

Você é louco se acha que eu vou conversar com você agora. 06:40

Digo revirando os olhos novamente, bloqueando a tela do celular antes de enfiá-lo dentro da minha mochila preta e surrada. Destacando-se sobre o tecido escuro, estão dois bottons pendurados, um da bandeira assexual e outro da bandeira arromântica, que carrego orgulhosamente por aí, apesar de estarem meio arranhados.

Havia me despedido de alguns poucos funcionários, que fechavam o restante da boate, e agora ando lentamente em direção ao meu carro velho.

Meu carro preto, carinhosamente apelidado por mim de *Banheira*, com mais arranhões do que eu me lembrava e todo cagado com merda de pombo.

O infeliz se mantém funcionando por algum milagre, já que mal me resta dinheiro para manutenção, quando eu economizo, muquiranamente, toda a grana possível para deixar o país.

Eu sou grato pela Banheira me acompanhar bravamente, mas, quando eu for embora, ela vai ser vendida.

Se é que alguém vai querer comprá-la.

Enquanto dirijo para casa, penso sobre o desconhecido. O fato de ele ser um homem me surpreende tanto quanto se fosse uma mulher.

O que me incomoda é o abuso. A audácia.

E, de alguma forma, isso também me instiga.

Ele sabe onde eu trabalho e, com certeza, teria diversos modos de me abordar, mas preferiu aquele que me dava certo tipo de controle sobre a situação. Ou escolheu a abordagem que o fizesse achar que teria mais chances comigo.

Presencialmente ou online, não vai acontecer, porque minha cabeça não está mais neste país.

Eu ainda tenho vontade de bloqueá-lo, mas o desejo de descobrir o que ele vai me mostrar pelos próximos 30 dias é maior.

Irracionalmente maior.

Desconhecido:

Quando estiver disposto a conversar, me avisa, bebê. 06:42

É a mensagem que vejo quando chego em casa, ao pegar meu aparelho e me largar sobre minha cama de casal barata, com lençóis mais finos do que o normal.

Bebê...

Porra de cara estranho.

Eu:

Nunca vai receber um aviso, então. 07:37

Respondo, me permitindo rir do meu próprio temperamento de merda.

Eu:

Estou deitado, não me enche quando eu estiver dormindo. 07:38

Falo endossando ainda mais minha grosseria.

Quem sabe, ele não desiste dessa merda e me bloqueia?

Desconhecido:

Dorme bem. 07:40

Já faz algum tempo que não recebo um "dorme bem".
É estranho demais.

2

MANÍACO

DIA 1

Acordo com o despertador estridente do celular tocando no meu ouvido. Bloqueando a tela, me permito fechar os olhos por mais um minuto.

Esse “um minuto” vira uma hora.

Eu caio em um sono profundo novamente e só acordo, completamente assustado, porque ouço uma batida de carro na rua.

Moro num sobrado, em cima do açougue de um coroa tatuado, chamado Nataniel Patra. Sei que o cara tem um passado como traficante. Todo mundo aqui no bairro diz que ele trabalhava desviando cigarros de luxo, e a gente sabe que Nataniel passou uns bons anos na prisão.

Mas, apesar da cara fechada e de ainda parecer perigoso, é um cara legal. Vive dando carne de graça a mim e ao meu pai, além de manter a rua segura. Além do mais, todo mundo tem medo dele, então ninguém estranho vem encher o saco por aqui.

No entanto, meus pensamentos sobre o açougueiro não duram muito, porque tudo, que acontece na calçada, parece que está acontecendo dentro do meu quarto, e eu ainda estou atordoado por ter acordado de supetão. A impressão, que tenho, é de que o carro bateu diretamente na minha cama e me atropelou.

Eu me sinto atropelado, na verdade.

Eu me levanto devagar, sentindo dores como se um trator tivesse passado por cima de mim enquanto eu dormia. Sei que o que me causa esse desconforto não é meu trabalho, às vezes, pesado, e sim, minha cama velha e horrível.

Eu tenho dinheiro para comprar outra? Tenho.

Eu vou comprar? Não.

Ignorando as dores musculares, pego meu celular e checo as horas. São 16:05.

Checo também as mensagens. Pessoais, além das notificações dos grupos que eu participo? Zero.

Talvez o maníaco tenha desistido.

Graças a Deus.

Volto a olhar as horas, porque já havia esquecido. 16:07 agora.

Eu só preciso estar na boate às 21:00. Ainda dá tempo.

Poderia gastar minhas preciosas horas de sobra para dormir mais, mas sei que não posso desperdiçar nenhum segundo se quiser mesmo conseguir outro estágio tão bom quanto aquele que eu perdi.

Tomo um banho e, desde já, começo a arrumar meu cabelo.

Antes de falecer, minha mãe me ensinou que meus cachos — agora curtos — são do tipo 3C, iguais aos dela. Ela me mostrou como passar creme, pentear e finalizar. Aprendi mais algumas coisas sozinho quando cresci e hoje demoro cerca de 15 minutos tomando conta dos fios, mas, apesar de não ser extremamente vaidoso, gosto de prepará-los e deixar tudo secar. Assim, quando saio para o trabalho, estão finalizados do jeito que eu gosto.

Respiro fundo quando vejo meu reflexo no espelho. Ficou legal.

Obrigado, mãe.

Saindo do banheiro, preparo qualquer merda congelada que tem na geladeira, como e depois volto para o quarto. Sentando-me de frente ao meu notebook, empurro minha mesa digitalizadora de desenhos para o canto e trago o computador para mais perto de mim, enquanto encaro os adesivos e pôsteres na parede.

Coloquei essas coisas há algum tempo, muitas delas quando ainda era moleque, mas, mesmo com 25 anos, ainda gosto de tudo que vejo por ali. Cenas dos filmes de Jhonatan Kauer, personagens dos meus animes favoritos, recortes de mangás e, claro, mais bandeiras das minhas siglas. São adesivos pequenos, discretos, mas estão ali: bissexual, assexual, arromântico, todos me representando.

Focando novamente o meu computador, passo as horas, que me restam, mandando currículos para lugares específicos e buscando mais tantas outras oportunidades.

Existem vagas para freelancer, várias delas. Vagas que me permitiriam permanecer no Distrito de Astra, mas eu não quero isso, eu quero ir embora.

Nunca me senti pertencente a este lugar e sempre fui aficionado por Lipa, Distrito Capital de Aleegra, então, decidido, procuro apenas por coisas que me tirariam de Caelum.

Nada mais, nada menos.

Quando estou me arrumando para trabalhar, ouço o senhor Augusto Bandile entrando na sala. Um homem com o tom de pele um pouco mais escuro que o meu e o cabelo crespo e curto.

É o meu pai.

Bruto e barulhento, ele joga sua mochila de trabalho em cima da mesa da cozinha e causa estalos altos por conta do conteúdo. Ferramentas pesadas, muitas delas.

Eletricista, o homem trabalha para a Prefeitura de Astra como reparador de postes, profissão que sempre julguei perigosa, mas que ele nunca se importou em seguir.

Nosso relacionamento não é exatamente próximo e caloroso.

Quando comecei a trabalhar na boate, em horários completamente contrários aos dele, nos tornamos ainda mais distantes, mas eu ainda o amo muito.

Do meu jeito, mas amo.

Ele é a minha única família e sempre se esforçou para me dar tudo que pôde, então me esforço para não ser mal-agradecido, afinal nosso relacionamento é muito bom. Gosto de como funcionamos.

Apesar de guardar a maior parte do meu dinheiro, ainda ajudo nas contas e nas compras, o que não é muita coisa, já que nós dois só passamos em casa para dormir.

Nosso trabalho é mais nosso lar do que qualquer outro lugar.

— Noite — ele diz antes de virar uma garrafa d'água na boca.

— Noite — respondo calmo.

— Como foi o trabalho ontem? — ele pergunta com sua voz grave e séria, mas que, de alguma forma muito anormal e fria, consegue demonstrar interesse na minha vida.

— Normal, nada alarmante.

Tirando o fato de que ganhei um admirador secreto maníaco.

Eu sinto que ele quer falar mais alguma coisa, mas o assunto não se estende, então, com um aceno breve unido a um "tô saindo", cato minhas chaves e deixo a casa.

Não antes de ouvir um "vai com Deus" bem bruto, que parece mais um xingamento, pelo tom da voz, do que um desejo de proteção.

Ele é assim...

Mas sei que é sincero.

Talvez eu tenha a quem puxar.

São 20:00.

O trânsito a essa hora costuma estar um pouco mais chato, pelas pessoas que estão sendo liberadas do seu trabalho, mas, ainda assim, consigo chegar à boate 10 minutos antes do meu expediente começar.

Cumprimentando os funcionários — agradáveis, na maioria das vezes —, observo a movimentação inicial no interior da boate, para terminar de limpar tudo e organizar as mesas, puffs e sofás de canto.

Hoje é noite para as mulheres, então eu já estou pronto para ver pares de seios sendo sacudidos o tempo todo.

Isso não me atrai, mas não nego que alguns deles são bem bonitos, tanto quanto os peitorais definidos dos homens que dançam nos outros dias.

Ainda assim, não sinto vontade de tocar em nenhum deles.

São apenas corpos.

Mas o que não parece ter um corpo, porque, até então, minha imaginação não havia reunido informações suficientes para trabalhar numa silhueta, é o cara por trás das mensagens que começam a chegar no momento em que ligo as luzes do bar.

Maníaco:

É uma pena que eu não possa ver você hoje. 21:03

Aparentemente, ele não desistiu.

Ainda é estranho pra cacete, uma vez que eu nunca fui de ter admiradores secretos.

Isso era mais comum com meus amigos brancos da escola, que sempre recebiam cartinhas anônimas, bilhetes de dia dos namorados e tinham mais sucesso com relacionamentos. Eles realmente eram notados pelas pessoas.

Mesmo descobrindo um pouco tarde o que é ser uma pessoa assexual, já havia criado algumas ligações antes, mas dificilmente eram correspondidas.

Então, toda essa atenção é esquisita.

Mas não tão esquisita quanto esse cara.

Maníaco:

Você é um deus, mas me nego a fingir ser uma mulher só pra conseguir entrar na boate e ficar te admirando de longe. 21:03

Eu:

É uma benção. 21:04

Respondo à sua primeira mensagem.

Eu:

Não precisa se dar ao trabalho. 21:04

Respondo à segunda, e essa me tira uma risada leve.

É o primeiro dia e o maníaco já me fez rir.

Patético da minha parte.

Bloqueio o aparelho e o jogo em cima da pia do bar.

Tem muito trabalho, e hoje a casa vai estar cheia, então me nego a dar qualquer atenção desnecessária que tire o foco do meu serviço.

Mais mensagens chegam.

Eu olho o visor do celular iluminando ao longe, enquanto começo a separar as frutas dos coquetéis, que chegaram e já estão nos caixotes no chão, prontas para serem lavadas.

Eu não costumo receber mensagens e não faço questão delas.

Mas inegavelmente...

Ser curioso é uma porra.

— Quem você subornou pra trabalhar aqui até nos dias das mulheres? — Ouço a voz conhecida chegando perto do bar, enquanto limpo e corto morangos.

Luna, a dançarina principal da casa, debruça-se sobre o balcão do bar enquanto me olha séria, levantando uma das sobrancelhas desafiadoramente.

Em resposta, eu apenas rio, balançando a cabeça em negação àquele comentário repetitivo que a mulher faz todas as vezes que me vê ali trabalhando.

— Você está cansada de saber que eu tô pouco me fodendo pra quem fica pelado neste lugar.

Sou rude, apenas porque ser questionado sobre isso, o tempo todo, enche o saco.

— Você é estranho — ela diz, enfia o braço além do balcão, pega um dos morangos que eu ainda não havia cortado e depois o enfia totalmente na boca, sem classe alguma.

Não ter o mesmo interesse sexual que os outros me faz estranho.

Haja paciência... que eu não tenho.

— Você tem dificuldade para entender, né? Tadinha...

— Quem vê uns peitos como os meus ou das outras meninas e não sente vontade de transar? Até mesmo dos garotos dos outros dias. — Ela engole o morango inteiro, depois estica o braço para frente, a fim de pegar outro.

Eu dou um tapa leve na sua mão, mas ela me olha enfurecida.

— Você quer transar com todo mundo? — pergunto calmo, voltando a cortar os morangos enquanto a olho girar infantilmente sobre a cadeira alta do bar.

— Com quase todo mundo — Luna fala, sem fazer muito caso.

— Perfeito, mas esse é um problema seu. E os meus problemas sexuais... — falo, coloco alguns morangos em um copo descartável e entrego a ela. — São meus. Agora, sai daqui.

A garota de cabelos escuros e boca cheia pega o copo com morangos em cima do balcão e, apesar de parecer agradecida, nada fala, apenas revira os olhos com impaciência e deixa o bar.

Aquilo poderia me deixar irritado por mais algumas horas, mas eu deixo para lá, porque, infelizmente, já estou acostumado.

Não deveria estar, mas estou.

Estou acostumado com pessoas de todos os cantos, dizendo como e com que frequência eu devo fazer sexo.

Estou acostumado com pessoas me invalidando, como se minha sexualidade fosse opção.

Como se eu fosse doente por não pensar exclusivamente nisso.

Como se eu não precisasse da porra das conexões para me interessar por alguém.

Já fiz sexo diversas vezes, mas, depois de entender como eu sou e me aceitar, comecei a transar apenas com quem me apaixonava profundamente ou criava um vínculo muito, muito forte.

E claro, depois de muita... muita conversa. Esse é o meu jeito, mas sei que há demissexuais por aí que experimentam formas diferentes de conexões.

Sem julgamentos por aqui, nem militância sobre ninguém, mas esse sou eu. Só funciono depois de me permitir desenvolver conhecimento e envolvimento emocional forte, a ponto de querer até namorar.

E eu tive dois relacionamentos.

Uma mulher e um homem.

Quando namorei a garota, tinha pouco mais de 17 anos. Ela, 19.

Não entendia meus próprios sentimentos e limitações, fiz sexo apressadamente, achando que era um idiota por ser virgem, mesmo não me sentindo confortável com isso.

Não foi a minha melhor experiência, e eu não gostava dela tanto assim.

Apesar disso, com o passar do tempo e dos dias que dividimos, me apaixonei por ela quando a conexão amorosa surgiu e, depois de alguns meses, me vi tão envolvido quanto alguém pode estar num relacionamento.

Aí eu percebi que só conseguia me apaixonar por alguém depois de conhecer a pessoa e saber mais do que apenas seu nome, onde mora e o que faz da vida.

Percebi, também, que nada disso tem a ver com aparência física, já que minha atração não segue um padrão ou preferência de beleza que a sociedade julga ser "o melhor" e eu pouco me fodo para esse fato.

Um ano depois de terminarmos, conheci um cara, no meu curso de desenho, que me conquistou por todas as suas habilidades absurdas com seus traços, pincéis e tintas.

Eu o vi desenhando e...

Fiquei babaca por ele.

O curso teve duração de dois anos, e começamos a compartilhar mais conversas e segredos do que eu já havia dividido com alguém.

No último mês do primeiro ano, nós estávamos namorando.

Mas, igual ao outro relacionamento, não deu certo.

Nas duas ocasiões, eu saí fodidamente machucado, o que acabou influenciando para que me fechasse ainda mais e me tornasse esse iceberg que sou hoje.

A mulher... me traiu.

O homem me traiu, também.

E eu...

Bem, não sei mais se acredito que as pessoas são capazes de *não trair*.

Mas isso tudo já não me machuca há tempo suficiente para que as únicas coisas que existam na minha mente sejam o desejo de continuar focando a atenção no meu futuro como quadrinista e no meu presente como barman.

Porque, apesar de não ser a carreira da minha vida, eu sei que eu mando bem demais trabalhando na boate, senão não estaria ali há quase um ano, depois de ter feito uma temporada de trabalhos num cruzeiro internacional, onde adquiri prática como barman auxiliar.

Trabalhei embarcado por um ano, apenas para levantar uma grana, só não fazia ideia que aquilo me faria conquistar o emprego que tenho hoje e conseguir uma estabilidade bacana.

E, tentando manter meu trabalho ainda hoje, continuo ignorando o visor do celular que, vez ou outra, acende com mais uma notificação do maníaco.

Tendo finalizado os morangos, guardo todas as frutas — que já havia cortado — em potes, as colocando dentro da geladeira para usar daqui a pouco, quando a casa abrir.

Lavando e secando as mãos, alcanço meu celular e resolvo dar o que o desesperado quer.

Atenção.

Maníaco:

Há quanto tempo você é barman? 21:10

Como se sente vendo tanta gente pelada na sua frente, todo dia? 21:15

Você parece um rabanete com esse uniforme. 21:17

Eu:

Eu não sei qual o intuito do seu interrogatório, mas eu não faço nada ilícito, caso você seja da polícia. 21:25

Maníaco:

kkkkkkkkkkkkkkk. 21:26

Eu não sou da polícia, mas posso te algemar se você gostar dessas coisas. 21:26

Eu gosto. 21:26

Balanço a cabeça negativamente, incrédulo com a cara de pau daquele cara.

Antes que possa responder qualquer coisa, vejo a figura — bonita e elegante — do meu chefe se aproximando e bloqueio a tela do celular, jogando-o de volta ao canto da pia, para não molhar.

Ele coloca os dedos finos, cheios de anéis de ouro, por cima do balcão.

Usa um terno azul-turquesa, camisa branca social desabotoada até o meio do peito — num decote exagerado —, onde um par de óculos aviador está pendurado, encostando-se a uma única corrente fina de ouro.

Sua pele é branca e está levemente queimada pelo sol, como a de Dimitri, me fazendo questionar se não foram à praia juntos. Sei que teriam intimidade para isso.

Seu cabelo tem um tom de castanho bonito, e sempre está estupidamente brilhoso, penteado num topete perfeito, como se tivesse acabado de sair do cabeleireiro.

Tem mais cuidado com o cabelo do que eu tenho com toda minha vida.

Lógico, com dinheiro, deve ser mais fácil...

— Tudo pronto? Vou mandar abrir, a fila está grande — ele diz animado, com aquele sorriso gentil nos lábios, como quem parece nunca se abalar.

— Sim, Pablo, tudo ok — respondo amigável, mas sem toda aquela animação.

Pablo Loreto — meu chefe —, gosta de ser chamado apenas pelo primeiro nome, sem frescuras, então eu obedeço.

E, com exceção de Victor, o homem truculento, ruivo e barbudo, que é o segurança da boate muito mais introvertido e sério do que eu, não há mais nenhum homem na casa hoje. Na noite das damas, garçonetes, dançarinas, *showgirls*, strippers e etc, são todas mulheres.

Com um aceno de cabeça animado, ele deixa o bar e vai de encontro ao segurança, avisar que, já estando tudo pronto para a abertura, já pode colocar as senhoras e senhoritas para dentro.

Elas entram e, momentos depois, a casa lota sem dificuldades.

No meio da madrugada, já me sinto ensurdecido pela música alta que parece estar estupidamente fora do comum nesta noite.

Ainda assim, há algo que me incomoda mais e me faz me sentir um pouco mais estúpido do que normalmente me sinto.

Eu quero pegar meu celular.

Eu quero responder às mensagens do maníaco.

Eu:

Mais de dois anos. Na boate, quase um ano. 04:14

Eu não ligo. 04:14

Pode guardar suas algemas pra você. 04:14

É o que respondo, assim que o movimento da boate diminui e os pedidos param de chegar ao bar gradativamente.

Luna já se apresentou, o que faz com que as pessoas comecem a ir embora após terem visto o que mais queriam.

Seus peitos.

Então, são 04:15 da manhã e parece que hoje vamos fechar mais cedo, o que me faz começar a lavar os copos e arrumar meu espaço de trabalho.

Pablo sempre me deixa ir embora antes da hora, caso a boate não tenha mais ninguém e, já conhecendo o lugar em que trabalho, sei que hoje é um desses dias.

O celular acende mais uma vez.

Eu olho. É claro que olho.

Maníaco:

Você é sempre antissocial assim ou fez curso? 04:16

Eu:

Tenho mestrado na área. 04:17

Digito, rindo para mim mesmo que nem um doido solitário, tendo o cuidado de mandar as mensagens mais curtas que consigo.

Se ele começar a se irritar comigo, aquilo passa a ser um entretenimento a mais.

Sério...

Eu preciso ver até onde ele aguenta o meu mau humor.

Ele não pode estar tão interessado assim.

Eu já estou na minha cama.

A boate fechou mais cedo, como o esperado, o que faz com que sejam 6:00 da manhã e eu já esteja de banho tomado e deitado.

Na minha mão, o celular mostra a última resposta do maníaco, à qual eu não havia respondido.

Maníaco:

Já pode ser professor, parabéns.
Talvez até largue a carreira de barman. 04:17

Eu:

Não quero seguir carreira como barman. 06:01

É o que respondo, perguntando para mim mesmo se aquilo é informação demais para ele.

Descrente de que o cara me responderá, bloqueio a tela do celular e jogo-o por cima da barriga, olhando para o teto e respirando fundo, me perguntando mentalmente se já estou com sono para dormir ou se vejo algum filme.

Antes que consiga decidir, o celular soa.

Maníaco:

O que quer fazer? 06:03

Eu:

Pensei que estivesse dormindo. 06:03

Maníaco:

Já está fazendo suposições sobre mim, Bandile? 06:04

E nós estamos só no primeiro dia, haha. 06:04

Ele sabe o meu nome.

É claro que sabe, eu uso um crachá bem visível.

Ainda assim, não deixa de ser estranho que eu não saiba o dele.

E porra, como ele é convencido.

E ri com "haha".

Um psicopata.

Eu:

Você é convencido de um jeito que me preocupa. 06:04

Conhece terapia? 06:05

Escrevo, ficando meio nervoso.

Talvez por perceber que ele está conseguindo virar o jogo.

Maníaco:

Agora está preocupado comigo? 06:05

Olha, as coisas só melhoram pra mim. 06:05

Filho da puta irritante.

Revirando os olhos, sem saco, digito qualquer coisa, mas logo apago.

Qual o sentido de ficar discutindo com aquele cara?

Nenhum.

Então, eu bloqueio meu celular, dessa vez, definitivamente, e me levanto da cama.

Na sala, ligo a televisão e coloco o catálogo de filmes para escolher algum lançamento que ainda não tenha visto. O celular apita mais uma vez no meu quarto, mas eu não vou ver a mensagem.

Minha curiosidade não pode ser maior que a minha vergonha na cara.

3

DESISTENTE

DIA 2

— Gael, acorda, vai pro seu quarto.

25 anos na cara e meu pai precisa me acordar para eu sair da sala e ir para a cama.

Ele está de uniforme, pronto para ir trabalhar. São 9:00 da manhã ou algo próximo disso, que é a hora que o homem costuma sair.

Resmungo qualquer coisa, dou um "tchau" mole no ar e entro no meu quarto, enterrando a cara no travesseiro. A movimentação na rua está pesada, então eu demoro a pegar no sono.

Ainda tonto, tateio o colchão em busca do meu celular, porque preciso conferir se o despertador está ativo. Antes, vejo no visor do telefone as notificações das mensagens que ignorei.

São três delas.

Eu abro, ainda espremendo os olhos com sono.

Maníaco:

Você se irritou? Hahaha 06:15

Não é possível que seja tão nervoso assim. 06:15

Você parece ser tão calmo. 06:16

"Calmo."

É difícil não rir, mas não posso culpá-lo por ter essa impressão de mim. Qualquer cliente, que é atendido por mim, não recebe nada menos do que o melhor tratamento possível, então é normal que ele ache que sou tranquilo.

E talvez eu seja, mas não o tempo todo.

Eu:

Não me irritei, eu só dormi. 09:11

Minto.

Eu:

E vou continuar dormindo. 09:11

Porque, aparentemente diferente de você, eu tenho um emprego e caio no sono por cansaço. 09:12

É o que respondo, percebendo que digitar no celular me causa o retorno do sono. Bloqueio o aparelho e, sem dificuldades, volto a dormir, mas não antes de verificar o despertador e perceber que ele está desativado para esse dia da semana em específico.

É minha folga e eu nem me lembrava.

Maníaco:

O que te faz pensar que eu não trabalho? 13:07

É a resposta que leio quando acordo preguiçosamente às 17:00. Percebo que, irracionalmente, me sinto meio mal por ter sido grosseiro e insinuar que ele não trabalhava, mas não dou o braço a torcer.

Ele é um completo estranho, não é?

Um psicopata que ri com "haha".

Eu:

Você responde às minhas mensagens rápido demais, está sempre disponível e acompanhando o horário que estou acordado. 17:05

Maníaco:

Isso não significa muita coisa. 17:06

Reforçando o que eu disse, ele me responde na hora.

Maníaco:

Eu te respondo rápido, porque gosto de falar com você, apesar de você só ter mostrado grosseria até agora, mas eu aguento. 17:07

Sou quase o Buda na minha paz de espírito, e você vai ter que se esforçar muito pra me fazer desistir. 17:07

E meu trabalho não tem horário fixo, eu posso trabalhar de tarde, como posso trabalhar de madrugada. 17:08

Hm...

Então, ele não é um vagabundo que vive à custa dos pais e torra o dinheiro deles em boates.

Ele torra o próprio dinheiro.

Eu:

O que você faz? 17:09

Pergunto, deixando-me levar pela minha curiosidade que é rainha na minha mente.

Maníaco:

Não é da sua conta. 17:09

Rindo alto, percebo que toquei na ferida do cara e me delicio com aquela resposta ferrenha. Eu não sei por que, mas irritá-lo tem a tendência de se tornar uma coisa gostosa.

Eu:

Ora, ora, que covardia da sua parte. 17:10

Você sabe que eu sou barman. 17:10

Maníaco:

Só porque é a única coisa que você me mostra, de resto, você é uma grande incógnita, bebê. 17:10

Eu:

Como se você fosse um livro aberto, não quer me dizer nem com o que trabalha. 17:10

Alfineto mais uma vez.

Maníaco:

Esta é nossa primeira DR? Estou emocionado. 17:10

Porra, ele dá a volta por cima de todas as mensagens. Como é irritante.

Eu:

Pra discutir relacionamento é preciso ter um relacionamento, coisa que não existe entre nós dois. 17:11

Maníaco:

É, não existe. 17:11

Por enquanto... 17:12

Eu:

Ser convencido desse jeito é o pior caminho pra conseguir alguma coisa comigo. 17:13

É o que falo depois de revirar os olhos com tanta força que quase consigo distender os globos oculares.

Maníaco:

Então, existe um caminho? 17:13

Gostaria de saber mais sobre isso, Bandile. 17:14

Eu penso em mandá-lo se foder, mas o barulho alto do meu estômago roncando me faz abandonar o celular na cama e ir direto à cozinha.

Pão com queijo é sempre a opção mais simples, que vivo repetindo pela praticidade e, pensando em pedir algo mais substancial depois para o meu almoço-janta, foco só aquele sanduíche e um copo imenso de suco integral de uva.

Depois que termino, volto para o quarto e capturo o celular, não gostando da forma como me sinto ansioso para responder ao cara. Aquilo está longe de ser um laço romântico, mas nós já compartilhamos de um envolvimento emocional. Da minha parte, um envolvimento emocional de raiva, irritação e instigação por todo aquele mistério.

Do lado dele, não faço ideia de suas motivações. Possivelmente, as mais rasas existentes, guiadas pela atração que ele deve sentir pelo meu corpo.

No final, é sempre isso, não é? Tudo é sobre sexo e nada mais.

Ainda assim, aquilo não me desmotiva e eu pego o telefone para continuar a conversa.

Eu:

Não tem uma receita de bolo, cara. 17:35

Na real, eu não gosto muito de pessoas, tenho preferido evitar contato. 17:35

É o que respondo, enquanto vou até meu notebook com a intenção de aproveitar o meu tempo livre e criar um novo desenho, e espero o lento software abrir, para que eu possa começar meu estudo.

Maníaco:

Mesmo assim, está falando comigo. 17:35

Eu:

Mas eu ia te bloquear. Você tem memória curta? 17:36

Se não tivesse implorado que nem um louco carente do caralho, nós não estaríamos aqui tendo essa conversa. 17:36

Maníaco:

Você pesa a mão demais nas coisas que você fala, não é? 17:37

Não sei exatamente o porquê, mas esta é a segunda vez que me sinto mal ao dizer algo para aquele estranho. Ele continua parecendo um maníaco para mim, mas eu nunca gostei de jogar ações na cara de ninguém. Ainda assim, não peço desculpas.

Eu:

Com pessoas que não invadem meu espaço pessoal, eu costumo ser menos cruel. 17:38

Maníaco:

Justo. 17:40

Ele responde e não fala mais nada.

Aproveitando seu silêncio, bloqueio a tela do celular e começo a desenhar, mas me sinto inquieto. Eu sou estranho, meio antissocial e chato *pra caralho*, mas aquela pequena interação, depois de tanto tempo sem manter conversas com ninguém, me entretém de forma agradável. Mesmo que ele me irrite tanto.

Então, pensando um pouco, sou eu a mandar a próxima mensagem, colocando a culpa numa carência social que, até dias atrás, parecia não existir.

Eu:

E você? 17:58

Maníaco:

Eu o que? 17:59

Eu:

O que te fez querer falar comigo? 18:00

Maníaco:

Muitas coisas. 18:00

Desde que te vi, naquela boate, pela primeira vez,eu me senti um idiota. 18:01

Meu coração nunca acelerou tanto... 18:01

Ainda mais por alguém que parece um rabanete com um uniforme tão vermelho que meus olhos doem só de olhar. 18:02

Eu rio, balançando a cabeça negativamente, mas não é um riso com humor, nem engraçado. Eu estou sem graça e agradeço aos céus por ele não poder me ver naquele momento.

Maníaco:

Mas não foi só isso. 18:03

Ele continua e não sabe, mas tem toda a minha atenção naquela hora.

Maníaco:

Eu me lembro do dia específico que decidi tentar me aproximar de você. 18:03

Estava acontecendo uma briga na pista de dança, era dia de balada mista, não havia striptease naquela noite. 18:04

Um homem começou a agredir a namorada, e só você percebeu. 18:04

Eu me lembro perfeitamente desse dia.

Maníaco:

Eu estava chegando perto da briga, mas você pulou por cima do balcão e deu um soco no cara, depois empurrou ele pra fora, junto àquele segurança ruivo, mal-humorado e troncudo. 18:05

Você poderia ter perdido seu emprego fazendo aquilo, mas preferiu defender a garota, pegou gelo pra ela e se preocupou em ligar pra um familiar vir ajudar, já que, aparentemente, ela estava sozinha. 18:06

Aquilo foi demais pro meu pobre coração fraco. 18:06

Você parece bom demais pra ser verdade, Bandile. 18:06

A partir daquele dia, eu percebi... Você sempre age, ajudando osoutros, não foi só naquela noite. 18:07

Não existe possibilidade de alguém te conhecer e não se apaixonar por você. 18:08

Engulo em seco, percebendo como a estranheza de ler todas aquelas mensagens me abala de uma forma irracional.

Isso é informação demais.

Demais...

Maníaco:

E sobre aquela briga, é por isso que eu não gosto de héteros. Sempre que é dia de balada mista, aquela boate vira um inferno e, ultimamente, eu só frequento pra poder ver você. 18:09

Maluco...

Quem diabos vai a algum lugar que não gosta por causa de alguém?

Eu:

Eu sinto lhe dizer, mas eu não sou isso tudo, cara. 18:11

É o que consigo responder alguns minutos depois, me sentindo estranho e sem graça por não corresponder absolutamente a nada do que ele fala. Além de não corresponder, também não compreendo e, pela primeira vez, sinto uma vontade racional de repelir seu contato.

Se ele não está apaixonado de verdade, certamente está bem perto disso, e eu não me vejo no mesmo clima nem em um milhão de anos. Isso tem sido tudo uma grande brincadeira até agora, mas perceber o jeito, que ele se refere a mim, me deixa melancólico.

Pode ser até perigoso, porque, afinal, não sei com quem estou falando. Eu não quero magoá-lo e nem fazer com que se iluda de alguma forma, muito menos que tenha ações agressivas para cima de mim, então envio a mensagem a seguir:

Eu:

É melhor pararmos as mensagens por aqui. 18:12

É melhor pararmos as mensagens por aqui. 18:12

Ele demora um pouco mais do que o habitual, mas a resposta vem:

Maníaco:

Kkkkkkkkkkkk 18:15

Por que diabos está rindo?

Deve ser um psicopata mesmo.

Maníaco:

Ai, Bandile, pra alguém que não gosta de interação social, você é emocionado demais. 18:15

Não entendo o que ele quer dizer, então nada respondo e deixo que prossiga com as mensagens.

Maníaco:

Quando eu disse que queria conversar, eu queria conversar. Só isso. 18:16

Não vou mentir que eu sou louco pra saber qual gosto sua boca tem... 18:16

E outras coisas também. 18:16

Mas se isso tudo não passar de bate-papo, tudo bem. 18:17

Ninguém morre por levar um pé na bunda ou por não ser correspondido, Bandile. 18:17

Eu sei bem sobre o assunto... 18:17

Nisso, sou eu quem tem mestrado na área. 18:17

Eu:

Você parece tranquilo demais sobre isso, e eu não tô afim de iludir ninguém. 18:18

Maníaco:

Você acha que é meu primeiro amor platônico, e que eu vou ficar em estado de miséria se você não me corresponder? Tá com a bola muito cheia, Bandile. 18:18

Além do mais, a palavra de um homem é a única coisa que ele possui. 18:19

Você me prometeu 30 dias. 18:19

Se voltar atrás, vou te achar um bananão. 18:20

Eu me sinto tenso, mas a palavra "bananão" me faz rir. Ele é meio engraçado às vezes, e começo a acreditar que talvez eu pudesse abaixar um pouco a guarda. No entanto, ainda não me sinto totalmente à vontade, não há como negar.

De igual forma, percebo que ele entrou nesse jogo sabendo exatamente onde estava pisando e todos os seus limites, o que me faz sentir menos culpado e, talvez, motivado a prosseguir com aquilo. Volto ao celular e, ao contrário de minha cabeça contendo turbilhões de palavras, minha resposta é curta:

Eu:

Você é tão irritante, cara. 18:21

É o que consigo responder, coloco o celular em cima da mesa, respirando fundo, enquanto esfrego o rosto com a palma das mãos. Descubro que existe mais uma coisa que me instiga naquele cara, além da atmosfera misteriosa que ele exala: sua segurança inabalável, que o faz dar a volta por cima de todas as minhas jogadas.

Não sei se posso chamá-lo de manipulador, mas, naquele momento, sinto como se eu estivesse deitando numa teia que ele está tecendo e não sei bem mais se quero sair dela. Sim, eu gosto da atenção que ele desfere sobre mim e, tendo deixado transparecer que ele não receberia nada de volta, resolvo prosseguir com aquele circo.

Com grandes probabilidades de que *eu* seja o palhaço.

A tela se ilumina mais uma vez, volto a pegar meu celular.

Maníaco:

Consigo ser outras coisas além de irritante, mas, às vezes, parece que você só quer enxergar o meu lado ruim. 18:22

Eu:

Se coloca no meu lugar, campeão. 18:23

E se fosse você falando com um estranho que raptou seu número de celular de forma clandestina e que você não sabe nem o nome? 18:23

Se você tivesse uma recepção calorosa a isso, é porque não bate bem da cabeça. 18:24

Maníaco:

Você tem um ponto. 18:24

Mas então... 18:24

Eu:

Então o que? 18:25

Maníaco:

Desistiu de desistir? 18:26

Eu:

Por enquanto, sim. 18:27

Digito enquanto respiro fundo, dando continuidade àquela decisão que poderia ser uma das mais burras que eu já havia tomado.

Maníaco:

Perfeito. 18:27

Posso te pedir uma coisa? 18:28

Ele pergunta, o que me faz olhar para tela do celular por alguns segundos antes de responder, curioso e desconfiado:

Eu:

Você não está em posição de pedir nada. 18:29

Maníaco:

Mas que caralho, você é impossível. 18:29

Eu rio. Rio alto demais, lendo a mensagem umas dez vezes antes de conseguir responder. É, realmente, irracional o prazer que eu tenho em irritá-lo e, sendo esta a primeira vez que ele se irrita de verdade, me sinto ganhador de um troféu.

Eu:

Então, você não é tão calmo assim... 18:30

É o que respondo, enquanto, por trás da tela, continuo sorrindo em deleite àquela reação. Quando percebo, estou girando na cadeira do computador que nem uma criança.

Paro imediatamente.

Não faz sentido eu estar *tão* animado assim.

Eu:

Vai, fala o que você quer. 18:31

Digito, na falta de uma resposta do cara.

Maníaco:

Você pode ser um pouco menos estúpido? 18:31

Eu:

Ué, você não era o Buda? 18:32

Maníaco:

Talvez eu não seja tão Buda assim. 18:32

E eu quero muito chegar ao final desses 30 dias. 18:32

Percebo, pela primeira vez, que estou querendo também. Concordo — mentalmente, antes de digitar — que talvez fosse bom dar o braço a torcer.

A princípio, só a mão estaria bom.

Eu:

Talvez eu possa. 18:33

Se você me prometer que não é um louco perseguidor de 56 anos que vai me matar enquanto eu estiver trabalhando. 18:33

Aí, vou me sentir mais tranquilo. 18:34

Maníaco:

kkkkkkkkkkkkk 18:34

E não existem psicopatas jovens? 18:34

Sem etarismo, Bandile... 18:34

Mas eu tenho 23 anos, se isso te alivia em alguma coisa. 18:35

Eu:

Já é algo... 18:35

Grande bosta, mas tudo bem.
Realmente, ele pode ser um doido com qualquer idade.

Eu:

Outra coisa. 18:35

Maníaco:

O quê? 18:35

Eu:

Qual seu nome? 18:36

Diferente das outras vezes, é a primeira vez que ele *realmente* demora a me responder. Não tenho muita paciência para ficar encarando o telefone, então o jogo em cima da mesa e volto ao meu desenho. A tela do celular não se ilumina mais, e um incômodo estranho desliza por dentro de minha garganta.

Com a promessa mental de não dar uma foda para aquilo, desligo meu computador e vou para sala, voltando a assistir ao filme que deixei pela metade.

Quando o filme está chegando ao final, ouço o barulho da porta sendo aberta e a silhueta grande do meu pai surgindo pela mesma.

— Ah, oi, filho — ele diz meio sério, daquele jeito dele, jogando a mochila em cima da mesa da sala.

Qualquer superfície lisa é um local perfeito para que ele jogue essa mochila pesada.

— Não foi trabalhar? — Augusto pergunta confuso.

Trabalho na boate há quase um ano e meu pai ainda não decorou o dia da minha folga.

Toda quinta-feira.

— Tô de folga hoje, pai — respondo calmo, sem tirar o olho da televisão.

— Ah, entendi... — fala balançando a cabeça negativamente, como se percebesse a péssima memória que tem. — O que você está vendo? — ele pergunta, chegando perto do sofá e sentando-se ao meu lado.

— *O Quarto do Pânico*, tá no final.

Ele olha para televisão arregalando os olhos levemente, por estar passando justamente a cena do homem cheio de sangue, tentando matar a mãe e a filha ao mesmo tempo.

— É... bom? — ele pergunta, meio assustado, o que me faz tentar conter uma risada pequena.

Meu pai não gosta muito de gore, nem nada que pareça com um filme de terror e, naquele momento específico, cheio de sangue e pânico, o filme parece uma mistura das obras de Tarantino com um toque de Hitchcock.

— Não é terror, mas é meio claustrofóbico, o filme todo — explico, ciente de que ele não gostaria de assistir.

Sem falar mais nada, ele observa as últimas cenas do filme, até que, enfim, termina e, como se precisasse realmente pedir minha permissão, pergunta se pode colocar no jornal.

Quem pagou pela televisão foi ele. Quem paga a conta dos serviços de *stream* e da TV a cabo também é ele. Ainda assim, meu pai tem essa mania boa de sempre ser educado, apesar de muito, muito sério.

Ele nunca invade o espaço pessoal de ninguém e nunca força ninguém a fazer algo que não seja de sua vontade, talvez por isso nossa relação, apesar de meio distante, é tão pacífica.

Enquanto ele vê o jornal, eu volto até meu quarto, cato meu celular e retorno à sala, sentando-me no mesmo lugar de antes. Desbloqueio o aparelho, abro o aplicativo para pedir comida e encomendo alguma coisa para jantarmos. O maníaco permanece sem me responder, e eu quero acreditar que aquilo não me incomoda.

Permaneço naquela companhia silenciosa com meu pai até que a buzina do entregador soa na rua e eu desço para ir buscar a comida. Quando volto, meu pai me olha e lança um sorriso pequeno, todo duro. Parece que o cara fecha tanto a cara que nem sabe sorrir direito.

Rindo, com certeza mais do que ele, coloco as sacolas na frente da pequena mesa de centro. Vou até a cozinha, pego copos, refrigerante que já tínhamos, os talheres e volto jogando tudo em cima da mesa, meio sem jeito.

Tão habilidoso no bar.

Tão desastrado em casa.

Meu pai olha sério para a bagunça que estou fazendo, tentando arrumar as coisas, mas ele sempre está sério, então não sei se está bravo ou se está achando graça. O homem é o próprio Capitão Holt[1], quando se trata de expressões faciais.

Em conjunto, organizamos as coisas e depois comemos enquanto assistimos ao noticiário nacional.

— Só desgraça como sempre — ele conclui, passando a mão na barriga cheia, parecendo estar satisfeito, algum tempo depois. — Obrigado, meu filho.

— Nada, pai — respondo rápido, sorrindo curto enquanto me levanto para arrumar a bagunça que acabamos de fazer.

Meu pai se levanta também e, depois de me dar boa noite, vai para o seu quarto, para tomar banho ou dormir direto, eu não sei.

Quando termino de limpar tudo, volto para o meu casulo pessoal a tempo de ver a tela do celular acendendo. O maníaco tinha acabado de falar comigo.

Porra, eu ia parecer um desesperado se respondesse imediatamente.

Pego meu aparelho, o desbloqueio e percebo que não tinha sido ele quem enviou a mensagem. Foi Pablo, perguntando se eu posso chegar mais cedo amanhã porque todos os vouchers da balada mista, típica da sexta-feira, foram vendidos.

Isso significa que eu terei o dobro de trabalho, mas o dobro de gorjetas, então facilmente distraio minha mente do *Mestre dos Magos* virtual, coloco meu celular para carregar longe de mim e pego meu notebook, deitando-me na cama.

Sem estresse, nem desenhos, nem buscas por estágios.

Vou maratonar animes até dormir, porque o dia vai ser cheio amanhã.

Muito cheio...

---

1 Personagem de Brooklyn 99, uma série de televisão de comédia policial americana.

4

MAÎTRE

DIA 3

Não sei exatamente a hora que caio no sono, mas sei que sou acordado por meu pai, novamente. Desta vez, com ainda menos delicadeza.

— Gael, de novo! Olha a conta de luz! — ele fala com raiva, por conta do meu notebook que está ligado até agora, passando episódios que não estou acompanhando há muito tempo.

Não consigo nem pensar em abrir a boca para pedir desculpas, porque ele sai e bate a porta do meu quarto e a da sala, em seguida. Mais uma vez, meu pai foi para o trabalho.

Nossa relação é pacífica, sim, sempre foi, mas o homem é controlador com despesas domésticas. Gastos desnecessários de energia não são coisas que ele costuma tolerar. Às vezes, ele exagera, mas eu nunca o confronto, ainda mais quando estou errado.

Voltando a dormir sem dificuldade alguma, acordo horas depois, desta vez com o despertador do celular.

17:00. Estou com fome demais.

Levanto-me, vou até o despertador e o desligo. Ainda sem enxergar totalmente seu visor, volto a repousá-lo sobre a mesa, meio tonto para ler qualquer mensagem ou spam que tenha recebido.

Depois de ir ao banheiro, vou até a cozinha e cato as sobras de ontem, esquentando-as no micro-ondas e as colocando em um pote redondo. Como sem demora e volto para o quarto.

Digo para mim mesmo que não quero checar se o maníaco me respondeu, mas é exatamente isso que faço.

E sim, ele havia me respondido.

Maníaco:

Desculpa Bandile, eu dormi depois de pensar muito sobre o que te responder. 14:37

E eu não gosto de mentir, então não vou te dizer meu nome. 14:38

É isso. 14:38

Minha primeira reação é revirar os olhos sem paciência.

Quão hipócrita é essa resposta?

Omitir é mentir, então, de qualquer forma, ele mente o tempo inteiro.

A minha segunda reação é pensar sobre aquilo. Eu não o estou vendo, sequer sei quem é, ainda assim, ele quer reforçar que se sente desconfortável em mentir para mim, mesmo tendo a oportunidade descarada de fazê-lo. E talvez aquilo me fale um pouco mais sobre a pessoa por trás daquelas mensagens.

Talvez não diga porra nenhuma.

Enfim...

Posso confiar em tudo que ele diz? Não. Isso é um ponto positivo para o cara? Também não, mas sinto que, talvez, ele não seja tão maníaco assim...

Provavelmente, eu queira sentir isso.

Eu quero que ele não seja tão maníaco assim e volto à problemática do seu nome misterioso. A não ser que ele se chame Arnold Schwarzenegger, não existem motivos para esconder o próprio nome.

Volto a responder-lhe, ciente de que não posso prolongar muito a conversa, porque já preciso começar a me arrumar para trabalhar.

Eu:

Aposto que existem milhões de pessoas com o mesmo nome que o seu. 17:22

Digito e vou até o grupo do trabalho checar as informações que já tínhamos sobre hoje. Pablo privou o grupo para que só ele, seu sócio ou o maître enviassem mensagens, senão aquilo viraria uma feira.

Os funcionários não são ruins. Com exceção de um ou outro, acho todos razoavelmente normais, mas quando se juntam, tenho a impressão de que a boate é uma turma do ensino médio. Uma turma do ensino médio que serve um monte de gente safada.

Enquanto leio as informações passadas por Pablo, o sino de mensagens privadas soa e eu volto à janela do *Doutor Mistério*[2].

Não tão Maníaco:

Dá pra me respeitar? 17:26

Ele é engraçado demais quando se zanga, eu não consigo evitar rir.

2 Telepata dos quadrinhos de X-Men, do universo Marvel.

Eu:

Ok, como eu vou te chamar? 17:27

Não tão Maníaco:

Leonardo DiCaprio. 17:27

Eu:

Você é tão bonito quanto ele? 17:28

Não tão Maníaco:

Ele é bem gato, né? 17:28

Mas eu sou ainda mais, meu amor. 17:28

Eu:

Ou você é convencido e iludido demais ou está falando a verdade. 17:29

E eu duvido muito que seja a segunda opção. 17:29

DiCaprio:

Um dia, você vai descobrir e vai poder tirar as próprias conclusões. 17:30

Eu:

Vai se revelar, Jack[3]? 17:31

DiCaprio:

Um dia, Rose[4]. 17:31

Rindo mais uma vez, bloqueio o telefone e jogo em cima da mesa do meu quarto. Achei que toda essa conversa, com ele, seria insuportável, mas o cara mostra, cada vez mais, que não é tão desagradável assim.

3 Personagem de *Titanic*.
4 Personagem de *Titanic*.

Eu começo a perceber que, depois de tanto tempo isolado na minha própria caverna mental, longe de tudo e todos, talvez seja legal ter alguém para conversar de vez em quando.

"Amigo" é uma palavra muito forte.

Mas alguém para bater papo furado às vezes, desde que eu não passe nenhuma informação pessoal e me mantenha alerta a qualquer movimentação suspeita ao meu redor...

É... Talvez não seja tão ruim.

Não posso conversar mais, então vou tomar meu banho. Eu me arrumo, pego minha mochila, minhas chaves, celular e saio de casa. São 18:30 quando chego à boate e vejo todos os outros funcionários chegando também.

Conforme as mensagens que Pablo enviou aos escalados, todos parecem ter concordado em chegar cedo. Todos sempre concordam, porque o homem paga o triplo de hora extra em situações como esta, por isso o lugar parece cheio, mas são apenas funcionários.

Dia de balada mixta é sempre assim: mais garçons e garçonetes, mais seguranças e mais dançarinos. Só não tem o grupo de strippers, pois esses não vêm às sextas.

Quando já estou acendendo as luzes do bar, Pablo aparece na minha frente, apoiando os cotovelos no balcão e enterrando o rosto nas mãos.

— O amor é uma droga, Gael — ele fala cansado, respirando fundo.

Não é a primeira vez que Pablo começa a desabafar comigo sobre sua vida amorosa. Então, já habituado, ofereço o que sei que pode aliviá-lo naquele momento.

— Quer beber alguma coisa? — digo calmo, começando a tirar os copos longos de drink do balcão baixo e enfileirando-os na minha pia larga.

— Quero. Me dá algum drink novo, que você aprendeu há pouco tempo — ele fala sem tirar as mãos do rosto.

Eu preparo, então, sem dificuldades, um drink de pêssego com rum.

— O Vicenzo é impossível, eu não sei mais o que fazer pra convencê-lo de que eu trabalho com um monte de gente safada, mas eu não sou safado. — Ele abaixa as mãos e olha para mim, desesperado. — Quer dizer, eu sou safado, eu sempre fui, mas porra, agora eu só quero ser safado com ele!

Finalizo o drink e monto no copo, observando-o desabafar e fazendo muita força para não rir. Ele e aquele tal de Vicenzo viviam em pé de guerra antes de eu começar a trabalhar aqui, mas nunca conseguiram se separar de fato. Quando o homem aparece na boate, Pablo brilha mais do que o sol, mas quando estão brigados, sua luz parece se apagar por completo.

Não é normal, não deve ser assim.

— Aqui, Pablo — digo entregando o copo pronto a ele. — Espero que goste.

Pablo coloca a mão no copo e olha para mim, com os olhos cansados e tristes.

— Vai, barman... Me dá um conselho — ele pede enquanto aguardo sua aprovação sobre a bebida, vendo-o levar o canudo até a boca.

Não sou muito bom com conselhos, porque minha vida amorosa sempre foi uma merda, mas, naquela hora, tento dar o meu melhor:

— Se vocês não têm confiança, não têm nada. Não se fica sofrendo por um cara que desconfia tanto de você, quando você não faz nada de errado.

— Você acha? — pergunta, ainda concentrado nas minhas palavras, sem nem mesmo ter começado a beber.

— Pablo, sério? — Eu me permito ser mais informal, pela situação que se repete muito nos últimos meses. — Você lida com gente pelada o tempo todo, um monte de gente querendo ficar com você, porque você é rico — quanto mais falo, mais descubro que sou um mestre na teoria, apesar de me ter fodido tanto na prática. — Mulher, homem, todo mundo tenta se esfregar no seu corpo quando você passa, e você não tem noção da cara de nojo que faz.

Ele começa a rir e eu acompanho sua risada.

— Acho que você é a pessoa mais fiel que eu conheço e olha que eu não acredito muito em fidelidade — concluo.

Ele me olha meio desanimado.

— Eu sou... — Pablo dá de ombros, soltando o ar pesadamente pelas narinas. — Mas quando estou com alguém. Solteiro, eu acho que me esfrego em todo mundo e, definitivamente, não faço cara feia pra ninguém que roça em mim... Eu só quero roçar de volta.

Eu seguro o riso com força. Fica cada vez mais difícil.

— Mas quando eu estou namorando... — ele começa a confessar, balançando a cabeça negativamente. — Quando eu estou namorando, eu sigo as regras, sabe Gael? Se é só uma piroca, então vai ser só uma piroca. Se ele liberar o bacanal, então eu vou feliz também... mas... — ele estala a língua —, eu não me importo em ficar só com ele. Eu amo aquele insuportável do caralho. Eu amo...

Meu chefe está quase chorando no balcão do bar e, apesar de estar comicamente em choque com as palavras "piroca" e "bacanal", eu perco a vontade de rir aos poucos. Deve ser difícil gostar tanto assim de alguém, e a pessoa não confiar em você, ainda mais quando você é sincero. Perceber isso faz com que o *Gael Conselheiro*, mas verdadeiramente um merda na prática, ataque novamente.

— Se ele não dá valor pra isso, é ele quem perde — tento falar algo que o anime, no meio de todas as suas confissões despudoradas. — Tenha uma conversa calma com ele e explique tudo. Se ele não aceitar e continuar desconfiando, não é mais culpa sua. Só parte pra outra.

— Ok, Bandile... — diz sério, parecendo ponderar bastante sobre o que eu digo. — Por isso, dizem que todo barman é psicólogo.

Eu me sinto aliviado por ele rir levemente, então faço igual. Pablo não é meu amigo próximo, mas sua presença é sempre agradável. Eu sou obrigado a conviver com ele, por ser meu chefe, mas, com o tempo, percebi que não havia nada de torturante naquilo.

Como se lembrasse que tem uma bebida nas mãos, ele, enfim, leva o canudo da bebida à boca, então arregala os olhos, olhando para mim e sorrindo como criança.

— Porra, Bandile, é por isso que você trabalha pra mim! — Ele gosta do sabor, o que me faz abrir um novo sorriso nos lábios.

Eu adoro quando as pessoas aprovam meu trabalho.

Ele vira para trás, com dificuldade de parar de beber, parecendo procurar alguém.

— Ei! — o homem grita animado, daquele jeitão caloroso que faz todo mundo se sentir especial, para um dos garçons ao longe, que está organizando e limpando as mesas de canto. — Vem cá, Dimitri! Vem experimentar esse néctar que o Bandile fez!

O garçom demora a entender, pela música alta que tocava, mas logo vem na nossa direção. Ele é fofo, parece uma *criança assustada*, o que sempre me faz perguntar o que ele está fazendo ali, naquele antro de perdição.

Seu cabelo é loiro escorrido, seus olhos são castanho-claros e sua pele é branca, levemente queimada pelo sol. Parece que visitou alguma praia recentemente, mas sei que sua aparência de adolescente inconsequente não tem nada a ver com sua faixa etária, porque Dimitri Dangeli trabalha na boate há mais tempo que eu e temos praticamente a mesma idade.

Além do mais, ele não é só um garçom.

Dimitri é o maître do local, o que faz com que ele esteja acima de mim na cadeia alimentar daquele lugar. Bem, ele só precisa se convencer disso, porque o cara não tem pulso nenhum.

Quando cheguei ao bar, ele já estava lá, trabalhando como um louco e se tornando o garçom protegido e favorito de Pablo. O favoritismo tem a ver com o fato de serem amigos há anos, mas sei que não é só isso. Apesar de acuado, o cara é, definitivamente, muito bom no trabalho e nunca faz corpo mole. Trabalha tanto quanto qualquer um ali. Até mais. Mesmo não querendo, tenho mais atenção nele do que gostaria, porque...

Dimitri é o tipo de cara que me faz *duvidar da minha demissexualidade.*

Esqueçam os dançarinos pelados, os peitos balançando para lá e para cá e as pernas do pole dance, que se abrem na minha direção. Nada disso chama a minha atenção tanto quanto ele chama.

E é fato que ninguém, naquela boate, é mais bonito do que o cara com a bandeja de garçom na mão. Dimitri não precisa tirar suas roupas em momento nenhum para ganhar esse posto no meu pódio imaginário e desnecessário, mas que, ainda assim, existe na minha mente. Entretanto, apesar da minha admiração pela sua aparência física ser verdadeira, isso nunca atingiu outros patamares.

Eu não quero nada, e ele parece querer menos ainda, além do mais, não acredito que ele tenha interesse em alguém da minha cor. Não consigo evitar o pensamento.

E tais pensamentos são motivos suficientes para ambos focarmos nossos trabalhos e sermos ótimos no que fazemos. Mas, se eu sou bom como barman, Dimitri é melhor ainda como garçom. Do financeiro à extensão das minhas bebidas, Dangeli domina todas as áreas daquela boate, mas Pablo não abre mão dos seus serviços como garçom, e eu entendo o motivo.

Um dia, o filhote assustado ficou doente e faltou por uma semana. Parecia que a boate tinha pegado fogo. Todas as comandas estavam erradas, pedidos trocados, mesas reclamando, clientes saindo sem pagar, foi o verdadeiro inferno.

Quando retornou de sua licença médica, o cara achou que ia ser demitido, mesmo sendo amigo dos chefes, incluindo o sócio. Ainda assim, estava abalado demais, mas Pablo percebeu o quanto precisava dele e o promoveu a maître.

Isso não faz muito tempo, deve ter um mês ou dois, o que faz com que o cara ainda não entenda que precisa dar ordens e se portar como chefe do salão. Sua postura acuada, principalmente ao chegar perto do bar, mostra que ele tem competência para ser funcionário, é um amigo foda para os sócios — sempre brincando e tendo intimidade com eles —, mas precisa de um sacode bem dado para se tornar chefe.

— Chamou, Pablo? — ele pergunta baixo, se aproxima do nosso patrão e nem olha na minha cara.

Não sei se tomo aquilo como afronta ou não. Parece que se eu levantar o braço, ele cai no chão com medo.

— Faz um pra ele, Gael! — Pablo ordena. — Este aqui ninguém vai pegar de mim — fala, arregalando os olhos e sugando a bebida pelo canudo, feliz como se fosse uma criança bebendo leite.

— Eu não posso beber, Pablo, preciso trabalhar — Dimitri fala baixo, parecendo querer dizer só ao nosso chefe.

Eu continuo preparando a bebida, porque já imagino a resposta que Pablo vai dar.

— Ah, vai pra porra, Dimitri! — vocifera, dando um tapa forte na bunda do garoto que lança o corpo para frente, num solavanco desequilibrado.

Ele acaba encostando as mãos no balcão e olha para mim, assustado com a porrada abrupta de Pablo. Sei que já está acostumado com as brincadeiras do nosso chefe, mas provavelmente não esperava que fizesse bem na minha frente. Eu seguro o riso e abaixo os olhos para a bebida que estou preparando, depois encho o copo de drink e entrego a ele.

— Obrigado — murmura, desviando o olhar e pegando o copo.

Alguém deve ter dito a ele que eu era um assassino ou algo assim.

— De nada, Dimitri.

Antes que comece a beber, já está engolindo em seco, cheirando a nervosismo, e eu começo a acreditar que o maître da casa *realmente* não deve gostar muito de mim.

5

QUEDAS E CORTES

A noite, enfim, começa.

A boate abre as portas e fico sabendo que Victor provavelmente está de mau humor, porque já barrou a entrada de mais pessoas do que o normal. Ainda assim, o lugar está entupido como se estivessem distribuindo dinheiro. Eu penso no inferno que seria se todo mundo, que estava na fila, tivesse entrado.

Há um barman auxiliar comigo hoje. Ele chegou 20 minutos antes da boate começar a funcionar, e eu estaria fodido se ele não estivesse aqui. Já cansei de falar com Pablo que eu não preciso de auxiliar, ele sabe que dou conta sozinho, mas meu chefe parecia saber, com antecedência, que hoje não seria um dia comum e, agora, eu agradeço mentalmente por ele ter chamado o rosto já conhecido por mim.

O nome do cara é Davi Amice e, apesar de ele ser bom com as bebidas, é desastrado demais com os utensílios. Todas as vezes que ele é chamado, a casa tem prejuízo.

A noite mal começa, e ele já manda embora dois copos meus e uma garrafa fechada de vodka, estourando tudo no assoalho. Ainda bem que era uma garrafa vagabunda, porque senão ia doer bem mais no bolso do cara. Existem garçons extras também e Dimitri não consegue manter a ordem entre eles, o que faz com que Pablo precise trabalhar dobrado.

Ele puxa o filhote assustado para perto do bar, e eu consigo ouvir quando briga com o maître, enquanto preparo uma bandeja com cinquenta *shots* de tequila. As bebidas irão circular pelo salão na mão das dançarinas e dançarinos, que irão arrancar dinheiro dos *quase-inocentes*.

— Dimitri, você precisa ser firme com eles! — Pablo diz, tentando se esconder entre uma pilastra e o bar.

Ele odeia dar broncas nos funcionários na frente de outras pessoas, mas a situação está emergente, então faz o que consegue para não chamar mais a atenção de outras pessoas e, ainda assim, passar a mensagem. Dimitri responde qualquer coisa que eu não consigo entender, porque o cara fala baixo demais.

Quem é que vai obedecer a um garoto retraído assim?

— Por favor, Dimitri! Coloca ordem! Eu sei que você consegue! Você faz isso quando quer! — Pablo finaliza, segurando a criança pelos ombros e dando-lhe uma sacudida de encorajamento.

Quando Pablo sai, Dimitri olha de relance para mim. Ele está claramente envergonhado e, provavelmente, não queria que eu tivesse visto nada.

Antes que eu pense em chamá-lo, para tentar dizer qualquer porra que pudesse animá-lo, ele abaixa o rosto e volta para o salão. A verdade é que eu não sei o que diria, mas é uma cena meio chata de assistir, então eu me sinto mal por ele.

Sim, o cara precisa se posicionar.

E sim, sem ele a boate não funciona.

Mas será que ele queria essa promoção quando, claramente, não sabe mandar nem em uma mosca?

Enfim...

Os problemas de Dimitri Dangeli não são meus problemas, e eu preciso focar a atenção na minha própria merda no momento.

Quando mando embora a bandeja com os *shots* de tequila, uma nova remessa de drinks aparece e, enquanto Davi está enchendo vinte e sete canecos de chopp e enfileirando-os no balcão, eu oro aos céus para que mais nada seja quebrado esta noite.

O tempo passa de uma forma tão agressiva que, quando consigo olhar as horas em meu celular, já são 5:47, e os últimos clientes estão se preparando para deixar o local. Pagam suas comandas e arrastam seus corpos borbulhando em álcool para fora dali.

O que percebo também é que o maníaco me mandou mensagens que eu nem sequer notei quando chegaram. Eu estou podre de cansado e começo a limpar o bar junto ao triturador de vidro ao meu lado, mas sei que tenho tempo para visualizar e responder ao carentão. Então, o faço.

DiCaprio:

Você está especialmente gostoso hoje, Bandile. 02:32

Ainda é o mesmo uniforme de rabanete... 02:32

E eu devo ter bebido alguma coisa diferente. 02:33

Um desses drinks loucos que você faz. 02:33

Mas quando você trabalha sério desse jeito, minha vontade é de pular por cima do bar e arrancar essa sua camisa vermelha, que faz meus olhos doerem. 02:33

E isso não tem nada a ver com o fato de que eu gostaria de te ver sem camisa. 02:34

É só pra salvar você desse uniforme horrível. 02:34

Meu Deus, o cara deve ter bebido até desmaiar e descontou o tesão nas mensagens.

Está falante demais.

Eu:

Se controla, tarado. 05:49

E não tem nada de errado com meu uniforme. 05:49

É o que mando, apesar de estar rindo.

Eu acho graça quando ele é descarado desse jeito e, desde que ele não seja obsceno e explícito — desses que mandam foto do pau do nada —, não vejo problemas no flerte.

Isso amacia meu ego e eu gosto.

A quem eu vou enganar?

Começo a pensar em que momento ele passou por mim.

Eu não perceberia, nem se quisesse. A boate nunca esteve tão lotada, mas, com certeza, o cara já deve ter ido embora. Não há mais clientes no salão, só alguns que estão na fila para pagarem e saírem, e nenhum deles parece estar com algum resquício de dignidade para que eu possa analisar alguma coisa.

O volume da música começa a ser diminuído, então é fácil saber que minhas orações não foram atendidas. Algo se quebra no meio da pista, mas não é Davi dessa vez.

Largo meu celular no balcão, percorro os olhos rapidamente pela extensão do local, até identificar o causador do barulho. Dimitri havia escorregado no piso exageradamente molhado por bebidas e suor, enquanto trazia os copos largados pela extensão da boate, na sua bandeja preta e redonda.

Os vidros caíram primeiro, sua mão direita bateu no chão como apoio, por cima dos cacos, e os copos de plástico — que usamos de forma emergencial, quando não damos conta de lavar os de vidro a tempo — saíram quicando pelo piso, para longe de seu corpo.

Ele bateu as costas, a cabeça... *Que porra de tombo feio.*

Pra completar...

Sua mão agora está sangrando.

Eu não sei que paixão Dimitri tem pelo chão, mas não é a primeira vez que ele cai. E, provavelmente, não será a última. Ele tenta levantar-se, mas não consegue. A mão está sangrando, ele está sem apoio e parece que sente dor também. Todos já estão se encaminhando para os vestiários e, aqueles que não estão, não parecem se importar com o tombo do cara.

A não ser um zelador coroa que toma um susto, mas ele está na área de cima da boate e só grita de longe, perguntando se está tudo bem. Davi fica preocupado também e parece querer fazer alguma coisa, mas antes que ele tenha alguma iniciativa, eu tomo impulso e pulo por cima do bar, como já fiz tantas vezes. Podia deixar o triturador de vidros tomar as rédeas da situação, mas tenho medo dele quebrar ainda mais o maître.

Sem demora, vou até o loiro esparramado no chão, chutando a bandeja e os cacos para longe, antes de abaixar próximo ao seu corpo e olhar seu rosto.

— Não se mexa, Dimitri — falo com firmeza, já que ele tenta se levantar mais uma vez quando percebe minha aproximação.

Ele devia estar enxergando uma espingarda na minha mão, porque parece uma raposa amedrontada em época de caça. No entanto, Dimitri é inteligente e entende o recado, porque volta a encostar a cabeça no chão e fecha os olhos, respirando fundo e mais rápido do que o normal.

Quando era mais novo, fiz mais cursos de primeiros socorros do que gostaria, graças aos passeios familiares à cooperativa de luz onde meu pai trabalha.

Santa *Poplight*.

Todo passeio você aprende, contra sua vontade, como se portar em casos de afogamentos, cortes, choques leves, choques profundos, fraturas leves, fraturas expostas e, claro, quedas brandas e mais perigosas também.

Quando eu era moleque, achava aquela merda toda uma chatice. A gente só podia encher a pança no buffet depois que fizesse os cursos, e eu ficava puto *pra caralho* de ter que aprender a importância de imobilizar alguém que, provavelmente, tinha se fodido todo.

Mas até que serviu para alguma coisa.

— Onde dói mais? — pergunto calmo, ainda sem encostar.

— Aqui — ele fala um pouco sem paciência, levantando a mão cortada, ainda de olhos fechados.

Dimitri não é de tratar ninguém mal, então imagino que sua mudança de humor seja por causa da dor que está sentindo. Eu relevo facilmente, até porque estou sério, mas a partir do momento que ele começa a se mostrar emburrado, seguro o riso.

— Sério, Dimitri, onde dói mais no seu corpo, nas partes que você bateu?

— A minha bunda.

Aí, solto uma risada baixa, não consigo aguentar. Ele abre os olhos na hora que ouve meu riso e me encara meio puto, franzindo o cenho numa mistura de dor e raiva.

— Desculpa — peço sincero e, antes que possa falar as próximas palavras, ouço uma voz desesperada se aproximando.

— O que aconteceu? — o tom de choque pertence a Pablo. — Dimitri, pelo santo caralho alado, você não pode se machucar! Porra, olha a sua mão! — Meu chefe está enlouquecido e se abaixa do outro lado de Dimitri, olhando em prantos para ele, como se falasse com um filho.

Agora é Dimitri que não aguenta e ri.

E ele é muito bonito quando faz isso.

— Você está bem? — Pablo pergunta, cada vez mais preocupado com o amigo e funcionário.

— Não, mas vou ficar — Dimitri solta, ainda sorrindo leve, mesmo sentindo dor. — Só que o seu barman não me deixa levantar...

Agora, ele fala irritantemente calmo, voltando a fechar os olhos, como se estivesse aproveitando a estadia no chão da boate.

Estava sendo tão cínico no momento que o piso parece o seu próprio colchão de molas.

É...

A criança assustada também é *debochadinha pra caralho.*

Balanço a cabeça negativamente enquanto reviro meus olhos e levanto o rosto na direção de Pablo.

— Se ele tiver fraturado alguma coisa, não pode se mover. — Volto a olhar para Dimitri e projeto minha voz ainda mais alta, para que aquela mula teimosa ouça: — Precisa ficar assim até ter certeza de que não quebrou nada. Se sentir muita dor, temos que chamar a emergência.

O maître não diz mais nada, mas parece concordar com o que eu falo. Depois de alguns minutos, dez no máximo, percebemos que ele parece estar bem e, com a minha ajuda e de Pablo, Dimitri se levanta devagar, fechando a mão com força, que parecia ser o foco da sua dor no momento, bem mais que os músculos. Antes que eu possa me oferecer para ajudar, Pablo já dá a ordem que externa a minha vontade.

— Leva ele pro bar e limpa a mão dele, Gael — ele fala, franzindo o cenho em direção a Davi que quase derruba mais um copo.

Pablo balançou a cabeça negativamente, provavelmente, chorando internamente pelo prejuízo da noite.

— Eu preciso terminar de fechar o caixa — ele diz, passando o peso inteiro de Dimitri para cima do meu corpo e soltando o cara.

Então, meu chefe com todo seu esgotamento mental afasta-se dali, e eu preciso limpar a ferida e fazer o curativo daquela criança.

Não me lembro de ter colocado "babá" no currículo que entreguei a Pablo.

Dimitri sabe que eu não conseguiria ajudá-lo se ele se sentasse em uma das cadeiras altas de frente para o bar, pela altura e distância, então, sem resistência de sua parte, eu o levo para trás do balcão.

Davi, que observava tudo até agora, enquanto lavava e secava os copos, parece finalizar seu processo de contagem de estoque, mas o cara está cansado demais. Com aquela cara de derrotado, de quem não aguenta mais lavar louça babada de estranhos, muito menos contar garrafas de energético e latas de cerveja.

— Pode ir, Davi. Eu finalizo o restante — falo, enquanto tiro o braço de Dimitri do meu ombro e posiciono seu corpo na pia, fazendo-o se recostar de frente para mim.

Ainda tem louça *pra porra,* e eu vou me foder lavando, mas tudo bem.

O cara parece estar pior que eu.

— Ai, graças a Deus — ele fala rápido, temendo que eu mude de ideia.

Depois de lavar as mãos, Davi anda em direção a Dimitri enquanto eu me distancio para pegar a maleta de primeiros socorros, que está em algum lugar.

— Você está bem, Dimi? — ele fala colocando a mão no ombro do maître, fazendo um carinho amigável e íntimo.

Vai quebrar o ombro do cara.

— Tô sim, mozão, não se preocupa.

Mozão?

O *quebra-copos* dá uma gargalhada baixa com o apelido romântico — e meio cínico — que eu não entendo.

— As crianças gostaram?

Crianças?

Entendo menos ainda.

Eu queria não ouvir a conversa, que parece ser mais íntima do que eu tenho conhecimento, mas eu estou abaixado, caçando a porra da maleta nos armários inferiores, então não tem como não ouvir.

— Deu briga, Dimi — Davi fala rindo, depois coloca as mãos no rosto e esfrega as palmas nas bochechas, pelo que consigo ver. — Mas, depois, eles aprenderam a dividir. Obrigado, tá? Falei mil vezes que não precisava...

É por isso que o cara sempre parece estar fodido de cansado, antes mesmo de começar a trabalhar.

Ele tem filhos, e eu nunca, sequer, suspeitei.

Também...

Não perguntei.

Quando acho a maleta, me aproximo de Dimitri novamente que, tendo se despedido de Davi, agora está sozinho. Abro o kit de primeiros socorros e, olhando para o garçom, estendo minha mão, pedindo a sua. Ele coloca o dorso dos dedos sobre a minha palma e parece desconfortável fazendo isso.

Também não estou no melhor dos climas, mas quero acabar com aquilo rápido e ir para casa.

Ligo a torneira ao seu lado, coloco a ferida debaixo da água corrente e deixo que o líquido leve embora o sangue em torno que havia começado a secar. Dimitri não consegue olhar para mim, então fixa os olhos na própria mão, mordendo o lábio inferior com força e respirando fundo, descompassadamente.

— Está ardendo muito? — pergunto o óbvio, tentando amenizar aquele clima merda, de constrangimento palpável.

Constrangimento por, de uma hora para outra, estar mais perto dele do que nunca estive, em um ano trabalhando ali.

— Um pouco, sim — ele responde baixo, querendo controlar a respiração.

— Vou ser rápido — digo, mas, na verdade, não sei se terei capacidade de terminar aquilo com agilidade.

Eu não estou nada acostumado a cuidar de ferimentos de ninguém, mas, empenhado, tento não piorar a situação. Depois de terminar de lavar o machucado, pego algodões na maleta, encharco de água oxigenada, para passar em cima do corte.

Eu nem sei o que usar. Nem sei limpar os ferimentos.

— Algodão não! — parece ter medo em sua voz. — Use a gaze, por favor.

Gaze...

Foi isso que disseram no treinamento. Eu sou uma anta, e ele parece entender mais de ferimentos do que eu. Confirmo com a cabeça, jogo o algodão fora e pego uma das gazes, encharcando do mesmo líquido, aí, sim, começo a limpar o machucado.

Dimitri não grita, mas maltrata a boca demais e, quando tenta respirar, vejo as marcas de seus dentes cravados na parte inchada de seus lábios grossos, que parecem absurdamente vermelhos agora.

— Acha que vai precisar de pontos? — ele pergunta, vendo a ferida, agora, aberta e limpa.

— Acho que não. Não sei. Talvez — digo, descartando as gazes sujas e pegando novas.

— Você não faz a mínima ideia, não é? — ele fala rindo, balançando a cabeça em negação à minha falta de jeito com a situação.

— Nenhuma.

Ele ri de novo, e eu rio junto e continuo o que estava fazendo.

Estou tempo demais segurando a mão de alguém, isso me deixa nervoso.

Talvez, incomodado.

Não sei dizer.

Tentando não causar mais dor desnecessária e a finalização daquele processo — que eu não esperava no meu horário de trabalho —, pego o frasco de antisséptico e derramo na ferida.

Agora, Dimitri volta a surrar os lábios com os dentes enquanto, praticamente, espuma de dor, fechando os olhos com tanta força que parece que estou enfiando uma faca em seu estômago. A sensação deve parecer a mesma, porque eu sei que dói feito o caralho.

— Acabou, Dimitri. — Tranquilizo-o, jogando o frasco em cima da pia e pegando a gaze para pôr em cima da ferida.

Coloco o pequeno pedaço quadrado por cima do ferimento, depois procuro a faixa maior na gaveta e os esparadrapos. Quando os acho, seguro seu punho com firmeza e, com os dedos da outra mão, começo a enfaixar seu machucado devagar, roçando minha pele na sua suavemente, tentando não machucá-lo ainda mais.

O garçom, que já havia se acalmado um pouco, volta a respirar fundo, com o peito subindo e descendo em uma intensidade diferente daquela causada pela dor.

Dimitri está todo esquisito.

Ele não tira os olhos das minhas mãos sobre as suas e, de uma forma que eu não entendo o que está acontecendo, sua pele começa a ficar mais quente.

Até parece tremer.

Será que a febre está chegando? Chamo a ambulância?

Aí, lembro que o cara ainda deve ter medo de mim, repulsa ou algo assim.

— Dá pra ficar calmo? Eu não vou matar você, cara. Eu não sei o que inventaram sobre mim, mas é mentira — é o que digo sem paciência, pegando os esparadrapos, cortando-os com o dente mesmo e finalizando o curativo, prendendo as pontas da gaze.

Dimitri desprende a bunda da pia e olha para mim, aparentando ter se acalmado depois da minha pequena bronca. Parece até segurar o riso.

— Obrigado, Bandile — diz baixo. Leva a mão machucada ao peito e, massageando seu dorso, dá a impressão de estar um pouco mais recuperado da dor. — Eu tenho medo de muita coisa — continua, com aquele sorriso fraco e a voz amena —, mas não de você. Boa noite!

Então, o maluco sai do bar e vai para o salão para, *inacreditavelmente*, voltar a catar os últimos copos usados que restaram pelo local.

E eu fico aqui, com o curioso caso da impressão errada, que eu pareço ter criado, de Dimitri Dangeli.

Porque esse cara fica cada vez mais estranho.

6

HERÓI

Eu penso em voltar a trabalhar e lavar aquela montanha de louça que existe na minha pia, já que Dimitri não para de trazer mais, mesmo com a mão machucada.

Mas eu só penso mesmo...

Porque, igual a um dragão enfurecido, soltando fogo pelas narinas, Pablo retorna ao salão e xinga todos os meus ancestrais, e os do maître também. Ele fala que quer ir para casa e que todos os outros garçons já estão terminando de tomar banho ou trocar de roupa. Diz, também, que se nós não fizermos o mesmo, na mesma hora, ele vai trancar a boate com a gente dentro.

Desligo as luzes do bar e saio de lá, porque a última coisa que quero é ficar naquele lugar que, apesar de achar lindo e saber que tem muito canto para dormir, está fedendo demais depois da superlotação. Eu vou para o vestiário, mas o viciado em trabalho continua no salão.

Ele é grandinho demais para que eu fique dando broncas nele e sequer temos intimidade para isso, então eu só espero que não seja trancado dentro da boate, porque eu, com certeza, vou para minha casa.

Quando entro no vestiário, ainda há alguns garçons, que costumam tomar banho no lugar, terminando de se arrumar e saindo dali. Dois deles ficam e parecem conversar sobre qualquer merda que eu não quero ouvir, então entro no chuveiro e tomo um banho rápido, só para tirar aquele suor melado do meu corpo.

Quando saio, volto para a área comum do vestiário, onde os homens ainda conversam e, sem dar muita atenção aos caras, começo a me vestir. Coloco toda minha roupa, deixando minha camisa preta de botões — a que usava quando cheguei — por último. Antes mesmo que possa colocar o primeiro botão em sua respectiva casa, os caras começam a falar mais alto, rindo como hienas.

— Eu só queria transar — fala um dos garçons extras, que Pablo contrata às vezes, enquanto se escora na parede, enrolado apenas por uma toalha. — Ver tanta gente se pegando, na boate, me deixa com um tesão do caralho.

Miro, seu nome.

Um babaca, a maior parte do tempo.

— Queria foder qualquer coisa com buraco — ele continua, direcionando as palavras ao Jairo, um outro garçom extra, que é chamado em casos emergentes e parece ser seu amigo ou conhecido.

É claro que ele não fala aquelas coisas pra mim, porque eu nunca dei abertura pra que ele tenha assuntos desse cunho comigo e, provavelmente, também acha que eu sou um assassino pelo jeito que me ignora com desprezo.

Não, ele é só babaca mesmo.

— Qualquer coisa *mesmo* — ele diz baixo, mas eu ainda consigo ouvir e perceber que ele está direcionando sua voz e sua malícia depravada para alguém que acabou de entrar no vestiário.

Viro o rosto sutilmente e percebo a silhueta baixa de Dimitri aparecendo. O maître cumprimenta todos, num aceno breve com a cabeça, mas não faz nada mais que isso. Parece cansado e machucado demais para socializar. Ele nunca toma banho ali, sempre parece ter medo ou vergonha de alguma coisa, então, como todas as vezes que trombamos no local, ele vai para os fundos do vestiário até os armários e some.

Não ser muito sociável me faz perceber as ações de todos os funcionários daquela boate, fixos ou não. Por conversar pouco, observo demais e sei que Dimitri foi pegar a mochila para ir embora. Ele sempre faz isso, mas, dessa vez, demora mais do que o habitual, o que parece dar coragem para o garçom mais babaca arrancar a toalha e enfiar uma cueca correndo.

— Vou arrumar a foda de hoje — Miro diz, batendo no peito de Jairo, que ri sem graça.

E algo, no seu sorriso amarelo, me diz que o seu colega não vai arrumar essa "foda" de um jeito legal.

Virando o rosto para o outro lado, observo o momento que Miro deixa o vestiário e vai para o corredor dos armários, sumindo também. Jairo olha para mim meio envergonhado, pega sua mochila e vai embora.

Aquilo é mais um problema para Dimitri?

Não importa, porra.

Os problemas dele não são meus problemas, não quero me meter numa coisa que não fui chamado. Repito esses pensamentos mentalmente, arrumando meus cachos molhados com cuidado, com meus dedos mesmo.

Os problemas de Dimitri não são meus...

E se o cara mandar eu me foder e tomar conta da minha própria vida?

Os problemas de Dimitri...

O sorriso torto de Jairo.

Mas que inferno!

Termino de abotoar a blusa e, respirando fundo, ando até o corredor dos armários.

O corredor dos armários é mal iluminado, mas não me impossibilita ver a cena que eu presencio. O celular de Dimitri está jogado ao chão, seu rosto está sendo prensado contra os armários e a mão de Miro segura sua boca para que ele não grite.

Suas mãos, inclusive a enfaixada, estão espalmadas contra o metal gélido e ele choraminga baixo, num murmúrio inaudível. Eu ainda estou longe, mas me aproximo devagar e silenciosamente. Em contraste aos meus passos lentos, tudo acontece muito rápido e eu já consigo visualizar seus olhos jorrarem lágrimas de dor.

E não tem nada a ver com dor física.

Miro não tirou a roupa, muito menos despiu Dimitri, mas percebo que não vai demorar a acontecer. Tudo aquilo é um jogo de terror psicológico que ele faz enquanto sussurra no ouvido do cara loiro:

— Você se acha muito bom ao me dar ordens idiotas e tentar me humilhar na boate, não é, seu putinho? — ri em escárnio enquanto fala informações que eu tenho certeza de que são mentiras. — Mesmo com esse jeito frouxo de falar... — Miro diz, espremendo ainda mais o corpo de Dimitri contra os armários. — Vamos ver quem vai se sentir mais humilhado agora.

Então, ele leva a mão até o cinto de Dimitri, mas sequer chega a tocá-lo, porque não existe outra reação em mim, senão agarrar o homem pelo pescoço e derrubá-lo no chão.

Eu não sei em que momento acontece, mas estou sentado em sua barriga e já deve ser a quarta ou quinta vez que o soco. A única coisa que me faz parar é a voz chorosa de Dimitri, que soa atrás de mim em súplica, mais por ele mesmo do que pelo monstro em quem estou batendo.

— Por favor, Bandile... — Ele funga e encosta a mão pequena na lateral do meu ombro, como se o seu toque reforçasse o seu pedido.

Eu me ergo, deixando o cara no chão, mas sei que ele está lúcido, apesar de ter a cara fodida.

— Levanta e sai daqui, seu merda — digo com ódio, me sentindo enojado demais.

O homem dá uma gargalhada nojenta, rolando o corpo pelo chão até ficar de bruços e, com dificuldade, consegue levantar-se. A mão de Dimitri escorrega do meu ombro para o meu braço e ele parece ainda tentar me conter.

Ou se proteger atrás de mim.

— Você é... — Miro começa, mas eu não deixo que termine.

— Porra! Sai daqui, caralho!

Ele recebe mais um golpe meu. Dessa vez, é um tapa na cara, com a mão tão aberta que o barulho se alastra por todo o local.

Contrariado e cuspindo sangue, o demônio cambaleia para o lado, xinga mais alguns palavrões, segura-se na parede e, depois de conseguir se erguer, deixa o local. Isso faz com que eu transfira minha atenção para a pessoa que está segurando meu braço com força, esse tempo todo. Dimitri me solta quando eu o encaro, então se escora em um dos armários atrás de si e desliza as costas pelas portas metálicas, até que esteja sentado no chão.

Ali, ele cruza os braços por cima dos joelhos erguidos e deita a cabeça sobre eles, chorando copiosamente, como se tivesse liberado portas dentro de si que antes estavam fechadas. Eu não entendo o que ele passa, muito menos sinto o que ele sente, mas não consigo fingir que ele não está machucado, porque aquela situação nojenta fere mais do que a pele ou a carne de alguém.

Naquela hora, apenas torço para que não haja nada tão quebrado dentro dele que não se possa consertar. Pego seu celular jogado no chão, me aproximo devagar do seu corpo, com a preocupação de não ser abrupto, para que ele não tome susto algum.

— Dimitri... — chamo baixo, chegando mais perto cautelosamente, tentando perceber se vai repelir meu contato ou não, para conseguir respeitar seu espaço pessoal, mas sem querer parecer insensível.

Ele não responde nada, só continua chorando, apesar de parecer diminuir o ritmo do choro aos poucos.

— Você quer conversar? — pergunto, me abaixando no chão, ainda longe do seu corpo, e sentando-me nos meus próprios calcanhares, enquanto o observo na mesma altura que eu. — Desculpa, eu não sei o que dizer numa hora assim. Tem alguma coisa que eu possa fazer?

Insistirei uma última vez, mas, se ele não responder nada, vou apenas ficar em silêncio e esperar pelo seu tempo. Só não quero sair de perto dele.

Não sei o que ele precisa e agora não parece uma boa hora para ficar sozinho, a não ser que ele peça por isso, mas eu não preciso esperar muito. Ele logo ergue o rosto e eu vejo, pela primeira vez, sua cara inchada de choro, mesclando-se a um sorriso tão pequeno que quase não existe.

— Quantas vezes você ainda vai me salvar hoje, Bandile? — o tom é tão doloroso que, naquele momento, também me machuca.

— Quantas forem necessárias — respondo sinceramente, dando um sorriso de canto e tentando ser carinhoso em meu tom de voz, apesar de não ser muito bom nisso.

Ele, que ainda olha para mim com aqueles olhos marejados e castigados por choro, abre um sorriso sutil, mas um pouco maior, e percebo que talvez tenha acertado no uso das palavras. Dimitri parece mais confortável e menos infeliz agora.

Eu queria passar a mão em seu rosto e limpar aquelas lágrimas, mas isso é contato demais, então apenas lhe mostro seu telefone.

— Aqui... Acho que rachou a tela. — Entrego o celular para ele, devagar.

Dimitri toma o aparelho da minha mão e, ainda desanimado e com o rosto inchado, só o enfia no bolso do seu avental, que ainda nem havia tirado.

Nossas palavras não se prolongam mais, mas eu continuo o acompanhando. Eu me levanto e ofereço minha mão para que ele se levante também. Ele aceita e, depois de pegar sua mochila e trancar o armário, caminhamos juntos e em silêncio até o estacionamento.

Nossos carros estão parados um ao lado do outro, com certa distância, mas perto o suficiente para que eu ainda consiga ouvir sua voz antes de entrar no veículo.

— Obrigado — ele diz, mordendo o lábio inferior como se estivesse segurando um choro que quer voltar a brotar e, antes mesmo que eu possa fazer ou falar alguma coisa, Dimitri entra no seu carro e vai embora.

Continuo em pé, com a mão na maçaneta do meu próprio veículo, experimentando uma nova sensação de tortura.

A tortura de não poder passar mais tempo com Dimitri, até que ele fique bem.

O caminho para casa é rápido.

Não há trânsito numa manhã de sábado e, do Centro de Astra até Berena, o distrito está silencioso. Quando consigo me deitar na minha cama, já passam das 8:15 e eu sinto que meu corpo precisa de uma semana de sono para recarregar as energias.

O ponto nisso tudo não é o cansaço físico, porque eu estou acostumado com a carga pesada de trabalho, na maioria das vezes.

Mas o cansaço mental me fode.

Eu tenho a impressão de que vivi um mês inteiro em apenas uma madrugada. São tantas informações para digerir que meus músculos clamam por repouso, mas meu cérebro sequer dá sinais de que vai conseguir descansar naquele momento.

Esgotado, porém mentalmente agitado, cato meu celular, que havia levado comigo para cama, e checo as mensagens. O *DiCaprio* me mandou algumas, mas não estou com clima para responder a nada que venha dele naquele momento.

Eu quero falar com outra pessoa.

Então, volto ao menu principal e entro no grupo do trabalho, vendo a lista dos contatos incluídos naquela conversa. Achando o foco da minha preocupação, clico na sua foto e abro a conversa, totalmente em branco até o momento. É a primeira vez que vou mandar uma mensagem para Dimitri Dangeli.

Eu:

Oi, Dimitri. 08:17

É o Gael, barman da Hidden Honey. 08:17

Não sei se existe a necessidade de que eu me apresente, afinal estamos no mesmo grupo de trabalho há quase um ano, mesmo assim o faço. Dimitri não é obrigado a saber qual é o meu número e, bem provavelmente, não sabe.

Eu:

Desculpa te mandar mensagem assim, eu não gosto de invadir o espaço pessoal das pessoas (porque não gosto que invadam o meu). 08:18

Escrevo e mando, tentando muito não ser hipócrita, tendo em vista os recentes acontecimentos.

Eu:

Mas eu queria saber se você chegou bem. 08:18

Se conseguiu dirigir até sua casa. 08:19

Não consigo evitar este contato. Não consigo evitar me preocupar, tentar me colocar no lugar da pessoa quando encaro uma situação ruim assim, tão de perto.

E é por isso que mantenho todo mundo tão longe, porque eu não quero sentir mais nada, eu não quero me importar. Os problemas das pessoas não são meus problemas, eu repito para mim mesmo o máximo que consigo, mas quando tomo esses problemas para mim...

Sinto dor como se estivesse acontecendo comigo.

Eu preciso saber como Dimitri está. Se não bateu o carro, se conseguiu chegar bem em casa, porque não deve fazer bem a ninguém dirigir chorando. Tenho certeza de que é o que ele fez, no momento em que saiu daquele estacionamento.

Tendo em mente que não conseguirei dormir até ter uma resposta, dou graças aos céus pela rápida notificação, anunciada pelo sino comum do celular.

Desbloqueando a tela, olho sua resposta.

Dimitri Dangeli:

Não tem problema, obrigado pela preocupação. 08:21

Eu cheguei bem e já vou dormir agora. 08:21

Já tomei banho e estou deitado. 08:21

Desculpa, muita informação. 08:22

Eu digito demais quando estou me sentindo mal. 08:22

É o que ele responde, me fazendo abrir um sorriso triste com o canto dos lábios enquanto olho a conversa. Ele continua parecendo aquele bebê assustado, até por mensagem.

Eu:

Tudo bem, Dimitri. 08:23

Quer conversar? 08:23

É o que pergunto, mesmo sabendo que não fazia ideia do que dizer, muito menos sei que conselho dar, mas preciso saber se existe alguma possibilidade de ele querer colocar essas merdas pra fora.

Mudo o nome do contato para algo menos formal.

Dimitri:

Não precisa, você deve estar cansado,
e eu voltei a sentir dor no corpo. 08:24

Vou dormir agora. 08:24

Ele nega meu pedido, mas eu não me surpreendo e nem me abalo com isso. Nós sequer temos intimidade para nada daquilo, ainda assim, não deixo de sentir essa coisa estranha dentro de mim.

Eu estou me importando demais.

Mas isso é apenas... humano. Não é?

Eu:

Certo, bom sono aí, até amanhã. 08:25

E bloqueio a tela, respirando fundo e desejando que ele esteja realmente bem ou, pelo menos, começando a ficar. Entretanto, o sino de mensagens soa novamente, e eu abro a conversa recém-fechada.

Dimitri:

Gael... 08:27

Ele manda e, pela demora a responder e o visor de "online" abaixo de seu contato, imagino que esteja ponderando sobre o que vai escrever.

Dimitri:

Deixa pra lá. 08:31

Obrigado mais uma vez e bom sono pra você também. 08:31

Minha real vontade é de convencê-lo a me dizer o que ele começou e não terminou, porque essas coisas me irritam profundamente, mas, ignorando minha curiosidade que me esfaqueia, volto a bloquear meu telefone.

Não importa o quanto eu seja curioso...

Nessa hora, a última coisa que Dimitri precisa é de alguém o forçando a fazer algo que não queira.

7

MACHUCADO

DIA 4

Eu durmo mais tranquilo, tendo em mente que Dimitri está seguro em casa.

Horas mais tarde, acordo assustado e percebo que o motivo da quebra do meu sono é a porra de uma briga na rua, que me faz querer abrir a janela e dar um tiro em quem começou aquela merda.

Eu não tenho uma arma, então apenas me levanto e vou ao banheiro.

Quando volto para o quarto, pego meu celular, percebendo que são quase cinco da tarde e que já está mesmo na hora de acordar. Vou até a cozinha, preparo alguma das coisas congeladas que há no freezer e como, não sentindo prazer nenhum naquela merda insossa. Talvez eu devesse ser menos mão de vaca e comprar alimentos melhores, porque eu sei que cozinho bem.

Termino meu almoço/café-da-manhã/janta — já não sei mais como nomear minhas refeições — e vou ao meu computador, continuar aquele processo diário e rotineiro. Enquanto minha máquina — que parece funcionar à base de carvão — começa a ligar, desbloqueio meu celular e abro as mensagens que ainda não vi.

DiCaprio:

Me perdoa, rabanete, eu fico meio descontrolado quando olho pra você. 6:48

Ainda tá no trabalho? 6:48

Eu:

Oi, estranho. 17:48

Foi mal pela demora, tive um problema na boate. 17:48

Envio e bloqueio o celular. Começo a abrir o meu e-mail, esperando a habitual resposta rápida do cara. Diferente das outras vezes, a mensagem demora um pouco a ser respondida e só vem quando estou lendo as negativas aos meus pedidos de emprego.

DiCaprio:

Ah, que fofo, você já está se desculpando pela demora. 18:22

Ai, ai, Bandile... 18:22

Reviro os olhos, sem conseguir conter uma risada idiota. Aquele cara consegue transformar todas as mensagens, que envio, em um prêmio pessoal, e eu não tenho vontade de lutar contra isso. Confesso que me divirto.

Eu:

Eu sou educado e não gosto de deixar as pessoas no vácuo, não confunda. 18:22

Apesar de eu não conversar com muitas pessoas, aquilo é verdade. Incomoda-me muito ter falta de educação, até mesmo com aquele cara. De igual forma, ele demora a me responder mais uma vez e segue assim durante o resto do tempo que conversamos.

Enquanto vou enviando novos e-mails e procurando novas vagas, continuo aquele bate-papo despretensioso que acaba ficando um pouco mais sério.

DiCaprio:

E o que aconteceu de tão importante que você não pôde me dar sua atenção? 18:31

Fui dormir carente... 18:31

Eu:

Não é da sua conta, fofoqueiro. 18:33

Você devia comprar um urso de pelúcia. 18:34

DiCaprio:

Ah, vamos, Bandile, alimente minha curiosidade. 18:45

Eu acho que vou passar mal se você não me contar. 18:45

Um urso de pelúcia não vai me abraçar de noite, com essas mãos grandes e habilidosas que você tem. 18:46

Por que eu imagino uma pessoa completamente manhosa por trás dessas mensagens?

Como um curioso que entende o outro, resolvo explicar o que aconteceu bem por alto, porque sei que não tenho direito de dar detalhes da vida de ninguém, então foco passar a mensagem do jeito mais simples e resumido que consigo.

Eu:

Eu tive um problema, envolvendo um cara no meu trabalho, e eu acabei ficando meio mal, mas eu acho que tudo já foi resolvido. 18:49

Resposta à MSG sobre abraçar de noite
Eu também não vou. 18:49

A próxima mensagem demora bem mais, me fazendo acreditar que o cara não iria mais conversar por hoje, mas o sino volta a soar quando estou mandando um dos últimos e-mails do dia.

DiCaprio:

Você tomou um fora do cara e agora tá triste? 19:25

Eu:

Nem tudo é sobre relacionamentos, acorda meu filho. Existem coisas piores do que terminar com alguém. 19:26

DiCaprio:

Que bom! 19:25

Eu já estava com ciúmes. 19:25

Eu:

Se controla aí. 19:25

A conversa não continua, e eu preciso começar a me arrumar para trabalhar, então, se chegam mais mensagens, não presto atenção no momento.

O horário de hoje é normal, o que me faz conseguir conversar com meu pai por cinco minutos, antes de sair de casa. Ele me conta alguma coisa que aconteceu no trabalho, tentando claramente ficar mais próximo de mim a cada dia, e eu ouço, sorrindo amigavelmente, mas não tenho nada em troca para confidenciar naquele momento.

Tirando os acontecimentos ruins da última noite, o que sobra sobre o meu trabalho é um amontoado de putaria, então eu o poupo desses detalhes. Parecendo estar satisfeito com nossa pequena conversa, meu pai sorri pequeno, bem pequeno mesmo, e nos despedimos.

Sem muita dificuldade, chego mais cedo ao bar para lavar a louça que deixei empilhada no dia anterior. Com exceção de Victor, que está roncando em um dos sofás da boate, o lugar está vazio e silencioso.

Do jeito que eu gosto.

Continuo lavando aqueles copos sujos e limpando todo o bar, ouvindo minha playlist do *Linkin Park* tocando baixo, para que só eu consiga escutar. Não quero acordar Victor, porque sei que o cara se fode todo lá na porta da boate, lidando com gente idiota durante a noite toda, então, mesmo que não precise dizer a ele, prezo pelo seu sono. Quanto mais descansado ele estiver, menos gente babaca entra na casa.

Com o passar do tempo, a minha paz acaba, e eu sou bombardeado pelo choro de Pablo que se joga no balcão do bar, mas não é por Vicenzo Mafra desta vez.

— Eu tô fodido hoje! Fo-di-do! — ele diz, batendo as palmas no balcão do bar, à medida que pronuncia cada sílaba. — Fodido!

— O que foi desta vez, Pablo? — pergunto, enquanto seco os últimos copos de *long drink* e os enfileiro perfeitamente no balcão liso ao lado da pia.

— O Dimitri não vem trabalhar hoje! — ele diz, enfiando os dedos por dentro dos cabelos, abaixando a cabeça numa cena desesperadora.

O cara vai ter um colapso nervoso e eu me sinto estranhamente mal com a sua informação. Talvez, preocupado demais com o estado psicológico do garçom, no momento.

— Ele me ligou de tarde, disse que o corte na mão voltou a sangrar, teve que ir ao hospital, tomou a porra de cinco pontos e ainda levou um esporro do médico, que disse que ele tinha que ter ido direto pro hospital. — Pablo levantou o rosto, quase chorando. — Por que um dos meus melhores funcionários precisa escorregar na casca da banana o tempo todo? Porra! Como aquele puto cai! Desde adolescente!

Eu me alivio ao saber que o problema foi apenas físico. Ainda assim, sou acariciado pela estranheza de não ver Dimitri esta noite.

Que porra de sensação indesejada.

Pablo volta com aquela pose derrotada, mas, dessa vez, cruza os braços por cima do balcão e deita a cabeça sobre eles, onde continua murmurando. Eu preciso fazer força para conseguir entender o que diz.

— O médico mandou ele ficar dez dias em casa. Dez dias, no mínimo! — Se ele não está chorando até agora, com certeza, vai chorar em breve. — Pra completar, um dos meus garçons extras se machucou e disse que não pode mais trabalhar aqui.

Eu travo o maxilar, sabendo exatamente quem é o fodido de que se trata. E imagino que Pablo ainda não sabe da situação completa que aconteceu com seu amigo, senão estaria com tanto ódio quanto eu, desejando nunca mais ver a cara do demônio.

É melhor que esse filho da puta fique bem longe da boate.

— É hoje que eu sou processado pela superlotação da boate, Gael. — Ele levanta o rosto, me olhando como se tivesse morrendo.

— Pablo, por favor, respira. Você vai ter um treco, cara.

Mas, provavelmente, Deus ouviu todo o choro de Pablo e transformou no teletransporte de Dimitri, porque ele aparece ali, na minha frente, a alguns metros do balcão do bar.

Pablo percebe o meu olhar para algum lugar fixo e vira o rosto para trás, procurando o que eu tanto observo. Toma um susto e quase cai quando vê Dimitri andando devagar em nossa direção, até que o garoto se senta no banco alto do bar, ao lado do nosso chefe, e olha para ele.

— O que você está fazendo aqui, porra? Tá maluco? — meu patrão fala meio revoltado, porque, apesar de precisar de Dimitri, eu sei que ele não quer que a condição do seu amigo piore.

— Eu sei que você ia surtar se eu não viesse, Pablo — Dimitri começa a dizer baixo e mais sério do que eu estou acostumado a ver. — Então, eu vim trabalhar.

— Você não pode pegar peso, merda, quer foder mais ainda essa mão?

Eu apenas observo os dois conversando, enquanto começo a pegar as caixas de morangos na geladeira e jogá-los dentro da pia, para serem lavados.

— Não posso pegar peso, mas posso fazer o que eu sou pago pra fazer. Posso administrar o salão e mandar em quem eu tiver que mandar.

Então, ele olha para mim, mas não diretamente para o meu rosto. Dimitri olha para as minhas mãos, que trabalham com a água jorrando sobre os morangos. Parece estar com o olhar perdido em pensamentos, que eu não estou nem perto de entender. Ele continua sério de um jeito que ele não costuma ser.

Não que o cara vivesse soltando confetes em cima dos outros, mas tem algo de ruim na forma que ele está enfrentando o trabalho naquele momento, e eu torço muito para que não tenha a ver com a noite passada.

— Ei... — Pablo, que não tem nada de burro, parece perceber algo errado. — Você está bem, meu lindo?

Tanto sua preocupação quanto seu apelido carinhoso são esperados, já que são amigos há tantos anos. Também não é anormal vê-lo colocando a mão no rosto de Dimitri e o afagando levemente. Normalmente, não ficam tão grudados no meio do salão, mas já os vi brincando, agarrados no sofá de Pablo, poucas vezes que precisei entrar na sua sala.

Eles têm uma relação muito próxima e íntima, como se ainda fossem adolescentes e nada houvesse mudado, mas parecem manter isso nos momentos em que estão a sós com o outro sócio da Hidden, que completa o trio daquela amizade.

Continuo percebendo como ele realmente está preocupado e, mesmo que sejam amigos, agora fica claro que meu colega de trabalho não contou, ao nosso chefe, o que aconteceu na noite passada.

Dimitri sorri amarelo e sem graça, e olha para mim quando lhe responde:

— Estou, sim. Converso com você mais tarde e explico tudo...

Eu o encaro de volta e, por um segundo, Pablo passeia os olhos entre nós dois, não fazendo ideia do que acontece ali. Nem eu mesmo entendo, mas engulo em seco, me sentindo desconfortavelmente impotente. Dimitri não está bem e é péssimo ao tentar fingir o contrário. Finalizando aquele momento torturante, o maître se levanta, enquanto respira fundo e, dessa vez, olha para o nosso chefe.

— Não vou carregar peso, prometo — então diz e, dando dois tapas no ombro de Pablo, com a mão que não está com o curativo novo, sai dali, indo em direção ao salão para começar o seu trabalho da noite.

Queria esquecer tudo que eu pensei sobre Dimitri parecer uma criança assustada e incapaz de liderar, porque, nessa noite, ele não é nada disso. Admiro o jeito que, sem precisar ser grosso ou estúpido, Dimitri consegue ser firme com todos os funcionários que tem, de alguma forma, "patentes" mais baixas do que a sua.

Até mesmo eu, a quem ele nunca desferiu um pedido sequer, sou alvo das suas ordens cirúrgicas sobre procedimentos que podem melhorar o funcionamento dos pedidos.

Com certeza, há uma potência enorme a ser liberada dentro de si, eu só lamento que ela seja desencadeada dessa forma, depois do acontecido. Porque, sim, Dimitri não é grosso nem estúpido, mas, em momento algum, naquela longa noite de trabalho, o vejo sorrir. Em nenhuma hora.

Esta é a primeira vez que percebo que sinto falta do seu sorriso.

Tentando me distrair das coisas que não deveria sentir saudades, como os dentes do cara que trabalha comigo, foco o meu serviço e tento não pensar demais no que acontece na boate. Pelo menos, no que não tem a ver comigo, porque, apesar de o movimento estar meio fraco hoje, mesmo com todo o striptease que acontece ali, estou sozinho no bar e preciso prestar atenção em tudo que acontece ao meu redor.

Acostumado com toda movimentação da casa, percebo que a boate está próxima do encerramento quando o salão já fica tão vazio que os faxineiros começam a aparecer, limpando a sujeira deixada pelos clientes. Ao centro do salão, percebo também Dimitri, não cumprindo a própria promessa. Com sua bandeja, grande e preta, perfeitamente equilibrada na mão que está boa, Dimitri vai andando pela boate e cata os copos que foram largados pela extensão do local.

Sem paciência para sua teimosia, dou a volta no balcão do bar e ando até ele. Dimitri está de costas para mim, então não percebe o momento em que seguro a bandeja e tiro de sua mão. Primeiramente, ele se assusta, e eu me sinto mal por isso, não era essa a intenção, mas, tão rápido quanto o susto que leva, é a cara de raiva que faz para mim, franzindo o cenho com tanta força que sinto que serei agredido por aquele cara que parece ser uma *criança bochechuda*. No entanto, ele perde a fofura quando o percebo realmente furioso, e começo a imaginar que não é apenas raiva o que está sentindo.

— Não me lembro de ter pedido sua ajuda, Bandile — diz, tentando pegar a bandeja de mim, que ergo cada vez mais alto.

— E eu me lembro perfeitamente de você dizendo ao Pablo que não ia pegar peso.

— Pelo amor de Deus, Bandile, são só copos. — Ele ainda tenta pegar a bandeja, e eu a levanto cada vez mais.

— Você não deveria pegar nem guardanapos com essa mão.

— Caralho, não se mete no meu trabalho! — Dimitri esbraveja com ódio, quase rosnando, quando abaixa os braços e desiste de pegar a bandeja, batendo as mãos com força nas coxas, pelo movimento abrupto. — Eu não te pedi nada, porra! — Faz uma cara de dor, provavelmente por ter batido a mão na perna.

O tom agressivo me faz desistir de ajudá-lo, porque, por mais que eu queira que ele pare imediatamente, não posso, e nem quero, obrigá-lo a nada. Também não vou ficar aguentando grosseria de graça.

Respiro fundo, me sentindo irritado, e não entrego a bandeja a ele, mas largo em um dos sofás ali perto, com uma vontade excruciante de gritar um "Foda-se, então!", mas não o faço.

Decidido não perturbar mais Dimitri, me viro e começo a andar em direção ao bar, mas sou parado por sua voz que soa, mais uma vez, no tom que eu mais detesto ouvir: quebrada, destruída e triste.

— Desculpa, Gael... — murmura.

Quando me viro, o que consigo ver é a imagem de Dimitri enterrando as próprias mãos no rosto, respirando tão fundo que faz com que o corpo mais baixo que o meu trema levemente. Eu me aproximo com cuidado e não encosto nele, mas sou firme e audível quando digo:

— É a última vez que eu me aproximo pra te ajudar. Eu não quero te obrigar a nada e também não sou bom nisso... — Pauso, tomando um pouco mais de coragem para continuar. — Você quer conversar?

Ele demora a tirar as mãos do rosto, e eu fico observando o curativo que rodeia o dorso de sua mão, muito melhor executado do que o que eu fiz. Quando acho que sua resposta será negativa, Dimitri abaixa as mãos, revelando os olhos pequenos, que já estão vermelhos e inchados, mas ainda não choram.

— Sim — é o que fala, antes das lágrimas silenciosas voltarem a correr pelas suas bochechas.

E minha segunda percepção da noite é que odeio ver Dimitri Dangeli chorando.

8

AINDA É BONITO

São 4:15.

O bar já está praticamente limpo, não há mais clientes na boate, e a música já foi desligada. Pablo entrou na sua sala com Vicenzo, que apareceu do nada na Hidden Honey, e já conversam há mais de uma hora. Eu realmente espero que não estejam brigando.

Todos os outros funcionários foram embora, porém Victor está rondando pela boate, verificando se não tem ninguém escondido ou dormindo embaixo de alguma mesa. Isso acontece com mais frequência do que nós gostaríamos, então ele precisa verificar todos os dias.

Eu já estava liberado, já poderia ter saído correndo e ido para casa, o que faria em qualquer outra circunstância, mas estou sentado em um dos sofás largos da boate. Estou na frente do meu colega de trabalho, que conheço há quase um ano, também sentado, com o corpo virado na minha direção. Ele já parou de chorar, mas seu tom continua embargado, como se as lágrimas pudessem retornar a qualquer momento.

— Eu fui pra casa ontem me sentindo um merda... — ele dá início ao processo de colocar para fora todas as coisas que o fazem mal.

Suas pernas estão sobre o sofá, cruzadas como se ele fosse uma criança no jardim de infância, e suas mãos pequenas seguram as pontas das alças do seu avental desamarrado, com que ele brinca nervosamente por cima das panturrilhas. O rosto de Dimitri está virado para baixo, em direção às mãos, e ele não parece conseguir me encarar naquele momento. Tampouco quero obrigá-lo a isso. Minha única intenção é que ele ponha para fora o que tanto o aflige.

— Eu não consegui dormir direito — continua, enquanto respira fundo a todo o momento e me mostra o quanto está sendo corajoso em conseguir falar sobre aquilo. — Minhas crises de pânico voltaram, eu não conseguia respirar.

Eu queria dizer que o entendo, mas não. Apesar de ter tido várias ações impulsivas e cegas pela ansiedade, nunca tive crises de pânico assim, mas imagino que não deva ser uma experiência agradável de vivenciar.

— E toda vez que minha bochecha dói, eu sinto como se estivesse revivendo a cena toda de novo.

As luzes baixas, instaladas com o propósito de criar uma atmosfera sensual e erótica, não me permitem perceber detalhes que, às vezes, têm a necessidade de serem notados. Somente quando Dimitri leva os dedos curtos até a bochecha cheia, é que vejo um leve e muito sutil hematoma, mas que já devia estar lá desde a hora que ele chegou. E, como se me atingisse com um raio, a memória de Miro espremendo o rosto de Dimitri contra o armário vem até mim, revirando meu estômago com uma violência que me causa náuseas.

Dimitri acaricia o local devagar, como se ainda sentisse dor, e eu não posso evitar travar a mandíbula, tentando controlar a raiva que sinto. O ato daquele desgraçado já havia acabado, e Dimitri não estava mais sob seu controle, mas não fazia ideia de quanto tempo o maître seria atormentado pelas consequências daquelas ações.

E é possível que a ferida de sua mão cicatrize mais rápido do que a de seu interior.

— Se eu não fosse tão distraído... — ele continua a falar, fechando os olhos com força, remoendo tudo aquilo dentro de si. — Se eu não estivesse usando o celular naquele momento, isso não teria acontecido, sabe? — ele pergunta, mas ainda não olha para mim.

Eu começo a entender o que ele quer dizer com aquilo tudo, fazendo com que suas palavras doam ainda mais. Ele acha que a culpa é dele.

— Eu sou esperto, eu sei que sou — ele parece dizer aquilo mais a si mesmo do que a mim. O que eu imaginava, que iria acontecer a qualquer momento, acontece. Dimitri volta a chorar, inicialmente silencioso, mas sua voz soa embargada entre soluços, à medida que ele continua falando: — Eu sei me defender, Gael, sempre soube.

Então, ele olha para mim, tentando provar alguma coisa, como se precisasse que eu entendesse que ele não é fraco.

Como se precisasse provar sua inocência para mim.

— Mas eu fui pego de surpresa... E eu... — Ele respira fundo, tenta reunir forças para falar, mas precisa de alguns segundos, que eu pacientemente dou.

Então, o cara volta a olhar para as mãos, e eu consigo ver as lágrimas que pingam na sua calça preta do uniforme.

— Agora, eu tenho medo de que aconteça o tempo todo. — Dimitri passa o polegar cheio pelas bochechas, limpando inutilmente o rosto, que volta a estar molhado em poucos segundos.

Observo o maître respirar fundo, enquanto continua a tentar, sem sucesso, controlar o choro. Espero um pouco antes de começar a falar:

— Dimitri... — chamo baixo, mas ele não olha para mim. — Você acha que isso tudo foi culpa sua? — há mais carinho e cautela no meu tom do que eu imaginava ser capaz de proferir a alguém.

— Sim, eu... Eu baixei a guarda, Gael. — Ele mantém a cabeça baixa, enquanto continua fungando.

— Dimitri, presta atenção em mim, por favor...

Eu preciso que ele entenda o que eu quero dizer, então é com suavidade que toco sua mão com cuidado, tentando capturar seu foco naquele momento. Antes que possa segurar seus dedos, espero dele a reação de me repelir, mas ela não vem.

Ao completo oposto, Dimitri estende sutilmente a mão para que eu finalize o encaixe entre nossos dedos e, depois que tenho sua palma pequena dentro da minha, o seguro com um pouco mais de firmeza.

Não sei que tipo de reação eu causo nele, mas o choro cessa e dá lugar a uma respiração entrecortada tão forte que minha primeira reação, temendo assustá-lo mais, é largar sua mão, mas ele não deixa.

Dimitri segura meus dedos como se precisasse daquilo naquele momento e, entendendo seu recado, continuo aquele nosso pequeno contato, observando seu rosto que continua fixo às nossas mãos unidas.

E não é só ele que parece nervoso com aquilo.

Minha intenção inicial era apenas demonstrar apoio e captar a atenção de Dimitri, mas, inegavelmente, a sensação do toque direto de sua pele quente e macia me agita. Num pigarro sem jeito, tomado pela estranheza da adrenalina que aquele contato sutil me causa, começo a falar, antes mesmo que esqueça o que tenho a dizer.

— A única e exclusiva pessoa que tem culpa nesta merda toda é aquele babaca que eu deixei com a cara fodida. Não você.

Enquanto falo, Dimitri aperta ainda mais meus dedos, com sua mão que não está enfaixada, então não penso em brigar com ele por fazer esforço sobre o ferimento. Até porque me causa ódio, mas falar daquilo dói bem mais nele, então deixo que aperte minha mão o quanto quiser, sem reclamar.

— Você poderia ter feito um striptease naquele corredor e, ainda assim, ele não teria o direito de encostar nenhum dedo em você.

Ele sobe o rosto, levando os olhos castanho-claros de encontro aos meus e suga o lábio inferior para dentro da boca, de forma que é notável como ele faz aquele bico para controlar o choro que pede retorno.

— Você entendeu? — pergunto calmo, mas firme o suficiente para que eu tenha certeza de que ele absorveu todas as minhas palavras.

Então, Dimitri faz o que eu, inconscientemente, desejava que fizesse a noite toda.

Enquanto afirma com a cabeça, Dimitri sorri.

Fraco e pequeno, mas ainda é um sorriso.

E ainda é bonito.

— Vou deixar o strip pros dançarinos — diz ainda fungando, mas num tom mais ameno que, de certa forma, me deixa mais tranquilo. — Obrigado, Gael, e desculpa te meter nisso... — fala, voltando a abaixar a cabeça.

— Ainda bem que eu me meti, não é? — Um sorriso sutil surge nos meus lábios, enquanto repouso o olhar para o seu rosto inclinado.

Bonito até inchado de choro.

E, quando me encara novamente, percebo que seus lábios possuem um sorriso mais carinhoso do que eu consigo suportar, então solto sua mão e me levanto.

Não é difícil perceber que, junto ao incômodo de não querer soltar seus dedos, vem a estranheza de passar tempo demais de mãos dadas com alguém do meu trabalho. Uma porra de bagunça de sentimentos que eu não quero e nem estou pronto para entender.

Respirando fundo e olhando para os lados, tentando disfarçar o quão instantaneamente sem graça fiquei, percebo Victor andando devagar na nossa direção, provavelmente para ir para casa, depois de ter terminado sua ronda minuciosa.

— Vai, Dimitri, vai pra casa — falo olhando para o garçom, que agora desfaz o cruzamento das pernas e coloca os pés no chão. — Eu termino a sua parte e, se você recusar, eu vou chutando sua bunda até você chegar ao seu carro.

Dimitri gargalha fraco e choroso com o meu comentário. Aquilo é mais bonito ainda e me faz acompanhar seu riso de forma mais contida, mas, inegavelmente, me contagiando.

Achei que Dimitri não aceitaria minha proposta de ir para casa mais cedo, mas até ele parece estar ciente de que todo tempo extra que tiver — para descansar — será bem-vindo depois das merdas que vivenciou no último dia.

— Minha conta com você fica cada vez maior, Bandile. — Ele levanta, depois de controlar o humor e, parecendo tão desconcertado quanto eu, bate o próprio avental vermelho, expulsando pequenas sujeiras que eu não sabia ao certo se realmente existiam.

— Eu não sei como te cobrar essa conta, mas, a qualquer hora, penso em alguma coisa — digo ainda com o meu pequeno sorriso.

Retribuindo meu sorriso, Dimitri acena brevemente com a cabeça e deixa o salão, caminhando até o vestiário para poder ir embora, mas não antes de agradecer mais uma vez. Victor, que parecia ter ouvido o fim da minha conversa com Dimitri, para na minha frente, no exato momento em que fico sozinho.

— Pegando trabalho dos outros pra você? Tá doente, Gael?

Victor está certo em achar que eu estou doente, porque nunca fui o tipo de cara que se oferece para fazer trabalho dos outros, a não ser que seja preciso. Agora que eu já me meti nessa, só vou embora depois que limpar o salão de todos os copos que Pablo não quer que deixem nas mesas, com medo dos faxineiros, que lavam a boate à tarde, quebrarem.

Um copo não é muito caro, e temos um estoque grande de descartáveis para repor se necessário, mas, com a ajuda de Davi, de copo em copo, Pablo pode ir à falência.

A boate é lavada todo dia, porque meu chefe insiste que a experiência olfativa é tão importante quanto a visual e, se o lugar não estiver exalando feromônios, não serve. No entanto, quando essa faxina mais pesada acontece, eu já estou no meu vigésimo sono, coisa que não vai acontecer tão cedo, já que eu ainda tenho trabalho a fazer. A fim de agilizar o processo, pego uma das caixas grandes e vazias de frutas, e saio andando pela boate, catando todos os copos sujos que os clientes espalharam pela casa.

Não sou habilidoso como os garçons com suas bandejas, então não me aventuro com elas, já que sei que há grande chance de dar mais prejuízo ao Pablo, se eu der uma de equilibrista. Nessa hora, o caixote é meu amigo, porque coloco tudo lá dentro sem perigo de jogar taças ao chão.

Tendo terminado o salão, coloco todas as novas louças no bar e, antes de começar a lavar, checo meu celular. Nada melhor do que umas mensagens debochadas para desanuviar os pensamentos.

Lá estão elas, esperando por mim desde as 02:00, quando eu sequer pensava em pegar no celular, mas imagino que o cara já esteja habituado à minha demora. Desbloqueio o telefone com a mão direita, enquanto a esquerda abre a torneira e deixa a água bater nos copos sujos.

DiCaprio:

Você está sério demais hoje, Barman. 02:11

Não gosto quando você fica assim, parece que vai tacar uma lata de cerveja na cabeça de alguém. 02:11

Rindo, balanço a cabeça negativamente, só percebendo agora que deveria estar sério pela tensão que estava sentindo por assistir a Dimitri trabalhar tão centrado quanto o *Poderoso Chefão*[5].

Só que sem matar ninguém...

Eu:

Estava concentrado, não posso errar o pedido de ninguém. 05:35

5 Filme estadunidense de 1972.

É o que respondo, bloqueando o telefone e jogando no canto da pia. Volto a lavar os copos e, alguns minutos depois, ouço o sino de mensagens soar, me fazendo desligar a torneira e secar as mãos, para pegar o aparelho novamente.

Deveria considerar colocar o telefone no silencioso, porque é muito difícil ouvir o barulho de notificações e não ficar me coçando para ver o que a pessoa acabou de falar, mas, desbloqueando a tela, sigo para ver a mensagem.

DiCaprio:

Você me acordou, rabanete. 05:47

Eu me sinto levemente culpado, porque odeio quando atrapalham meu sono, então acabo me desculpando.

Eu:

Desculpa. Volta a dormir, então. 05:49

E antes que eu pense em bloquear o celular e voltar a trabalhar, outra mensagem dele chega, naquilo que se torna uma conversa. Talvez a mais longa que tivemos até agora.

DiCaprio:

Pediu desculpa de novo? 05:50

Ai, Bandile, você está me deixando louco... 05:50

Reviro os olhos. Já estava demorando para ele começar.

Eu:

Você fica louco com qualquer coisa. 05:51

DiCaprio:

Com qualquer coisa que venha de você. 05:51

Esse cara deveria ser premiado pela capacidade de dar em cima de alguém. Certeiro demais para não ganhar nenhum prêmio.

Eu:

kkk, vai dormir, cara. 05:52

DiCaprio:

Me belisca. 05:52

Você riu? 05:52

Merda.

Eu:

Não, o teclado do meu celular está com defeito. 05:53

Minto descaradamente, mas é claro que ele sabe que é mentira.

DiCaprio:

Entendi. Deus me livre se você rir, né? 05:53

Acho que as calotas polares derretem todas de uma vez. 05:54

Eu:

Exagerado... 05:55

DiCaprio:

Agora que você já me acordou, me diga... 05:56

O que você está fazendo? 05:56

Eu:

Lavando copos. 05:57

DiCaprio:

Nossa, que emocionante. 05:57

Eu:

Nem só de preparar Tequila, colocar fogo nos drinks e sacudir a coqueteleira vive o homem... 05:58

DiCaprio:

Me sacode que nem você sacode essa coqueteleira, Bandile. 05:59

Eu preciso me controlar para não rir alto.
É cedo demais para admitir que aquele cara *quase* me faz gargalhar.

Eu:

Você quer vomitar? 05:59

DiCaprio:

kkkkkkkkkkk, você acaba com meu clima, rabanete. 06:00

Por mais que eu tente conter, uma risada me escapa dos lábios, mas, me distraindo das mensagens, paro com os olhos sobre a pia cheia e respiro fundo, percebendo que, se continuar conversando daquele jeito, vou dormir na boate.

Eu:

Preciso terminar o trabalho e ir pra casa. 06:02

Vai dormir. 06:02

Pelo menos, um de nós dois pode fazer isso. 06:03

DiCaprio:

Owwwn, tadinho do bebê trabalhador. 06:04

Mas eu vou mesmo, ainda tenho dignidade pra entender que meu sono vale mais que você. 06:04

Boa noite, vai com cuidado pra casa. 06:05

Eu:

Boa noite, estranho. 06:05

DiCaprio:

Estranho não. Me chama de bebê, amor, neném, mozão, vida. 06:06

Meu Deus, como é carente...

Eu:

Bateu a cabeça, estranho? 06:06

DiCaprio:

Ai, boa noite, insuportável. 06:07

Rindo ainda mais, bloqueio o aparelho e volto a jogá-lo pelo balcão da pia, continuando a lavar todos os copos diferentes.

Copos de *shots*, conhaque, vodka, refrigerante, batida, taças de vinho, taças de champanhe e mais vários outros. Os descartáveis, que foram usados mais para o final da noite, vão direto para o lixo. Todos nojentos, todos sujos de saliva ou marca de batom e, depois de meia hora, quase todos perfeitamente limpos, com a ajuda da máquina de lavar louças que uso quando a situação está crítica.

A boate está vazia e silenciosa, daquele jeito pelo qual eu tenho estima, então o único som que ecoa é do eletrodoméstico funcionando.

Até que não seja mais.

Enquanto a máquina faz seu último ciclo, um grito alto soa pela boate, vindo da sala de Pablo, que não fica muito longe do bar.

Parece briga, mas é outra coisa...

É impossível não entender, com perfeição, o que aquela voz grita:

— *Fode, Vi!* — E como se não fosse o bastante, ele grita de novo: — *Mais forte, meu amor!*

E aquilo é o suficiente para minha noite acabar em desgraça.

Rindo nervoso, desligo correndo todas as luzes do bar, cato meu telefone, pego minha mochila no armário embaixo da pia e vou para o meu carro, deixando a máquina de lavar finalizar o ciclo. Pablo não sabe que ainda tem alguém na boate, isso é claro.

E vai *pro caralho* se alguém acha que eu vou ficar ouvindo foda de outras pessoas, então deixo a máquina responsável por terminar seu próprio trabalho.

Chegando ao meu carro, enfio a chave na fechadura e, rindo ainda mais, balanço a cabeça negativamente, tentando emudecer as lembranças da voz do meu chefe gemendo e ecoando pela boate.

Eu estou traumatizado.

Mas parece que eles fizeram as pazes...

Fizeram as pazes *pra caralho*.

9

SÓCIO

A manhã de domingo começa e traz, com ela, a imagem que eu costumo ver toda vez que volto para casa, nesse dia da semana.

Toda vez que chego tarde o suficiente para presenciar a cena, porque já era para estar roncando na minha cama há muito tempo, mas, como finalizei o trabalho de Dimitri, quando entro em casa já passa das 06:40. Meu pai está sentado no sofá, com a televisão ligada em algum programa matinal que fala sobre bois e vacas. Programa ao qual ele assiste, fielmente, todos os domingos pela manhã. E eu sempre me pergunto o porquê, já que não temos espaço em casa para colocar nem um hamster, que dirá um boi.

Também não temos dinheiro para isso.

— Dia — falo, chegando perto do sofá e colocando a mochila em seu braço.

— Dia — responde baixo e rouco, com a voz de quem acabou de acordar, sem parar de olhar para a televisão.

Deixo-o por um momento e vou até a cozinha, a fim de preparar alguma coisa para comer, faminto o suficiente para enfiar até pedra na boca.

Felizmente, tem coisa melhor por ali.

Uma embalagem com três espetinhos de carne, desses de rua, enrolados em papel alumínio. Pego e levo para a sala, mostrando ao meu pai.

— Posso comer isto? — pergunto, com medo de ser o almoço dele de amanhã.

— Comprei pra você, meu filho — ele responde, sem nem mesmo olhar o que eu segurava, prestando atenção numa vaca malhada que foi leiloada por um valor maior do que a nossa casa.

— Valeu — solto, voltando à cozinha.

Esquento os espetos de carne por um minuto no micro-ondas, pego uma garrafa pequena de suco de uva integral, volto para a sala, sento-me no chão de pernas cruzadas e posiciono tudo em cima da mesa de centro. Enquanto como, ouço o barulho do narrador, que tenta passar a mensagem entre mugidos.

Meu pai dá um longo pigarro, então sei que quer alguma coisa comigo e logo começa.

— Quando é sua próxima folga, meu filho? — ele pergunta, o que me faz conter o riso, pela sua péssima memória.

— Na próxima quinta, pai — falo, com a boca cheia.

— Nós podemos... — ele parece hesitar inseguro, o que me faz prestar ainda mais atenção em suas palavras, mesmo que não o olhe diretamente — pedir de novo aquela comida que você pediu? E assistir a alguma coisa? Um filme?

Agora, eu olho, unindo minhas sobrancelhas devagar, claramente confuso.

Meu pai não me chama para fazer nada há muito tempo, então não há como não achar aquilo estranho, de alguma forma.

Além do mais, seu tom não é normal, e em nada me acalma.

— Está tudo bem, pai? — é abrupto, mas não consigo evitar a pergunta.

— Precisa de algum motivo pra eu querer passar algum tempo com meu filho? — ele retruca, ainda sem tirar os olhos da televisão, parecendo um pouco mais emburrado quando diz.

— Não, não precisa — respondo, voltando o olhar para minha comida. — E sim, podemos. Vou pedir a comida antes de você chegar e deixo o filme por sua conta, beleza?

— Beleza — ele responde todo duro, mas parece estar um pouco mais satisfeito.

Ainda estranho a situação, mas não falo mais nada.

Termino de comer, me levanto, limpo a pequena bagunça que havia feito, me despeço rapidamente do meu pai, tomo um banho rápido e vou para o quarto, carregando minha mochila junto.

Quando chego, coloco o celular no carregador, fecho a cortina o máximo que posso e enterro o rosto na cama, mas demoro a dormir.

Porque existe um amargor na minha boca, causado pelo convite do meu pai.

E eu não consigo deixar de pensar que há algo errado acontecendo.

DIA 5

Igualmente aos outros dias, acordo com barulhos altos, dessa vez, causados por uma chuva torrencial que bate na minha janela.

Mais uma vez, sou acordado minutos antes de o meu despertador tocar, o que me faz me levantar, escovar meus dentes e voltar para o meu quarto, para ligar meu notebook.

Meu estômago dói, provavelmente, pelo lanche de rua que meu pai comprou para mim na última noite, então não quero comer nada naquela hora.

Eu gosto de chuva, mas me preocupa ter que ir trabalhar com esse tempo ruim, ainda assim, finalizo minhas buscas, desenho mais um pouco e me arrumo para trabalhar, saindo de casa e me despedindo de meu pai com um grito, porque o homem está no banho.

Em dias assim, demoro o dobro para conseguir fazer o caminho até a boate. Sendo noite de domingo para segunda, sei que a Hidden Honey terá movimento, mas não estará tão cheia, o que me tranquiliza um pouco mais. Não gosto de chegar atrasado e me enrolar com meu trabalho.

Como sou um dos primeiros a chegar, estaciono o carro numa vaga próxima à porta e corro até a entrada dos fundos da boate, tentando não me molhar muito.

Quando entro, vou até o vestiário, troco minha roupa e, rapidamente, já estou no bar, acendendo as luzes e preparando as frutas da noite.

O tempo passa e os funcionários vão chegando.

Todos cada vez mais molhados, à medida que seus carros vão ficando nas vagas mais distantes da porta da boate.

E, parecendo ser o último funcionário a chegar na casa, anormalmente atrasado até para os dias de chuva, entra a *criança encharcada*. Dimitri está com o cabelo tão colado nos olhos que o deixa com aspecto de um *sheepdog*.

Rio enquanto corto as rodelas de limão, balançando a cabeça negativamente ao percebê-lo correr até o corredor que leva ao vestiário.

Pouco tempo depois, meu celular soa e eu o pego, desbloqueando-o e lendo as novas mensagens que recebo no mesmo momento em que estou com o aparelho em mãos.

DiCaprio:

Eu tenho uma dúvida séria e preocupada, Bandile. 21:48

Está chovendo muito e você já deve ter ido trabalhar. 21:48

Eu não tenho como saber, então me diz: 21:49

Enquanto andava na chuva... 21:49

Sua roupa ficou toda molhada e colada no seu corpo? 21:49

Eu:

Não vou alimentar sua imaginação com esta informação, seu pervertido. 21:50

DiCaprio:

Pervertido não. 21:50

Apreciador de uma imagem divina, que foi milimetricamente esculpida por deuses e anjos, por gerações e gerações, até chegar à obra finalizada, que brotou nas terras férteis de Caelum e foi batizada pelo nome de Gael Bandile. 21:52

Não tem jeito, eu gargalho com força enquanto olho para o telefone.

Eu não me lembrava de ter recebido uma cantada tão específica e elaborada quanto essa, em toda minha vida.

Eu:

Meu Deus... 21:54

É o que consigo responder.

DiCaprio:

Ficou sem fala, né, Bandile? 21:54

Eu sou foda elogiando alguém, pode dizer. 21:55

Eu:

Eu não vou dizer nada, kkk. 21:55

Você precisa achar que eu não gostei, senão vai ficar sem limites. 21:56

O que é verdade, mas nem se aquilo fosse recíproco, eu saberia como retribuir um elogio assim.

Não posso dizer que estou acostumado em recebê-los, de qualquer forma.

DiCaprio:

Eu sei que você gostou, Bandile. 21:56

Você deve estar sorrindo agora. 21:57

Eu:

Estou com a cara fechada, muito puto. 21:58

Minto, mas é óbvio que ele não acredita, já que responde:

DiCaprio:

Nossa, que tesão... 21:58

Continua. 21:59

E aí eu percebo que consigo ficar horas conversando com aquele estranho, então, antes que isso atrapalhe meu trabalho, eu o corto, já que a hora de abrir a boate chega.

Eu:

Vou trabalhar, para de me encher o saco. 22:00

DiCaprio:

Bom trabalho, baby. 22:01

Não pense demais em mim, senão vai errar seus pedidos. 22:01

Eu:

Você sonha com isso, não é? 22:02

Respondo, me permitindo, conscientemente, brincar com ele pela primeira vez, mas ele não me responde na hora, então bloqueio o telefone, precisando finalizar meu trabalho.

Ciente de que não teria muito trabalho, acabo a separação das frutas e sento no banco alto do bar enquanto observo os funcionários terminando de preparar a casa que já deveria ter sido aberta.

Não sei em que momento ele voltou para o salão, mas lá está Dimitri, trabalhando com sua roupa de maître perfeitamente alinhada e sua mão enfaixada pegando pesos que ele não deveria pegar.

Teimoso que nem uma mula.

A noite passa arrastada.

São 2:00, e o movimento praticamente morreu, com apenas algumas pessoas esperando a apresentação de Luna, que consegue fazer com que o dinheiro da boate circule por mais algum tempo, quando atrasa sua performance.

Mas os clientes estão ficando nervosos, e ela não pode demorar demais, então não espera para subir no palco e começar seu striptease, andando pela passarela entre um pole-dance e outro.

Seus peitos balançam e a plateia vibra.

Enquanto ela dança nua, preparo o que parecem ser os últimos pedidos da noite com atenção, já que estou cansado e posso errar algum ingrediente sem querer.

Estão pedindo dois *Hidden Honey* e um *Lágrima de Anjo*.

Tem saído bastante.

Assim que termino os drinks, um garçom chega com mais um pedido, de uma mesa que exigiu *a saideira*.

Respiro fundo, com vontade de jogar os copos pelos ares, de tanto cansaço.

Como preciso do meu emprego, começo a preparar o que foi pedido.

*Calcinha de couro, Lap Danc*e, doses de conhaque e vodka, e umas cinco cervejas me provam que não importa que a boate esteja ficando vazia, sempre tem gente para encher a cara.

Finalizando as bebidas, percebo o momento em que Pablo passa devagar, gargalhando com Vicenzo e um amigo de cabelo loiro-escuro que vive ali, na boate.

Eric Carpo, o braço direito do meu chefe.

Por ser sócio da Hidden Honey, é comum vê-lo circular pela casa, em qualquer noite, em qualquer horário.

As festas temáticas, ideias de descontos, pacotes promocionais para grupos, até caravanas, são responsabilidades de Eric. Se a casa tem picos de sucesso, como na última sexta-feira em que a comercialização dos vouchers foi muito além das nossas expectativas, é porque Eric trabalha pesado nisso.

Pelo que sei, não gosta de horários fixos. É comum ouvir por aí que ele está trabalhando em casa, mas, responsável pelo marketing e propaganda da boate, é normal que possa fazer seu trabalho em qualquer lugar.

Ainda assim, gosta de circular pela Hidden para ficar com seus amigos, Pablo, Dimitri e até Vicenzo, já que nunca pega numa bandeja ou nada do tipo.

Quando passam na frente do bar, o cara de cabelo loiro olha para mim e acena a cabeça sutilmente, numa reverência simplista, mas que sempre faz questão de desferir a mim.

De igual forma, aceno de volta, cumprimentando-o com educação.

Mas, desta vez, ele pisca para mim e, sem reação, observo o momento em que Eric vira o rosto para frente e continua andando, com Pablo e seu, talvez, namorado.

Tentando não focar aquele gesto aleatório e o quanto ele me deixa tensionado, porque Eric tem uma aura erótica muito densa rondando em volta de si, volto a olhar para a minha pia que chama por mim, e continuo meu trabalho.

Após a dança de Luna finalizar, e ela arrumar mais algumas admiradoras que jogam notas e mais notas aos seus pés, os clientes começam a deixar a boate e os funcionários esperam ansiosos que Pablo apareça e libere todo mundo.

Não minto que também espero a mesma coisa, enquanto lavo rapidamente a louça que os garçons vêm trazendo na direção do bar.

Dimitri nem passa perto daqui, porque sabe que vai tomar um esporro se eu o vir carregando bandejas. Acho que esse é o motivo de ele mandar outros garçons agilizarem o serviço em seu lugar.

Quando menos se espera, Pablo aparece no meio do salão, subindo em um dos sofás e gritando alto para que todos se aproximem dele.

Vicenzo está ao seu lado, com a mão entrelaçada à sua, de forma carinhosa.

Eric está atrás deles, praticamente escondido na penumbra que as luzes baixas da boate causam, agravando aquela sua aura misteriosa e sempre tão maliciosa.

Volto a olhar para Pablo. Nunca o vi sorrir tanto.

Até o cara, o tal do Vicenzo — que sempre parece sério demais —, ri de forma bonita, mas com o rosto meio vermelho, enquanto não consegue parar de olhar para o meu chefe.

Ele olha com uma devoção que se deve esperar em qualquer relacionamento.

— Você também, Gael! — ele grita para mim, que estou ao longe, no bar. Seco minhas mãos, jogo o pano de prato por cima do balcão e vou até lá.

Distraído, não percebo o momento em que o braço de alguém roça ao meu lado e, quando viro o rosto, fico estranhamente feliz por Dimitri ter aparecido.

— Você faz ideia do que ele quer? — o maître pergunta, encarando Pablo que aguarda todos se aproximarem.

— Nenhuma. Você não sabe? São amigos... — faço outra pergunta, sem perceber o exato momento em que comecei a sorrir com o canto dos lábios.

Provavelmente foi na hora em que vi Dimitri tão próximo.

— Claro que sei. — Ele ri e eu percebo que sua pergunta foi apenas para puxar assunto.

Gostei disso mais do que deveria...

No entanto, cessando minha curiosidade, Pablo começa a falar alto e bom som, descendo do sofá e ficando ao lado do cara que segura sua mão.

— Vicenzo me pediu em casamento ontem!

Então, aquela foi uma foda de noivado?

É o que penso, no momento que a lembrança dos gritos do meu chefe voltam a ecoar na minha mente, e eu preciso me segurar para não começar a rir com a memória pavorosa da foda de outras pessoas retumbando em meus ouvidos.

Todos os funcionários batem palmas e parecem estar genuinamente felizes pelo chefe que parece ter um coração maior do que cabe no seu peito.

Eu sei que ele merece aquilo.

Eu e Dimitri também estamos aplaudindo, e o maître, ao meu lado, sorri tanto que seus olhos ficam comprimidos, parecendo um bebê com a cara inchada.

Eu tenho que parar de admirar seu rosto quando ele ri assim, mas é mais difícil do que parece.

— Quem não bebe pode ir pra casa, está liberado! Mas quem bebe... — diz sugestivo, olhando para Vicenzo, enquanto trocam sorrisos sacanas desta vez — pode ficar e encher a cara com a gente, pra comemorar!

Faz tempo que não bebo e, sinceramente, queria ir para casa, mas, a pedido de Pablo, fico no bar mais um tempo, para servir bebidas a todas as pessoas que resolvem ficar.

Não reclamo, na verdade, acho melhor, porque a chuva lá fora volta a ficar forte, e eu decido que é melhor esperar um pouco antes de ir embora.

Além do mais, vou receber hora extra dobrada. *Que delícia.*

Meu cansaço até foi embora.

Pablo diz que eu posso entornar o que eu quiser, mas fico só na água enquanto observo a movimentação da boate, com os funcionários que comemoram o noivado do meu chefe.

Junto ao álcool, chegam dois carrinhos cheios de comida que Pablo pediu para a cozinha preparar. Morrendo de fome, por não ter comido nada até então, não controlo a roncada alta que meu estômago dá.

Felizmente, ninguém percebe a movimentação estranha da minha barriga.

Já não posso dizer o mesmo dos meus olhos, que brilham com a visão dos petiscos perfeitamente enfileirados à minha frente, em bandejas mais bonitas do que minha cozinha inteira.

Dimitri parece ser o único a perceber minha cara de cachorro pidão, pois se aproxima do bar segurando o riso, enquanto segura também uma garrafa de chopp de vinho, com a mão que não está machucada.

Já devia ser sua segunda ou terceira.

— Você está com fome, Bandile? Não para de olhar para a comida.

Eu rio, sem me importar em afirmar com a cabeça.

— Eu não comi nada hoje, passei mal mais cedo, mas agora poderia comer um cavalo inteiro.

— Meu Deus, deixa o cavalo em paz — ele fala rindo, e eu percebo como já está alto por causa do álcool.

Dimitri nunca falou comigo tão solto desse jeito, mas não consigo deixar de rir.

Retraído, assustado, debochado, sério e, agora, bêbado.

Apesar de conhecer o cara há quase um ano, me surpreendo com cada nova versão sua que conheço.

Especialmente nos últimos dias.

— Vou pegar alguma coisa pra você comer — diz e, antes mesmo que eu possa dizer que não precisa, o maître se distancia do bar, indo em direção às porções servidas sobre os carrinhos.

Quando ele se afasta, vou até o armário atrás de mim e pego mais uma garrafa fechada de vodka, a fim de preparar mais alguns drinks para irem ao salão.

Quando viro, novamente em direção ao balcão, vejo Eric sentado em uma das cadeiras altas, com o cotovelo apoiado no bar e o queixo apoiado na palma da mão, enquanto a outra mão tamborila calmamente sobre a madeira lisa e preta.

A rapidez com a qual ele se sentou ali me assusta.

Antes que eu possa cumprimentá-lo mais uma vez, Eric abre a boca e diz o que quase me faz derrubar a garrafa de vodka no chão:

— Você parece um rabanete com esse uniforme, barman...

10

RABANETE

Rabanete.

Não é a primeira vez que alguém me chama assim.

Certamente, não será a última.

Clientes, colegas de trabalho, até Pablo já fez a mesma piada comigo, enquanto estava com todos os funcionários, por conta do uniforme vermelho e vibrante que ele mesmo me faz usar.

Os garçons usam blusas pretas e aventais vermelhos. Quem chama mais atenção sou eu mesmo, ainda assim, não posso dizer que é uma coisa especificamente original ou única, vinda somente do cara que me envia as mensagens anônimas.

No entanto, a atitude de Eric é o que me intriga.

E, de igual forma, não é suficiente para que eu tire conclusões precipitadas.

Então, engolindo em seco, após sentir um leve choque com suas palavras, volto a me aproximar da pia, para abrir a garrafa de vodka enquanto tento agir como se aquilo não tivesse me deixado fodidamente confuso.

E assustado.

E tenso.

— O senhor quer alguma coisa? — é o que pergunto educadamente ao homem que tem o poder de me demitir e que continua tamborilando os dedos no balcão de forma arrastada.

Seus cabelos tingidos de loiro, mais escuros do que os naturais de Dimitri, estão levemente bagunçados e batem no seu olho, mas de uma forma bonita.

Na verdade, ele é bonito por inteiro, mas é igualmente assustador.

Sua pele é marrom-clara, seus traços são finos e seus olhos carregam um mistério erótico, como se ele estivesse pronto para dar o bote a qualquer minuto, em qualquer pessoa.

— Já disse pra me chamar pelo meu nome, Gael — o homem diz sem sorrir, porém de forma amena, o que intensifica toda aquela incógnita sobre ele.

Antes mesmo que possa retrucar, com alguma desculpa que disfarce o quanto me sinto desconfortável em tratá-lo informalmente — já que Eric me intimida feito o caralho —, Dimitri chega, me salvando daquele momento em que eu não sabia exatamente o que iria virar.

— Toma — diz, colocando um prato grande em cima do balcão, com vários tipos de comidas diferentes. — Eu não sei o que você gosta, então trouxe de tudo — e fala, enquanto sorri daquela forma novamente, espremendo os olhos bonitos.

Fofo pra caralho.

— Eu gosto disso aqui — Eric fala, depois estica a mão e pega um pedaço grande de queijo cortado em cubo, o enfiando inteiro na boca.

— Você... — Dimitri soluça — estava lá comendo agora mesmo, Eric.

— Está defendendo a comida do barman, Dimitri? — Eric pergunta implicante, olhando para o maître enquanto levanta uma das sobrancelhas e deixa um sorriso pequeno e cínico brotar no canto dos lábios.

— Estou defendendo a comida que não peguei pra você. — Dimitri soluça outra vez, pegando o prato e o erguendo na minha direção. — Pega Bandile. — Mais um soluço surge, fazendo o prato dar um leve solavanco no ar, que faz com que a comida em seu interior quase caia. — Antes que o *passa-fome* coma tudo.

Se tem uma coisa que Eric não passa é fome, porque tem tanto dinheiro quanto Pablo e, ironicamente, além de ser sócio da boate também está envolvido com os restaurantes da sua família. No entanto, claramente, eles se permitem brincar dessa forma pela intimidade e amizade de anos que possuem.

Tentando não me meter naquela pequena guerra, apenas pego o prato e, observando o soluço alcoolizado de Dimitri, que não para, encho um copo com água filtrada e coloco no balcão.

— Obri... — outro soluço — gado.

Eric começa a rir, levanta-se da cadeira e se aproxima lentamente da lateral do corpo de Dimitri, de forma perigosa.

— Para de beber, meu pequeno, vai passar vergonha na frente do rabanete — ele fala, próximo demais do rosto do maître e, depois de beijar sua bochecha, sai dali.

Chego a questionar, mentalmente, se os dois têm — ou já tiveram — algo além de amizade.

Na verdade, me pergunto sobre isso em relação a Pablo e Dimitri, também.

Em relação a Pablo e Eric.

Pablo, Eric e Vicenzo.

Pablo, Eric, Vicenzo e Dimitri.

Porra, é confuso. Todos eles estão sempre muito agarrados intimamente.

Eu não consigo entender e não sei se quero.

Talvez pelo soluço que não para, Dimitri arregala os olhos no momento em que recebe o beijo do amigo e depois curva a cabeça para baixo, voltando àquela postura envergonhada e retraída que tem a maioria das vezes.

Eu, que ainda observava tudo até então, começo a comer enquanto vejo Dimitri, enfim, pegar o copo e beber a água de uma só vez, parando para respirar com força, depois de ter finalizado o líquido de forma abrupta, colocando-o em cima do balcão.

— Se quiser mais, grita — é o que diz antes de sair do bar, parecendo estranhamente mais nervoso do que quando chegou.

Mas tão nervoso quanto Dimitri, ou mais, sou eu que observo o maître se juntar ao outro homem de cabelo loiro e começar o que parece ser uma pequena discussão.

E as coisas tomam outra proporção na minha mente.

Porque aquilo tudo pode ser uma grande coincidência, mas, ainda assim, me faz cagar de medo. O que acontece nessas mensagens anônimas que tenho recebido tem grandes chances de não ser só uma paquera virtual boba, mesmo que unilateral.

Pode custar meu emprego.

E nenhum bate-papo vale minha fonte de renda.

DIA 6

A festa acaba e sinto meu corpo dolorido como se tivesse feito dois turnos de trabalho em apenas um. E talvez tenha sido isso, já que tive que trabalhar ainda mais, depois que a boate fechou.

Mesmo que houvesse um menor número de pessoas, os abusados, que estavam lá, aproveitaram toda a bebida grátis para afundar suas mágoas na conta do patrão. Patrão que precisou ser arrastado pelo noivo, porque tinha bebido mais álcool do que seu corpo comportava.

Então, quando a festa, que parecia não ter fim, enfim acaba, sem vontade nenhuma de tomar banho no vestiário, vou para casa e uso o meu próprio chuveiro. Passo um tempo considerável, deixando que a água quente escorra por toda minha pele. Ali, tento desanuviar todos os pensamentos loucos que passam na minha cabeça, mas eles não diminuem, então fecho o chuveiro, me enrolo em uma toalha e saio do banheiro.

Quando passo pela porta, vejo a figura fechada do meu pai me dar "bom dia" e sair para o trabalho. Meu coração aperta um pouco mais quando me lembro do pedido inesperado que ele fez no dia anterior.

Sinto que minha cabeça vai explodir a qualquer minuto com o amontoado de acontecimentos recentes, entro no meu quarto e me jogo na cama, deixando que a toalha desfaça o nó frouxo na minha cintura ao sentir meu corpo tombar no colchão. Não sei se por cansaço ou por fuga, mas o sono vem fácil, apesar de não ter nada de tranquilo.

Influenciado pelo nervosismo, acordo o tempo todo, cercado pelos barulhos do lado de fora, que parecem estar ainda mais fortes hoje, ainda mais com a chuva que não dá trégua esta semana.

Quando acordo de vez, horas depois, e mais mal-humorado do que o comum, coloco uma roupa, uso o banheiro, lavo as mãos e vou à cozinha, onde faço um sanduíche qualquer com coisas que tem na geladeira.

Ao terminar de comer, sem ânimo para sentar-me na cadeira do meu notebook, pego meu celular e me jogo no sofá. Deixo o aparelho ao lado da minha coxa enquanto ligo a TV.

Ela apenas fica ligada, porque não consigo assistir a nada.

Ainda me incomoda o fato de que o remetente daquelas mensagens possa ser alguém que eu conheço. Alguém que é, indiretamente, meu chefe.

Visando a livrar-me dessa tortura, desbloqueio o celular.

Desta vez, sou eu, pela primeira vez, quem toma a real iniciativa de começar uma conversa com o estranho, porque eu não posso deixar que uma coisa me incomode tanto assim, a ponto de atrapalhar o decorrer do meu dia.

Eu:

Eu acho que sei quem você é. 17:11

É o que mando, sem rodeios, do jeito que meu mau humor permite.

Bloqueio o celular e fico alguns minutos olhando para a televisão, que passa algum programa culinário estranho, até ouvir o soar do sino de notificações, que me faz pegá-lo novamente, desbloqueando-o em seguida.

DiCaprio:

Sabe é? 17:24

Então, me conta. 17:24

Eu odeio a forma que ele parece ser confiante sobre tudo.

Naquela hora, odeio ainda mais, porque estou nervoso com isso.

Eu:

Alguém que pode me foder na boate. 17:25

DiCaprio:

Hm... 17:25

Ele demora um pouco mais, parecendo pensar sobre o assunto.

DiCaprio:

Sim, eu quero te foder. 17:27

Mas você diz em que sentido? 17:27

Reviro os olhos mais uma vez.

Já não sei quantas vezes revirei os olhos falando com ele, mas o meu mau humor não mudou, e fica pior ainda quanto mais penso sobre a situação que me ronda.

Eu:

Foder com meu emprego e me fazer perdê-lo, espertão. 17:28

DiCaprio:

Ah, isso. 17:29

A não ser que eu minta e te denuncie por assédio,
é muito difícil eu foder com teu emprego, Bandile. 17:29

Afinal, quem você acha que eu sou? 17:30

Não sei se é impressão minha ou até ele está parecendo mais sério do que realmente é comigo.

Parece que eu estou conversando com outra pessoa, pelo menos, com um humor totalmente diferente.

Eu:

Um dos meus chefes. 17:32

Precisamente, um dos sócios que tem o cabelo loiro-escuro. 17:32

Não vejo motivos para mentir, muito menos esconder o jogo, então não o faço.

DiCaprio:

Eu não sou, mas você acha que eu te contaria se eu fosse? 17:33

Não tenho como te garantir nada e você não deve confiar muito em mim. 17:34

Eu:

Não confio nada, na verdade. 17:35

Mas, pensando bem, ele é muito seguro de tudo que faz, é rico, também é bem bonito. 17:35

Não acho que seja o tipo de cara que precisa se esconder atrás de mensagens anônimas. Pelo menos, não vejo uma razão pra isso. 17:36

DiCaprio:

Você está me magoando, Bandile. 17:37

Não sabe meus motivos pra não me revelar pra você. 17:37

Eu:

Desculpe, não foi a intenção. 17:38

Peço sincero, pois a intenção, realmente, não é magoar e sim ser racional. Pelo menos tentar.

Frente ao seu silêncio, mando outra mensagem.

Eu:

E quais são seus motivos? 17:41

DiCaprio:

Insegurança, claro, nisso você está certo. 17:42

Mas a dificuldade de me aproximar de você também. 17:42

Não ache que eu já não tentei... pessoalmente. 17:43

Mas você não dá abertura pra nada, então precisei de outra tática. 17:43

Eu:

Raptar meu número. 17:44

DiCaprio:

Ai, Bandile, águas passadas, agora você já deixou eu conversar com você. 17:45

Não adianta chorar pelo drink derramado. 17:45

Fico alguns minutos em silêncio antes de reforçar minha pergunta.

Eu:

Então, você não é ele? 17:48

DiCaprio:

Não tenho como provar, tenho? 17:49

Eu:

Você mesmo disse que a única coisa que a pessoa tem é sua palavra... 17:50

DiCaprio:

Exatamente. 17:50

Eu não sou quem você está pensando. 17:50

E meu cabelo, com certeza, não é loiro-escuro. 17:51

Eu:

E vai entender, eu estar incomodado com você se escondendo e me observando desse jeito louco? Sem mostrar quem você é? 17:52

DiCaprio:

Entender, eu entendo... 17:53

O certo é se incomodar mesmo. 17:53

Mas eu não vou me revelar agora. 17:54

Zero condição, zero preparo, zero segurança pra isso. 17:54

Eu:

Por que tem tanto medo, cara? 17:55

Eu não sou tudo isso que você pintou na sua cabeça, mas também não sou nenhum monstro. 17:55

Será que ele é o monstro?

No entanto, a insegurança dele, de certa forma, me deixa mais tranquilo.

Eu conheço sobre isso... Conheço o sentimento.

E, cada vez mais, isso parece mais um problema de aceitação dele próprio do que um ataque de investidas em mim, que ele fará a qualquer custo.

Eu ainda tenho o controle da situação e ainda posso bloqueá-lo a qualquer momento.

Ainda assim, não o faço.

Não quero fazer.

É amargo ter que admitir para mim mesmo, mas eu gosto da atenção que ele me dá e gosto também de conversar besteiras triviais durante os dias agitados da boate, ainda que daquela forma sacana de sua parte e fria da minha.

Mas ainda funciona e, a cada dia que passa, eu o acho menos desagradável.

Amigo ainda é uma palavra muito forte...

Mas eu não tenho nada que seja nem próximo disso e, até então, não fazia ideia que queria ter.

DiCaprio:

Bandile, queria que você visse o que eu vejo toda vez que alguém tenta conversar com você um pouquinho, além do que a habitual educação do dia a dia permite. 17:57

Você iria se assustar com o quanto você parece um baú fechado a sete chaves. 17:58

Eu sei que não posso culpá-lo por passar essa impressão.

É a impressão que todos devem ter de mim.

Impressão que eu não faço questão nenhuma de mudar, mas, com ele falando assim, me pergunto se já fui estúpido com alguém só por querer ser fechado, mesmo que não seja essa minha real intenção.

Eu:

Eu já te tratei mal? 17:59

É o que pergunto, sentindo uma leve culpa brotar no meu interior.

DiCaprio:

Tirando o dia que te mandei mensagem aqui? Kkkk 18:01

Não, porque eu sempre soube a hora de me afastar e nunca te pedi nada além do que bebidas para encher a minha cara... 18:01

Mas não é como se você estivesse pronto para abraçar todo mundo à sua volta. 18:02

Apesar de estar sempre disposto a ajudar quando é preciso. 18:02

Eu:

Você sabe demais de mim, estou ficando assustado de verdade. 18:03

DiCaprio:

Ai, Bandile, na verdade, não. 18:04

No final é só isso... 18:04

O grande mistério que você é, unido ao que eu vi de você durante os dias que te observei de longe. 18:05

Não sobra muita coisa. 18:05

Mas então... 18:06

Eu:

Então o quê? 18:08

DiCaprio:

Quer me mostrar mais de você? 18:09

Pode ser falando ou mandando fotos suas, eu não me importo, barman. 18:09

Estava demorando...

11

CHUVOSO

DIA 9

Enfim, sou abençoado pela minha folga e percebo que, faltando menos de um mês para completar um ano trabalhando na Hidden Honey, preciso mesmo de férias.

Férias de toda aquela atmosfera agitada e erótica dos clientes bêbados e safados, dos copos sujos que parecem nunca ter fim.

Mas, com o casamento apressado de Pablo chegando, sei que isso não acontecerá tão cedo. O cara estará em *lua de mel* e não vai deixar que eu me afaste da boate enquanto estiver longe e sem sua supervisão sobre um barman novo, nem pelo cacete.

Parecendo aceitar meu destino sem férias, pelo menos no momento, aproveito no mínimo minha folga, que sei ser merecida depois do caos que minha vida parece ter virado no último mês.

Como prometido, compro a comida que meu pai pediu, que chega no mesmo momento em que vejo o homem se aproximar do portão de casa.

— Bandile... — Nataniel nos cumprimenta enquanto varre a calçada do açougue.

— Patra... — meu pai responde, e eu dou um aceno rápido, porque estou terminando de pagar a comida.

Subindo com ele as escadas sem falar nada e ouvindo apenas o barulho da vassoura de Nataniel, espero que meu pai abra a porta, para que eu possa passar com a comida.

Ele está absurdamente quieto e mal me cumprimentou quando chegou, o que faz com que aquela atmosfera de nervosismo e sentimentos ruins cresça dentro do meu peito.

Quando ele vai para o seu quarto trocar de roupa, ajeito as comidas que comprei em cima da mesa baixa de centro, junto às coisas que já havia pegado na cozinha e o refrigerante de abacaxi que sei que ele gosta.

Voltando à sala, ele toma seu lugar no sofá e se senta devagar, na frente da pequena mesa, enquanto estou sentado no chão, abrindo as embalagens com calma, tentando disfarçar o nervosismo que se instala dentro do meu peito.

Eu estou com medo, porque é óbvio que ele tem algo a dizer.

Meu pai desliza o corpo e senta-se no chão, próximo à mesa, próximo a mim. Aquilo me faz suar frio feito o cacete, mesmo assim, nada falo.

Observo suas mãos grandes e ásperas irem de encontro às embalagens de comida, que ele também começa a abrir devagar, mas elas parecem tremer bem mais que as minhas.

A televisão sequer foi ligada, dando a sensação de que o silêncio da sala irá engolir nós dois a qualquer momento. Mas, antes que eu tenha um surto que nunca experimentei, meu pai começa a falar, e eu presto atenção como se minha vida dependesse disso.

— Meu filho, eu... — Ele para, respirando fundo e repousando as duas mãos pesadas, com mais calma do que já o vi fazer antes, sobre a pequena mesa baixa. — Eu estou...

Eu não sei como respirar.

Sequer sinto meu coração bater.

— Eu conheci alguém...

— Puta que pariu, caralho, porra! — grito enfurecido, levando a mão ao meu peito, enquanto respiro pesadamente, ainda tendo a sensação de que meu coração iria sair pela boca. — Você me deu um susto do caralho, homem!

Meu pai arregala tanto os olhos que sinto que eles vão saltar de seu rosto.

Só assim eu percebo...

Eu nunca falei tantos palavrões na frente dele.

Num pigarro muito sem graça, sinto meu rosto corar violentamente, junto às minhas bochechas, tão ardidas que tenho a sensação de que deitei num travesseiro de água quente.

— Desculpa, pai! — falo baixo, quase num sussurro, abaixando a cabeça e olhando para o pote vazio e pequeno à minha frente. — Eu achei que você estava doente, seu Augusto. Eu fiquei nervoso.

Eu sei que eu sou como uma criança neste momento, mas não me importo, porque o constrangimento de xingar tanto, na frente do meu pai, é real.

Ao contrário de todas as minhas expectativas, o homem começa a rir. Começa a rir tanto que chega a socar a mesa e aquilo é estranho *pra porra*. Mas é um estranho bom, que me faz rir junto a ele, enquanto balanço a cabeça negativamente pelo meu pequeno surto segundos atrás.

— Onde você conheceu ela? — pergunto devagar, enquanto começamos a nos servir, ainda tentando controlar o riso que ainda se faz presente. Sinto-me leve como se tivesse acabado de tirar um piano de cauda das minhas costas.

— No único lugar onde pessoas sem vida social tem a chance de encontrar alguém — ele fala, ainda com aquele sorriso pequeno no canto dos lábios. — No trabalho.

Rio enquanto enfio um pedaço grande de carne na boca, ainda achando graça de toda aquela situação. Meu pai estava solteiro há mais anos do que eu conseguia me lembrar e nunca fez questão de ter ninguém em sua vida. Inclusive, desde que minha mãe morreu, nós evitamos falar dela. Dói muito. Não é surpresa que nunca tocamos em assuntos sobre mulheres novas na vida do meu velho, que parece não sentir falta de ter proximidade com ninguém.

Eu sei que tenho a quem puxar, talvez mais do que imagino, mas me conforta saber que ele está se interessando por alguém. Se der certo, ele não fica sozinho quando eu for embora e, de certa forma, isso me deixa confortável. Porque a única coisa que ainda me prende neste lugar, além da vaga certa não ter surgido ainda, é meu pai.

— Quando eu vou conhecê-la? — pergunto, antes de dar um grande gole no refrigerante que já havia servido para nós dois.

— Ela quer fazer um jantar pra você — fala e não deixa de me surpreender.

Se ela sabe de mim, provavelmente meu pai teve tempo o suficiente para conversar sobre tudo o que passamos e, talvez, as coisas estejam mais sérias do que eu realmente penso.

Engolindo o pedaço de carne, olho para ele e sorrio sutil, em apoio à sua novidade.

— Claro, pai, eu adoraria.

Depois do pequeno susto que passei com meu pai e após ele ter ido dormir, me permito passar o resto da minha noite vendo filmes na televisão, sem esquentar minha cabeça com as buscas sem fim por um emprego que, cada dia mais, perco as esperanças de achar.

Sei que ainda não vou desistir, sei que ainda tenho chances de conseguir, mas alguns dias são mais desanimadores que outros e hoje parece ser um deles. Então, eu apenas estico meu corpo no sofá velho da nossa casa, deitando minha cabeça em uma das almofadas, e passeio pelos canais da TV, até encontrar algo que realmente me interesse.

Paro por um segundo, tentando decidir se vejo o filme que passa, sobre um bandido que toma um tiro e acaba se apaixonando pelo seu médico quando vai para o hospital.

Não sou muito fã de romances, mas o filme em questão se chama Órion e tem valor sentimental para mim.

Foi com ele, aos 17 anos e num cinema abarrotado de colegas do 3º ano do ensino médio, que me descobri bissexual.

Lembro que fui praticamente arrastado para o cinema, não queria sair de casa, mas ainda bem que fui. No final, a galera adorou o filme, as cenas de ação, o drama, a história do casal, mas principalmente as cenas de putaria, já que havia alguns colegas que eram da comunidade e estavam vibrando pelo enredo aquileano.

Enquanto eles voltavam para casa, comentando as cenas favoritas, eu explodia em questionamentos internos pelo que tinha visto em Órion e não demorou muito para que percebesse que mulheres não são a única possibilidade na minha vida. Além do mais, o filme é bom simplesmente por ser dirigido por Jhonatan Kauer, que se tornou meu diretor de cinema favorito.

Com o passar dos anos, fui percebendo o quanto ele soca representatividade em toda oportunidade que tem e, ainda por cima, é brilhantemente aleatório.

Você nunca sabe o que esperar de uma produção do Kauer, só sabe que, se ele coloca a mão, é porque vai ser bom.

Sei que sou um fã cego, mas foda-se. Estou feliz com meu clubismo.

No entanto, mal tenho tempo de prestar atenção no filme, porque meu celular — que estava largado em cima da mesinha à minha frente — soa, anunciando a mensagem de alguém.

E eu imagino saber de quem é.

DiCaprio:

O que você está fazendo? 22:48

Bingo.

Eu poderia me assustar com sua pergunta um tanto íntima, dessas que você só manda para quem não tem vergonha de mostrar que quer puxar assunto, mas não chega a me incomodar.

Depois do dia em que conversamos sobre meu medo de ele ser um dos meus chefes, inegavelmente as coisas ficaram mais tranquilas e fluidas entre nós.

Não que eu esteja confortável para contar tudo o que acontece na minha vida desde o momento em que nasci, mas é claro como eu me sinto cada vez mais desarmado conversando com aquele estranho.

E, a julgar e comparar com todas as pessoas que me rodeiam, parece ser um dos menos estranhos, na verdade.

A carência está me deixando levar por amizades perigosas e eu tenho medo de já estar apegado demais para me livrar.

Dependente demais.

Eu:

Tentando ver um filme, se você não me atrapalhar. 22:49

Respondo desse jeito, já não mais para ser estúpido.

Agora, já é por pura implicância.

DiCaprio:

Peraí... 22:49

Tô baixando o tradutor equino. 22:50

Ainda não aprendi a relinchar. 22:50

Ele me faz rir fácil, fácil, mas não posso dizer que está errado.

Eu:

Desculpa, esqueci que você é sensível. 22:51

E você, o que está fazendo? 22:51

DiCaprio:

Eu estou pensando em você... 22:52

Enquanto tomo banho... 22:52

E passo a mão pelo meu corpo... 22:52

Eu:

Cruzes, cara. 22:53

Que horror. 22:53

DiCaprio:

Kkkkkk, é brincadeira. 22:54

Você fica tão afetado com essas brincadeiras, que eu não consigo resistir. 22:54

Eu:

Não me excita em nada, eu só acho estranho. 22:55

DiCaprio:

Tá, tá, desculpa, não brinco mais. 22:55

Eu estou tentando ver um filme também,
mas só passa porcaria na minha televisão. 22:56

Eu:

Está começando um bom no 117. 22:57

DiCaprio:

Verei. 22:57

Se for uma merda, vou querer bebida de graça um dia. 22:58

Eu:

Como vou saber pra quem vou entregar a bebida, gênio? 22:59

DiCaprio:

Eu dou um jeitinho. 22:59

DIA 10

— Vai ser aqui mesmo, Gael. Vamos fechar a boate e enfeitar tudo, vou contratar florista, um barman pra trabalhar no seu lugar, vai ter até pirofagia! — meu chefe fala animado, enquanto balança os braços para cima, tentando figurar como tudo vai estar no dia de seu casamento.

Ele diz ter uma boate bonita demais para não usar e, excêntrico do jeito que é, realmente não vê motivo para não se casar ali.

— Já pedi pra não trazer ninguém que cuspa fogo, Pablo… — Vicenzo diz, numa das raras vezes que o vejo sentado no bar, ao lado do seu noivo.

— Deixa de ser chato, eu quero entrar no tapete vermelho com labaredas de fogo passando em cima da minha cabeça. É o meu casamento, porra!

— É meu também, mas você parece se esquecer. — Ele leva uma das mãos ao rosto e massageia os olhos, enquanto respira fundo e tenta, claramente, não se estressar e nem prolongar aquela briga.

— Você vai fechar a boate num sábado, Pablo? — é o que pergunto, tentando amenizar a situação.

Ele tira a mão do rosto e volta a repousá-la sobre o balcão do bar, olhando calmamente para mim. Pelo menos, tentando ser calmo.

— Sim, já calculei o prejuízo que isso vai me dar e não será tanto assim.

— E ele ama esse antro de perdição, não tem nem sentido casar em outro lugar — Vicenzo diz, um pouco mais calmo desta vez enquanto passa a mão para cima do balcão e entrelaça os dedos com meu chefe.

— Amo mesmo — Pablo afirma e olha para o noivo.

Por mais que discutam muito, eles sempre voltam ao normal com uma rapidez que me assusta, mas fico feliz que agora as brigas sejam por questões de decoração e pessoas cuspindo fogo.

Com o passar dos dias, fica claro, ao observá-los, que as discussões deixaram de ser por posse e falta de confiança e começaram a ser apenas implicâncias bobas que logo perdem o sentido quando se olham e se beijam brevemente, tentando esconder os devassos que são.

E eu sei que são, porque ouvi os dois gemendo.

Depois que aquela conversa chega ao fim, com o casal se levantando e indo para a sala de Pablo, começo a organizar minha pia e enfileirar os copos que mais irão sair naquela noite.

É dia de balada mista novamente, então serão muitos *shots* de tequila, muitos drinks de frutas e ainda mais taças de vinho.

Enquanto organizo minha bancada, observo os funcionários chegando, pouco a pouco, todos molhados mais uma vez. São vítimas de uma chuva que não dá trégua há dias.

Eu não me lembro de ter chovido em sequência por tantos dias assim e, por mais que ame a chuva, a frequência com que ela aparece já está começando a me irritar.

Como em todos os dias chuvosos, Dimitri é o último a aparecer no salão, atrasado de novo, com a roupa tão ensopada que chego a me questionar se seu carro não tem teto.

Como nos últimos dias, ele mal olha para mim e percebo que, desde a noite em que Eric beijou seu rosto na minha frente — e eles discutiram em seguida, na pista de dança — o maître evita contato visual comigo, voltando a vestir aquele seu jeito arredio que é tão característico.

Não deixo de ficar intrigado, porque, pelo menos na minha mente, já provei a Dimitri que, apesar de ser fechado, ele não precisa voltar a agir como uma criança assustada comigo.

E eu não quero admitir, mas sua indiferença me incomoda.

Incomoda demais...

Talvez, mais do que eu esteja preparado para aceitar.

Tento não pensar demais em coisas que atrapalham meu rendimento, vejo a hora da abertura da boate se aproximar e foco no trabalho que sempre é muito cheio em dias assim, esquecendo-me do tratamento distante do maître pelas horas que se passam.

Ao decorrer da noite, recebo seus pedidos e dos outros garçons de forma profissional e educada, atendendo também a todos os pedidos individuais de pessoas diferentes que se penduram no balcão do bar.

Chego a pensar rapidamente se um daqueles pedidos seria do cara que me manda mensagens secretamente, mas isso logo sai da minha mente.

Davi está comigo novamente e agora parece ser fixo nas noites de sexta. Dessa vez, ele não quebra nada, e eu agradeço mentalmente pelo meu auxiliar estar me ajudando tanto.

Quando a noite termina, o libero cedo mais uma vez e finalizo, sozinho, a limpeza do bar, percebendo que, de novo, sou o último a sair, com exceção de Pablo, que continua na sala com Vicenzo.

Temendo ouvir qualquer coisa desagradável, vou até o estacionamento de funcionários da boate e percebo que só há o meu carro e o de Pablo ali, quase inundados pela chuva que parecia ter ficado ainda mais forte de madrugada.

São 5:35, ainda está escuro e a chuva faz parecer que tudo piorou.

Corro até meu veículo, abro-o rapidamente, jogo minha mochila no banco do carona, entro e fecho a porta com mais força do que deveria.

Minha banheira é velha, e eu tenho medo da porta nunca mais abrir, mas, fazendo um teste rápido de abrir e fechar, percebo que ela ainda está funcionando.

Como faço diariamente, tiro o carro da vaga com cautela e, saindo do estacionamento, dou a volta na rua, o que me faz passar pela frente da Hidden Honey.

Mas, antes que possa pensar em acelerar e seguir meu caminho, vejo a figura baixa e ensopada do maître tentando se esconder debaixo da pequena marquise da fachada, a fim de se livrar da chuva forte que cai sem pausas.

Sem perceber, meu carro perde forças, e eu estou do outro lado da rua, parado, observando o cara que olha com angústia para o aparelho celular em suas mãos.

Não sei se vejo bem, mas ele parece apavorado e me pergunto se está tendo mais uma daquelas crises da qual me falou dias atrás.

O seu celular está molhando e, se continuar assim, irá parar de funcionar em pouco tempo.

Depois dos últimos dias, o certo seria que eu ignorasse seu quadro desesperado na frente da boate fechada e seguisse meu caminho, a fim de evitar um possível conflito de alguém que parecia, claramente, não me querer por perto. Mas parece que eu não dou ouvidos aos meus próprios pensamentos, pois, no momento seguinte, estou acelerando o carro, dando a volta na rua e conduzindo-o até o local onde o maître está.

Então, eu grito para ele, com a voz quase abafada pela chuva, após abaixar o vidro e ter a visão clara de que ele estava, sim, chorando.

— Entra, Dimitri.

Dimitri é pego de surpresa, mas, quando entende que aquilo se trata de uma carona, entra no carro correndo, me fazendo tirar a mochila e puxá-la para mim.

Ele coloca sua própria mochila em seu colo, enfia o celular dentro dela, depois a abraça, parecendo tenso demais para falar alguma coisa. O maître funga algumas vezes, me provando que, sim, estava chorando.

O que também é óbvio é o fato de que a pequena marquise não o protegeu nada, porque suas roupas estão molhadas como se ele tivesse acabado de mergulhar numa piscina. Para completar, treme muito, porque a chuva é acompanhada de um frio que não tem pena.

Vendo seu estado, abro minha mochila e tiro, lá de dentro, a toalha limpa que usaria para tomar banho no vestiário da boate, mas que acabei não utilizando naquela noite.

— Toma — é o que digo, entregando a toalha a Dimitri, roçando sem querer o tecido de algodão no seu braço, enquanto aguardo que ele pegue.

— Obrigado — responde baixo e funga mais uma vez, enquanto pega o pano da minha mão, colocando em cima do cabelo para secar os fios que pingam sobre seu rosto. — Desculpa, estou... Estou molhando seu banco todo...

— Não tem problema. O que houve com seu carro? — permito-me perguntar, tomando cuidado para usar um tom baixo e calmo, que não soe como bronca nem nada assim.

— Ele quebrou — murmura e funga de novo.

— E por que parece que você estava chorando? — questiono ainda sereno, sem me importar de soar superprotetor.

Depois de tudo que aconteceu a Dimitri, é inevitável que me preocupe com ele. Realmente, não consigo evitar me importar.

— Porque eu estava — replica sem rodeios, mas não soa grosso.

— Você está bem? — a pergunta é idiota, mas eu a faço mesmo assim.

Ainda o olho, enquanto ele continua sacudindo a toalha na cabeça, bagunçando mais o cabelo do que propriamente o secando.

Dimitri ainda parece trêmulo, talvez pelo frio, mas aguardo sua resposta com paciência.

— Estou agora. — Ele pausa, respira fundo enquanto olha para frente e toma coragem para continuar a falar: — Eu estava com medo de ficar sozinho... E não conseguia chamar nenhum carro no aplicativo pra me buscar.

— Por que não entrou? Sabia que ainda tinha gente lá dentro.

Sim, tinha Pablo e Vicenzo trancados na sala, e...

Eu.

É, talvez ele esteja mesmo me evitando.

— Eu travei, Gael — Dimitri começa a desabafar, mostrando que não era nada do que eu estava pensando. — Não consegui andar, estava com medo de virar a esquina e ir para o estacionamento, porque, aqui na frente, tem o letreiro neon iluminado da boate... — Mais uma pausa calma, outra respirada funda. — Mas quando a gente vai lá pra trás, não tem luz nenhuma.

Dimitri se refere ao caminho a pé que os funcionários precisam fazer para chegar até a entrada dos fundos da Hidden Honey, no estacionamento. Entrada essa que nunca me preocupei em chegar a pé, já que sempre fui de carro, mas, com ele falando assim, percebo que não é um lugar muito seguro para pedestres sozinhos.

— Estava trancada aqui na frente, não é? — pergunto, já sabendo a resposta.

— Sim — ele responde.

Respirando fundo, coloco ambas as mãos no volante, ainda ouvindo o ressonar baixo do motor do carro, que ainda não havia sido desligado por mim.

Alguns momentos se passam enquanto eu ouço o leve som da toalha sendo esfregada pelo seu corpo, enquanto minhas mãos ficam repousadas na direção.

— Onde você mora? — pergunto, quebrando o silêncio desconfortável que se instala dentro daquele veículo.

— Duas ruas depois da estação de trem, em Berena, mas não precisa me levar lá — murmura levemente desolado, enquanto deixa a toalha em volta do pescoço e abre a mochila novamente. — Eu posso só... Só tentar pedir um carro por aqui mesmo... — sua voz soa com dificuldade, enquanto caça o celular que acabou de perder dentro da própria bolsa.

— É no caminho pra minha casa, Dimitri — falo sincero e não deixo de me surpreender pelo quanto sua casa é próxima da minha.

Quase um ano trabalhando naquele lugar e nunca, sequer, tive ideia de onde Dimitri mora.

Na verdade, eu não sei onde funcionário nenhum mora, com exceção de Pablo, que já me falou diversas vezes da sua mansão num condomínio com outras mansões, e do seu apartamento luxuoso na área nobre do Alto Astra.

Aperto o acelerador devagar, enquanto olho para o seu rosto, esperando um sinal dele, me permitindo levá-lo para casa. Ele assente, apesar de ainda parecer claramente incomodado, mas não deixa de pegar o cinto de segurança e prendê-lo em volta de seu corpo.

Dirigindo com mais cuidado do que o normal, por conta da chuva que não parece querer diminuir, conduzo até a casa de Dimitri, que me explica em poucas palavras como chegar, deixando que tracemos um caminho torturante de silêncio extremo durante o resto do percurso.

Quando, enfim, chego ao local, ele tira a toalha de seu corpo e entrega a mim, que pego o tecido e jogo para trás, junto à minha mochila que já havia deixado inerte por lá.

— Obrigado. — Agradece meio sem jeito, colocando a mão pequena sobre a maçaneta interna da porta.

Antes de, sequer, ouvir uma resposta minha, Dimitri abre a porta, mas não chega a sair do carro.

— Dimitri... — chamo, fazendo com que o maître pare e volte a fechar a porta, por conta da chuva que não permite nenhuma brecha.

— Sim? — a voz soa em expectativa.

— Você está com raiva de mim ou não gosta de mim de alguma forma? — Mais uma vez, não consigo fazer rodeios. Eu libero a pergunta que está me incomodando, antes que ela tome uma força que eu não quero que tome.

Porque eu não gosto da sensação de estar causando algo ruim a Dimitri.

De igual forma, não gosto que essa situação cause algo ruim a mim.

Ele olha para mim, parecendo mais assustado do que segundos atrás.

— Você acha que eu estou com raiva de você? — É susto misturado com confusão.

— Não sei se raiva é a palavra certa e eu sei que você sempre foi na sua, mas depois... — respiro fundo, tentando não usar palavras-chaves que possam fazer com que ele se sinta mal — depois do que aconteceu, nós estávamos bem. Mais próximos. E aí não estamos mais...

Ele desfaz a cara de susto e franze o cenho levemente, o que faz com que eu me sinta um idiota por me explicar tanto.

— Eu não gosto de ter uma relação ruim com ninguém do trabalho... — tento me explicar e, apesar de ser verdade, sei que não é apenas essa a questão. Não é por isso que estou tendo essa conversa com Dimitri.

Entretanto, não quero entender as motivações que tenho para consertarem laços que nem, sequer, foram quebrados de fato.

Laços que nem sei se existem.

E, eu não sei por que, mas ele parece se tranquilizar com as minhas palavras.

Sua postura muda completamente, seus ombros se tensionam menos e, até os nós dos dedos, os quais ele apertava com tanta força o tempo todo, se desfazem.

— Acho que não dá pra ter raiva de você, Bandile — diz, deixando um sorriso pequeno brotar no canto dos seus lábios cheios e esbranquiçados pelo frio.

Que sorriso é esse?

Meu interior se revira em nervosismo.

— Desculpa se te passei a impressão de que tinha algum problema com você, sim? — pede calmo, enquanto olha diretamente nos meus olhos, de um jeito profundo que não esperava vir dele.

Não tão de perto assim.

— Eu não estou tendo dias bons desde que... Você sabe. Mas vou ficar bem.

— Tudo bem, Dimitri — falo, me sentindo estupidamente tranquilizado por suas palavras.

É estranhamente bom saber que Dimitri não está com raiva, o que me impulsiona a falar certas coisas:

— Seu carro está no conserto?

— Sim, por quê?

— Posso te trazer em casa enquanto você precisar de carona. — Ofereço, sincero, fazendo com que o pequeno sorriso em seu rosto aumente ainda mais.

— Tudo bem — responde, parecendo mais feliz do que eu compreendo.

Ele realmente gostou disso?

A resposta vem quando ele solta seu cinto e aproxima-se de mim.

Aproxima-se, talvez, mais do que eu estive próximo de alguém em muito tempo.

E, como se meu coração fosse parar a qualquer momento, sinto sua respiração quente, contrastada com sua boca fria, que bate na minha bochecha no momento em que ele me dá um beijo calmo.

Calmo e lento, porque consigo sentir a massagem leve que seus lábios cheios fazem na minha pele, causando um arrepio que percorre todo meu corpo.

É só um beijo no rosto.

Ainda assim, parece que estou sendo todo desmontado, de dentro para fora.

— Obrigado por sempre me salvar, Bandile — diz ainda perto de mim.

Perto demais.

Sua respiração ainda bate na minha pele, na minha boca.

E eu viro para frente, apertando o volante com mais força do que deveria.

— De nada — consigo falar, pigarreando sem graça, frente ao imenso desconcerto que aquele pequeno ato me causa.

Antes que saia do carro, consigo ouvir uma risada sutil de quem parece achar graça da situação e, de forma tão rápida quanto entrou, Dimitri vai embora, fechando a porta com uma força que não posso culpá-lo de ter, já que o maître tem que sair correndo da chuva, para conseguir entrar em seu portão sem se ensopar ainda mais.

Quando observo sua silhueta sumir atrás do portão envelhecido, volto a ligar o carro, mas demoro a sair do lugar.

Porque minha cabeça está a mil, e um fato martela na minha mente com uma persistência irritante.

Estou alterado demais por um beijo no rosto.

12

ME DEIXAR LEVAR

DIA 17

Faz um bom tempo que não saio de casa para eventos em que precise socializar. Mas, ainda assim, aqui estou eu, neste pequeno jantar.

A mulher à minha frente tem um sorriso gentil, e sua casa é pequena, mas bonita.

Seu nome é Marina Solacium e, observando-a aqui na mesa, percebo porque meu pai se interessou por ela.

Ela é bonita, mas, além disso, parece preocupada o tempo todo se todos estão satisfeitos ou se a comida parece ser o bastante, além de tratar eu e o meu pai com muita educação e carinho gratuito.

Suas mãos tremem e ela parece nervosa enquanto serve todas as porções e fala sobre coisas corriqueiras da vida.

Ainda assim, ela e meu pai se olham com vergonha e sorrisos pequenos o tempo todo, mas não deixo de notar o carinho entre os dois.

É fofo. Os coroas estão realmente apaixonados.

Estamos sentados a uma mesa para quatro pessoas, mas que comporta toda comida exagerada que ela parece ter feito com muito cuidado. Ao meu lado está um garoto alto e magro, que me foi apresentado como Daniel, seu filho único.

O cara é mais velho que eu, balança as pernas por baixo da mesa com uma inquietação que chega a me irritar. Também sempre parece ter uma piada pronta sobre qualquer assunto que lancem à mesa.

— Onde você trabalha, Gael? — pergunta, servindo-se das últimas porções de ensopado que ainda há na grande travessa central.

— Na Hidden Honey — respondo sem rodeios, ao imaginar que ele não vai saber do que se trata.

— Aquela boate no centro? — questiona baixo, arregalando os olhos para mim enquanto nossos pais estão ocupados demais, conversando sobre algo em comum do serviço.

— Você já foi lá? — pergunto, franzindo o cenho, enquanto termino de comer a carne em meu prato.

— Já faz um tempo. Hoje, eu prefiro ficar trancado no meu quarto, jogando e ganhando dinheiro com *stream*. — Ele enche a boca de comida, sem se importar em parecer um troglodita. — Aquilo lá é um buraco de sacanagem.

Não consigo evitar rir, porque ele praticamente cospe a refeição enquanto fala.

— Você deve gostar do buraco de sacanagem, pra ter frequentado — respondo, defendendo meu trabalho e um pouquinho implicante, ainda baixo, agradecendo por nossos pais estarem entretidos em seu próprio mundo.

— Ah, eu gostava muito. Ô se gostava... — Ele ri e balança a cabeça em afirmação, arqueando as sobrancelhas.

— Que dias você gostava de passar lá? — pergunto, aproveitando aquela conversa fluida que acentua minha curiosidade sem fim.

Dependendo de sua resposta, eu vou ter ciência de suas preferências. Não que tenha interesse, mas a curiosidade é uma desgraçada.

— Todos que eu pudesse entrar.

É, suas preferências são bem vastas.

— Se quiser ir qualquer dia... — ofereço, educado, percebendo que seria bom criar um vínculo agradável com o cara, já que, aparentemente, vamos nos ver com certa frequência. — Tenho mais vouchers de entrada do que consigo distribuir.

— Voucher de entrada pra onde, querido? — Marina pergunta para mim, mostrando que finalizou a conversa com meu pai, e eu mal percebi.

— Pras arenas online de jogos internacionais — seu filho responde rápido, dando um chute no meu pé por baixo da mesa. Sua voz treme tanto que fica óbvio que sua mãe não conhece seus gostos.

Eu seguro o riso e confirmo a informação de Daniel com a cabeça.

Eu não sei se o relacionamento do meu pai vai durar — espero que sim —, mas, tão natural quanto a luz do dia, já estou lá...

Encobrindo as safadezas do filho da sua namorada.

Marina pede para que nos sentemos no sofá da sala enquanto ela traz o café, para que possamos conversar um pouco.

São 19:45, eu tenho que ir para o trabalho em breve, mas, ainda assim, permaneço mais alguns momentos com os dois.

Enquanto espero o café ser servido, vejo seu filho indo em direção ao quarto e se trancando lá dentro, com a desculpa de que tem que trabalhar, mas não faço objeção.

Na verdade, acho bom, pois saber que ele frequentava meu trabalho não parece ser informação o suficiente para que já pudesse chamá-lo de amigo de infância. Ainda não consigo sustentar uma conversa cheia de assunto com o cara.

O cara que parece ser um *gamer* profissional ou algo assim.

Enquanto a namorada de meu pai e ele conversam calorosamente na cozinha, num tom de voz mais humorado do que o velho já havia usado em muito tempo, tiro meu celular do bolso e checo as mensagens.

Nenhuma, nem mesmo do *não-tão-maníaco*.

Movido pelo tédio, sou eu que, mais uma vez, tomo iniciativa de iniciar uma conversa com ele, já que passamos os últimos dias trocando mais mensagens do que eu estou acostumado a trocar com qualquer pessoa.

Cada vez mais, a confortabilidade me alcança quando o assunto é falar com aquele cara.

Eu:

Achou outra pessoa pra perturbar e se esqueceu de mim, estranho? 19:48

Alfineto, mas minha intenção é apenas chamar sua atenção para que me responda rápido, e ele assim o faz, dois minutos depois.

DiCaprio:

Aw, você já está sentindo minha falta, Bandile? 19:50

Eu:

Não. Só estou entediado. 19:51

Apesar de o meu tédio ser real, sei que não é a totalidade da razão de lhe enviar mensagens. Ele sempre me faz rir, o que torna nossas conversas sempre agradáveis.

DiCaprio:

E eu sou apenas sua distração? 19:51

Olha, depois desse tempo todo conversando, achei que você já teria colocado um anel no meu dedo. 19:52

Eu:

Kkkkkkkkkkk, pouco mais de duas semanas. 19:52

DiCaprio:

Existem relacionamentos que duram menos do que isso, você sabia? 19:53

Eu:

Se você continuar sendo legal, o nosso pode durar bem mais. 19:54

DiCaprio:

Que isso Bandile? Está apaixonado por mim? 19:55

Eu rio, balançando a cabeça negativamente ao seu comentário esdrúxulo.

Eu:

Esse é o seu problema, estranho. 19:55

Você confunde muito as coisas e quer muito mais do que eu posso te dar. 19:56

Acredito que eu ainda esteja sendo paciente de, talvez um dia, oferecer minha mais doce e pura amizade pra uma pessoa que não quer nem me mostrar o rosto. 19:57

DiCaprio:

Desculpa se eu sou iludido... 19:57

Você me trata bem, e eu já estou sonhando com nosso casamento, fazer o quê? 19:58

Frente ao meu silêncio, porque estava ocupado demais rindo de sua frase, ele continuou.

DiCaprio:

E se eu conseguir, nem que seja um dia, ser seu amigo... 20:01

Vou poder dizer que valeu a pena sequestrar seu número. 20:01

O café é rápido como deve ser e, agradecendo, algumas vezes, o ótimo jantar, me despeço de Marina e meu pai, pedindo que ela mande meus cumprimentos ao seu filho, e deixo sua casa para seguir até meu trabalho.

O tempo ainda é chuvoso, porém já faz dois dias que caem apenas gotas finas, dessas sorrateiras, que encharcam até os ossos se você andar desavisado pela rua.

Ainda assim, chego na boate sem dificuldades, estacionando meu carro próximo à porta mais uma vez e vou ao vestiário trocar minha roupa.

Quando entro, Dimitri está em um dos espelhos, abotoando a sua camisa branca devagar, depois, ajeitando seu cabelo com calma, para que ele não fique caindo nos olhos, como sempre cai, não importa quanto o arrume.

Não sei quanto tempo perco com o rosto virado em sua direção, mas ele percebe que o encaro, porque vira o rosto para mim e sorri sutil quando seus olhos encontram os meus, naquela troca de olhares que parece ter se tornado um pouco mais comum com o passar dos últimos dias.

Pigarreando sem graça, coloco minha mochila sobre o banco central do vestiário e tiro minha roupa do uniforme. É a primeira vez que me sinto constrangido por trocar de roupa na frente de alguém.

Provavelmente, percebendo minha falta de jeito, Dimitri me lança um "boa noite" educado e deixa o vestiário para que eu possa fazer aquilo com privacidade.

Outros funcionários chegam enquanto eu já estou só de cueca, mas eu não me importo, o que torna fácil perceber que é apenas Dimitri que, irracionalmente, me deixa nervoso por conta da nudez do meu corpo.

A noite corre e, como toda boa sexta-feira, a lotação da boate vem, para felicidade dos bolsos de Pablo e para infelicidade dos meus músculos e pés, que parecem estar, a cada dia, mais cansados.

Quando já estou no vestiário mais uma vez, depois de toda correria daquele turno exaustivo, tomo um banho rápido e pego minha mochila, voltando ao salão e procurando a pessoa com quem divido meu carro nos últimos dias.

Mas o louco ainda está trabalhando.

— Se você não for trocar de roupa agora, eu vou te deixar aqui. — Apesar de ser mentira, eu desejo que ele se apresse para que eu possa levá-lo em casa logo.

Estou cansado, quero minha cama e não vou deixar Dimitri a pé, mas ele pode me ajudar, parando de ser tão *workaholic*.

— Não quero te perturbar de novo, Gael. Pode ir, eu vou pedir um carro no aplicativo — há certa culpa na sua voz, talvez por achar que está abusando da minha boa vontade em lhe dar carona todos esses dias, mas longe disso.

Na verdade, eu gosto de sua companhia.

Dimitri me deixa confortável a ponto de não parecer uma tortura conversar sobre banalidades da vida. Como se tagarelar sobre assuntos em comum fosse realmente uma coisa boa.

E que inferno...

Com ele, é bom até demais.

Mais do que isso. Eu gosto de ouvir sua voz, e sua risada me aquece de uma forma que eu sequer consigo entender, mas não quero parar para fazer análise nenhuma, apenas aproveitar os momentos que tenho com ele.

Os momentos que sei que acabarão assim que ele conseguir seu carro de volta, então não há outra reação em mim, senão revirar os olhos e cruzar os braços na frente do meu peitoral, já com a mochila em minhas costas.

— Você mora quase no mesmo bairro que eu. Eu preciso passar na frente da sua casa pra chegar até a minha, para de doce.

— Tá bem, Bandile, tá certo... — ele diz rindo, colocando as mãos para trás e desamarrando o laço de seu avental vermelho, desistindo de terminar o que fazia.

E eu me sinto satisfeito, não nego.

Satisfeito por ficar mais algum tempo em sua companhia.

Em pouco tempo, Dimitri já está de volta ao salão, de roupa trocada e com sua mochila pendurada em apenas um dos ombros. Em seguida, repetimos o que fizemos durante a última semana.

Entramos no meu carro e eu o levo, mais uma vez, à sua casa. Desta vez, coloco uma música no carro, me sentindo confortável o suficiente para que Dimitri conheça as coisas que gosto de ouvir.

E eu sorrio de canto quando o percebo cantarolando baixinho todas as faixas que passam pelo *player* do som. Ele conhece todas, então sei que seu gosto é tão bom quanto o meu e, de alguma forma, isso me faz gostar ainda mais do maître.

Chegamos à sua casa sem demora, pelo trânsito inexistente da madrugada e, como todas as vezes, ele faz *aquilo.*

Dimitri passa as mãos devagar por cima das coxas, respira fundo antes de tirar o cinto e olha para mim com expectativa, sem se despedir ainda.

Ele espera algo de mim.

E, igual a todas as outras vezes...

Eu não faço nada.

— Bandile... — Dimitri diz, quebrando o silêncio agonizante que invade o veículo, assim que paro o carro na porta de sua casa.

— Sim? — Olho para ele, ainda segurando o volante com mais força do que realmente preciso.

— O mecânico me mandou mensagem ontem à tarde...

Um bolo se faz no meu estômago, porque imagino o que vem a seguir.

— Ele disse que vai trazer o carro pra mim mais tarde, então não precisa mais me trazer, ok?

— Certo, tudo bem. — Balanço a cabeça positivamente e tento parecer animado, para disfarçar aquela sensação ruim de não passar mais tempo com Dimitri após nosso trabalho.

Mas, se eu já estava nervoso antes, no momento seguinte, não sinto mais nada, porque meus órgãos parecem petrificados, junto aos meus batimentos e respiração.

Dimitri repousa a mão pequena e quente sobre a minha, que ainda aperta o volante com força.

E ele faz isso...

Ele fica cada vez mais confortável para cruzar limites físicos, e eu não consigo evitar querer que ele continue com essas atitudes, que seriam condenáveis por mim, se vindas de qualquer outra pessoa.

Mas dele não...

Dimitri pode, porque eu quero deixar.

E vou continuar deixando, essa é a verdade.

— Obrigado pelas caronas todos os dias — como quem não faz ideia do turbilhão de coisas que causa dentro de mim, sua voz soa calma enquanto seus dedos quentes acariciam os meus, que ainda apertam a direção de forma descontrolada, até que os dorsos de meus dedos fiquem esbranquiçados.

E lá está, mais uma vez, o segundo beijo no rosto que ele me dá.

Dessa vez, acompanhado por uma vontade minha, totalmente irracional.

A vontade de me virar em sua direção e capturar seus lábios com os meus, porque não entendo o que acontece, mas sua aproximação me causa um magnetismo quase inevitável, controlado apenas pelo desejo latente de não me aproximar de mais ninguém.

E é para essa voz, no meu interior, que eu dou razão, porque meu rosto permanece fixo, olhando para frente, enquanto ele se afasta, e eu apenas fico em silêncio, soltando um "de nada" baixo demais, que denuncia, a plenos pulmões, o quanto Dimitri me afeta.

Com um "até amanhã" inseguro, Dimitri se despede de mim, claramente desanimado, então sai do meu carro. Eu solto o ar ansiosamente preso.

Eu deveria estar feliz por essas caronas terminarem.

Eu deveria estar feliz por essa aproximação sutil, toda vez que ele entra no meu carro, estar finalizada de uma vez por todas.

E eu, certamente, deveria estar feliz por não ser responsável pela tarefa de levar alguém em casa todos os dias.

Com certeza, eu deveria estar feliz por não ficar perto de alguém que beija meu rosto sem mais nem menos, como se eu tivesse pedido ou permitido aquilo. Como se eu gostasse de toda a loucura que se instala no interior do meu corpo, sempre que ele faz isso.

Eu deveria estar feliz...

Mas não estou e o pior é que não consigo e nem posso fazer nada sobre isso, pois, na minha mente, martelam meus planos.

Meu futuro, minha vida, minha carreira...

E eu não posso deixar me levar por nada disso.

Não posso me deixar levar por Dimitri Dangeli.

13
NOIVOS E CUSPIDORES DE FOGO

DIA 20

Eu:

Eu não quero comprar nada. 18:11

DiCaprio:

Deixa de ser mão de vaca, é um casamento. 18:12

Vai ficar feio se você for com essa roupa de rabanete. 18:13

Eu:

Feio é gastar dinheiro numa roupa que eu vou usar uma vez só, cara. 18:14

DiCaprio:

Você sempre foi mão de vaca assim? 18:14

Eu:

Ultimamente, tenho sido bem mais, mas nunca fui de gastar dinheiro desnecessário. 18:15

E nem posso. 18:15

DiCaprio:

Como você vai, então? 18:16

Eu:

Eu tenho um terno aqui... Calça social, camisa, tudo preto. 18:16

DiCaprio:

Casamento ou velório? 18:17

Eu:

Ah, não enche. 18:17

DiCaprio:

Veste aí e me manda foto, me deixa ver como fica. 18:18

Eu:

Tá de brincadeira com a minha cara? 18:18

DiCaprio:

Anda rabanete, deixa de ser fresco. 18:19

Eu já te vi tantas vezes, não é como se fosse a primeira vez. 18:19

Aliás, considere isso um favor por eu ter raptado o seu número... 18:20

Vou ser seu personal stylist pra você não passar vergonha nesse casamento. 18:20

Eu demoro a responder-lhe, porque estou considerando fazer o que ele me diz. A verdade é que eu estou com medo de aparecer como um palhaço no casamento de Pablo.

Ou, então, ir simples demais.

Mas não me restam muitas opções, já que não posso gastar dinheiro com uma roupa social chique, do jeito que sei que os convidados estarão usando, então realmente me levanto da cama e visto as peças que penso em usar no dia da festa.

Sem fazer muita cerimônia, fico na frente do espelho do meu quarto e tiro uma foto, mandando para ele em seguida.

Eu:

É isso... 18:34

Mando simplista, mas ele demora a responder, o que me gera certo desconforto.

Deve estar ridículo, e é capaz de eu ter que, sim, gastar dinheiro que eu não quero gastar com roupas...

DiCaprio:

Caralho! 18:38

Manda alguns minutos depois.

DiCaprio:

Vai ser gostoso assim lá na puta que pariu. 18:39

Pra que essa gola alta? 18:39

Que tesão, Bandile, que tesão... 18:40

Aí, Bandile, agora sem a camisa, vai? 18:40

Só de blazer, mostrando o que você tanto esconde debaixo daquela camisa vermelha horrível... 18:41

Eu:

Vou te bloquear, seu esquisito. 18:42

Ainda bem que ele não pode me ver agora, porque estou segurando o riso. Não queria achar graça disso.

DiCaprio:

30 dias, hein? 18:42

Mas é brincadeira... Você tá gato demais. 18:43

Coloca uma corrente prateada, vai contrastar com esse monte de preto sobre preto. 18:43

E um lenço cinza, no teu bolso, não ficará ruim. 18:44

De resto... 18:45

Você já é o cara mais gostoso da festa, e ela nem começou. 18:45

Eu:

Obrigado... eu acho. 18:46

DiCaprio:

Que gracinha, não sabe receber elogio, kkk. 18:47

Eu:

Sei mesmo não. 18:47

Mas aí... 18:47

Valeu pelas dicas. 18:48

DiCaprio:

Nada, bebê. Tô sempre às ordens pra você. ;) 18:49

Bloqueio o celular, olho para a tela escura do aparelho, rindo para mim mesmo e balançando a cabeça em negação a tudo que aconteceu ali, naquela troca de mensagens.

Como nossa relação passou de raiva para curiosidade, depois conversas aleatórias e, agora, eu mandando fotos para o cara aprovar ou não as roupas que eu vou usar?

A pergunta que nem eu mesmo sei responder e nem faço questão, porque enfim...

É bom saber que eu não vou ao casamento como um palhaço.

DIA 25

O dia do casamento chega e com ele a ansiedade de ir para a boate mais cedo, mas, desta vez, não para trabalhar.

A cerimônia está marcada para começar às 19:00, mas são 18:15, e eu já estou parando meu carro no estacionamento dos funcionários.

Como Pablo avisou anteriormente, o estacionamento estaria liberado para todos os convidados e só garantiria a vaga quem chegasse antes, então não querendo colocar minha banheira velha na rua, me certifico de chegar cedo o bastante para ter um lugar onde deixá-la.

Quando desço do carro, percebo que metade das vagas está ocupada e consigo reconhecer alguns veículos com facilidade.

A moto preta e bonita de Victor.

O carro preto, clássico e polido de Eric.

O veículo azul-marinho, familiar e simples de Dimitri.

O que acentua que há esperteza nos funcionários da Hidden Honey, que sabem que o entorno da boate não é um lugar legal para simplesmente estacionar por ali.

Rindo para mim mesmo, por perceber que nosso pequeno grupo compartilhou do mesmo neurônio naquele momento, ando devagar para dentro da boate, sabendo que já teria alguns rostos conhecidos em seu interior.

Quando entro, a primeira pessoa que noto é Eric.

Especialmente bem-vestido, usa uma camisa branca por baixo do blazer, com a gola em "V" tão baixa que ele poderia, simplesmente, ter ido sem. Seu peitoral está muito exposto.

Não é um julgamento. Está bonito.

O homem anda de um lado para o outro, mandando e desmandando em diversas pessoas que fazem os toques finais dentro da boate, arrumando as últimas decorações e preparando as primeiras bebidas e refeições que serão servidas após a cerimônia.

Porque, apesar de ser sócio da Hidden Honey, Eric hoje é apenas o padrinho de Pablo e, organizado como sempre foi, não quer ver nada fora do lugar, nem malfeito.

Quando percebe a minha presença, sorri na minha direção e, novamente, pisca para mim.

Dessa vez, eu não consigo nem acenar, porque a tensão que emana dele me faz travar e, antes que eu tenha qualquer reação, Eric já girou no próprio eixo e seguiu em direção à cozinha da boate.

Sem demora, depois de pigarrear umas dez vezes, também percebo uma barba ruiva conhecida. Victor está por ali, o que tira meu foco do momento que acabei de passar com Eric. Sentado em um dos sofás ao canto, está agarrado a uma garota bem mais baixa que ele. Provavelmente é a noiva de quem havia falado em algumas poucas situações em que conversamos brevemente.

Absurdamente deslocado, vou me aproximando do segurança da boate e me sinto mais aliviado quando ele olha para mim e levanta a mão, me chamando e reforçando que eu conclua a aproximação que já estou fazendo.

— Foi mal aí... Não quero incomodar vocês, mas estou me sentindo meio peixe fora d'água.

O que é verdade, já que, sem meu bar para comandar, mal sei o que fazer na boate.

— Deixa de ser bundão, nem parece que trabalha comigo há um ano. Senta-se aí, garoto — ele diz rindo. — Eu também tô me sentindo deslocado, tem muito almofadinha por aqui. A galera empina tanto o nariz que parece que o chão está fedendo.

Não consigo evitar rir do seu comentário, porque, sim, os poucos convidados que estão ali e os que estão chegando, passam exatamente essa impressão. Eu e Victor podíamos não ser amigos próximos, mas, com certeza, compartilhamos da dor e da delícia de aprender, na marra, o que é começar de baixo.

Bem, eu ainda continuo "embaixo", mas permaneço torcendo para que isso, um dia, mude.

— Essa é Agatha, minha noiva — Victor diz, me tirando dos meus pensamentos anuviados sobre meu futuro, mais uma vez.

— Oi, Agatha, prazer. Teu noivo mete medo em todo mundo aqui, sabia? — falo educado, arrancando um sorriso gentil da garota que parece com sono, pois está agarrada ao braço do segurança e solta uma risada baixa.

— Sério? Ele parece um poodle manso em casa — a resposta me faz dar a maior gargalhada que já dei na presença do meu colega de trabalho.

— Gostei dela — digo ainda rindo, olhando para Victor que encara a noiva, sentindo-se contrariado.

— Engraçadinha, né? — ele pergunta, balançando a cabeça negativamente e parecendo se render ao seu sorriso pois, em questão de segundos, está rindo conosco.

Mais algum tempo se passa enquanto conversamos, observando a boate encher aos poucos.

Não compreendo como vi o carro de Dimitri há pouco tempo, e ele ainda não apareceu na nossa frente. Noto, então, que, na verdade, estou ansioso para vê-lo.

Mas, parecendo atender aos desejos reprimidos do meu interior, Dimitri aparece minutos depois, acompanhando Eric pelos cantos da boate. Eles conversam com dois homens que trazem um imenso tapete vermelho para ser estendido pela extensão da boate.

E porra... *Porra mesmo.*

Ele está lindo.

Seu cabelo, geralmente caído na frente da testa, está partido e jogado para trás, num milagre que eu não entendo como ele executou, porque aqueles fios lambidos estão sempre escorridos demais. Sua testa à mostra me faz sentir uma vontade irracional de passar meus dedos ali, naquela parte que, geralmente, é mostrada.

Ele usa um paletó de veludo azul, num tom tão bonito que consigo facilmente chegar à conclusão que só está belo desse jeito porque é ele quem veste. A camisa que usa por dentro é um modelo fino, não sei ao certo o nome, mas ele não parece nada mais, nada menos do que alguém da realeza.

Dimitri parece um príncipe...

E eu passo tempo demais observando-o.

Tempo demais percebendo os anéis em seus dedos. As mangas brancas da camisa, que saem das mangas do próprio paletó. A maquiagem leve, que apenas adorna os traços bonitos do seu rosto, realçando-os. O brilho labial faz com que seus lábios cheios fiquem ainda mais destacados.

É tempo demais olhando para alguém...

Eu sei disso.

E percebo ainda mais quando ele olha de volta para mim.

Não sei quanto tempo se passa, mas eu não quebro nosso contato visual, tampouco quero.

A voz firme e alta de Eric tira a atenção que Dimitri direciona a mim, fazendo com que o maître sacuda a cabeça levemente, parecendo sair do mesmo transe que me atinge naquele momento.

Segundos depois, ele já não está mais na minha frente.

O dever — de padrinho — o chama.

Há certo atraso na arrumação da decoração.

É notório que alguns fornecedores de serviços chegaram tarde, e o tapete colocado em cima da hora quase foi um problema, mas, aparentemente, tudo deu certo.

Temos a certeza disso quando uma voz masculina desconhecida fala ao microfone, anunciando que a cerimônia irá começar. É o celebrante do casamento.

— *Bora* galera. — Victor se levanta, arrumando a roupa que havia amassado um pouco, então segura a mão da noiva, para que ela possa levantar-se também.

Ele está bem parecido comigo, inclusive. Todo de preto, sendo o blazer a única coisa que destoa da sua roupa de segurança, na normalidade dos dias em que trabalha.

O tapete vermelho já foi todo esticado pela boate; os convidados não param de chegar e cadeiras foram colocadas em lugares específicos, próximas ao palco principal da Hidden Honey que, normalmente, possui uma barra de pole dance central, mas agora abriga um pequeno púlpito de oratória. Ele será usado por um celebrante que está de costas, abotoando as mangas da sua camisa branca perfeitamente passada e engomada.

Enquanto o homem se arruma, provando que ainda há algumas coisas fora de lugar, eu, Victor e sua noiva nos sentamos em umas das últimas cadeiras enfileiradas, a fim de não chamar atenção de ninguém.

Eu gosto de ser discreto, e ele, mais ainda.

E sua noiva... Bem... Ela está praticamente dormindo em seu ombro novamente.

Quem igualmente parece querer fugir de qualquer atenção desnecessária é Dimitri, que anda abaixando a cabeça, pela lateral das fileiras de cadeiras com convidados. Em seguida, ele quase se esconde atrás do sócio da Hidden, que olha para ele e acaba dando uma risada baixa com sua tentativa falha de não aparecer para o público.

Eric o segura pelo braço e o puxa para que possa ficar exatamente ao seu lado, em destaque. Os dois são padrinhos de Pablo e, enquanto estão rindo discretamente entre si, os observo por alguns segundos.

Eric fala perto demais do rosto de Dimitri, parece que vai beijá-lo a qualquer momento. Dimitri não demonstra incomodar-se nem um pouco. Pelo contrário, está acostumado com a proximidade que eles sempre mostraram ter.

Para eles, tudo aquilo parece muito natural.

Coisas que não compreendo, porque nunca tive tanta intimidade assim com nenhum amigo meu, o que faz com que eu continue observando sem parar. Sem nem mesmo perceber que meus olhos estão fixos neles há tempo demais.

— Limpa a baba *ae*, meu filho — Victor comenta.

Eu sinto meu rosto esquentar, então me ajeito na cadeira.

— Dá um tempo — falo rindo baixo, completamente constrangido por ter sido pego no flagra.

— Só tenho uma pergunta — o segurança da boate diz baixo, num tom meio implicante.

— Não sei se quero responder.

— Vou fazer mesmo assim. Qual dos dois você quer?

Está claramente falando sobre Eric e Dimitri.

Se ele tem intimidade comigo para fazer uma pergunta dessas, tem intimidade para tomar um empurrão do meu pé no seu, que é o que faço, causando uma risada meio alta em Victor.

— Eu vou descobrir — ele diz, enquanto sua noiva resmunga alguma coisa no seu ouvido, e ele dá atenção à mulher.

Não quero nenhum dos dois, mas meus olhos parecem não entender a mensagem que meu cérebro manda para o meu coração, porque percorrem o salão até que eu esteja, novamente, olhando para os padrinhos.

Especificamente para Dimitri.

Suas bochechas estão mais rosadas do que o normal, e ele segura tanto o riso, com as coisas que Eric fala, em seu ouvido, que me pergunto que tipo de comentários ele está fazendo.

Como se percebesse meu olhar sobre si, ele me acha — no meio de todas aquelas pessoas — e seus olhos encaram os meus.

Um arrepio agressivo percorre a minha nuca, quando nosso contato visual acontece e, mais uma vez, não consigo quebrá-lo.

Dimitri, parecendo gostar demais da frequência com que isso está acontecendo, faz surgir um sorriso no canto dos lábios. Eu engulo em seco.

Ele está sorrindo para mim, na frente de todas aquelas pessoas que não sabem o que está havendo. Nem mesmo Victor percebe, já que está conversando com a noiva até agora, mas Eric, distraído com algo que falava com o celebrante, volta ao seu lugar e nota...

Olha de Dimitri para mim, então dá uma risada baixa e, logo em seguida, sussurra mais alguma coisa para seu amigo. Os dois desviam o olhar na hora em que o celebrante anuncia que o casamento irá começar e consigo perceber o maître pigarreando e ajeitando sua roupa. Faço o mesmo, fingindo que não acabei de participar de uma das maiores situações tensas da minha vida.

A voz grave do celebrante soa mais uma vez e, anunciando a entrada dos pais, todos se levantam e olham para trás. Como esperado, os pais de Vicenzo se parecem com ele, e os pais de Pablo se assemelham ao filho. Risonhos, enérgicos e estupidamente ricos. Ambos os casais.

Não sei o que Vicenzo faz, mas se ele não tem mais dinheiro que Pablo, deve se igualar ao noivo.

No entanto, os pais de Vicenzo mantêm um semblante mais sério, centrado e, de certa forma, levemente assustado com toda a aura da boate, dos amigos de Pablo e de tantos pole dances no local.

Fico me perguntando se são conservadores ou algo assim. Não me surpreenderia se a resposta fosse positiva, já que não parecem exatamente felizes, diferentes dos pais de Pablo, que já parecem bêbados e festejantes.

Tenho a impressão de tê-los visto perto do *meu bar*...

Com mais um anúncio, o primeiro noivo entra, e todos percebem um Vicenzo bem-arrumado e muito bonito, em seu terno preto e *na moda*. Sério, não sei que palavra melhor usar para descrever, já que é muito diferente do que eu uso e mil vezes mais refinado.

Um pouco mais espalhafatoso, talvez. Tem uns brilhos...

Vicenzo está esperando a deixa para que possa começar a andar por cima do tapete vermelho, no meio de todos os convidados. Quando seu pé direito pisa nele, no entanto, dois homens surgem ao seu lado e cospem fogo para o alto, fazendo com que ele se assuste e quase caia no chão.

— Porra! — ele grita, claramente puto. — Eu disse que não queria fogo!

Todos estão sérios e tensos, mas percebo Dimitri, ao longe, levando as mãos bonitas à boca, tentando conter, com todas as forças, uma risada que queria explodir.

E aquilo me faz rir e me segurar da mesma forma.

Como duas crianças, estamos aqui, segurando o riso juntos e trocando olhares contidos, numa dessas horas em que a última coisa que você pode fazer é rir.

Mas, com ele, é fácil demais...

Pablo, enfim, aparece.

Os homens que cospem fogo se posicionam novamente, saltando labaredas em sequência, por cima de sua cabeça. Ele sorri vitorioso, enquanto Vicenzo está lá na frente, posicionado ao lado de Eric e Dimitri. Ao contrário do que eu achava, ele está rindo, balançando a cabeça negativamente pela teimosia de seu noivo.

Pablo, com um conjunto completamente vermelho, é o destaque da noite, sem dúvida alguma e, quando chega ao altar, segura o rosto de Vicenzo e lhe dá um beijo estalado nos lábios, fazendo com que todos os presentes comecem a rir.

— Eu disse que os noivos já podiam se beijar? Que isso? — o celebrante fala ao microfone, fingindo um completo estado afetado pelo jeito espalhafatoso de Pablo.

— Eu não resisto a esse homem — Pablo diz rindo, próximo demais ao microfone, para que todos ouçam.

Mais uma leva de risos.

Dimitri está observando a cena, orgulhoso pelo amigo e pela sua relação, e eu percebo que sou altamente influenciado pelos seus olhos comprimidos pelo riso, porque estou sorrindo também.

E não tem nada a ver com o casal lá na frente...

14

POLE DANCE

A cerimônia segue, sem mais surpresas ou outras pessoas cuspindo fogo.

Como um casamento normal, tirando a imensa quantidade de pessoas vestindo roupas brilhosas e a atmosfera erótica do local, eles chegam até os votos, dizem que se amam, se beijam mais uma vez, e uma enxurrada de aplausos inunda o salão.

Até os pais de Vicenzo estão aplaudindo sutilmente. Enquanto isso, os pais de Pablo praticamente pulam em cima do filho, entregando beijos e abraços aos recém-casados, antes mesmo que eles estejam liberados para falar com os convidados.

Eles não escondem o quanto amam o filho, e estão felizes por todos os seus passos. É muito bonito de presenciar.

De forma meio sem graça, me levanto da cadeira e fico sem saber o que fazer, mas sou alcançado pela voz de Victor, que dá uns tapas brutos no meu ombro.

— Vamos voltar pro sofá, encher a cara e comer. Vem garoto — ele diz, com Agatha agarrada ao seu ombro, parecendo magicamente ter acordado pelo som alto que inundava todos os cantos da Hidden Honey.

Assentindo, dou uma última olhada para Dimitri, que está ocupado, abraçando Pablo e Eric ao mesmo tempo.

Eles brincam entre si, riem e o maître parece estar no seu próprio mundo, que sempre dividiu com os amigos.

E é melhor assim, não é?

Eu ainda quero manter distância de Dimitri, não quero?

Então é bom que ele se distraia com suas coisas, enquanto eu me distraio com as minhas.

Não é um quadro comum, mas a companhia de Victor é propícia para este momento em que preciso ficar em algum lugar, na tentativa de não dar uma de convidado estranho que come e vai embora correndo.

Depois que nos serviram comida e bebida que me permito ingerir, vejo a noiva de Victor levantar-se e puxá-lo, arrastando-o para a pista de dança.

Rindo, observo os dois se distanciarem e, sem o que fazer, tiro o celular de dentro do meu paletó, checando as mensagens que recebi, mas não tive tempo de responder.

DiCaprio:

Se você ficar muito bêbado... 20:07

Me manda foto pelado? 20:07

Eu queria evitar, mas acabo soltando uma risada alta, porque a cara de pau daquele louco fica cada vez mais absurda.

Eu:

Não vou ficar bêbado a esse ponto, louco. 22:15

E eu não vejo finalidade em enviar nudes. 22:15

Qual o propósito de mandar foto pelado pra alguém se você não vai poder estar lá pra terminar o serviço? 22:16

Mais um garçom passa, oferecendo bebidas.

Eu pego uma taça de vinho, enquanto espero a resposta do estranho. Vem sem demoras, chega a ser óbvio.

DiCaprio:

Você quer terminar o serviço, barman? 22:18

Eu:

Não com você. 22:19

DiCaprio:

Então, com quem, seu ignorante? 22:20

Eu:

kkkkkk, desculpa. 22:21

Não era pra soar grosso, porque não é sobre você. 22:21

Apesar de eu nunca ter te visto e você ainda parecer de procedência duvidosa pra mim... 22:22

Mas isso é sobre eu não querer fazer sexo apenas por fazer. 22:23

E penso um pouco sobre o que escrever.

Não estou muito certo sobre a minha resposta, ainda assim, é o que envio.

Eu:

Mas não quero fazer com ninguém no momento. 22:25

DiCaprio:

Você não faz sexo casual, Bandile? 22:26

Ele pergunta, parecendo entender perfeitamente o meu raciocínio.

Eu:

Já fiz, mas, quando entendi que isso não me deixa confortável, não fiz mais. 22:27

Então, não; eu não faço. 22:27

DiCaprio:

Então... Você é assexual? 22:28

Ah, ele sabe o que é?

Apesar da assexualidade não ser uma coisa secreta, ainda fico surpreso quando pessoas, que conheço, falam com todas as letras sobre isso.

Minha bandeira carrega muitos preconceitos e ignorâncias, então não é anormal que eu receba mais desinformação e caretas de nojo do que uma conversa decente propriamente dita.

Eu:

Sim, sou demissexual. 22:29

Demirromântico também. 22:29

Fico feliz que você saiba o que é, algumas pessoas ficam confusas quando eu falo sobre isso. 22:29

DiCaprio:

Não preciso mais de 30 dias, ok? 22:30

Estou jogando a toalha. Desisto. 22:30

Eu:

Kkkkkkk 22:31

Então é isso? Interesse puramente sexual da sua parte? 22:31

Tsc, me decepcionou. 22:32

DiCaprio:

Claro que não. 22:33

Mas não vou mentir. 22:33

Eu queria tanto que fosse mais fácil... 22:34

Acredite...
Eu também queria.

Eu não sei em que momento acontece, porque passei o resto do tempo conversando com o DiCaprio, mas estou completamente sozinho.

Sem companhia e vontade de socializar com ninguém ali que eu já não tenha conversado, foco minha atenção nas mensagens que fazem com que eu mantenha meu papel de apreciador da festa, mas a verdade é que eu quero ir logo embora.

O tempo passa, vou e volto do banheiro, observo algumas pessoas que andam na minha frente e desvio o olhar de um cara que pisca para mim pela quinta vez consecutiva. Não sei mais que sinais dar para que ele entenda que eu não tô a fim.

Quando um garçom passa na minha frente, bloqueio meu celular e observo Dimitri ao longe, matando mais uma taça de vinho e usando seu telefone, enquanto Eric está conversando com um dos convidados de forma, praticamente, íntima.

Sinto pena de Dimitri, que parece um castiçal no momento.

Quando respiro fundo, vendo a festa ficar cada vez mais vazia, penso em me levantar para ir embora, afinal já tinha feito meu papel com louvor.

Vim à cerimônia, comi e bebi, socializei. Nada mal.

Mas, antes mesmo que eu possa pensar em levantar-me — por estar com os músculos mais pesados do que o normal pelo pouco álcool ingerido —, Victor retorna e se joga ao meu lado, mais bêbado do que quando saiu de perto de mim.

Sua noiva cai no seu colo novamente, e eu percebo que ela gosta muito de ficar escorada no segurança. Eles são um grude, não descolam em nenhum momento, mas não chego a achar ruim. Há reciprocidade em Victor, pelo jeito que sempre cuida dela.

Enquanto converso com meu colega de trabalho, mal sinto quando alguém senta ao meu lado e, quando olho, é Luna, agarrada a uma garota.

Agora eu que sou o castiçal, pelo visto.

— E aí, insuportável? — ela diz, batendo o braço no meu, me cumprimentando daquele jeito. — Curtindo a festa?

— Tentando, mas já vou embora.

Ela não faz questão de me apresentar a garota que está com ela, e eu tampouco me importo.

— A noite tá só começando, benzinho — diz e pisca para mim, aí percebo que está bêbada, não muito diferente da mulher que a acompanha.

Antes que eu possa pensar em responder, ela vira para a sua companhia e a beija de forma profunda, longa, erótica e sem escrúpulos.

Eu olho para Victor e arqueio as sobrancelhas, sentindo como se estivesse em um dos dias comuns da boate, em que as pessoas se pegam naqueles sofás grandes e redondos nos quais estamos sentados.

Victor ri e balança a cabeça negativamente, parecendo já conhecer o comportamento da nossa colega de trabalho.

A vontade de ir embora volta, já que odeio estar perto de gente que fica se pegando sem parar, mas é, novamente, contida.

Dessa vez, pelos noivos que, deixando nosso sofá por último, aparecem agora para nos cumprimentar e se sentam ligeiramente afastados e folgados, na outra curva do estofado.

— Gostaram da festa? — Pablo pergunta animado, contrastando com o noivo que já parece pronto para dormir ali mesmo, de tão casado.

— Sim, chefe, estava boa demais — Victor responde, ao passo que eu apenas concordo com a cabeça, assentindo com a fala dele.

— Eu preciso ir para casar foder e dormir — Vicenzo diz, colocando os cotovelos nos joelhos e esfregando as palmas das mãos no rosto.

— Como se não fizesse isso todo dia — Pablo recruta, revirando os olhos. Depois vira para trás, parecendo procurar alguém. Quando encontra, começa a gritar: — Eric, vem cá! Vem cá, porra!

O cara de cabelo loiro-escuro, que ainda flerta com um desconhecido até agora, ouve e olha na nossa direção, fazendo um sinal com a mão para avisar que já está vindo.

Quando vem, arrasta Dimitri consigo, que, estando na quarta ou quinta taça de vinho, anda quase tropeçando nos próprios pés, enquanto vira a bebida na boca.

Os dois se sentam no sofá redondo. Dimitri, Pablo, Vicenzo e Eric, respectivamente. Como se não previsse o próximo ato de Pablo, o vejo gritando mais uma vez.

— Hey! — ele fala alto, para um garçom que passa na nossa frente, bem na hora.

— Sim, senhor.

— Vai lá no bar e pega a garrafa lacrada da Patrón Añejo que está na geladeira. Traga limão e sal também, por favor!

Uma das tequilas mais caras que temos na casa.

— É pra já! — o garçom responde, distanciando-se rapidamente.

— Porra, Pablo... — Vicenzo resmunga, jogando o corpo para trás, praticamente bufando. — Chega de beber, homem.

— O último brinde da noite, deixa de ser chato, seu velho — resmunga com o rosto virado em direção a Vicenzo. Mudando completamente de tom, vira o corpo na direção de Dimitri ao seu lado, que parece beber da sua taça de vinho como se fosse uma mamadeira. — Você tá gostoso, hein...

Dimitri quase engasga quando ri, mas abaixa a taça de sua boca e olha para seu chefe que, já alto pelo álcool, confirma a amizade íntima que eles têm quando não o recrimina pelas palavras.

Já Vicenzo...

Bem, não sei se a cara que faz é por desgostar dessa interação ou por estar cansado demais, mas sua feição não denota nada de positivo.

Eric parece perceber, porque se aproxima ainda mais dele, coloca a mão no seu joelho — voltando a alimentar meus questionamentos sobre suas intimidades secretas — e sussurra algo que o faz balançar a cabeça positivamente, fechar os olhos e encostar a cabeça no estofado.

O que ele é? A porra de um mestre da hipnose?

Enquanto estou confuso com aquelas interações, percebo o quanto somos um grande círculo louco naquele sofá redondo, cheio de pessoas que conversam coisas diferentes. No entanto, minha atenção volta para Pablo e Dimitri.

Não consigo ouvir bem suas palavras, pelo som alto da festa, mas a leitura labial está em dia.

— E essa roupinha, hein? — Pablo diz, passando os dedos finos pelos babados da roupa de Dimitri. — Muito gostoso.

O maître loiro solta uma gargalhada alta.

— Obrigado, Pablo, eu me esforcei — Dimitri responde, rindo sutil, com as bochechas cheias parecendo mais coradas do que o normal.

— Quer me dar um presente de casamento? — Pablo pergunta sugestivo, o que faz Dimitri arquear uma das sobrancelhas, desconfiado.

— O que você quer agora, seu safado? — Dimitri questiona, balançando a cabeça negativamente, provavelmente conhecendo os gostos do amigo, que eu não conseguia prever.

— Dança pra gente — sugere, apontando com os olhos para o pole dance que existe no meio daquele sofá redondo, onde agora existem mais pessoas sentadas do que deveriam.

Dança pra gente.

Eu engulo em seco as palavras do meu chefe.

— Pablo, você bebeu demais... — Dimitri adverte, voltando a levar a taça de vinho à boca.

— Vai, Dimi. Faz que nem você fazia no ensino médio, nas aulas de dança... — O homem de vermelho sorri, mordendo o lábio inferior, totalmente sacana. — Era tão bonito, vamos? Dá esse presente pro seu amigo.

Porra...

Por que eu quero tanto que ele aceite?

— Tá bom, Pablo — Dimitri concorda, balançando a cabeça, novamente em negação, parecendo ser facilmente influenciado pelo álcool quando aceita a proposta sem muita dificuldade. — Aproveita o show, porque eu não vou fazer de novo.

Então, ele se levanta, e Eric parece perceber o que acontece, ao mesmo tempo que Vicenzo abre os olhos e presta atenção à situação.

Carpo vai até o maître e coloca as mãos por dentro do paletó de seu amigo, despindo-o da peça e jogando-a sobre o sofá, então sussurra algo em seu ouvido que faz com que Dimitri morda o lábio inferior levemente e respire fundo.

Sem Eric para controlá-lo, Vicenzo está franzindo o cenho violentamente. E eu poderia até ficar prestando atenção nele e fazendo apostas mentais sobre quando ele vai se levantar dali e começar a xingar alguém, mas estou ocupado demais, obcecado por Eric arrumando a roupa de Dimitri.

Logo após, meu chefe de cabelo loiro leva os dedos finos ao pescoço de Dimitri e solta o laço branco, abrindo alguns botões de sua camisa e deixando seu peito parcialmente nu.

Dimitri o olha, balançando a cabeça negativamente mais uma vez, deixando-se ser preparado pelo seu amigo com a lentidão de quem vai fazer a performance da sua vida.

E eu não sei, realmente, se será a tal performance...

Mas eu *definitivamente* quero ser sua plateia.

Dimitri sobe no pequeno palco no centro daquele grande sofá redondo, onde me encontro sentado junto a pessoas que não imaginei dividir álcool ou risadas, mas estou. Não estou achando nada daquilo totalmente desagradável e aproveito minha noite, até ela mudar totalmente de atmosfera.

Quando o garoto toca as barras de ferro e respira fundo, pareço respirar junto, não sabendo exatamente o que esperar daquilo, mas é inegável: *estou muito tenso.*

Minhas mãos suam frio e não faço ideia de onde deixá-las, então apenas as repouso sobre minhas coxas que tremulam levemente. Uma nova música começa e aquilo parece ser o combustível que Dimitri precisa para tomar a iniciativa.

Todos param o que fazem para assistir-lhe.

Eu paro até a minha respiração.

Com aquela camisa parcialmente aberta, é fácil notar que Dimitri tem leves músculos no peito, desenhando um peitoral bonito a ponto de me fascinar. Não são exagerados, mas são o suficiente para adornar sua pele pálida exposta.

Ele segura o pole dance e sobe nele.

Dimitri cruza as pernas enquanto roda devagar, joga a cabeça para trás, aumentando ainda mais a abertura de seu peitoral. Quando seus movimentos se tornam mais firmes, Luna, ao meu lado, larga a menina que beijava até agora e o olha com atenção, parecendo estar tão hipnotizada quanto eu estou.

Como se não tivesse ideia do que causa nas pessoas, Dimitri coloca apenas um pé no chão e estende a mão o máximo que consegue para cima, ondulando seu corpo contra o pole dance, em movimentos tão eróticos que mordo meu lábio inferior sem perceber.

Eu nem sei se meus pulmões ainda funcionam.

Meu coração parece ter parado.

O maître prova, com muita facilidade, que só não é o dançarino principal daquele boate porque não quer, pois sua dança é tão assertiva quanto seu corpo é sensual para captar não só a nossa atenção em torno do sofá, mas a de várias pessoas que ainda estão na boate.

Ele chama a atenção porque é bom.

Porra, ele é bom pra caralho...

— Puta que pariu! — a voz espantada de Luna soa ao meu lado, expressando uma pequena parte do que sinto. — Ele é melhor do que eu — ela afirma, mas não há inveja nem raiva em sua voz.

Está igualmente petrificada pela imagem sensual do cara que, até ontem, achava ser uma criança inocente, desprovida de qualquer traço devasso.

O que Dimitri faz com seu corpo, faz com que eu delire e não é difícil perceber o quanto estou quente. Minha pele queima, minha testa soa, minhas mãos tremulam por cima das minhas coxas.

Meu lábio inferior é tão castigado pelos meus dentes que sei que ficarão doloridos depois. E ele gira no pole dance mais uma vez, ficando perfeitamente de costas para mim. Então, prende suas coxas com força na barra de ferro, até se segurar com os braços — que se mostram mais fortes do que eu imaginava —, e desce a cabeça lentamente para trás, numa linha perfeita que encaixa o encontro de nossos rostos de forma calma e tortuosa.

Até que seus olhos capturam os meus.

O tempo para, enquanto seu corpo ondula sutilmente sobre a barra de ferro, me fazendo imaginar coisas que deveriam estar longe dos meus pensamentos enquanto nossos olhares permanecem conectados.

Eu cruzo as pernas tão sutilmente quanto consigo, porque entendo o que está começando a acontecer.

E são quase 365 dias trabalhando nesta boate.

Quase 365 dias vendo corpos nus lambuzados por óleo, fazendo performances tão ousadas que deixam as pessoas enlouquecidas, apenas por estarem olhando.

Quase 365 dias não sentindo porra nenhuma por aquelas pessoas, além de admiração pelas técnicas praticadas em todas aquelas danças.

Ainda assim...

Aqui estou eu.

Fodidamente duro por Dimitri Dangeli.

15

DRINK DE PÊSSEGO

Eu não sei quais são as reações das pessoas à minha volta. Sequer consigo virar o rosto para qualquer lado que não seja a imagem de Dimitri à minha frente, no entanto percebo que alguém me encara sem pausas, e quando Dimitri volta a erguer o corpo, movo o rosto sutilmente para o lado.

Eric está sorrindo sugestivamente para mim, levantando uma das sobrancelhas e passando os dedos finos pelos lábios, numa pose totalmente pensativa.

Ele me analisa.

Naquele momento, sei que consegue me ler inteiro.

Diferente de todos ali, bêbados e hipnotizados demais pela imagem do dançarino, que é nosso amigo em comum, Eric entende o que está acontecendo comigo.

Ele entende o estado que estou por Dimitri.

No entanto, imagino que as luzes baixas não permitam que ele perceba minha ereção que disfarço, tirando meu paletó lentamente e colocando sobre meu braço, fazendo o tecido cair pelo meu colo.

Ainda assim, *porra*...

Não é preciso que ele veja nada, porque o homem de cabelo loiro tingido já entendeu todos os sinais que eu dei.

Eu parecia um cachorro babando por Dimitri.

Completamente desconcertado, me levanto abruptamente, o que causa espanto nas pessoas ao meu lado, me olhando com confusão. Soltando um "boa noite" totalmente sem jeito e cumprimentando os noivos da forma que consigo, desejo felicitações e todas aquelas merdas, então saio correndo a tempo de quase esbarrar com o homem que trazia a tequila.

Eu não posso ficar, nem mais um segundo, olhando para *ele* dançar.

Dimitri está bêbado, e eu estou duro e enlouquecido por seu corpo.

E essa não é uma combinação muito boa.

Chego em casa, dirigindo mais atordoado do que lembro já ter dirigido em muito tempo. Quando entro, chuto os sapatos para o canto, vou direto ao banheiro, tiro a roupa da festa, coloco no cesto de roupas sujas e tomo um banho quente, que parece estar em uma temperatura menor do que meu interior no momento.

Quando me deito na cama só de toalha, do jeito que estou acostumado após meus banhos, percebo que minha respiração não mudou nada, desde o segundo em que estava sentado, naquele sofá, observando o maître dançar. E, por um momento, a percepção que eu tenho é que ele dançava só para mim.

Isso faz meu interior virar e revirar de forma descontrolada.

Será que Dimitri está perto de sentir-se atordoado da mesma forma que eu? Nem que seja um pouco?

Meu peito sobe e desce com violência, acompanhando meus pensamentos acelerados que não entendem como as coisas chegaram ao ponto que estão.

Mas de uma coisa eu sei...

A ereção que tive só aconteceu por uma coisa que já estava clara como cristal, mas que tentei, com todas as minhas forças, ignorar e afastar o quanto pude.

Mas não consigo mais...

Eu vou dormir e acordo com a certeza de que gosto de Dimitri.

Eu realmente gosto dele. *Porra.*

O suficiente para me deixar envolvido a ponto de me sentir atraído...

A ponto de ter desejado subir naquela plataforma de pole dance e beijá-lo enquanto seu corpo se ondulava sensualmente contra aquela barra de ferro. A ponto de não conseguir parar de pensar nele, até quando ele não está ondulando numa barra de ferro.

E eu me dou conta de que sua imagem dançando foi a única que me enlouqueceu, num lugar em que, há tanto tempo, nenhuma outra foi capaz nem de me fazer cócegas; há um poder nele que eu não compreendo, nem quero compreender.

Só sei que me atinge de forma violenta e toma todo o meu corpo que, a cada segundo que passa, se rende mais ao meu colega de trabalho.

E o meu trabalho...

Eu preciso dele e não há nada que eu possa fazer quanto a isso, a não ser que eu queira ser demitido. Como não quero, me levanto da cama quando o despertador toca, foco ignorar todas as coisas que aconteceram e vou tomar outro banho.

Não consigo sentar-me em frente ao meu computador, mal tenho cabeça para isso, então, quando finalizo o banho, coloco uma cueca boxer preta, pego meu celular e me jogo no sofá, com o corpo ainda respingado por gotas de água do banho recente.

Abro o aplicativo de mensagens e dou graças a Deus por ter algumas não respondidas, do cara que sei que me distrairá no momento.

Na verdade, mensagens esperando respostas desde a hora da festa, quando minha atenção começou a não ter outro destino além de Dimitri.

DiCaprio:

E o que você está bebendo agora? 23:17

Eu:

Naquela hora, eu bebia vinho, conhaque... 18:31

Mas pouco, não gosto muito de misturar, e minha resistência ao álcool não é das melhores. 18:32

Desculpa a demora, acabei me distraindo. 18:32

DiCaprio:

A festa deve ter ficado boa pra você simplesmente se esquecer da minha existência. 18:35

Fui dormir carente de novo. 18:35

Eu:

Kkkkk, você é dramático demais. 18:36

DiCaprio:

E ficou? 18:37

Eu:

Ficou o quê? 18:37

DiCaprio:

Boa. A festa ficou boa? 18:38

Eu:

Curioso pra caralho. 18:38

DiCaprio:

Sempre fui, nunca neguei. 18:39

Se você surgir com um assunto, eu já quero saber três páginas sobre o desfecho. 18:39

Mais uma vez, eu estou rindo da forma descarada daquele cara, mas, como havia começado a aceitar, me sinto cada vez mais confortável em conversar com ele. No entanto, não é por isso que vou contar que fiquei de pau duro pelo meu colega de trabalho.

Eu:

Ficou... 18:40

De um jeito diferente do que eu imaginava que ia ficar. 18:41

DiCaprio:

Você sabe que eu sou curioso e mete uma dessa? 18:42

Ah, vai pra porra, Bandile. 18:42

O que aconteceu? 18:43

Eu:

Nada estranho, eu só tive uma reação inesperada a algo que aconteceu. 18:43

DiCaprio:

Pegou alguém? 18:44

Eu:

Não, cacete. 18:45

DiCaprio:

Queria pegar? 18:45

Eu demoro a responder, porque sei que a resposta é sim, mas não quero dizer isso a ele.

DiCaprio:

Caralho, você queria... kkkkkkkk 18:49

É o que ele responde, frente à minha demora.
Está jogando verde.
E vai colher maduro.

Eu:

Não quer dizer que eu fiz. 18:50

Entrego a resposta, surpreendentemente, sem me importar em confessar.

DiCaprio:

Podia ficar com ciúmes, mas estou admirado. 18:51

Palmas para quem conseguiu capturar a sua atenção. 18:51

Deve ser alguém gostoso pra caralho. 18:52

E eu sei que é...
Mas Dimitri não é só isso.

Eu:

Chega desse assunto, seu pervertido. 18:53

Vou me arrumar pra trabalhar, meu bar deve estar uma bagunça depois do casamento de ontem, e eu quero chegar cedo. 18:54

Obrigado pelo papo. 18:54

DiCaprio:

Você acabou de agradecer a conversa? 18:55

Meu Deus! 18:55

Quem é você e o que fez com o barman-rabanete? 18:56

Eu:

Não fode, porra. 18:57

DiCaprio:

Ah, não, é você mesmo. 18:57

Rindo, balanço a cabeça negativamente e bloqueio o telefone porque, realmente, penso no estado que meu bar deve estar depois da festa e preciso ter certeza de que não vou encontrá-lo de cabeça para baixo.

Respirando fundo, me levanto do sofá, coloco uma camisa preta de algodão e uma calça jeans, coloco um novo uniforme limpo na minha mochila, pego meu celular, minhas chaves e converso com meu pai alguns momentos antes de sair de casa.

Ele parece feliz, fala todo bobo sobre a namorada e me diz que o filho dela gostou de mim e pediu os vouchers que eu tenho.

Meu pai sabe bem que vouchers são esses, porque sabe onde eu trabalho e o que acontece lá, o que faz com que troquemos gargalhadas enquanto falamos da situação de Daniel.

Sem dificuldades, chego à minha banheira fedorenta e saio de casa, fazendo o caminho habitual até o trabalho que, com a proximidade, me causa um nervosismo que eu não sentia momentos antes.

Eu estava evitando pensar nisso, mas agora sei que a hora de ver Dimitri novamente está cada vez mais próxima, e isso me desconcerta por inteiro.

Ainda assim, não vou fugir do meu trabalho.

Quando chego à boate, existem pessoas desconhecidas, provavelmente contratadas por Pablo, limpando e organizando as últimas coisas que descaracterizavam o lugar.

Não vi o carro de Dimitri no estacionamento, então sei que o maître ainda não havia chegado, mas Eric já está no local trabalhando. O que torna claro que, com a lua de mel de Pablo, é ele quem comandará o local.

Quando entro no bar, percebo que ele está, sim, uma bagunça, mas menos do que eu imaginava. Então, não é difícil organizar tudo e pôr as coisas do jeito que eu costumo trabalhar.

Quando a hora da boate abrir se aproxima, vou correndo até o vestiário e troco de roupa, colocando minha camisa de seda vermelha e minha calça preta. Os coturnos são trocados por sapatos sociais finos, e uso um gel que deixa meu cabelo com cachos bem bonitos, do jeito que eu gosto. Nunca estive tão nervoso quanto à minha aparência, mas lá estou eu, preocupado com cada fio de cabelo fora de lugar.

Quando pego minha mochila para levar comigo e deixar embaixo da pia do bar, onde gosto que fique, tento sair dali, mas esbarro em alguém que chega correndo, atrasado novamente.

— Desculpa, eu não vi... — Dimitri fala, antes de levantar o rosto e perceber que sou eu. — Ah, é você Gael. — Então, ele me lança aquele mesmo sorriso calmo e gentil, tão costumeiro. — Foi mal, eu tô meio distraído hoje. Ainda cansado de ontem.

— Tudo bem — respondo tenso, não conseguindo encarar seus olhos, me sentindo incrivelmente petrificado com sua presença.

— Você está bem? Saiu correndo ontem... Aconteceu alguma coisa?

Sim, eu fiquei duro pra caralho, vendo você dançar, e tive que sair correndo que nem um louco porque queria beijar seu corpo inteiro.

— Não, eu só fiquei meio enjoado, acho que bebi demais.

— Eu também — responde, rindo baixo, mais malicioso dessa vez, elevando os cantos daqueles lábios bonitos que me prendem no momento, porque agora eu ergo o olhar até seu rosto. E, mais uma vez, me permito ser hipnotizado por ele, até que somos cortados por outra voz.

— Licença. — Um dos garçons da boate chega, pedindo passagem.

Estávamos no meio da porta esse tempo todo e não nos importamos com isso.

— Ah, desculpa — Dimitri pede novamente, distanciando-se de mim.

— Eu vou... — falo pigarreando, aumentando a distância entre nós — voltar ao trabalho.

— Vai lá, vou me trocar.

Assentindo sem jeito, saio dali a passos rápidos e logo estou atrás do bar, estalando todos os dedos da minha mão de forma nervosa, como se minha vida dependesse do tempo que eu vou passar apertando os nós dos meus dedos. Porque tão torturante quanto aquele momento, é o resto da noite que se arrasta como uma lesma.

A casa enche, meu trabalho aumenta e parece que eu absorvi todo o espírito de Davi, porque sou desatento a ponto de quebrar copos durante o tempo em que trabalho.

Desatento, porque...

Não consigo parar de olhar para Dimitri.

No final do expediente, com a casa já fechada, Eric se senta no bar enquanto estou terminando de lavar os últimos copos e me encara com aquele mesmo olhar sugestivo que me lançou no momento em que percebeu que eu estava babando por Dimitri dançando.

Seus dedos voltam aos seus lábios, e ele parece pensar um pouco antes de falar, mas não demora.

— Enquanto Pablo estiver na lua de mel — ele começa lento e calmo —, eu sou o chefe, mas você já sabe. E outra coisa que você também sabe é que eu não gosto de vir trabalhar todos os dias.

Assinto para que continue, mas ele parece ter outras prioridades, antes de falar. Aumentando toda tensão que já existe sobre ele, Eric fecha os olhos e vira o rosto, para um lado e para o outro, estalando o pescoço antes de voltar a olhar para mim. Respira fundo, daquela forma demorada que começa a me irritar.

Eu só quero que ele fale logo. Paciência nunca foi meu ponto forte.

— Então, enquanto eu não estiver aqui, e com isso eu quero dizer a semana inteira, Dimitri vai ficar responsável pela boate. E, Gael — ele reforça o sorriso malicioso, passando o polegar devagar sobre o lábio inferior —, espero que obedeça tudo que ele pedir, certo?

Eu não entendo o que ele quer dizer com isso, mas confirmo com a cabeça, e a tensão, que sinto com aquela conversa, não é exatamente uma novidade.

Como não é novidade a atitude que Eric tem e a forma que ele transforma tudo aquilo numa grande atmosfera erótica e sugestiva.

— Mais alguma coisa, senhor? — pergunto, desejando que ele finde aquele contato e vá embora.

Eric continua me intimidando feito o caralho.

— Senhor está no céu, Gael — ele fala, soltando uma risada leve. Levantou-se do banco do bar, parecendo entender o que eu expresso. — Boa noite, até qualquer dia.

Eu respondo à sua despedida e volto a olhar para minha pia, quase finalizada.

Meia hora depois, quando consigo terminar de limpar todos os copos e colocá-los enfileirados para que sequem, percebo que alguém se aproxima do bar.

Alguém que me faz engolir em seco e respirar pesado.

— Achei que já tivesse ido embora. — É Dimitri quem se aproxima lentamente, mas não chega a vir até mim. Ele para e, calmamente, coloca as costas no balcão do bar, tomando impulso com as mãos e sentando-se ali.

— Já estava indo, só falta secar a pia — respondo, tentando fingir que estou calmo.

Eu não tenho nada de calmo nesse momento.

Pego o pano branco e passo na pia mais uma vez, mas eu já tinha feito isso, então apenas finjo que seco a região já livre de água.

— Quer beber alguma coisa? — Eu queria ir embora, então não entendo por que faço essa pergunta.

— Não, Gael, você já limpou tudo — ele diz, balançando as pernas suavemente, enquanto não para de olhar para mim e mantém uma mão em cada lado das suas coxas.

— Eu limpo de novo. Quer? — pergunto mais uma vez.

Porra... Não consigo ser menos óbvio.

— Tá bem. — Ele sorri meigo, inclinando a cabeça levemente para o lado, deixando a franja deslizar sobre sua testa. — Faz aquele drink pra mim? Aquele de pêssego que o Pablo me fez experimentar. Eu gostei demais.

Assentindo, vou até a geladeira e pego a lata de pêssego em caldas fechada, que estava gelada, depois coloco sobre a bancada e busco um dos copos de drink, juntamente à pequena tábua e minha faca pequena de cortes de frutas.

— Vodka, rum, conhaque, uísque ou *soju* na mistura? — pergunto, sem necessidade alguma de falar toda essa lista. — Eu sei fazer o drink e sei como ele gostou, ainda assim, estou nervoso a ponto de não conseguir ficar calado.

— Usa o que você usou naquele dia — sugere muito mais calmo que eu. — O que foi?

— Foi rum.

— Então, rum — Dimitri diz sorrindo, fechando os olhos pelo riso meigo e grande que dá em minha direção.

E eu jurava que tinha músculos, mas agora parece que tenho mingau sustentando meu corpo.

Concordo com sua fala, tiro a garrafa dourada de rum da prateleira atrás de mim e começo a fazer o drink, tentando respirar cada vez mais fundo.

Quando finalizo, enfio um canudo preto, me aproximo do corpo de Dimitri e fico à sua frente, entregando-lhe o copo, que ele suavemente pega, deixando que os dedos rocem nos meus por mais tempo do que ele realmente precisa.

Dimitri dá o primeiro gole, e eu permaneço próximo ao seu corpo, sem tocá-lo, mas ainda em expectativa à sua reação.

Ele dá mais um gole, abaixa o copo e olha para mim, passando o dedo polegar devagar no lábio inferior, tão lento que a única reação que tenho é perceber, ali de perto, que seus lábios são mais cheios do que eu havia notado.

Parecem até mais bonitos agora.

— Bom demais, Bandile — elogia, após ter limpado o lábio, encarando meu rosto enquanto segura o canudo que ele não usa, e mistura a bebida dentro do copo. — Por que isso não está no cardápio?

— É novo. Pablo ainda não teve tempo de orçar e implementar nos pedidos — explico, enquanto ele leva o copo à boca mais uma vez, desprezando o canudo que roça lentamente em seu rosto quando ele bebe, em goles sequenciais, como se fosse água.

Para de beber por um segundo apenas para dizer:

— Quando ele colocar no cardápio, deveria se chamar "Bandile Drink" — sugere e volta a beber.

Solto uma risada fraca. Gosto do nome.

Também gosto de ver Dimitri beber com tanta vontade.

Quando abaixa o copo mais uma vez, há um filete do drink deslizando lentamente pelo canto da sua boca.

— Está derramando aqui, Dimitri — aviso baixo, levando meu próprio polegar aos meus lábios, espelhando o local que ele deve limpar.

— Me ajuda a limpar?

Porra... Que isso?

Eu sequer consigo acreditar no seu pedido, no entanto faço "sim" com a cabeça, pois não acho que exista algo, neste momento, que eu seja capaz de negar a ele.

E eu estou quase virando meu corpo para buscar um guardanapo, mas sua voz soa mais uma vez e diz o que me faz parar no lugar:

— Com a sua língua, Gael.

Porra de novo. Porra, caralho... Puta que pariu!

Engolindo em seco, volto a girar o corpo sutilmente, até que retorne o olhar aos seus olhos que, mais ferinos que nunca, me encaram como se eu fosse sua presa.

E como eu quero ser.

Neste momento, me pergunto onde está a criança assustada que trabalhou comigo durante o ano que passei na boate, porque este Dimitri, na minha frente, é diferente de tudo que eu conheço.

Ele permanece inabalável, com aquele sorriso lateral traiçoeiro, úmido pela suavidade do drink pincelado na pele de sua boca, sensível e cheia.

Mas sua pose sólida dura até o momento em que eu me aproximo mais do seu corpo, encosto meu quadril, nas suas pernas abertas que me recebem, e roço também em seu quadril, levemente mais elevado por estar sentado no balcão do bar.

E minha mão direita vai até sua mandíbula, não o machucando, mas segurando-o com firmeza. Dimitri fecha os olhos e abre a boca sutilmente, soltando o ar de forma pesada, quase num gemido baixo de quem se alivia por segurar demais a expectativa do meu contato. Seu peito sobe e desce com a força da respiração entrecortada que carrega agora. Da mesma forma que a minha, e não é difícil entender que suas palavras podem ser afiadas, mas seu corpo treme como o meu, totalmente afetado por tudo que acontece naquele momento.

E antes havia dúvida sobre prosseguir com aquilo, mas agora não há mais.

Então, não hesito.

Como ele pediu, aproximo meu rosto do seu e passo a ponta da minha língua quente em seu queixo, roçando-a num caminho lento que sobe até encontrar o gosto doce do rum que desliza sobre sua pele macia.

Eu não posso dizer que paro quando o filete da bebida se finaliza, porque assim que sinto o canto do seu lábio inferior em contato com a minha língua, enfio a mão em sua nuca, puxando-o para mim.

E eu beijo Dimitri.

Urgente, lascivo, com todo o desejo incompreendido que cresceu no meu corpo durante as últimas semanas. Nós sequer paramos para falar alguma coisa, pois não há espaço para palavras.

No mesmo segundo, minha língua está capturando o gosto do pêssego que vem de sua boca, naquele beijo que nunca teve a intenção de ser contido e nem calmo.

Apesar de a minha vontade ser gritante, a sede maior vem de Dimitri que, largando o copo no balcão do bar, enfia os dedos da mão direita pela minha nuca, arrastando as unhas pela minha pele até que estejam entre os fios do meu cabelo, enquanto sua outra mão segura meu ombro, me puxando para si numa necessidade que eu sei que compartilhamos.

Sua língua também é quente, gostosa e se enrosca na minha com o desejo que parece estar preso há muito mais tempo do que eu realmente imagino.

Suas pernas, tão firmes quanto eu me lembro naquela barra de pole dance, agora fazem meu quadril de apoio. Em um enlace provocativo, ele circula meu corpo com as panturrilhas e me puxa fortemente, unindo nossas pélvis.

— Você está igual, Gael... — sua voz soa rouca, quando meu lábio abandona o seu e percorre um caminho imaginário até parar em seu pescoço, que chupo devagar, para não deixar marcas.

E Dimitri, provando cada vez mais que não tem nada de inocente, desce a mão que estava em meu ombro e esfrega a palma pelo meu peitoral, descendo tortuosamente até ela repousar sobre meu membro, que ele aperta com força, intensificando a ereção que surge, novamente, tão fácil por ele.

E eu dou um gemido grave, baixo, que ressoa por cima de sua pele ao sentir seus dedos pequenos, que me estimulam devagar, até seu polegar se arrastar por onde ele sabe ser minha glande e pressionar a região sem pena alguma.

Eu arranho seu pescoço com meus dentes, escrachando o desejo incendiário que há dentro de mim.

— Está igual a quando me viu dançar.

Ele sabe.

E, porra... Como eu não dou uma foda pra isso nesse momento.

Tremo por inteiro, por sua voz que chega safada aos meus ouvidos, de forma que não consigo confirmar, nem negar, só voltar os lábios famintos por cima dos seus e beijá-lo com o desejo que me rasga de dentro para fora, esfregando a ereção sobre a sua que se prova tão dura quanto a minha.

Numa risada abafada entre nossos lábios, Dimitri morde meu lábio inferior e o puxa dolorosamente, depois dá um selar carinhoso por cima da minha carne vermelha pela sua mordida forte, como se estivesse se desculpando.

Eu quero voltar a beijá-lo, mas ele me empurra devagar e desce do balcão do bar, me lançando um sorriso calmo e meigo.

Do nada, torna-se novamente o Dimitri inocente que conheci.

— Até amanhã, Gael — ele diz e sai, me deixando mais atordoado do que já estive dentro daquela boate.

Porque não entendo o que ele quer, mas, se sua vontade é me deixar enlouquecido e o desejando ainda mais...

Dimitri tem total sucesso em seu plano.

16

30 DIAS

DIA 26

Contra todos os impulsos de me envolver com alguém, eu beijei Dimitri, com uma intensidade que mal consegui esperar, muito menos prever.

E eu seria mentiroso se falasse que não gostei ou que foi ele quem avançou os sinais, porque, porra...

Quero até repetir.

Sei que é difícil chegar a desejar alguém, mas depois que eu começo, não paro, não consigo.

Basta só começar a me sentir envolvido *desse* jeito...

E não é difícil perceber o quanto o desejo, ainda que, por dentro, eu esteja travando uma guerra comigo mesmo. Porque Dimitri conseguiu chegar ao primeiro estágio, tão forte e intenso que não paro de querer seu corpo inteiro. Sei que quero.

No entanto, agora, é minha responsabilidade que nada disso evolua, porque não pode evoluir. É a partir daqui que eu começo a viver sobre uma linha tênue de sentir tesão e não me envolver ainda mais, para que não passe a outros patamares.

Gosto de Dimitri, mas não estou apaixonado por ele e sei que consigo segurar a barra de não chegar a esse estágio. Eu já fiz isso antes.

Então, tentando ignorar os pensamentos que não param de estapear minha mente, vou para casa, sentindo meus lábios pulsarem sutilmente, reféns de uma mordida tão forte que os efeitos demoram a se esvair do meu corpo.

Até os arranhões na minha nuca foram violentos, ainda ardem e são lembretes para minha memória. Lembretes de que eu sou idiota se um dia achei que Dimitri era um menino inocente e contido.

Como habitual, em várias ocasiões, sou o último a sair, ligando o alarme do bar e travando a porta dos fundos. Sou um dos poucos que tem as chaves, mas já me acostumei com isso, já que o bar sempre acaba sendo o último lugar a ser limpo, e eu sempre detesto deixar serviço para o outro dia, tento evitar sempre que dá.

Então, eu chego em casa, tomo meu banho, me enrolo na toalha, coloco meu celular para carregar e me jogo na cama.

E eu não quero...

Mas a última coisa que penso, antes de cair no sono, é em Dimitri e na sua boca.

Na sua língua quente, nos seus dentes que arranhavam os meus lábios e nas suas mãos macias que me apertavam com força.

E tenho um dos sonos mais agitados que já tive em muito tempo.

DIA 30

Os últimos quatro dias foram, sem sombra de dúvidas, os mais sexualmente tortuosos que eu já vivi. Não existiu contato físico algum, mas, em todas as oportunidades, Dimitri me provocava.

Quando se aproximava do balcão, pedindo bebidas para alguma mesa, ele mordia os lábios enquanto me olhava e ria malicioso ao perceber meu nervosismo.

Olhava para mim toda vez que estava passando em torno do bar e lambia o lábio inferior devagar, sorrindo de um jeito sacana, que só criava, em mim, ainda mais vontade de beijá-lo novamente.

Quando surgia a ocasião de Eric precisar me chamar junto a Dimitri — para resolver algo sobre o estoque de bebidas —, Dimitri falava coisas sobre eu ter um "gosto bom", querendo que Eric entendesse que era por conta da minha habilidade em fazer novos drinks, mas eu tenho certeza que o cínico se referia à outra coisa.

Apesar de toda provocação, quando eu finalizava meu trabalho, Dimitri não estava mais na boate e não havia nenhum vestígio de sua presença por lá. Ele queria que eu procurasse por ele, que sentisse sua falta, que ficasse agitado, querendo mais do que ele havia me dado.

E ele estava conseguindo tudo aquilo e mais um pouco, porque, quando você se priva de contato humano *dessa forma* por mais de um ano ou pelo tempo que for, e você, finalmente, abre essas portas dentro de si, você enlouquece.

Enlouquece quando se permite, enlouquece quando admite que você realmente deseja alguém.

No meu caso, eu enlouqueço ainda mais um pouco...

Porque é Dimitri.

Admitindo para mim mesmo que estou frustrado, mas nada posso fazer, me jogo no sofá, aproveitando minha folga, e deixo minha cabeça vagar um pouco mais naquela confusão que estou me enfiando.

O celular ao meu lado está silencioso, mas eu o pego, abrindo o aplicativo de mensagens e percebendo que não recebo nada do ex-maníaco há dias...

Começo a me perguntar se ele teria ficado enciumado por eu ter contado que queria ter beijado alguém na noite do casamento.

Pensando que isso poderia ser apenas coisa da minha cabeça, envio uma mensagem a ele, quebrando o pequeno hiato pelo qual passávamos.

Eu:

Se esqueceu de mim? 19:11

Mando e, diferente do habitual, ele demora algum tempo a me responder, então já estou assistindo a alguma coisa aleatória na televisão quando ouço o sino tocar, anunciando sua resposta.

DiCaprio:

Eu estava meio melancólico... 19:37

Chegamos ao dia 30, estou esperando você me bloquear a qualquer momento. 19:37

Ele manda e acabo rindo de suas mensagens.

Não vou bloqueá-lo, não consigo mais.

Eu:

Eu não vou bloquear você, cara. 19:38

DiCaprio:

Sou digno da sua preciosa atenção, então? 19:39

Eu:

Eu vou bloquear você. 19:39

DiCaprio:

Kkkkkkkkk. 19:40

Você é maleável que nem uma barra de ferro. 19:40

Obrigado por me dar uma chance. 19:41

Sua última mensagem me faz sorrir sutil.

Eu:

Eu te dei uma chance quando te dei 30 dias, e você soube aproveitar bem. 19:42

Agora, estamos em outro nível. 19:42

DiCaprio:

Meu Deus, eu preciso ligar pro meu alfaiate. 19:43

Eu:

Pra quê, seu louco? 19:43

DiCaprio:

Mandar encomendar o terno do nosso casamento. 19:44

Eu:

Ah, não, eu vou ter que te bloquear... 19:45

DiCaprio:

Kkkkkkkk, você é um velho chato. 19:46

Mas fico feliz de ter conquistado sua confiança. 19:46

Eu:

Não totalmente, né... 19:47

Ainda me incomoda pra porra eu não saber quem você é e não saber seu nome. 19:47

Eu ainda acho que você vai se pendurar no meu balcão e me agarrar do nada. 19:48

Ou me dar um tiro. 19:48

Mas... 19:48

Eu gosto de conversar com você e gosto disso que a gente tem. 19:49

Amizade? Essa palavra ainda é muito... 19:49

Grande. 19:50

Mas eu gosto. 19:50

DiCaprio:

Nossa, você falou demais. 19:51

Não estou acostumado. 19:51

Eu queria te agarrar no seu bar, não tenha dúvidas. 19:52

Mas, tudo bem, também tô feliz com a nossa quase-amizade-a-não-ser-pelo-fato-de-que-eu-ainda-sou-um-estranho-e-você-ainda-não-confia-em-mim-100%-e-eu-não-posso-te-culpar-por-isso. 19:53

Eu:

É... É exatamente isso que a gente tem, kk. 19:54

DiCaprio:

Uma hora eu tomo coragem... 19:55

Você não me assusta mais. 19:55

Eu:

kkkkkkk, eu não assusto nem uma mosca. 19:56

DiCaprio:

Você assusta, sim, porra. 19:56

Essa cara de "não mexe com as minhas pingas" me deixava intimidado. 19:57

Agora, depois de conversar contigo, cheguei à conclusão de que você é só um bebê carente. 19:57

Eu:

Ah, vai pra porra, vai. 19:58

DiCaprio:

Um bebê carente com a boca muito suja. 19:58

Paro um segundo para rir da forma que ele me chama de bebê desde quando começou a conversar comigo. No início, me incomodava *pra porra*, mas é engraçado como ele fez com que eu acabasse me acostumando com isso.

Nós não temos nenhum laço romântico, mas me sinto afetuosamente envolvido, não minto, mas é como falei: *quase* como um amigo. O que faz com que, apesar de suas conversas leves e engraçadas, ainda me sinta intrigado sobre quem ele é. Mais uma vez: é uma porra ser curioso.

É uma coisa que não dá para evitar e mentiria se dissesse que julgo ser uma situação normal.

Porque não é.

Preferia ter um amigo que soubesse quem é o rosto do que um mascarado de baile, o que me faz mudar o ritmo daquela conversa.

Eu:

Você tem ido à boate? 20:05

DiCaprio:

Às vezes, por quê? 20:11

Eu:

Sempre tem dinheiro pra ir? 20:12

DiCaprio:

Isso não é um problema... 20:12

Eu:

Você é rico, então? 20:13

Acho que podemos tentar algo mais sério... 20:13

DiCaprio:

Idiota, kkkkk. 20:13

Eu tenho conhecidos lá dentro que me deixam entrar sempre que eu quero. 20:14

Eu:

Quem? 20:14

DiCaprio:

Está querendo descobrir quem eu sou? 20:15

Eu:

Estou. 20:15

DiCaprio:

Kkkkkkk, você é tão lerdo que não descobriria nem se tentasse. 20:16

E é o seu chefe, o casado, que me deixa entrar sempre que eu tenho vontade. 20:17

Mas ele dá voucher de entrada de graça pra tanta gente... 20:17

Que você vai sofrer, procurando meu nome nas listas de cortesia. 20:18

Eu:

Nem queria saber mesmo... 20:19

DiCaprio:

Kkkkkkk, queria, sim. 20:19

Eu:

Às vezes, ainda acho que você é o sócio. 20:20

Você é abusado demais, cara. 20:20

DiCaprio:

Ainda acha que eu sou seu chefe? 20:21

Eu:

Ele mesmo. 20:21

DiCaprio:

Gael, desencana. 20:22

Você já viu aquele cara dando em cima das pessoas? 20:22

Como você mesmo disse, não parece o tipo de pessoa que precisaria se esconder em mensagens. 20:23

Ele diz um “a” e tem gente sentando no colo dele. 20:23

Eu:

Nunca senti vontade de sentar no colo dele. 20:24

DiCaprio:

Eu já. 20:24

Eu:

Kkkkkkkkkkkk. 20:25

Por que não sequestrou o número dele, então? 20:25

DiCaprio:

O tesão bateu e passou. 20:26

Mas contigo, Bandile... 20:26

O tesão é eterno, tal qual o sol. 20:27

Eu:

O sol não é eterno. 20:28

DiCaprio:

Eu vou morrer e o sol vai continuar existindo, então é eterno pra mim. 20:28

Eu:

Kkkkk, você tem um ponto. 20:29

Eu já falei com você alguma vez? Alguma coisa significativa? 20:30

DiCaprio:

Meu Deus, você não desiste. 20:33

Eu:

Você não tem noção de como eu sou curioso. 20:34

E não tem noção de como eu me sinto estranho com essa situação. 20:34

Eu não tenho muitos amigos, e o único que chega perto disso não quer mostrar a cara pra mim. 20:35

Ele demora a me responder. Demora demais.

Chego a pensar que desistiu de conversar comigo naquela hora ou se ofendeu com algo que eu disse.

Então, novamente, estou entretido na televisão quando ele me responde, mais de uma hora depois.

DiCaprio:

Bandile... 21:47

Ele me chama, provavelmente, precisando ter minha atenção para continuar aquela conversa.

Eu:

Fala. 21:49

DiCaprio:

Talvez seja melhor a gente parar de conversar. 21:49

Sua mensagem me pega de surpresa. Preciso ler e reler o que escreveu algumas vezes.

Mas, antes que eu comece um discurso sobre como é feio conquistar a quase-amizade de alguém e depois descartar a pessoa só porque ela não correspondeu sexualmente às suas expectativas, respondo com calma, fazendo uma pergunta que precisa esclarecer suas motivações.

Eu:

Por que isso agora? 21:52

DiCaprio:

Eu não estou confortável pra me mostrar pra você e não acho que isso vá acontecer tão cedo. 21:53

Apesar de querer muito, tenho motivos pra acreditar que isso não será bom. 21:54

Então, prefiro parar, pra não frustrar você toda vez que perguntar quem eu sou. 21:55

Mais uma vez, eu estou lendo e relendo suas mensagens mais vezes do que consigo, porque aquilo é mistério demais para uma pessoa só.

Chega a me irritar como eu começo a achar isso uma grande palhaçada porque, depois de 30 dias, ele já teve provas suficientes de que eu não sou ninguém que lhe fará mal.

A menos que...

Ele seja alguém que está mais próximo de mim do que eu imagino, por isso não quer que eu saiba quem é.

E se não é Eric...

Luna, Victor, Pablo, Vicenzo?

Porra...

Dimitri.

Eu:

Você trabalha comigo? 22:07

É o que mando alguns minutos depois, pois preciso de uma pausa para respirar fundo.

Levanto-me, vou até a cozinha, bebo uma água, depois me sento no sofá completamente tenso, com os cotovelos em cima do joelho, enquanto minha mão está segurando o celular.

Estou curvado para frente, não consigo relaxar. Essa possibilidade me afeta bem mais do que eu consigo compreender, então o celular soa, e eu demoro ainda para ler sua mensagem.

DiCaprio:

O que te faz pensar que eu sou alguém que trabalha com você? 22:11

Ele responde, dando mais voltas do que eu gostaria.

Eu:

Só responde, porra. 22:11

DiCaprio:

Para de ser grosso, Bandile. 22:12

Não, eu não trabalho. 22:12

Eu:

Então, você não é o Dimitri? 22:13

Por favor, me fale se for. 22:13

Por favor mesmo... 22:13

Ele demora.

Porra, ele demora a me responder.

DiCaprio:

Quem é Dimitri? 22:14

Eu:

Por que você demorou pra responder? 22:14

DiCaprio:

Bandile, você acha que eu vivo apenas pra responder você? 22:15

Você está ficando mais afetado com isso tudo do que considerado saudável. 22:15

E eu não sou esse Dimitri, seja lá quem for. 22:16

Vamos parar. 22:17

Isso era pra ser uma conversa boba, no começo, eu só queria ficar com você, mas a gente se aproximou mais do que eu imaginei que se aproximaria, e eu continuo não querendo me mostrar, não vai ser bom. 22:19

Então, vamos parar. 22:19

Eu bloqueio o telefone e existem sensações demais me envolvendo. Não entendo por que ele não quer aparecer para mim, mas me sinto culpado por forçá-lo. Entretanto, não acho que estou sendo completamente injusto nas minhas perguntas, já que ele sabe quem eu sou, e eu não sei quem ele é.

Porra... Que confusão do caralho.

Eu começo a comparar sua personalidade com Dimitri e me sinto louco por ter insistido nisso.

Dimitri é malicioso, safado, mas também é gentil, meigo, fofo e, na maioria do tempo, trata todo mundo como se estivesse com medo e medo até de ser respondido mal.

E eu mal conheço todos os lados da sua personalidade para conseguir fazer uma comparação certeira...

Então, respiro fundo, porque ainda estou tenso, e desbloqueio o celular.

Eu:

Não quero parar de falar com você, cara. 22:25

Sim, eu sou carente e demoro a me afeiçoar às pessoas. 22:26

Não gosto quando elas vão embora depois que eu me apego, isso já aconteceu demais comigo. 22:26

Então, não vou mais te perguntar quem você é. 22:27

Sua condição de não se revelar é fodida, e eu quero que você saiba que isso me incomoda, sim... 22:27

Mas eu vou respeitar você e o seu tempo. 22:28

Não toco mais nesse assunto. 22:28

Ele demora a me responder mais uma vez.

Eu respiro fundo, bloqueio o celular, jogo na mesinha à minha frente e me deito, colocando o braço em cima da minha testa, enquanto olho para o teto e penso sobre essa situação fodida.

Eu poderia ter bloqueado o cara há 30 dias e evitado tudo isso, sei que poderia...

Mas seria mentiroso se falasse que não gostei do tempo que passamos conversando e da atenção que ele me deu, quando eu não tinha esse tipo de coisa há muito mais tempo do que gostaria.

Ser um iceberg, no final das contas, não é tão bom assim. Você tem essa percepção quando é colocado num quadro de carência apegada como esse.

Entretanto, mesmo achando que ele não me responderia mais hoje, o sino de mensagens soa novamente. Eu estico o braço e pego o celular, voltando a me deitar de forma confortável, erguendo o aparelho por cima do meu rosto.

DiCaprio:

Depois dessa discussão toda... 22:47

E você me pressionando desse jeito... 22:47

Eu merecia até uma foto sua sem roupa. 22:48

Eu:

Meu Deus, como você consegue transformar até briga em putaria? 22:49

DiCaprio:

É um dom. 22:50

17

1305

DIA 31

Minha folga termina, o dia seguinte chega e percebo que Dimitri permanece exatamente o mesmo, naquele jogo infernal de morde e assopra que parece gostar tanto de fazer.

Sua atitude não muda, seu jeito de falar comigo também não. Ele não parece afetado com nada e mantém as mesmas atitudes, o que me faz acreditar, realmente, que ele não tenha nada a ver com o cara que me manda mensagens.

Ele teria que ser um ator bom demais para fingir que nada do que conversamos ontem o abala, porque, se são a mesma pessoa, sua atuação é impecável.

Acabo me convencendo de que eu caí numa grande ilusão mental, enganado pela minha própria imaginação fértil, que conseguiu achar que os dois são iguais. Não é difícil deixar toda essa história para lá quando olho o maître trabalhando, porque Dimitri facilmente me tira do eixo e faz com que me esqueça até mesmo de que tenho um celular.

Ele se aproxima, instiga, provoca...

Foge.

Não me dá direito de resposta, sai correndo, me enlouquece. Eu não sei mais o que fazer para conseguir beijar os lábios que preciso tanto provar novamente.

E quando chega a hora da boate abrir, sinto que estou pronto para encarar mais uma noite, como alvo daquela sua covardia safada.

Por pura malícia, coloco minha mochila nos armários do corredor, depois de me vestir. Nunca a coloco ali, então qualquer pessoa ligeiramente observadora iria perceber que sugiro algo com minhas ações.

Sugiro estar desesperado por migalhas do contato de Dimitri.

A noite segue infernal como toda sexta-feira naquela boate. O ritmo diminui apenas quando o relógio está perto de marcar 05:00.

Quando somos liberados por Dimitri, termino a limpeza do bar com mais lentidão do que o costume e, percebendo que ele não sai da sala de Pablo, desisto mais um dia de captar sua atenção.

São 05:35 agora, minhas pernas doem, e eu estou cansado demais para manter essa esperança infantil de aproximação. Ele quer me deixar louco e está conseguindo, porque não entendo como é mestre em se esquivar do meu contato.

Ser difícil de interessar-se por alguém é sempre a mesma porra, porque, depois que você foca uma pessoa, não consegue voltar atrás, e seu pensamento fica fixo em apenas um corpo. E, tratando-se de Dimitri, rola uma atmosfera ainda mais viciante.

Eu não sei o que ele faz, mas o maître continua me enlouquecendo naquele jogo de olhares sugestivos e mordidas em lábios, mas nunca passa disso. Mais uma vez, não faz questão de se aproximar de mim, e eu começo a pensar que fui fruto apenas do seu fogo no cu de uma noite só.

O problema é que...

Desde aquele dia, eu não paro de me sentir incendiado.

Mas, não tendo vontade de forçá-lo a nada que não queira, termino de arrumar o bar, desligo todas as luzes, jogo meu pano surrado por cima da pia e caminho lentamente até o vestiário. Agora, me odeio por ter deixado minha mochila tão longe.

Quando chego ao local, abro o meu armário com lentidão, por ter dificuldade em me lembrar dos números da combinação do meu cadeado e, depois de pegar minha bolsa, fecho-o com força.

— Está com raiva? — a voz de Dimitri soa ao meu lado e, quando viro o rosto, o percebo se aproximando de mim.

— Não me dou muito bem com esses armários — respondo, vendo-o chegar mais perto.

Perto demais. Ele quase toca as próprias coxas nas minhas, até recuar alguns centímetros e colocar as mãos em seu próprio cadeado, próximo ao meu.

— O armário é bom, o cadeado é péssimo — ele fala, demorando a conseguir achar a combinação do seu. — Vou pedir pra Pablo trocar, prefiro as chaves.

— Eu também — retruco simples, apoiando a lateral do meu ombro nos armários, observando-o pegar a mochila e depois o fechando, demorando um pouco a conseguir trancar o cadeado novamente.

Dimitri passa sua mochila transversal pelos ombros e a atravessa no peito, depois encosta no metal gélido, descansando o corpo da mesma forma que eu. Ele me olha daquele jeito sugestivo, ainda perto demais.

— Vai tomar banho aqui, Bandile? — pergunta, dando um sorriso sutil, deixando que a ponta da língua brinque pelo canto de seus lábios.

Ouço sua pergunta, mas não consigo formular uma resposta, porque estou vidrado nos movimentos lentos que sua língua faz, tateando a pele fina de seu lábio.

— Quer sentir a minha língua de novo? — ele faz outra pergunta e, dessa vez, me tira do transe de forma brusca, me fazendo levantar o olhar ao seu.

Mas que tipo de pergunta é essa?

— Desde o dia que te beijei — é isso que respondo, sem vergonha nenhuma de externar o quanto sinto falta de sua boca.

— Mas se eu não me aproximar, você não toma atitude, não é? — pergunta, estalando a língua num desagrado cínico. — Esperava mais, Bandile... — Então, como se seu comentário não fosse o suficiente, ele vira o corpo para frente, cruzando as pernas esticadas e olhando as janelas altas daquele corredor, enquanto suas costas se mantêm prensadas contra a mochila e os armários. — Se eu não vir atrás de você, você não fala nada. — Vira somente o rosto, sutilmente na minha direção, com aquele mesmo sorriso malicioso que chega a me deixar fraco. — E aposto que eu vou ter que lamber sua cara pra que você tome atitude de me beijar novamente. Não vou?

Manipulador feito o caralho.

E eu? Um rendido da porra.

Porque basta que Dimitri vire para frente novamente, para que eu tome o impulso de colar meu peito no seu, agarrar sua cintura e chocar nossos lábios, num beijo que retorna ao ritmo do primeiro que demos.

Estamos sozinhos na boate de novo, Dimitri sabe disso, porque coloca as mãos pequenas e macias na barra da minha camisa de seda e a puxa para cima, tirando-a de dentro da minha calça.

Enquanto lhe permito fazer o que quiser com a minha roupa, enrosco minha língua à sua, sentindo aquele gosto que tanto me perturbou nos últimos dias. Que tanto me fez falta.

Numa sucção lenta, absorvo o seu sabor, gemendo baixo enquanto ele se move e morde meu lábio, puxando-o para dentro de sua boca, sugando-o entre seus lábios inchados que devem ser os mais bonitos que eu já vi.

Quando começa a desabotoar minha camisa, Dimitri enfia as mãos por dentro da seda, parecendo não ter paciência para tirar todos os botões, e aperta minha pele, quente por ele, massageando minha cintura e me puxando para si, com a pressa que também corre dentro de mim.

Ao fazer isso, suas costas se chocam contra os armários com força, num barulho alto que o assusta, fazendo com que pare de me beijar imediatamente.

O barulho dos armários é um gatilho para sua mente...

Seu olhar muda, suas mãos abaixam e, como se a mesma chave que é ligada em sua mente fosse ligada em mim, compreendo o que se passa na sua cabeça.

Ele me olha sem graça, com a mesma feição de culpa que teve no dia em que segredou a mim sua experiência de ter Miro ali, empurrando-o como um monstro.

— Aqui, não! — ele sussurra, quase implorando, olhando para baixo e engolindo em seco.

— Tudo bem, Dimitri — respondo calmo, tentando entender o que ele passa, respirando fundo e me afastando devagar.

Levo a mão até a alça caída da minha mochila, que havia ido parar no chão, e a coloco no ombro novamente. Mas, antes que eu pense em me despedir, sua mão pequena alcança a minha, e seu polegar acaricia o dorso de minha pele, o que me faz olhá-lo com atenção.

— Vamos para outro lugar. — Ele não pede e eu, sequer, tenho forças para rebater sua ordem disfarçada com aquela sutileza maliciosa, porque quero o mesmo que ele.

— Pra onde? — pergunto baixo, deixando meus dedos entrelaçarem aos seus que ainda me acariciam.

Por um momento, silenciamos e olhamos para nossas mãos entrelaçadas e acaricidas, parecendo manter uma ligação extremamente forte dentro de nossas palmas. Aquele minúsculo contato, em troca de carícias tão sutis, está arrepiando meu corpo inteiro. Enlouquecendo-me inteiro.

Gosto disso mais do que deveria...

— Deixa seu carro em casa, eu te acompanho. Depois, você entra no meu, e eu te levo lá... — fala, no mesmo tom baixo que eu, usando a mão livre para subir devagar pelo meu peitoral e segurar minha mandíbula com firmeza, mas sem força, até me entregar um selar suave, que nada tem a ver com o jeito firme que segura meu rosto.

Balanço a cabeça positivamente, devagar, concordando com seu plano safado de me raptar para algum lugar.

Eu o deixo me levar para onde quiser.

Nessa hora, não há senso, juízo e nem negativas dentro de mim, porque sou movido por tudo que Dimitri desperta no meu corpo.

Como ele havia sugerido, entro no meu carro, sigo até minha casa, e ele me acompanha, vindo logo atrás em seu carro azul-marinho que agora identifico com facilidade.

Eu sei onde Dimitri mora, então não me incomodo de ele saber onde fica minha casa.

Depois de estacionar de qualquer jeito na calçada, que eu chamo de garagem, exatamente na frente do açougue velho, pego minha mochila, fecho o carro e vou até Dimitri.

Depois de entrar em seu veículo, não é difícil constatar que o interior é todo, inegavelmente, melhor cuidado do que o da minha lata velha. O carro de Dimitri é cheiroso, assim como o dono.

Não que eu seja fedido. Na verdade, sei que sou cheiroso, mas meu carro é podre e, agora que estou ao lado dele, me sinto mal pelo estado decadente que ele estava quando dei carona ao maître.

Eu devia cuidar melhor da minha Banheira...

Sorrindo meigo enquanto me observa colocar o cinto, naquela dualidade absurda que me assusta, Dimitri pisa no acelerador e dá partida quando eu termino de me ajeitar, deixando minha casa para trás.

O sol já aparece no horizonte e agora pincela as ruas com tons alaranjados bonitos, que aquecem, aos poucos, o interior do veículo tão gelado por ter ficado a madrugada inteira a céu aberto, absorvendo a frieza da noite enquanto permanecemos trabalhando na boate.

E tão congelado quanto o veículo no frio, estou eu.

Tenso pra um caralho.

Passo as mãos por cima da minha mochila devagar, sem saber o que fazer. Penso em pegar meu celular e mandar mensagem para o meu *talvez-amigo*, para distrair o meu pequeno colapso interno, mas acho que não é uma boa hora para falar com outra pessoa que não seja Dimitri.

Dimitri, parecendo perceber, leva a mão sutil até o rádio do carro e o liga, aproveitando a parada em um sinal vermelho para conectar seu celular e colocar uma das músicas em comum que já havíamos compartilhado o gosto, quando era eu que lhe dava carona para casa. Agradeço-lhe mentalmente ter colocado as músicas e quebrado aquele clima estranho que se instalou dentro do carro.

Estranho por minha causa, porque estou absurdamente nervoso, mas, toda vez que Dimitri começa a cantarolar baixo, acompanhando as músicas, numa mania fofa que ele mostra ter, me sinto menos tenso.

Sua voz bonita me acalma.

Entretanto, parando com a música por um segundo, Dimitri disca um número no celular e, em seguida, começa uma ligação com alguém que não sei quem é. Não gosto de ouvir conversas de outras pessoas, mas, naquele momento, não me restam muitas escolhas.

— Oi — ele diz ainda calmo. — Sim. Sim, isso. — A pessoa do outro lado parece saber de tudo que ele quer dizer, porque as respostas de Dimitri são curtas e limitadas, o que faz meu lado curioso agonizar. — Diz que eu estou na sua casa, por favor.

E essa é a primeira coisa significativa que consegue me fazer imaginar, brevemente, sobre o que é essa conversa.

— Está — ele continua. — Eu sei, cara. Não posso demorar, só me cobre, por favor.

Sim, ele está pedindo a alguém para limpar a barra disso que estamos prestes a fazer.

— Obrigado. — Agradece um pouco mais aliviado. — Amo você. — Desliga o telefone, jogando-o, no vão, no meio do veículo, e voltando com a música.

E, por incrível que pareça, não é aquele “amo você” que me incomoda, e sim, o que eu acho que aquilo está se tornando. Engulo em seco desconfortável, não deixando de imaginar que Dimitri pode estar se escondendo de alguém com quem se relaciona, aliás eu não conheço nada de sua vida.

Mas, de qualquer forma, isso me alfineta demais, porque eu nunca ficaria com alguém que está num relacionamento com outra pessoa.

Então, preciso tirar a limpo...

— Dimitri? — chamo firme, apesar de estar usando um tom inacreditavelmente sereno.

— Sim? — ele responde tão sereno quanto eu.

— Você namora? — pergunto sem rodeios, o que faz com que ele comece a rir daquele jeito gostoso, que me confunde.

— Namoro as ilusões que eu crio na minha cabeça, Gael — responde ainda rindo.

— Essa ligação... — estou tão pensativo quanto minha voz soa, ainda preciso ter certeza de que não estou entrando num terreno perigoso.

— Pedi pro Eric me cobrir, caso meus pais liguem perguntando por mim — explica, respirando fundo. Deixando que seu sorriso grande diminua e vire apenas um pequeno erguer no canto de seus lábios. — Eles acham que eu trabalho em um hotel e não sabem que eu sou gay. Às vezes, preciso de cobertura. — Dimitri soa simplista, mas meu incômodo só cresce quando tenho a noção de que talvez tenha exigido mais do que ele gostaria de me informar no momento.

— Desculpa por te colocar contra parede — peço sem graça. — Só queria ter certeza de que isso não era uma traição ou coisa assim.

— Tudo bem, Bandile, você só fez uma pergunta. — Ele sorri meigo e malicioso mais uma vez, sem tirar os olhos da rua. — Colocar contra a parede é o que eu vou fazer com você logo, logo.

Engolindo em seco pela sua fala, volto a olhar para frente e aperto um pouco mais minha mochila. Percebo que ele se delicia com a minha reação, pela risada baixa e quase inaudível que solta, ainda passando as mãos suaves pelo volante, como se estivesse brincando de dirigir.

E ele brinca por algum tempo, já que o local, ao qual me leva, fica distante, um pouco antes de chegarmos à remota divisa dos distritos de Astra e as montanhas de Burto. Ali, aonde chegamos, ainda há um pequeno centro comercial agitado, antes das estradas serem cobertas por muitas árvores e paisagens naturais.

Quando o carro vai perdendo força, observo as mesmas mãos bonitas virarem sutilmente para direita, enfiando o veículo numa entrada muito discreta, de um prédio totalmente preto, sem letreiros nem faixas que indiquem o que existe em seu interior, apenas uma numeração cravada em prata, com o número 1305 em destaque.

Apesar de já ter amanhecido, o carro é engolido pela penumbra do local, nos dando a impressão de estarmos entrando em um corredor sem fim, a não ser pelo fraco ponto luminoso mais à frente e duas setas ainda mais distantes.

Dimitri para no primeiro ponto de luz e abaixa sua janela, olhando em direção à mulher que trabalha por trás de um vidro grosso e escuro, com apenas uma pequena abertura baixa, na direção de suas mãos que contavam notas.

— Bom dia, meu amor — a voz melódica e bonita da mulher soa por uma caixa de som pequena, presa à parede, na altura do carro. — Em que posso ajudá-lo?

— Bom dia, Laila — Dimitri cumprimenta educado, com aquela voz carinhosamente fatal.

Mas não soa tão carinhosa para mim desta vez, porque um incômodo estranho me revira ao perceber que ele conhece a atendente e está acostumado com o local.

No entanto, é um fato que trato de logo abstrair de minha mente.

Não é da minha conta.

Não temos compromisso nenhum.

— Quarto 11, por favor — pede, ao passo que, na mesma educação, a mulher exibe suas unhas grandes, pintadas de vermelho-vivo, ao esticar a mão e entregar um controle remoto minúsculo e uma chave dourada e polida, pela pequena abertura do vidro, que Dimitri pega sem dificuldades.

Agradecendo com um aceno de cabeça, ele volta a pisar no acelerador e, chegando à frente das setas, vira o carro novamente para direita, entrando em um corredor de rampa que dá acesso a outro andar.

Quando chega ao andar superior, uma fileira de garagens espaçadas, todas pretas, são perfeitamente visíveis, com uma numeração média na sua faixa superior. São iluminadas apenas por uma luz lilás neon, logo acima de seus dígitos.

Quando o carro faz uma leve curva para entrar na vaga, ainda com certo espaço, Dimitri aponta o controle para o sensor sobre o número 11, e a garagem se abre, deslizando, suave e inaudível, para cima.

Eu já estive em motéis antes, mas toda a atmosfera desse lugar me faz pensar que eu estou prestes a fazer algo muito erótico e sujo. Um segredo oculto que eu só compartilharia com quem estivesse comigo naquele quarto.

É uma adrenalina muito diferente de tudo que eu já experimentei. Engulo em seco ao perceber que Dimitri tem total maestria de todos os passos que toma.

Quando coloca o carro dentro da vaga, ele volta a apertar o pequeno controle e fecha a garagem, deixando que o interior daquele quadrado entre numa escuridão quase palpável.

Começo a ficar incomodado pela falta de luz, mas, poucos segundos depois, um feixe lilás, da mesma cor que iluminava o letreiro, é aceso por cima do carro, onde conseguimos ver uma porta, igualmente preta, ao canto daquele cômodo.

Quando Dimitri abre a porta do carro, eu faço a mesma coisa, pego minha mochila, colocando no ombro e observando-o ir à frente.

O maître abre a porta escura e coloca as costas na parede, educadamente esperando que eu passe primeiro, então, adentrando o cômodo, observo apenas uma pequena escada, que dá acesso a outro lugar. Com tantas rampas e degraus, a impressão, que tenho, é de que Dimitri quer me levar ao céu.

E eu realmente espero que leve.

Quando passo, Dimitri tranca a porta e vem logo atrás de mim, mas ele quase bate o corpo no meu quando paro abruptamente ao encarar o interior do quarto. É bonito *pra caralho*.

Há uma cama grande no centro, cortinas pretas, luzes baixas, um tapete preto e felpudo por toda extensão do chão, uma televisão grande e, na extremidade ao longe, uma banheira redonda, adornada por um mármore no mesmo tom que as cortinas.

Fazendo-me lembrar da boate, há uma barra de pole dance ao canto, próxima à cama, e um pequeno bar com várias bebidas, muitas iguais às que existem no meu trabalho.

Também há coisas que eu não conheço.

Acho que são objetos e móveis de BDSM.

— Legal, não é? — fala, dando um beijo nas minhas costas e depois se afasta.

Dimitri, parecendo infinitamente menos tenso que eu, larga a sua mochila em uma das poltronas que existem naquele quarto grande, depois se encaminha até o mini refrigerador próximo ao bar, tirando uma garrafa gelada de vinho de seu interior. Ele repousa a garrafa por cima de uma das mesas de canto próxima a mim e dá poucos passos na minha direção, com um sorriso gostoso e sutil, ao perceber que estou estagnado, no mesmo lugar, sem reação alguma. Eu não sou muito diferente da porta inerte daquele quarto.

Dimitri pousa as mãos pequenas sobre o meu peito e me acaricia levemente, passando a ponta dos dedos sobre o botão da minha camisa, calmamente, até abrir o primeiro.

— Você está tenso, Bandile... — diz, me deixando um selar suave nos lábios e se afastando de mim apenas para pegar a garrafa de vinho. — Tem certeza de que quer isso? — Dimitri fala calmo, enquanto tira o lacre da garrafa e a desenrosca, sem largar aquele sorriso saliente no canto dos lábios que tanto me enlouquecem.

— Já estamos aqui, não estamos? — respondo, respirando fundo.

Eu não quero ser grosso e logo me arrependo do meu tom, mas a abstinência sexual involuntária me envolve por tempo demais, fazendo com que me sinta a porra de um virgem despreparado no momento.

Ele balança a cabeça negativamente, reprovando o que digo.

— *Tsc, tsc, tsc...* — o som negativo sai de sua boca, depois dá um longo gole na garrafa de vinho, desprezando taças. — Não faço nada com quem não queira estar comigo — seu tom ainda é malicioso, provocativo, e ele deixa, novamente, a bebida escorrer pelo canto dos seus lábios, mas, sem me pedir lamber desta vez, Dimitri se afasta de mim, andando a passos vagarosos até a cama. Senta-se virado na minha direção.

— Preciso de um banho — confesso quando me sinto encurralado pelo seu olhar, e procuro o chuveiro do local.

Ele indica, apontando com o rosto para outra porta, num canto levemente mais afastado.

— Eu aguardo — volta a dizer calmo, saliente, sugestivo...

Dimitri faz com que eu me sinta um adolescente que nunca beijou ninguém.

Eu me viro e vou até o banheiro, onde tiro minha roupa, jogando-a no chão, e entro no box, deixando a água escorrer por mais tempo do que é necessário, tornando óbvio meu estado tenso.

Eu não quero externar, mas estou nervoso. Porra, e como estou.

Quando comecei a beijá-lo no vestiário, tudo era muito urgente, tal quando nos beijamos no balcão do bar. Estando ali, me preparando para isso, a atmosfera muda, e eu chego a me arrepender de ter tomado essa atitude.

Não por Dimitri, mas por mim. Por achar que meu desempenho será péssimo. Por não me sentir preparado para nada daquilo, por mais que me prepare no banho.

Por também me sentir tão merda perto de um cara que, de forma que eu ainda não consigo compreender, exala confiança até quando balança as mãos.

Até quando respira.

E, como disse a Dimitri, repito a mim mesmo:

Eu já estou aqui, não estou?

É nisso que me prendo quando fecho o registro do chuveiro e, percebendo não haver toalhas, coloco um dos roupões limpos e embalados que estão embaixo da pia.

Quando chego ao quarto, ajeitando meus cachos molhados para trás, com os dedos, percebo que Dimitri havia ligado uma música baixa. Eu o vejo se levantar devagar, indo até o banheiro, sem dirigir nenhuma palavra a mim, apenas me lançando um daqueles seus sorrisos sutis que só aumentam toda atmosfera misteriosa que ele carrega.

Fofo, meigo, sutil, carinhoso.

Safado, manipulador, quente, gostoso.

Não conseguiria compreender seus lados diferentes nem se tentasse.

E é ouvindo o barulho do chuveiro que entendo que ele está fazendo o mesmo que eu fiz. Eu me sento na cama e, esticando o braço, pego a garrafa de vinho que ele deixou ali, dando um lento e grande gole, que se torna sequencial, como se eu bebesse água. Busco, no álcool, a cura para o nervosismo que não acaba e que se intensifica quando Dimitri volta.

Ele demora bem menos do que eu e está usando um roupão igual. Tendo-me como alvo fácil, anda a passos lentos até mim, sem tirar os olhos dos meus. Pega a garrafa de vinho das minhas mãos, antes de arrastar os joelhos pela cama, até que esteja com uma coxa de cada lado das minhas. Encaixa a bunda farta por cima do meu colo.

Dimitri não pede permissão, apenas toma o que acha que é seu por direito e, naquele momento, ele tem tudo que quiser de mim.

Por reflexo, minhas mãos seguram firmemente sua cintura, e deixo que ele se acomode em cima do meu quadril, como um gato que se aninha na sua cama. Mas Dimitri não quer se aconchegar até dormir, pois se esfrega devagar sobre minha pelve, em movimentos ritmados ao som da música que ouvimos.

Dando um gole no vinho, ele se inclina levemente sobre mim, coloca a garrafa em meus lábios e derrama seu líquido na minha boca, que aceito sem contestar.

Quando faz o vinho derramar pelos meus lábios propositalmente, Dimitri passa a língua pelo caminho feito por ele, e ali eu percebo que o maître gosta desse jogo...

De derramar coisas em peles e depois lamber tudo.

O desconforto começa a sumir e fico cada vez menos tenso, apesar de ainda estar respirando fundo e sentindo meus músculos contraídos. Sei que começo a ficar excitado porque é Dimitri que está ali se esfregando em mim, mas o que me intriga é como fico absurdamente duro por ele com tão pouco esforço.

Vem fácil, como se seu corpo chamasse por mim.

E o meu estivesse pronto para atender-lhe.

Quando a música acaba e outra começa, ele mira os olhos na minha virilha. Um sorriso ainda mais sacana brota em seus lábios, percebendo que conseguiu o que queria pelo volume que aparece com facilidade por baixo do roupão.

Dimitri dá mais um gole no vinho, sem parar de se esfregar por cima do meu membro, que sabe que está duro por ele, e só por ele. Chega a boca perto da minha e me beija mais uma vez, me deixando sentir sua língua ainda úmida pelo vinho enquanto suga a minha. Coloca a mão na minha nuca e a arranha de leve desta vez.

— Você ainda está tenso, Gael — diz suave, quebrando nosso beijo, sem deixar de roçar levemente seus lábios nos meus enquanto fala. Sua voz não sai como julgamento, mas, sim, como preocupação, o que faz com que me sinta menos armado em segredar o que digo a seguir.

— Faz mais de um ano... — confesso, sem conseguir terminar a frase. Assim que a solto, Dimitri arregala sutilmente os olhos e afasta o rosto um pouco do meu, me encarando surpreso.

— Mais de um ano?

— Sim, que eu não faço sexo — falo e viro o rosto sutilmente para o lado.

Mesmo que a atmosfera vá mudando aos poucos, ainda me sinto desconfortável com esta conversa. Não é para sentir, eu entendo meu ritmo, sei como as coisas funcionam comigo, mas Dimitri me desarma.

Ele abaixa meus escudos e faz com que me sinta vulnerável, então minha armadura cai e sou só eu ali. Um Gael Bandile carente que, no final das contas, se importa com a opinião de algumas raras pessoas.

E Dimitri, claramente, é uma delas.

Ele segura meu queixo e, com o carinho que parece emanar dele, faz com que eu o olhe, então sela meus lábios devagar e dá aquele sorriso gentil que faz com que eu tenha a impressão de que tudo vai ficar bem.

Mesmo que estejamos falando de sexo.

— Só preciso saber se você quer, Gael — ainda é meigo ao falar, parecendo precisar de uma confirmação verbal para que continue com o que tanto quer fazer.

Então, ela vem fácil porque, estranhamente, o conforto que emana dele parece certo para mim.

— Eu quero, Dimitri.

Então, o sorriso meigo se vai. Ele arrasta os lábios pela minha bochecha até estarem no meu lóbulo, onde morde devagar e sussurra em seguida:

— Fica calmo. Eu vou cuidar bem de você... — fala, descendo a boca sutilmente até meu pescoço, e chupa a região devagar ao mesmo tempo que volta a se esfregar sem pudor por cima do meu membro. — Se me obedecer, você vai ganhar tanto... — sua fala me faz engolir em seco novamente e, mesmo sem entender, já estou rendido a tudo que ele começa a fazer comigo.

Dimitri se afasta mais uma vez, no entanto sutilmente. Apenas coloca a garrafa de vinho na mesa ao lado da cama, depois volta à posição anterior. Passa os dedos por dentro do meu roupão mal fechado, enquanto me olha com aqueles olhos ferinos que me encurralam.

Por nenhum momento para de ondular no meu colo, fazendo com que minha respiração permaneça pesada o tempo inteiro.

Deixando-me duro, por ele, o tempo inteiro.

Quando desce as mãos e desata o laço feito de qualquer jeito, Dimitri passa os dedos pequenos pelo meu peito, e vai abrindo o tecido atoalhado devagar, de dentro para fora, admirando todos os centímetros do meu peitoral e abdômen ainda levemente úmidos pelo banho.

Ele me admira por segundos longos, parecendo mapear minha pele, enquanto passa a língua no lábio inferior e acaricia a derme quente.

Desliza o roupão para fora de mim e, ajudando-o, permito que o tire por inteiro, então arrasta o corpo para baixo, traçando um caminho de beijos, já com o tecido totalmente aberto e largado na cama, às minhas costas.

Lento e tortuoso, Dimitri passa a língua com mais vontade nos meus mamilos, depois continua descendo, mordendo e chupando minha barriga com um pouco mais de força.

E eu permito, porra, eu permito tudo o que ele faz comigo.

Devagar, seus joelhos escorregam pela cama até que ele se deite de bruços à minha frente e, apoiando os braços por cima das minhas coxas, vejo o momento em que seu rosto fica na direção do meu quadril, quando suas mãos pequenas me tocam; uma, o meu membro, e a outra, a minha coxa, apertando minha pele devagar.

— Bonito, Bandile... Muito bonito — diz sorrindo, tão sacana quanto consegue, mordendo o lábio inferior e começando a me masturbar devagar, ainda sem encostar a boca, que está muito próxima.

Dimitri sustenta o sorriso quando percebe que não há nada no mundo que possa tirar minha atenção.

Porque meus olhos estão vidrados nele.

Ele segura meu pau com um pouco mais de firmeza e inclina a glande sutilmente, até que encoste em seu lábio inferior, já tão próximo, onde dá um beijo que poderia se considerar casto e puro, pela suavidade que encosta na minha pele, mas sei que não é nada disso. Não com o que faz a seguir.

Ele abre sutilmente a boca e circula a glande inchada devagar com sua língua, me fazendo respirar fundo ao sentir aquele contato quente e macio.

— Quer que eu foda minha boca no seu pau, Gael? — pergunta baixo e só há uma resposta para isso, então, assentindo, vejo o momento em que Dimitri sorri satisfeito e abre os lábios cheios, empurrando-os contra minha rigidez que chama por ele.

E ele começa a me chupar, esfregando a língua gostosa sobre toda a extensão do meu falo, succionando devagar para dentro de sua boca, começando lento, enquanto espalma ambas as mãos sobre minhas coxas, apertando-as com vontade.

Eu estremeço, permitindo um gemido rouco e arrastado sair da minha boca, enquanto seguro com força os lençóis da cama, quando começa a aumentar o ritmo, batendo minha glande no limite de sua garganta, até onde consegue.

E porra, ele consegue ir fundo demais.

Eu estou delirando, ele sabe disso, mas não para. Sua garganta bate e se esfola contra a cabeça do meu pau. Dimitri chupa com uma vontade que me faz questionar se existem palavras mais fortes que *delírio*.

Toda vez que solto um gemido mais forte, ele esfrega a língua na minha glande, aproveitando para sorrir safado, em deleite a todas as reações que meu corpo tem por ele.

— Está gostando, não é? — pergunta baixo entre uma sucção estalada e outra, que me faz quase revirar os olhos na cama, de tão enlouquecido que seu boquete me deixa. — Você não faz ideia de como eu sempre fui louco pra chupar você, Gael — diz antes de voltar a enfiar meu pau em sua boca, tirando totalmente meu direito de resposta àquela frase que me abala mais do que consigo expressar.

Eu não consigo, de fato, expressar nada, porque Dimitri aumenta os movimentos tão certeiros e gostosos que os únicos sons que saem da minha boca são de gemidos graves e intensos.

E ele continua me chupando por mais algum tempo, tanto que me pergunto se realmente gosta daquilo. Imagino que sim, quando sinto as vibrações dos seus gemidos tocarem a pele do meu pau, quando me percebe cada vez mais enlouquecido pela sua boca me sugando inteiro.

— Dimitri, se você continuar assim, eu vou... — Estou chegando ao meu limite.

E ele percebe isso, porque não me deixa completar a frase e aumenta o ritmo, dando uma atenção especial à cabeça que recebe aquela esfregada contínua de sua língua, orquestrando a maestria que me faz chegar ao ápice.

Gozo na boca de Dimitri, que derrama tudo pelos seus lábios enquanto continua com lambidas lentas sobre a pele tão sensível, até que tira da boca de uma vez e olha para mim num sorriso sutil, limpando, com seus pequenos dedos, os lábios melados da minha porra.

— Espero que esteja mais calmo agora — diz, levantando-se da cama e voltando, alguns momentos depois, com o rosto limpo.

Dimitri volta a se sentar no colchão, no centro dele, com as coxas sobre as pernas, ficando numa postura bonita que me intimida e, ao mesmo tempo, aumenta meu desejo sobre si.

Não acredito que eu gozei há alguns minutos, e Dimitri já me proporciona fisgadas novas.

Enquanto olha para mim, sem pressa para causar uma ereção nova e parecendo respeitar meu tempo, leva as mãos pequenas até o nó do seu roupão e o desfaz devagar, mantendo aquele sorriso sutil de canto, enquanto não desvia o olhar por nenhum segundo sequer.

Quando abre o roupão e o joga para trás, Dimitri não revela apenas sua pele pálida e suave, e seus poucos músculos pela extensão de todo seu corpo. Revela também cicatrizes que me chocam, mas faço força para não externar o quanto estou surpreso por vê-las ali. Eu me esforço também para não deixar óbvio que foi inevitável não pensar sobre o tipo de vida que ele levou, para ter tantas marcas pelo corpo.

Imaginando que esse deva ser o motivo pelo qual Dimitri não troca de roupa no vestiário, tento focar minha atenção em algo que não lhe cause constrangimento, e não é difícil achar outro foco.

Há uma tatuagem na sua costela direita, com uma bússola bonita, adornada por ondas violentas, e um ponteiro grande que não aponta para o norte. Por alguns segundos, me prendo naquele desenho que não conheço, mesmo tendo um ano que trabalhe com ele.

Mas minha hipnose sobre as marcas de sua pele dura pouco tempo, porque logo sou chamado atenção pela sua mão que volta a pegar a garrafa de vinho, e ele bebe devagar, enquanto a outra conduz os dedos ao próprio membro.

— Você é muito bom limpando as coisas com a língua, Gael... — ele começa, falando baixo e calmo, antes de voltar a beber.

Enquanto sua garganta ondula pelo líquido que ele ingere sem pressa, começa a se masturbar para mim, parando de engolir apenas para gemer suave, enquanto encosta o bocal da garrafa no peito e derrama o vinho.

Dimitri puxa seu membro devagar até que encoste em sua barriga, fazendo com que seu pau se encharque com o líquido rubro que cai.

— Vem me ajudar a limpar de novo.

Engulo em seco, demorando um segundo para sair daquele transe hipnótico que Dimitri causa a mim e, pigarreando, me arrasto pela cama.

Eu me coloco de bruços e, mais certeiro do que imaginaria ser — depois de tanto tempo sem experimentar relações —, seguro seu pau devagar, colocando a língua na base. Arrasto-a devagar, deslizando meu músculo quente e úmido para cima.

Eu saboreio o vinho, saboreio sua pele, saboreio seu gosto com lentidão, até chegar à sua glande, que enfio dentro da minha boca e chupo calmamente, mas numa sucção gostosa.

Dimitri geme baixo, dá mais um gole na garrafa e repousa a mão que a estava segurando no colchão, enquanto os dedos da outra mão são enterrados por dentro dos meus cachos, segurando os fios com firmeza, mas sem me machucar, deixando que eu dite meu próprio ritmo.

— Um ano, Bandile? — ele pergunta arrastado, arqueando o corpo para frente, em movimentos sutis que simulam o quanto ele está a fim de foder minha boca, mas se controla. — E você ainda chupa bem assim? Porra, que boca gostosa. — Parecendo perder o pouco controle que tem, Dimitri segura meu cabelo com mais força e aumenta o ritmo de seu quadril. — Me deixa foder sua boca, Gael — pede manhoso, parecendo precisar de permissão, antes que possa enterrar o pau na minha garganta no ritmo que tem vontade. — Por favor, deixa?

Eu ainda tenho força para negar alguma coisa a ele?

Com esse jeito manhoso e manipulador da porra?

Não, então nada falo, apenas assinto, dando o sinal que Dimitri precisa para enterrar ainda mais os dedos em meu cabelo e se movimentar com mais velocidade, me fazendo lacrimejar enquanto bate a cabeça de seu caralho direto na minha garganta.

Os sons que seu pau faz, sendo resfolegado pela minha língua, são tão eróticos que parecem ser o que meu próprio membro precisa para voltar a ficar rígido novamente.

Ele pediu para foder e fode sem pena, até me fazer engasgar. Geme arrastado enquanto precisa se controlar para não chegar ao próprio ápice, porque esse ele parece pretender segurar. O que fica claro quando aperto suas pernas, precisando parar para respirar, e ele diminui o ritmo, tirando seu membro totalmente da minha boca.

Está respirando fundo, seu peito está vermelho, sua testa suada. Parece ter sido dono de um controle magistral, apenas para não terminar rápido com a brincadeira.

— Deite-se na cama, virado para cima — ordena, e eu faço o que diz.

Eu me viro e arrasto as costas até que minha cabeça alcance um dos travesseiros parados ali.

Quando me deito, ele bebe o líquido da garrafa mais uma vez, finalizando e, de uma vez por todas, a coloca na mesa ao lado da cama. Levantando, vai até sua mochila e tira o que rapidamente identifico como lubrificante e camisinhas, que traz consigo até a cama e joga ao lado do meu corpo. Aquilo me faz ter certeza de que todas as provocações de Dimitri eram apenas uma cama que ele preparava.

E eu me deitei direitinho.

Dimitri fica na minha frente e, sorrateiramente, coloca o joelho direito na cama, depois o esquerdo e se arrasta devagar pelo meu corpo, até que esteja por cima de mim.

Nossos peitos se encostam, nossos corpos suados se colam e ele esfrega sua ereção contra a minha, em movimentos ritmados que me deixam cada vez mais duro.

Nossas glandes se roçam numa fricção gostosa, enquanto suas pernas se abrem cada vez mais, impulsionando meus joelhos para fora, forçando as minhas também.

Olhando-me como se estivesse lendo minha mente e entendendo o quanto me afeta, Dimitri morde o lábio inferior, deliciando-se com meu rosto, quando eu demonstro estar totalmente à mercê das suas ações, seus toques e sua voz.

— Tão bonito, meu bem... — ele fala, beijando meu rosto devagar, em todas as partes. Arrasta os dentes quando chega aos meus lábios e, não se contentando, enfia a língua dentro de minha boca, enquanto continua ondulando o corpo, esfregando seu pau no meu, até que para de me beijar e une a testa à minha, sussurrando: — Tão bonito, tão gostoso...

Então, desliza uma das mãos pelo meio das nossas pernas que estão afastadas, e esfrega a ponta do dedo médio entre a minha entrada, devagar e sem penetrar.

— Eu quero tanto que você me sinta dentro de você...

— Fode, Dimitri... — suplico entre nossos lábios, entre nosso beijo que intercala as nossas palavras. — Faz do jeito que você quiser.

— Não fala assim pra mim, Bandile... — diz manhoso, num choramingo arrastado que morre quando volta a me beijar com uma intensidade gritante.

Não entendo o motivo, mas minhas palavras incendeiam-no e ele intensifica os movimentos de vaivém no meu corpo, esfregando o pau sobre o meu ainda mais.

Se eu não tivesse gozado ainda pouco, sabia que poderia gozar assim, só com ele fazendo isso, mas Dimitri não se prolonga, porque, visivelmente, quer proporcionar outro tipo de prazer.

Parando de me beijar, ergue um pouco o corpo, alcança o frasco de lubrificante e lambuza apenas o dedo médio. Leva-o novamente à minha entrada, move seu corpo levemente para o lado.

Como se precisasse olhar para o meu rosto, não tira os olhos dos meus enquanto enfia seu dedo devagar. Fecho os olhos com calma, respiro fundo e sinto meu interior querendo expulsar seu dedo, que não tem pressa para me preparar.

Até que ele enfia o segundo e aumenta um pouco mais a velocidade.

— Caralho, Bandile... — sussurra para mim, chegando a boca perto do meu rosto e me dando selares carinhosos que destoam dos seus dedos, me fodendo cada vez mais rápido. — Você é apertado demais. Eu vou te machucar, meu lindo. — Dimitri está com tesão, não para de estocar seus dedos contra minha entrada, ainda assim, seu tom é preocupado e parece sincero no que fala, o que me faz abrir os olhos encará-lo.

— Eu aguento, Dimitri...

— Aguenta, Bandile? — Seu rosto se aproxima do meu outra vez, enquanto ele me beija e fala entre lábios e saliva, me fazendo segurar seus braços com força e gemer mais grave e mais rouco, conforme enfia os dedos com um pouco mais de rapidez. — Porra, como você é gostoso — fala, arrastando os lábios até minha orelha, num sussurro ainda mais íntimo, que faz minha espinha se arrepiar por completo com o que confessa a mim: — Eu me toquei ontem, pensando em você — sua voz estremece meu corpo, assim como seus dedos, que me preparam para o que vem a seguir. — Me masturbei quando cheguei em casa, imaginando seu corpo, gemendo seu nome, Gael.

Eu mordo meu lábio inferior com força, enquanto seus dedos continuam penetrados dentro de mim, sem pena alguma.

— Mas isso aqui, meu bem... — Ele soca mais forte, me fazendo gemer ainda mais grave para ele. — Você não se compara. É muito melhor... É tão melhor te sentir.

Dizendo isso, Dimitri tira os dedos e, me percebendo pronto, se posiciona entre minhas pernas, colocando um dos preservativos que estavam em cima da cama. Toma o frasco de lubrificante nas mãos novamente.

Lambuza todo seu pau e, depois de jogar o vidro para o lado, coloca a glande inchada entre a minha entrada e a penetra devagar enquanto não tira os olhos de mim. Bonitos e profundos, eles se alimentam das minhas reações às suas investidas.

— Apertado demais, porra, Bandile... — diz, prendendo o ar, enfiando devagar, sem pressa alguma.

Enquanto isso, respiro fundo, sentindo a dor que não sentia há muito tempo. Fecho meus olhos com força e agarro suas costas, apertando sua pele e enfiando as unhas curtas pela região, enquanto ele tomba a cabeça para trás e sente as paredes do meu interior querendo expulsar seu membro.

— Ah, bebê... — sua voz é novamente preocupada, e ele chega o rosto até o meu mais uma vez, com aqueles selares calmos de quem está se controlando e tomando cuidado para que eu não me machuque.

— Para de se segurar, Dimitri — falo entre arfadas e respirações pesadas. — Me mostra como você fode.

— Caralho, Bandile... — quase rosna, jogando a cabeça para trás, enquanto ondula tão devagar que eu consigo sentir seu controle se esvaindo. — Eu não quero que você fique com dor depois. Não me provoca assim, meu lindo...

Então, seguro seu rosto, puxando-o e fazendo com que ele me encare. Depois, falo sério, sem desviar o olhar do seu nem por um segundo.

— Eu estou sem fazer sexo, mas eu não sou virgem — digo o que parece um discurso para convencê-lo a parar de se segurar, mas termino apenas com duas palavras que são suficientes para que mude totalmente de postura: — Fode, Dimitri — é a única coisa que falo, antes de ele me dar um selar calmo, que parece ser seu último resquício de gentileza.

— Você pediu, meu lindo...

Então, tira o pau quase inteiro de mim e o enterra todo de uma vez só, me fazendo dar um gemido alto e grosso, num espasmo violento que faz tremer o meu corpo inteiro, em cima daquela cama.

— Porra, o seu gemido é gostoso demais — diz, respirando fundo. Eu percebo seu corpo arrepiado pelas sensações que minha voz grave causa em si. — Quero que faça de novo — e quando diz isso, tira quase o pau todo de uma vez e o soca inteiro mais uma vez, com força, me fazendo gemer de igual forma e depois castigar o lábio inferior com mordidas que tentam me fazer não perder o juízo.

A dor nos lábios me distrai da surra que Dimitri dá, sem pena, na minha bunda, o que me faz não saber quanto tempo aguento se ele continuar assim.

— Acho que não está indo fundo o suficiente, meu bem... — fala, erguendo e conduzindo minha perna direita, até que ela se estique e toque seu ombro, então ele faz a mesma coisa, quase tirando tudo e enfiando de uma vez.

Dessa vez, eu sinto mais.

Muito mais fundo, muito mais forte e muito mais intenso.

— Porra, Dimitri. — Estou gemendo arrastado, cerrando meus dentes e sentindo a fraqueza dos meus músculos se esvaírem pelo meu corpo todo, junto a uma tremulação que me arrepia inteiro. — Fundo demais...

— Você não disse que aguenta, meu lindo? — pergunta provocativo, começando a estocar devagar, parando de me torturar daquela forma, numa ondulação deliciosa que, cada vez mais, substitui a dor pelo prazer de ser preenchido por ele.

Soltando minha perna para que volte ao colchão, Dimitri volta a se deitar sobre mim, unindo nossos peitos, enquanto minhas pernas permanecem abertas, recebendo seus movimentos que não param de me fazer delirar.

Então, ele une os lábios aos meus, num beijo intenso, e eu enfio a língua na sua boca, procurando por seu sabor tão profundo, ainda mesclado ao sabor alcoólico do vinho, que combina tão bem com o gosto de seus lábios, da sua pele, de seu corpo inteiro.

Ainda me fodendo sem pausas, Dimitri para de me beijar enquanto sente seus próximos gemidos crescerem e me olha daquela forma. Daquela forma que, nesse momento, ele não deve me olhar.

Dimitri sorri carinhoso, ondulando devagar enquanto passa a ponta do nariz pelo meu, depois dá beijos lentos pelo meu queixo, subindo até minha bochecha e testa.

Ele me dá uma devoção que eu não mereço e não posso receber. E não tem nada a ver com ele enfiando sua rigidez latente dentro de mim.

Aquela intensidade do seu carinho, que parece até apaixonado, não me pertence, eu não posso aceitar.

Então, segurando em sua cintura com força, capturo seus lábios, beijando-o profundamente, enquanto viro nossos corpos na cama, ficando por cima dele sem grandes dificuldades.

Dimitri parece entender o que eu quero, mas não minhas motivações, pois sua feição angelical some e dá lugar ao pervertido que eu sei que também mora dentro dele.

— Você quer me foder, Bandile? — fala me provocando, enquanto ainda sinto seu membro pulsando dentro de mim. — Quer enterrar seu pau dentro de mim e me fazer gemer seu nome até eu gozar pra você?

Então, é a minha vez de fazê-lo se calar, porque ele perde toda aquela pose quando contraio minha carne em volta de seu pau, rebolando devagar sobre ele, que fecha os olhos e joga a cabeça para trás, gemendo baixo em respirações tão difíceis de saírem de suas narinas que escracham a forma que está enlouquecido.

— Se você aguentar...

Aquilo parece ativar um demônio no corpo de Dimitri, porque ele me olha rindo, passando a língua safada pelo seu lábio inferior, como eu fiz segundos atrás, e se retira totalmente de dentro de mim.

Ali, tira a camisinha que estava em seu pau e, mesmo sem ter gozado, dá um nó e joga ao lado do colchão, parecendo querer se preocupar com ela só depois.

— Depois que eu começar a rebolar em cima de você — começa a falar, buscando mais um pacote de preservativo e o abrindo, aproximando-se de mim e o colocando no meu caralho, ainda completamente duro por ele —, vai ser você quem não vai aguentar mais nada, meu lindo.

Dimitri faz tudo sozinho, como se fosse um aviso de que eu estou entrando num lago que mal entendo a profundidade.

Ele pega o frasco de lubrificante, lambuza os próprios dedos e, sentando as coxas em cima das pernas novamente, igual quando despiu seu roupão devagar para mim, enfia os dedos em sua própria entrada.

Ele fecha os olhos, arqueando as costas, tocando-se enquanto mantém a boca levemente entreaberta e leva a outra mão até seu membro.

Ele se masturba e se fode, com uma elasticidade corporal que me intriga e me atiça, enquanto geme baixo com o corpo inclinado na minha direção, tão perto de mim que quero tocá-lo.

E eu o toco.

Erguendo meu corpo, me aproximo do seu e tomo seu membro em minhas mãos, fazendo-o retirar os dedos de seu falo e olhar para mim com aquele sorriso canalha, de quem esperava exatamente essa reação minha.

— Você faz tudo que meu corpo te pede, Bandile... — fala, me fazendo soltar um riso baixo e balançar a cabeça em negação à rendição a ele, que sei que tenho, neste momento

Que não consigo negar, então me calo.

Nossas pernas dobradas estão encaixadas umas nas outras, e ele não me priva de prazer, porque logo captura o meu membro e me masturba devagar.

Estamos de joelhos na cama, um de frente para o outro e, com minha mão livre, trago seu rosto em direção à minha boca com uma força que causa um beijo bruto e sedento.

Se havia nervosismo em mim, agora não há mais nenhum pingo, porque a única coisa que quero é ver Dimitri cavalgando em meu corpo, até que seu próprio corpo esteja suado e trêmulo.

Ele tira os dedos de dentro de si e me abraça pelos ombros. Pousando os antebraços sobre mim, desliza suavemente para o meu colo e captura meu pau, encaixando-o devagar sobre sua entrada.

Mas ele não é delicado consigo mesmo do jeito que foi comigo. Ele enterra de uma vez, dando um gemido sôfrego e deixando a cabeça tombar para trás. Aperta os olhos com força enquanto começa a se foder em mim, quicando devagar.

— Porra, Dimitri, assim não... — imploro, quando ele começa a aumentar o ritmo da rebolada que dá sobre mim, rodeando meu caralho. Depois, se levanta devagar e senta-se com tudo. — Assim eu não duro.

Dimitri se contrai comigo dentro de si, sendo tão provocativo com o corpo quanto é com suas palavras, não se importando com o fato de que estou prestes a gozar novamente.

— Ô bebê... — fala olhando para mim, chegando a boca perto da minha e passando a língua sobre meus lábios, que se abrem para ele, mas que permanecem assim, porque Dimitri não me beija, ele apenas me provoca mais um pouco. — Quem não ia aguentar mesmo? — Ele sorri cínico, mordendo o próprio lábio e rebolando mais uma vez, contraindo sua carne em volta do meu caralho, daquela forma que se pode considerar anormal para um ser humano.

Dimitri é insano, ele me deixa insano e seu corpo funciona como se fosse feito para destruir todas as minhas resistências.

Passamos mais algum tempo assim, com ele sobre o meu colo, deixando que nosso suor se misture, nossos gemidos se enlacem dentro daquele quarto e nossas peles fiquem ardidas, num contato que fica frenético quando ele decide ser assim.

Até que Dimitri sai do meu colo e, virando de costas para mim, apoia os cotovelos na cama, empinando a bunda na minha direção sem pudor algum, enquanto leva uma das mãos para o próprio membro, masturbando-se tão lentamente que sei estar tomando cuidado para não gozar antes da hora.

— Vem, Bandile, me fode com a mesma força que eu fodi sua boca. Sem pena — ele pede, enquanto geme baixinho por estar se tocando.

Eu deslizo um pouco para frente, até tocar o quadril na sua bunda, segurando minha rigidez e a deslizando levemente pela região da sua entrada, até que a encaixo de vez e começo a empurrar devagar.

— Caralho! — resmunga impaciente. — Sem pena, Bandile — exige ansioso.

Então, eu continuo lento, e rio com o canto dos lábios, me sentindo, inegavelmente, deliciado por aquele temperamento irritado que tanto me dá prazer.

Sim, eu sinto prazer em ver Dimitri nervoso desse jeito, ainda mais por exigir coisas que não estão sendo supridas, então meu ritmo continua calmo, mas não dura nada.

O sacana enterra a bunda com tudo contra mim e bate as nádegas no meu quadril.

Uma, duas, três...

Quantas vezes ele quer.

Sentir meu pau se enterrar dessa forma tão funda é combustível o suficiente para que entenda que há coisas melhores do que provocar a raiva de Dimitri.

Ele faz de novo e de novo, até que seguro seu quadril e não deixo mais que dite o ritmo, porque agora sou eu que estou descontrolado, estocando com tanta força e velocidade contra ele que sei que não vou durar nada.

Eu me seguro o tanto que consigo.

Eu me perco nos sons eróticos que nossas peles fazem ao se chocarem, causando a ardência gostosa daquele contato violento que incendeia meu corpo a cada minuto que passa, naquela posição que é tão covarde para mim, quanto é para ele.

Eu vou gozar, e Dimitri sabe disso, pelo meu jeito rosnado de gemer toda vez que ele se choca contra mim e pelas minhas mãos que se perdem, segurando sua cintura entre apertadas fortes e tremulações.

Atentando-se a isso, ele ergue o corpo, fazendo com que suas costas se colem ao meu peitoral. Dimitri pega uma das minhas mãos que estava em seu quadril e leva até seu membro. Eu começo a masturbá-lo no mesmo ritmo que continuo cravando meu pau dentro de si.

Naquela posição, meu queixo bate levemente acima de seu ombro, e eu passo o nariz por seu cabelo cheiroso, aspirando seu aroma, que se mostra ser ainda mais alimento ao tesão que explode dentro de mim.

Meu outro braço rodeia seu corpo, o abraçando enquanto minha boca desliza por sua pele, na união de seu pescoço com o ombro, beijando-o de mau jeito ao meio de nossos corpos tão tremulantes.

— Gael, agora... — avisa, sendo banhado por gemidos que rasgam sua garganta, bem mais altos do que os que soltava antes.

Aquilo destrava, em mim, portas que ainda não haviam sido abertas e sinto meu corpo estremecer com sua voz chorosa que soa aos meus ouvidos.

A voz de Dimitri, enquanto goza para mim, é mais um dos sons bonitos que seu corpo produz, igual a quando ele cantarola no carro.

Quando ele chama meu nome.

Quando ri.

Não consigo evitar pensar o quanto sou louco pelo seu timbre, enquanto ele se derrama pelos meus dedos, me fazendo derramar por dentro de si no mesmo momento.

Minha mão ainda circula sua cintura, e eu o abraço desse jeito meio forte, meio trêmulo, respirando fundo e notando que meu hálito deve estar batendo sobre a pele da sua nuca. Dimitri toma minha mão que envolve sua cintura e entrelaça nossos dedos, os apertando com força. É um ato mais íntimo do que o sexo que fizemos, mas ele não se priva desse contato.

Tiro meu membro de dentro de Dimitri e vejo seu corpo cansado se rastejar para fora da cama, enquanto retiro o preservativo e pego o dele, dando um nó nos dois. Jogo-os fora numa lixeira próxima, enquanto o observo andar até o mini refrigerador e, ainda com a respiração trêmula, tirar de lá uma garrafa d'água lacrada.

Ele a abre, começa a beber e para apenas para respirar, já que parece estar um pouco sem controle do próprio ar.

O suor faz seu corpo brilhar, enquanto os fios úmidos estão colados na sua testa. Mesmo assim, Dimitri continua lindo. Tem o rosto levemente avermelhado e outras manchas de vermelhidão se espalham por algumas partes de seu corpo nu.

Não consigo parar de olhá-lo nem por um segundo.

E ele percebe...

— Não me olha assim, Gael — pede, mantendo o sorriso sutil nos lábios úmidos. — Não quer que eu me apaixone por você. Quer? — Volta a beber.

Não quero.

Quero?

Não sei.

Mas ele não permite que eu responda, porque joga a garrafa pela metade para mim — provavelmente preocupado com a minha hidratação —, pega a mochila, vai até o banheiro e, alguns minutos depois, volta pronto para ir embora.

— Eu queria dormir com você, — solta naturalmente, sentando-se em uma das poltronas e pegando o celular em sua mochila, depois a colocando no chão — mas eu sou... obrigado a ir para casa — finaliza. Dimitri fala, respira fundo, revirando os olhos e demonstrando que há muito mais por trás de sua proibição do que ele me permite saber.

— Mas pode se arrumar com calma, ok? — avisa, desbloqueando o celular e começando a digitar alguma coisa.

Eu assinto e finjo que não entendo a agulhada infantil no meu interior, causando um desconforto bem claro.

Eu não gosto de transar e ir embora, nunca gostei e, com ele, parece um pouco pior, um pouco mais frágil, o que intensifica essa sensação de ferroada sendo desferida em mim, como uma dúvida venenosa que quer brotar na minha mente.

Eu me afundei em sexo casual mais uma vez, não foi?

Sentindo-me frustrado, vou até o banheiro, coloco minha roupa e volto, sem fazer grandes cerimônias, pego minha mochila em seguida e fico de pé, em frente a Dimitri.

— Quanto foi? — pergunto calmo, sem a intenção de soar grosseiro, nem inquisidor.

— O sexo? Foi de graça, Bandile. — Ele dá um sorriso sacana com o canto dos lábios, sem tirar os olhos do celular que continuam digitando.

— Não, Dimitri — falo enquanto reviro os olhos, me sentindo levemente sem paciência.

Nem parece que eu tinha acabado de gozar e que tinha sido tão incrivelmente bom.

Não com a forma brutal que meu humor e a atmosfera mudam.

— O quarto, o vinho, tudo — concluo meu pensamento, observando-o bloquear o telefone e colocar no bolso frontal de sua camisa social.

Então, ele olha para mim com aquele sorriso de Dimitri inocente e se levanta, dando poucos passos até colocar as mãos no meu peito e subi-las até meu ombro, apertando a região e massageando devagar.

— Não se preocupe com isso. — Chega a boca perto da minha e deposita um selar lento, depois passa os dedos pequenos pela minha testa, arrumando os fios desgrenhados de cachos que se bagunçaram pelo suor. — Eu pago agora. Você não deve estar a fim, mas, se quiser repetir, a próxima vez é por sua conta — Ele se afasta, e eu fico quieto, pensando sobre suas palavras que acabam ecoando por muito tempo na minha cabeça.

Minha falta de resposta não parece afetá-lo, pois Dimitri pega suas coisas calmamente e anda devagar até as escadas, descendo-as e esperando que eu o siga.

Ele volta ao guichê misterioso, onde a mesma mulher ainda trabalha, paga pelas horas e me leva para casa, fazendo um caminho um pouco mais longo do que o que fizemos para vir.

Já está perto das 9:30, e o trânsito está um pouco mais difícil, mas ele melhora o clima ligando a música habitual e cantarolando baixinho mais uma vez, tranquilizando por dentro o que eu nem percebo estar nervoso e tenso.

Quando, enfim, para o carro na frente da minha casa, Dimitri sorri suavemente, enquanto mantém as mãos no volante, e eu sinto meu interior revirando com o que estou prestes a dizer, mas, ainda assim, eu falo.

Porque, mesmo que esteja mergulhado em sentimentos controversos, a vontade é gritante demais para que eu a ignore.

Além de gritante...

Com um leve toque de *falta de reconhecimento dos meus limites confortáveis.*

— Eu vou querer, Dimitri. — Passo as mãos pelos joelhos, respirando fundo e desviando de seu olhar.

— Querer o quê? — ele pergunta, aparentemente não entendendo sobre o que eu falo.

— Vou querer repetir.

18

CASUAL

DIA 34

Se Dimitri fosse tão agressivo no trabalho quanto é na cama, creio que tiraria até a boate das mãos de Pablo.

Entretanto, quando estamos de volta à nossa rotina, ele se mostra aquele cara fofo que conheci quando comecei a trabalhar ali. Como nos últimos dias que se passaram, desde que estivemos naquele motel.

É inegável que sua postura, como chefe de salão, mudou, especificamente desde o dia em que ele foi alvo das investidas nojentas de Miro, mas a forma que ele trata as pessoas não muda. É sempre educado e sutil, mesmo que tenha aprendido a ser mais firme.

Mas, comigo, a sutileza tem outro clima, outro nome.

Seu sorriso continua com malícia sempre que chega ao bar, mesmo que seu comportamento tenha voltado a ser levemente arredio, como se estivesse inseguro sobre o que fizemos.

Ou arrependido.

Talvez com vergonha de ter feito algo comigo?

Não sei...

Apesar disso, sempre que é obrigado a se aproximar de mim, por questões do trabalho que não podem ser feitas por outras pessoas, seus olhares são tão afiados que gelam o meu estômago, mesmo que ele esteja só respirando.

Suas atitudes são contrastadas, numa mistura de tons que fazem com que minha cabeça dê um nó cada vez maior. Apesar de enxergar as mesmas nuances gentis que sempre vi e ser confundido pela sua, talvez, insegurança, agora conheço outro Dimitri.

É relativamente difícil conhecer uma pessoa por um ano inteiro, ter uma opinião sobre ela e descobrir que o ser humano em questão esconde um lado que você sequer imaginou existir. Um lado que proporcionou uma das melhores transas que eu já tive.

Eu só não quero dar esse troféu a Dimitri, porque sei que será atestado para minha rendição.

E eu não estou rendido. *Ainda não.*

Nem quero estar.

Mas, ao contrário das minhas convicções fracas, sinto meu coração bater um pouco mais rápido quando o maître se aproxima do bar no final do expediente e, diferente dos outros dias em que passamos num afastamento educado, que significa muito mais do que eu entendo no momento, ele se debruça no balcão e olha para mim enquanto lavo louça.

— Quais as chances de você me levar em casa hoje? — pergunta meigo, jogando a cabeça levemente para o lado, quase a encostando em seu ombro, com uma manha que me dá vontade de pular por cima do bar só para morder sua bochecha.

Dimitri causa vontades estranhas em mim.

— Agora, eu tenho vergonha de você entrar no meu carro — falo, segurando o riso, enquanto continuo enxaguando alguns copos.

— Por quê? — Franze o cenho.

Com certeza, acha que a minha vergonha é por se tratar dele.

Dimitri se afeta negativamente com as minhas palavras, e me pergunto se ele já não fez isso antes. Talvez explique por que ficou distante nos últimos dias. É a ilusão a que me agarro, para achar que não fui caso de uma noite só.

— O seu carro é mais limpo do que o meu quarto, Dimitri — falo, levantando o rosto e olhando para ele. — O meu carro parece uma caçamba de lixo.

Observo seu rosto mudar completamente de apreensão para alívio. Ele mostra aquele sorriso bonito que me desmonta inteiro.

— Você está exagerando, mas nada que gastar um dinheiro no lava a jato não resolva. — Ri, girando seu celular entre as mãos, deixando-o cair no balcão algumas vezes, enquanto brinca com o aparelho de forma leve.

— Eu sou meio pão-duro.

Ri ainda mais, depois balança a cabeça negativamente e olha para mim.

— Eu não me importo com o estado do seu carro Bandile, eu só quero sua carona. Deixei meu carro em casa — fala simplesmente, dando de ombros.

— E conseguir minha carona, pra ficar perto de mim, faz parte dos seus planos sujos? — pergunto brincando, voltando a olhar para a louça que ainda espera ser lavada.

— Sim — responde, não parecendo se importar em soar atrevido.

Solto uma risada nasal sem olhar para ele, enquanto tento terminar meu trabalho, com a dificuldade de ter Dimitri me encarando do outro lado do balcão.

— Claro que eu te levo em casa, Dimitri. — Mesmo que não o esteja olhando neste momento, sei que está sorrindo.

— Vou fechar o caixa — soa animadamente fofo, largando o celular em cima do balcão e andando em direção à sala de Pablo.

Ele simplesmente larga o aparelho ali.

Respiro fundo e o encaro por alguns segundos.

Estou claramente lutando contra pensamentos. Claramente, me esforçando para não deixar que tais pensamentos ganhem vida.

Mas estão ganhando.

E eu quero dizer que esse celular, o qual ele esqueceu em cima do balcão, por estar tão animado e distraído, não me incomoda.

Mas incomoda.

Incomoda *pra porra.*

Isso me faz voltar a comparar Dimitri com o meu *talvez-amigo* que não me manda mais mensagens, a não ser que eu o procure. As coisas voltam a se embolar na minha cabeça.

Eu quero tirar isso a limpo do meu modo, porque o fato de pensar que Dimitri e DiCaprio são a mesma pessoa interfere várias vezes no meu dia, então percebo que não fui sincero. Não fui sincero quando disse que respeitaria o tempo do anônimo, já que traio minhas próprias palavras quando tiro o meu celular do bolso e aperto nos contatos, selecionando o número do desconhecido que me manda mensagens.

Eu ligo para ele e torço para que o celular de Dimitri não toque.

Meu telefone chama, entretanto, a primeira coisa que percebo é que o celular de Dimitri não dá nenhum sinal de "vida".

A segunda coisa, olhando tempo demais para o aparelho, é que o telefone em cima do balcão é diferente do telefone que entreguei nas mãos de Dimitri, no dia que o defendi no corredor dos armários.

Este é fino, comprido, não tem nenhum arranhão sequer e parece que foi comprado no dia anterior ao que estamos, de tão polida que é sua tela.

Talvez seu celular tenha quebrado a ponto de não ter mais conserto de tela, e ele preferiu trocar por um novo.

Não me assusta que o celular tenha um mês de uso e, ainda assim, parece que foi tirado da caixa agora, já que o interior de seu carro é tão bem cuidado. E isso deve refletir em todos os aspectos de sua vida.

Enquanto me deixo vagar pela análise que faço do aparelho, depois de ter desligado a ligação e desistido desse plano idiota, o celular soa, com uma mensagem do cara que eu, estupidamente, tive a ideia de ligar.

DiCaprio:

Você deve ter tesão em me acordar. 04:47

Por favor, me diz que você não está morrendo. 04:47

Ligação de madrugada só pode ser morte. 04:48

Eu:

Desculpa, kkk. 04:48

Eu ia te mandar mensagens e apertei o botão de ligar sem querer. 04:49

Minto, mas não consigo pensar em outra coisa, a não ser fingir que não sou louco a ponto de desconfiar de Dimitri mais uma vez.

DiCaprio:

Você está bem? 04:50

Aconteceu alguma coisa? 04:50

Ele pergunta sem brincadeiras, nem risadas, então imagino que sua preocupação seja genuína.

Eu:

Tô, cara, desculpa mesmo, era só pra bater papo. 04:51

Minto mais uma vez, porque sei que, estando na presença de Dimitri, a última coisa que eu vou querer é bater papo com alguém.

Eu:

Volta a dormir, eu tô indo pra casa. 04:52

DiCaprio:

Ah, não, agora me dê atenção, rabanete. 04:52

Eu:

Eu não...

— Podemos ir? — a voz suave e gostosa que retorna ao salão faz com que eu pare de digitar abruptamente, enquanto sinto o coração palpitar pelo que estava tentando provar até agora.

Definitivamente...

Aquele, no telefone, não é Dimitri.

Ele volta a se aproximar do bar, então eu bloqueio o celular e o coloco em cima da pia, sem fazer questão de finalizar o que digitava.

Assusta-me como minha atenção é imediatamente entregue a Dimitri, não importa o que ele esteja fazendo. Então, percebo que ele faz o mesmo que fez no dia em que demos nosso primeiro beijo.

Ele pega impulso e senta-se na bancada, enquanto balança as pernas e olha para mim, com aquele sorriso meigo, e aguarda que eu finalize meu trabalho ali no bar.

— Quer beber alguma coisa enquanto espera? — faço uma pergunta parecida à pergunta feita naquele dia, desejando que o que fizemos se repita também. Mas é lógico que já estou obviamente nervoso, claramente mostrando que não sei lidar com ele depois de termos feito sexo.

— Você está me acostumando mal, Bandile — responde, com um tom suave que não me pede licença ao arrepiar minha nuca.

A voz me desarma, e eu mal entendo como.

— Hoje, só água... — diz, respirando fundo, provavelmente cansado, depois que fico em silêncio e continuo lavando a louça.

Sem me dar conta de que fecho a torneira com rapidez, vou até a geladeira e pego uma das garrafas pequenas lacradas, chego perto dele e a entrego. Quando ele pega a garrafa, segura meu outro punho com a sua outra mão e me puxa para si devagar, com a ajuda das suas pernas que me envolvem mais uma vez.

Eu sinto meu corpo se render a ele sem contestação alguma. É rápido como leva a mão ao meu rosto, acariciando minha bochecha com seu polegar enquanto me observa. Ao mesmo tempo, me sinto amolecido por seu toque e fecho os olhos, respirando fundo.

— Queria saber se você gostou... — ele pergunta inseguro, desprovido de todo atrevimento que se vestia esse tempo todo. — Se foi bom pra você, Gael...

Eu engulo em seco porque, porra, eu gostei demais. Gostei tanto que poderia voltar a fode-lo ali, naquela bancada, *agora mesmo,* se ele quisesse. Entretanto, não é uma resposta emocionada que dou, apesar de meu corpo gritar para que eu o agarre mais uma vez.

— Você me assustou, Dimitri — falo, dando uma risada sutil e baixa, enquanto sinto seu carinho no meu rosto e seguro sua cintura com um pouco de força, passando o polegar sobre sua pele, por cima do tecido de sua camisa social.

— Assustei? — ele pergunta rindo, me amolecendo um pouco mais.

— Você é... — Pigarreio sem graça, abaixando os olhos até minhas mãos que o acariciam. — É diferente.

— Diferente? — Ele ri ainda mais, querendo que eu fale, com todas as letras, o que eu estou pensando, então coloca a garrafa ao lado do seu corpo, voltando com a mão livre agora para o meu braço.

Ele é um vigarista que quer se deliciar com as minhas reações.

— Eu não imaginava que você fosse tão...

— Tão o que, Bandile?

— Safado.

O maître gargalha alto, jogando a cabeça para trás, apertando ainda mais as pernas no meu quadril, e me puxa para si com mais força. Quando sua risada perde força, chega o rosto perto do meu e o segura com mais firmeza, deixando alguns selares em meus lábios.

São beijos fofos. Fofos demais.

Aquilo tudo é muito fodido de tão fofo.

Estou mentalmente pedindo clemência aos céus para que acabem com minha rendição a Dimitri, porque não tenho forças, sozinho, quando ele me trata desse jeito.

Quando eu estou explodindo de dúvidas e sentimentos ruins, achando que fui apenas alguém descartável para ele, ele aparece assim...

Enlaçando-me com carinho e provando que, talvez, eu esteja errado.

— Eu sou, mas, quando me sinto confortável com a pessoa, consigo ser ainda mais. Como fui com você... — explica, passando o dedo indicador pelo meu lábio inferior e observando minha boca enquanto eu respondo.

— E por que você se sente confortável comigo? — Não resisto à pergunta.

— Você me passa segurança, Gael — diz, fechando os olhos e aproximando o rosto do meu. Passa o nariz na minha bochecha e roça os lábios na minha mandíbula quando faz isso. — Me dá vontade de te dar carinho, ser bom pra você.

Ah, assim não Dimitri...

Assim é covardia.

— Desculpa se assustei você com essa parte da minha personalidade que você não conhecia — fala, rindo baixo, fazendo com que eu sinta seu hálito quente bater sobre minha pele. — Pode parecer loucura, mas isso tudo, o fato de ser meio reservado e fechado, tem a ver com a relação que eu tenho com meus pais. — Então, ele respira fundo, afastando-se um pouco e olhando para mim. — Acabo escondendo um pouquinho a minha personalidade por medo de algum boato chegar aos ouvidos deles.

— Como assim? — É claro que eu não ia deixar de ser curioso nem por um caralho... Pareço uma criança que não contém as próprias perguntas.

Dimitri se solta do nosso abraço e pega sua garrafa d'água, abrindo-a devagar e dando um gole lento, mas suas pernas continuam me circulando.

— Te disse que meus pais não sabem que sou gay... — ele começa, rosqueando a tampa novamente e a colocando ao lado das coxas, no balcão. — Mas é mais do que isso. Eles são conservadores e violentos, os dois são. Minha casa é feita de gritos e murros.

— Meu Deus! — respondo, franzindo o cenho e me sentindo levemente afetado por suas palavras.

Nunca vivi nada assim.

Soa assustador.

— Apesar de Pablo e Eric pagarem um apartamento para mim se eu quiser, sempre quis conseguir alguma independência, entende? Sem depender deles, e eu estou juntando dinheiro pra sair de casa há algum tempo. — Seu semblante torna-se levemente mais animado, mesmo no meio do desabafo triste sobre sua vida. — Agora que Pablo me promoveu, estou bem perto de conseguir.

Aquela é a primeira vez que temos uma conversa de verdade. É a primeira vez que ele me fala coisas que eu sequer imaginava sobre sua vida. No entanto, fica ainda mais violento.

— Mas enquanto eu morar sob o teto deles, por ser refém desse jogo manipulativo que me mantém naquele lugar, preciso esconder o máximo possível, pra não morrer de tanto apanhar.

Ele parece meio revoltado sobre as próprias percepções da sua família.

Estala a língua, balança a cabeça negativamente e respira fundo.

Talvez esteja fazendo julgamentos pesados sobre si nesse momento.

É a impressão que passa.

E a dor pelos seus problemas é quase física.

— Dimitri...

— Desculpa. — Ele fecha os olhos e balança a cabeça negativamente de novo, dessa vez, com rapidez, parecendo ter noção do que acabou de dizer. — Desculpa, você não pediu pra saber dessas coisas, desculpa mesmo.

— Não tem problema, você pode falar comigo se precisar — falo. Agora, sou eu que levanto as mãos e seguro seu queixo com carinho.

Ele reage ao meu contato, me olhando daquele jeito meigo, fazendo meu interior revirar.

— Você é muito fofo quando quer — Dimitri diz, segurando minha mão e roçando o polegar pelo meu dorso, num carinho que me incendeia mais uma vez.

Dimitri me arrepia. Arrepia minha nuca, minha pele, meu corpo inteiro, e com tão pouco.

— Só quando quero — respondo, rindo fraco, retribuindo o seu sorriso, chegando o rosto perto do seu, até que selo seus lábios devagar, num beijo que não era para ser nada além de um selinho, mas avança todos os sinais.

No segundo seguinte, Dimitri está segurando na gola da minha camisa e me puxando para si, intensificando os movimentos de sua boca, enfiando a língua entre meus lábios e a enroscando na minha, que grita por sentir seu sabor novamente.

— Eita, porra!

Merda...

— Ou vocês pagam um engradado de cerveja pro meu casamento — a voz de Victor soa alto, provando que me enganei em achar que Dimitri e eu estávamos sozinhos na boate —, ou eu vou contar pro Pablo que vocês estão transando no bar dele.

Dimitri me solta, com a maior cara de "fiz merda" do mundo e depois desce do bar, andando devagar até que esteja na frente do segurança.

— Foi só um beijo, Victor — Dimitri diz, franzindo o cenho e cruzando os braços, numa cena muito engraçada de ver.

Ele parece uma criança na frente do segurança truculento e muito mais alto.

— Agora são dois engradados.

Eu tento segurar o riso, mas não consigo, então Dimitri olha para mim, claramente irritado, com uma feição que diz: "você deveria estar do meu lado nessa".

O que me faz rir ainda mais, porque sei que Victor está brincando.

Quer dizer... eu acho.

No entanto, não quero aumentar aquela briga que Dimitri parece querer para defender sua safadeza, então pego minha mochila debaixo da pia e meu celular, deixo os poucos copos para depois e ando devagar em direção à porta dos fundos.

— Boa noite, Victor. Vamos, Dimitri — chamo, realmente esperando que ele não continue aquela discussão boba e venha embora comigo de uma vez.

— Estão saindo do trabalho juntos? Três engradados.

Nós entramos no meu carro e, já conhecendo o caminho, fazemos a corrida sem grandes dificuldades, com Dimitri vez ou outra acariciando minha mão sobre a marcha. Gosto disso mais do que deveria. Dos seus pequenos gestos sutis e, contraditoriamente, tão estrondosos.

— Me deixa aqui, eu vou andando — Dimitri diz quando estou perto da esquina de sua casa, antes que eu faça a curva que entraria na sua rua.

— Tudo bem — falo, já entendendo o motivo.

Naquele momento, me pergunto se as coisas ficaram piores na sua casa para, dessa vez, ele não me deixar nem chegar perto de seu portão, como nas outras ocasiões havia deixado. Quando estaciono, Dimitri parece sem jeito o suficiente para estalar os dedos e tentar prolongar, da forma que consegue, a estadia dentro do veículo.

— Gael...

Ele já tem minha atenção, então apenas permaneço com os olhos sobre o maître, enquanto mantenho uma das mãos no volante do carro ainda ligado e a outra sobre minha coxa.

— Sim?

— Você quer ir pro motel amanhã? — ele pergunta, finalmente, levantando o rosto e olhando para mim.

E existem muitas sensações que vêm e vão, mas dessa vez é o incômodo que me maltrata. Dimitri e eu mal nos falamos nos últimos dias, desde que transamos, e a impressão, que tenho, é de que ele só se aproxima de mim porque quer fazer sexo novamente.

É amargo o que sinto na boca, mas não sei exatamente como nomear a sensação. Eu não quero nada com Dimitri, sequer estou apaixonado, ainda assim, o gosto de ser procurado apenas porque você rende algum tipo de alívio sexual não é dos melhores.

Aliás, é péssimo.

Entretanto, gostei do sexo com Dimitri, já estou confortável com ele e tenho vontade de repetir. Sou uma bagunça de sentimentos, sei disso, mas me vem à cabeça o fato de que demora demais para eu achar alguém com quem eu divida esse tal conforto em compartilhar a cama, o que me faz dar a seguinte resposta:

— Claro — respondo meio sério, talvez até desanimado.

Dimitri parece se incomodar com meu tom e se ajeita no banco, tentando estalar os dedos que já haviam sido estalados anteriormente.

— O que foi? Eu disse algo? — pergunta preocupado, porque não é burro.

Sabe que meu tom não é normal e nem receptivo à proposta, mesmo que eu queira. Mesmo que eu não esteja aceitando para mim mesmo, nem para ele que, bem provavelmente, estou assim porque não gosto muito dessa situação casual.

— Você não gostou, não é? — ele questiona, batendo na mesma tecla, ao dar um sorriso sutil e desconcertado com o canto dos lábios.

Mal sabe ele que não há a possibilidade de eu não gostar daquilo que fizemos.

— Eu gostei. Gostei demais — eu me limito a falar, ficando em silêncio por um segundo antes de prosseguir. — Vamos, amanhã de novo, depois do trabalho.

E eu queria explicar o motivo do meu incômodo, mas chego à conclusão de que não vale a pena. Eu estou afobado demais se acho que posso exigir alguma coisa de Dimitri.

Afobado demais.

— Certo... — responde, incerto, passando a mão pequena pela abertura interna da porta e a abrindo devagar. — Depois do trabalho, então.

Então, ele faz o que eu quis fazer da última vez que o deixei em casa, dentro daquele carro. Chega o corpo perto do meu e, aproveitando-se do meu rosto na sua direção, me beija devagar, num selar calmo que retribuo, cheio de uma intensidade que grita mais coisas do que eu tenho coragem de dizer.

Quando se afasta de mim, Dimitri agradece a carona e sai do carro, deixando minha versão frustrada bater a cabeça no encosto do banco. Respiro fundo enquanto olho para o teto sem graça daquela banheira.

Se ele quer ter sexo casual...

Vamos ter sexo casual.

Porque eu sei que estou envolvido o suficiente para aceitar todas as suas propostas e me deixar levar pelos seus convites.

E, no final...

Não posso querer nada além disso.

19

DINÂMICAS

DIA 38

DiCaprio:

Então, eu aprendi que você nunca deve deixar pizza no micro-ondas e esquecer ela lá dentro. 17:45

Senão ela começa a criar vida e dá lugar ao primeiro cenário de The Last of Us. 17:45

Eu:

Que desperdício de comida. 17:46

DiCaprio:

Eu confesso que falhei nisso. 17:46

Meu único erro na vida. 17:46

Eu:

Único? 17:46

Tem certeza? 17:47

DiCaprio:

Sim, de resto, eu sou perfeito. 17:47

Até roubando o número dos outros. 17:47

Olha só, te faço tão feliz que não conseguiu me descartar até hoje... 17:48

Rio baixo com o quanto aquele cara consegue, até hoje, ser esse poço de autoestima, algo que chego a invejar brandamente.

Nunca cheguei a me autoafirmar em nada, nem mesmo por mensagens, a não ser que a autoafirmação venha acoplada a uma autocrítica. Nesta arte de me autodepreciar, eu sou mestre.

Antes de responder-lhe, vejo que o ícone de mensagens indica que há uma movimentação em outro grupo.

Diferente dos grupos dos quais eu faço parte — alguns sobre assexualidade, onde muitas pessoas fazem perguntas que eu não tenho mais paciência para responder, pois acho que estou virando um velho chato —, esse eu não posso ignorar.

Pablo Loreto:

Fala gente, beleza? 17:46

Podem chegar 3h antes amanhã? 17:46

Sei que trabalhar demais é coisa de corno e não tem ninguém corno na minha boate. 17:46

Quer dizer, eu acho que não... 17:47

Caso tenha, o plano de saúde tá em dia e vocês podem consultar a psicóloga... 17:47

É muito difícil não rir com sua forma peculiar de mandar mensagens, mas continuo lendo, querendo saber aonde ele quer chegar.

Pablo Loreto:

Mas eu tenho notado que alguns de vocês não se dão bem entre si. 17:47

Alguns de vocês nem olham na cara um do outro, e eu acho isso uma putaria. 17:48

Além do mais, houve uma porra que aconteceu, há algum tempo, com um garçom temporário e um funcionário fixo. 17:48

E é o tipo de coisa que eu não admito na minha boate, esse filho da puta não vai entrar mais aqui. 17:49

Engulo em seco porque sei do que ele fala. É inevitável não respirar fundo quando me lembro de tudo que aconteceu com Dimitri e a forma que ele ficou arrasado com tudo aquilo.

Ao mesmo tempo que estou triste com o acontecido, fico feliz por perceber o quanto Pablo é seu amigo.

Olha tudo que ele está fazendo para melhorar a situação...

Não é algo muito comum, vindo de um cara rico como ele.

Pablo Loreto:

E se algum funcionário, seja ele fixo ou temporário, deixar algum de vocês desconfortável de alguma forma, podem vir falar comigo, com o Eric e até com o Dimitri. Nós vamos ouvir vocês e conversar sobre porras que nós não admitimos na Hidden Honey. 17:50

Agora, voltando ao motivo dessa reunião virtual 17:50

Eu quero aproximar mais vocês 17:50

Quero que seja um lugar bom pra todo mundo. 17:51

E ninguém precisa ser amigo nessa porra. 17:51

Mas, enquanto estão trabalhando, vocês são aliados 17:51

Contra os babacas temporários, que eu não conheço bem o suficiente 17:51

E contra os próprios clientes cuzões 17:52

Que se acham as pirocas de ouro pra poderem assediar os funcionários da Hidden 17:52

Ou as bucetas de ouro... 17:52

Mas cliente babaca não se cria comigo, vocês sabem! 17:52

E vocês são um time, caralho! 17:52

O meu time! 17:52

E pensando nisso, eu contratei uma pessoa pra fazer umas dinâmicas com vocês amanhã, pra gente poder se enturmar mais e entender que nós somos uma família nessa porra!
E tem membro de família que se odeia, eu sei... 17:53

Eric Carpo:

Pablo, finalize. 17:53

Pablo Loreto:

Tá bom, caralho. 17:53

Então, quem puder chegar amanhã 3h antes, eu agradeço muito. 17:54

Vou pagar hora extra, e vamos ter um buffet pra vocês encherem o cu de comida. 17:54

Vou abrir o grupo pra vocês poderem confirmar a presença. Não é obrigatório pra função de vocês, mas vou ficar triste se ninguém for, falo logo. 17:55

Pablo Loreto ativou as mensagens gerais do grupo

Comida de graça? Hora extra?

Eu:

Gael Bandile confirmado. 17:55

DIA 39

Sábado é um dia tranquilo, pelo menos, no período da tarde, e eu chego à boate às 15:00, um pouco antes do pedido. Não foi para ganhar mais hora extra e sim porque não contava com uma pista tão limpa e nenhum empecilho para chegar ao local.

Sem saber exatamente o que fazer, porque não há ninguém na boate, abro tudo e vou para meu canto de conforto, o bar.

Lá, observo que há pouca coisa para limpar e dou graças aos céus por isso, porque ontem, logo depois do expediente, voltei ao motel com Dimitri e tive uma experiência ainda mais agressiva.

Quanto mais nós transamos, mais insaciável ele fica.

Ou mais confortável comigo a ponto de não ter vergonha de demonstrar o quanto é um devasso sem limites? Não sei dizer, já que não conversamos muito sobre os limites da nossa relação casual.

Só a aproveitamos. Só nos afundamos nela.

Só deixamos acontecer cada vez mais, fingindo que não estamos criando um padrão de comportamento que, a essa altura do campeonato, eu já estaria dando nome.

Mas não há nenhum nome para dar aqui, uma vez que concordei com isso. Concordei com a casualidade e não posso reclamar dela.

Com tempo livre e nervoso por ficar parado sem fazer nada, o que me faz pensar demais em coisas que deveriam estar sendo leves — como toda essa relação sexual com Dimitri —, começo a adiantar meu serviço.

Pouco tempo depois, vejo a cabeça castanha de Pablo surgir no salão e, com um sorriso enorme, se aproxima do balcão, debruça-se no bar e olha para mim, com os olhos praticamente brilhando.

— Está cheio de fogo no cu pra socializar com os amiguinhos, né, Gael? Até chegou cedo.

Se fosse qualquer outra pessoa, eu fecharia a cara pela forma abusada de falar comigo, mas Pablo arranca risadas de mim com uma facilidade vergonhosa.

O cara é tão mestre na arte de falar palavrões e putarias que não tem como se zangar com ele, mesmo que isso não faça parte da minha rotina.

Mas é engraçado. Ele faz com que seja engraçado e, surpreendentemente, com ele, não é desconfortável.

— O que eu não faço pelos meus colegas de trabalho... — digo, secando um dos copos e fazendo Pablo rir.

Enquanto se senta em um dos bancos altos do bar, observo as figuras já conhecidas de Eric e Dimitri se aproximando. Estão rindo e conversando entre si e, por terem chegado junto ao Pablo, me pergunto se não vieram no mesmo carro.

Pelas chaves que Eric balança no dedo, imagino que tenha sido no dele.

— Bandile... — Eric diz ao chegar ao bar, sentar-se e colocar a chave sobre o balcão.

— Carpo. — Dou um aceno leve.

Dimitri senta-se ao seu lado, olha para mim e dá apenas um sorriso com o canto dos lábios, que eu retribuo o mais sutil que consigo.

Essa forma de comprimento acaba sempre me pegando muito...

Não consigo fazer diferente.

Ao mesmo tempo, é difícil me manter ameno e fingir que não estávamos transando há menos de 24 horas.

— Estão usando camisinha, né? — Pablo pergunta, franzindo o cenho com violência, enquanto olha de mim para Dimitri.

Eu começo a tossir com força, pego de surpresa pela sua pergunta descarada, mas é só pensar por alguns segundos que chego à conclusão de que ela não é tão surpreendente assim.

Pablo, Eric e Dimitri são praticamente um só.

Não é surpresa que eles saibam do que está rolando entre a gente.

E eu não estou exatamente irritado por Dimitri ter contato sobre nós, pelo contrário.

Eu me sinto infantilmente eufórico por ele ter falado de mim com os amigos.

— Me dê uma dose de conhaque Hennessy, por favor — Carpo pede, cortando aquele ar constrangedor, mesmo que ele mesmo esteja segurando o riso.

Dimitri, parecendo não querer dar brecha para mais uma piada de Pablo, mesmo que ele também esteja segurando o riso pela pergunta sacana, desce do banco e anda em direção ao palco da boate, o lugar com o maior espaço aberto.

É lá que a maioria das pessoas fica amontoada, assistindo às apresentações de striptease, os peitos balançando e, por muitas vezes, as pirocas também.

Mas ele não vai ao lugar apenas para meditar. Uma mulher de cabelo chanel ruivo está se aproximando e, parecendo prever a chegada dela, Dimitri começa a conversar educadamente com a moça.

— O meu conhaque é pra hoje ou...? — Eric diz implicante e, quando olho para ele, pigarreio sem graça ao notar seu sorriso sugestivo, enquanto Pablo dá uma risada e dá tapinhas animados no bar.

Eles notam rapidamente o quanto perco o olhar em Dimitri, e essa minha condição de extrema babação chega a ser irritante.

— Perdão — respondo rápido, servindo-o em seguida com a mesma agilidade que minha resposta sai.

— Tudo bem, Bandile — ele diz num tom cálido, gentil e compreensivo, contrastando do seu habitual jeito malicioso.

Parece, de alguma forma, entender o que estou sentindo quando olho para Dimitri. Sua postura é, no mínimo, estranha.

Antes que Eric possa dar o primeiro gole no conhaque, Pablo, que passou a observar a mulher que chegou, praticamente pula de seu banco e anda em sua direção. Com o tom mais elevado já conhecido, ele fala animadamente com a mulher e fica claro que ela é a tal contratada para fazer as dinâmicas.

Logo após sua chegada, um casal, com um buffet desmontado, chega e começa a organizar as coisas perto de mim, indo e voltando da cozinha da boate para pegar utensílios que Pablo disponibilizou para eles, como mesas e vasilhas de cristal.

Enquanto observo a movimentação pelo salão, tentando me enganar de que não estou mirando unicamente Dimitri, Eric fica ali, sentado em silêncio, usando o celular e pedindo mais uma dose de conhaque quando a primeira acaba.

A garrafa de Hennessy é dele, que deixa guardada aqui para ocasiões como essa, em que gosta de bebericar alguma coisa, além da garrafa que sei que também mantém na sala de Pablo.

São quase 100 mil pratas em apenas duas garrafas.

Haja dinheiro.

Que eu sei que ele tem.

Alguns momentos depois, o buffet está pronto e o salão um pouco mais cheio, já que mais funcionários vão chegando e, com a entrada deles, Eric sempre se vira para observar os corpos que aparecem.

Um deles, em especial, dá um sorriso pequeno, abaixa a cabeça e continua andando depois de olhar para ele.

É Key, um dos garçons da casa.

Sem falar nada, Eric olha para mim, solta uma risada nasal baixa, que contém mais informação do que eu consigo captar no momento, e volta a usar seu celular.

— Todo mundo pro centro! — Pablo grita. — Agora, *vambora* que a gente já tá atrasado!

Respirando fundo, pergunto se Eric vai querer mais uma dose do conhaque e, quando ele assente, preencho mais um dedo de bebida, a tampo e guardo no armário de vidro fechado, localizado ao lado da longa prateleira de bebidas atrás de mim.

Ao finalizar, jogo meu pano encardido por cima da pia limpa e, a passos lentos, vou para frente do palco, onde todos os funcionários parecem estar.

Sou um dos últimos a entrar na roda e, quase como um ímã, me coloco ao lado de Dimitri, que está à minha esquerda.

À minha direita está Fred, um garçom que trabalha na casa quase há tanto tempo quanto eu, mas que, como 80% das pessoas ali, não tenho grande intimidade.

Dimitri olha para mim e me lança mais um sorriso bonito, sutil e estrondoso ao mesmo tempo, enquanto percebe o lugar que escolhi.

Ao seu lado esquerdo está Key, o garçom novo que acabei de pegar sorrindo para Eric Carpo. Não tem nem três meses que está na Hidden.

À sua esquerda está Victor, logo em seguida Luna, e alguns dançarinos e dançarinas, dos quais não sei os nomes, porque lido com eles ainda menos do que lido com os garçons.

Apenas Luna é abusada o suficiente para continuar se jogando no meu bar e viver roubando minhas frutas.

Quando estamos todos em círculo, Pablo — que faz parte do círculo, mas está exatamente na frente do palco — troca algumas palavras com a mulher desconhecida e, em seguida, franze o cenho, olhando para todos nós ali.

Está checando todos os funcionários e parece dar falta de alguém. No entanto, parece achar seu alvo quando olha na minha direção. Só que não sou eu quem ele quer.

— Anda, Eric! Você também! — ele grita para o Carpo, que está preguiçosamente sentado no bar atrás de mim, tomando um pouco do conhaque que o servi minutos atrás.

— Eu dispenso, Pablo — fala alto e faz um sinal de "paz e amor" com as mãos, dando mais um gole na bebida de tom terroso e repousando o copo sobre o balcão do bar, lentamente, como habitual.

— Dispensa o meu caralho, vem aqui!

Alguns funcionários, inclusive Dimitri, caem na gargalhada.

Eric olha para ele sério por alguns segundos, e eu sinto um arrepio estranho, porque nunca o vi olhar para ninguém dessa forma. Exala certo tipo de poder e autoridade de quem não suporta receber ordens.

E esse lado do Carpo é totalmente desconhecido por mim, que estou acostumado com suas feições maliciosas, seu jeito provocativo e sua postura erótica sempre despreocupada e descontraída. Porém, um olhar como esse, de quem conseguiria demitir qualquer um apenas com os olhos, parece demonstrar que, talvez, ele não seja tão despreocupado e descontraído assim.

Eric apenas respira fundo mais uma vez e, não podendo demitir o dono da Hidden Honey, se levanta vagarosamente, dá um último gole no conhaque, finalizando-o, e anda o mais arrastado possível até o nosso círculo de funcionários. Encaixando-se ali, entra na roda e fica exatamente entre Dimitri e Key, consequentemente, próximo a mim.

Com todos os funcionários no local, e um sorriso enorme de quem parece se divertir com a situação, Pablo olha para a mulher de cabelo ruivo chanel e faz um sinal positivo com a cabeça, para que ela possa iniciar seu trabalho.

— Olá! Meu nome é Liv e hoje eu farei cinco dinâmicas em grupo com vocês.

— Porra, eu achei que seria uma só... — consigo ouvir Eric resmungar para Dimitri.

Dimitri segura o riso, mas aposto que ele tem a mesma opinião que seu amigo, já que está balançando a cabeça sutilmente numa concordância.

Até eu concordo com Eric.

Cinco dinâmicas?

Para que socializar tanto assim?

— A primeira dinâmica — a mulher começa — consiste em vocês andarem pelo salão e trocarem palavras com pessoas que não são as que estão do seu lado.

Ah, vai tomar no cu...

Ninguém ali parece mais incomodado do que eu nessa dinâmica, porque estão se olhando entre si e cochichando.

Talvez Eric e Victor não estejam tão felizes assim.

— Boa sorte — Dimitri sussurra do meu lado e há certa implicância na sua voz.

— Fiquem atentos à minha voz. Podem dispersar — a mulher fala antes mesmo que eu possa responder a Dimitri e, em seguida, todos nós começamos a andar pelo salão.

Quase dez segundos depois, vejo Victor que parece desistir da ação, porque ele se joga em um dos sofás e cruza os braços.

Faço o mesmo.

— Ah, boa! — ele fala animado quando me vê, já que nós não estávamos um do lado do outro e nossa interação é válida. — Não estamos roubando nessa.

— Se você estivesse do meu lado, eu ia me foder... — confesso rindo, enquanto observo os funcionários como baratas tontas, andando pelo salão.

— Eu odeio dinâmica de grupo, mas gosto tanto do Pablo que vim apoiar o cara nessa... — Agora, a confissão é de Victor e, a julgar pelo montante de pessoas que resolveu comparecer nesta pequena reunião, posso dizer que alguns ali compartilham o mesmo pensamento.

Pablo é um chefe legal e, além do buffet e do pagamento pelas horas extras, sei que também estou aqui por ele, como agradecimento por ele ser o melhor chefe que eu já tive.

E ele realmente está se empenhando por nós. Está tentando fazer com que nosso trabalho seja um espaço saudável para todos, é nítido.

— Voltando agora! — a mulher grita. — Vocês precisam ficar no círculo exatamente da mesma forma que estavam, ao lado das pessoas que estavam antes! — essa é sua ordem.

E bem, eu me lembro de estar com Dimitri... Mas quem é que estava do meu outro lado mesmo?

Babei demais no loiro escorrido e acabei esquecendo...

Felizmente, quando eu me coloco no círculo, o cara se põe ao meu lado, e eu lembro que era Fred quem estava ali.

Dou um sorriso amarelo para ele, tentando disfarçar minha memória de cu e fingindo que me lembrava exatamente do meu colega de trabalho.

— Isso foi fácil demais... — Dimitri diz, em pé ao meu lado e ao lado de Eric.

— Esse negócio de socialização deve ser lindo pra você.

Dimitri ri baixo e balança a cabeça positivamente.

— Agora está sendo melhor, mas nem sempre eu falei com todo mundo aqui...

— Antes você entrava no casco de tartaruga e ficava escondido lá dentro quando alguém chegava perto, não é?

Brincando, Dimitri empurra meu ombro com o seu, mesmo que ele seja mais baixo que eu e seu ombro raspe no meu braço. Aquilo me faz rir. Estamos rindo juntos.

— Olha quem fala... O vereador da boate, amigo de todo mundo — ele implica de novo.

Dou uma risada um pouco mais alta com mais uma implicância sua, achando surpreendente o quanto seu humor consegue ser ácido quando quer.

É gostoso ver esse lado de Dimitri.

É gostoso passar esse tempo ao seu lado.

Mais uma vez, sou cortado pela voz de alguém, antes mesmo que possa continuar aquela sessão de implicâncias com o maître. Novamente por Liv.

— Tiveram dificuldades para achar seus colegas? Para lembrar e ficar ao seu lado?

Como todo mundo ali, balanço a cabeça negativamente, só que, no meu caso, estou fingindo, porque eu tive dificuldade, sim.

Ninguém precisa saber disso.

— Fácil demais, caralho! — Pablo reclama, franzindo o cenho. — Vamos pra uma mais difícil!

— Isso é uma competição ou uma dinâmica de grupo? — Eric pergunta, levando o braço direito ao rosto, que contém um relógio de couro preto no punho, e passa a mão preguiçosamente na mandíbula.

— Desculpa, me empolguei. — Pablo vira o corpo na direção de Liv. — Pode continuar.

A mulher pigarreia e, virando-se para trás, pega uma lata cheia de canetas e um pequeno monte de papéis quadrados.

Vai passando por toda a fileira de pessoas e entregando um papel e uma caneta a cada um.

Quando pego o meu, observo Liv terminar o círculo e, como todo mundo ali, estou questionando qual a finalidade disso.

Minha dúvida logo é sanada.

— Vocês vão escrever um defeito e uma qualidade da pessoa que está ao seu lado esquerdo.

Dimitri ri baixo, aperta os lábios e balança a cabeça positivamente, entendendo o que isso significa.

Eu vou ter que falar dele.

Acho que o Fred se ferrou...

E eu não sei se estou exatamente bem nesta situação.

— Mas, por mais que eu indique que vocês sejam sinceros nas suas palavras, peguem leve nos defeitos e tentem escrevê-los de forma construtiva. Todo mundo de acordo?

As cabeças balançam positivamente em sincronia, inclusive a minha.

E desengonçadamente, apoiando em seus aparelhos celulares ou nas paredes, todos escrevem em seus papéis e voltam para o círculo.

Quando voltamos aos lugares, Liv solta:

— Agora, vamos ler um por um.

Ah, porra!

Minha reclamação mental é acompanhada por vozes que também reclamam no salão, porque não esperavam que isso fosse acontecer.

— Se foderam, né? — Pablo diz, rindo, quase gargalhando. — Melhor vocês mentirem se tiverem escrito muita merda.

Eu olho meu papel mais uma vez, sabendo que não preciso mentir.

Só vai ser meio constrangedor...

A iniciar, com uma garçonete ao lado de Liv, o círculo começa, e todos eles vão citando suas opiniões sobre defeitos e qualidades que veem um no outro.

Coisas como "fedorento" ou "barraqueiro" são ouvidas, provando que as pessoas não têm medo de expressar suas opiniões negativas.

Algumas vezes, Pablo interfere, defendendo seus funcionários como se fossem seus filhos, o que eu acho engraçado e fofo, de uma forma bem louca.

Lembrando-me da figura dos seus pais no seu casamento, é compreensível que ele trate as pessoas com tanto amor, porque deve ter recebido muito, durante toda sua vida.

Claro que seu amor é meio bruto e cheio de palavrões, além das piadas de cunho sexual muito duvidosas. Mas, ainda assim, é nítido o quanto tem um coração grande.

— Bom, o Bandile... — Fred, ao meu lado, começa com a voz trêmula, me tirando do transe pessoal sobre o meu chefe — pela forma que fala, cheio de pigarros e pausas, é óbvio que é apenas mais uma pessoa dali que não me vê com bons olhos.

Sem querer encará-lo, para não causar algum tipo de constrangimento maior do que ele está tendo, apenas ouço Fred continuar enquanto miro o chão.

— Um ponto negativo do Bandile é que ele parece que odeia todo mundo...

Algumas pessoas estão rindo na roda. Até mesmo eu solto uma risada baixa concordando, porque não é mentira.

Dimitri é quem mais ri.

— Ele é só incompreendido, caladão, misterioso, tímido, mas não odeia ninguém! — Pablo me defende.

— Obrigado, Pablo — agradeço e, ao olhar para Fred, percebo que aquilo o faz relaxar um pouco mais, porque continua a falar: — E o ponto positivo é que ele ajuda muitas pessoas na boate e é um profissional muito bom... educado e prestativo.

As cabeças concordam.

Até que não foi tão ruim.

— Podemos trabalhar um pouco essas feições, para as pessoas não acharem que você odeia todo mundo, Bandile? — Liv pergunta alto, no meio da roda, olhando na minha direção.

Eu dou de ombros, depois respiro fundo.

— Ok, posso tentar.

— É um começo — ela fala.

Em seguida, com um aceno breve de cabeça, indica que chegou a minha vez de dizer o que se encontra em meu papel.

Agora quem está pigarreando sou eu, antes de soltar as coisas que escrevi.

Olho para Dimitri, e ele me encara de volta, com olhos brilhando em expectativa pelas palavras que tenho a dizer sobre ele.

Ele sorri com o canto dos lábios, de uma forma tão meiga que me atinge além do que eu gostaria que atingisse.

Desvio o olhar antes que aquilo vire uma cena estranha, ergo o papel e leio o que escrevi.

— O defeito do Dimitri é tratar todo mundo bem demais, aí sei que algumas pessoas acabam cagando na cabeça dele.

— Olha... — Ele faz um beiço inconformado, enquanto algumas pessoas ali estão rindo e concordando. — Eu melhorei, ok?

— É verdade, ele melhorou! — Agora, Pablo o está defendendo, e aquilo aumenta as risadas na roda.

— E a qualidade... é justamente tratar todo mundo bem demais.

Apesar de manter o sorriso no rosto, Dimitri me olha com o cenho franzido, numa mistura de feições confusas que consegue ser linda.

— Mas se decida, porra... — Pablo diz, colocando as mãos no quadril e me encarando.

— Ele só tem que saber dosar... — tento explicar. — Mas como eu sou uma pessoa que não... — Pigarreio. — Bem, que não sei falar direito com os outros, admiro o jeito que ele tem com as pessoas e como trata todo mundo bem. Com carinho.

— Você pode me ensinar a dosar, Gael, você é bom nisso... — Dimitri solta baixo, para que apenas eu possa ouvir. Aquilo me faz concordar com a cabeça enquanto seguro uma risada.

— A fala do Gael já vem com a instrução, então é só entender os limites e tudo certo. Você está indo bem, Dimitri — Liv conclui, e todos estão balançando a cabeça positivamente pelo salão.

Eric, ao seu lado, o está encarando, sabendo que sua vez é a próxima e, virando o rosto para o amigo, Dimitri deixa de me dar atenção.

— O problema do Eric é que ele me dá presentes demais, e a qualidade dele é ser desprendido de dinheiro — solta na lata, sem problema em jogar traços da sua vida pessoal com o sócio da Hidden ali, na roda de funcionários.

Ele parece saber que tem liberdade para uma coisa dessas, já que Eric apenas ri, enlaça seu pescoço com o braço e dá um beijo na sua testa.

Pouco se importa em estar na frente de todos os funcionários da casa e do cochicho que eles fazem com sua ação íntima.

— Dez anos de amizade e ainda não acostumou, porra? — Pablo fala, enquanto Eric está cochichando algo no ouvido de Dimitri. — Alguém quer trocar de lugar com o Dimitri?

Muitos funcionários gritam "eu", juntos, porque qualquer um ali entende o privilégio de ter amigos ricos.

A dinâmica de agora consiste em fazer um sorteio e escolher apenas cinco pessoas da roda. Cada uma delas deve falar o nome de três pessoas que levaria para uma ilha deserta — dentre os funcionários da Hidden — e o motivo.

Eu não sou sorteado nessa e, na verdade, ninguém que é minimamente próximo a mim é, até Liv falar o nome de Dimitri.

Quando seu nome soa, ele dá um passo à frente, coça a nuca, olha para todos ali na roda e, rindo, dá de ombros.

— Não é uma grande novidade o que eu vou dizer, mas seria o Pablo...

— Se não fosse, você apanharia... — ele diz, brincando com o amigo.

Rindo, Dimitri continua a falar.

— Porque ele sempre me protege e cuida de mim... E pelos mesmos motivos — Dimitri vira o rosto para trás e encara seu outro amigo —, levaria o Eric também.

Eric não diz nada, apenas sorri para o loiro escorrido e assente levemente, sem precisar de grandes atos físicos para afirmar a amizade que os dois têm.

— E quem mais? — Liv pergunta, já que ainda falta uma pessoa.

— Ah... — Dimitri dá um passo para trás, voltando ao círculo enquanto observa todas as pessoas à sua volta.

Quase um minuto depois repousa o rosto sobre o meu e aquilo faz com que eu sinta as bochechas quentes.

— O Gael.

As pessoas estão cochichando pelo salão e soltando risadinhas baixas.

Até então, acredito que apenas Pablo e Eric tenham noção das coisas que eu e Dimitri já fizemos, pois são íntimos dele. Isso deixa claro o motivo do burburinho ali na roda, já que mais ninguém faz ideia da nossa aproximação casual, que ainda me causa fisgadas de estranhamento.

Ainda assim, ele está ali... Escolhendo-me para ir a uma ilha deserta com ele.

— E por quê? — Liv pergunta, querendo finalizar a terceira dinâmica.

— Por vários motivos. — Tenho quase certeza de que ele não quer expor esses motivos. — Um deles é que ele poderia fazer drinks com água de coco e batidas com as bananas que acharíamos pela ilha.

De todos, quem solta a gargalhada mais alta do salão é Pablo.

Também estou rindo, mas acho que ele está se segurando para não soltar uma piada gigantesca sobre Dimitri ter usado a palavra "bananas".

Deve ser muito difícil para ele, mas é óbvio que não é do tipo de pessoa que perde o amigo, mas não perde a piada, porque está se esforçando para manter o amigo e não soltar uma grande informação pessoal que ele não deve soltar.

Uma informação sobre Dimitri conhecer *minha banana*.

Eu juro, está estampado nos seus olhos.

Ao lado de Dimitri, Eric também está rindo, muito mais sutil do que Pablo, mas também entende o que está acontecendo ali.

Com a cara confusa e um sorriso ainda mais confuso, Liv dá sequência às atividades e anuncia mais uma.

A próxima é falarmos três coisas sobre nós mesmos. Uma precisa ser mentira e as outras são verdadeiras. Assim, as pessoas da roda precisam adivinhar qual é a mentira.

Acho a dinâmica fácil, de certa forma, porque as pessoas não têm muita criatividade e fica muito claro quando uma delas é a mentira.

Até chegar à vez de Pablo...

— Hm, vamos lá... — Ele pigarreia e franze o cenho, levando aquela dinâmica a sério. — Já transei dentro de um helicóptero em movimento, já chupei duas pirocas ao mesmo tempo e já fiz sexo vendado com alguém, mas não sei quem é a pessoa até hoje.

O salão está rindo de forma absurdamente alta. Gargalhadas e mais gargalhadas.

É claro que estamos acostumados com Pablo e toda sua facilidade para falar putarias, mas é sempre engraçado o quanto ele consegue nos surpreender.

E eu ainda estou confuso sobre qual é a verdade ou a mentira, porque acho que nunca conseguirei fazer nenhuma dessas coisas.

— Algum palpite? — Liv pergunta, olhando para o círculo onde todos cochicham entre si.

Pablo está com as mãos nos quadris, observando as pessoas falarem sobre ele.

— Acho que... — Luna começa. — A mentira é o sexo no helicóptero em movimento.

— Claro que não, minha filha! Paguei caro por aquela viagem! Vicenzo era contra, mas aí eu o convenci com...

— Pablo, já deu detalhes demais hoje, não acha? — Eric o corta, mesmo que esteja rindo.

— Tá, tá, porra... E aí, gente, qual é a mentira?

Está uma bagunça e as pessoas estão rindo ainda mais. A palavra "helicóptero" é repetida algumas vezes.

Provavelmente, sabendo a verdade, Dimitri permanece em silêncio, prendendo uma risada ao meu lado.

— Acho que a mentira é você ter feito sexo com alguém vendado e não saber quem é a pessoa. Que coisa de maluco... — Victor solta, sem medo da demissão.

Pablo o olha com os olhos ainda mais franzidos, reforçando mais ainda as mãos no quadril.

— Pois me chame de maluco, meu querido! — ele quase grita e aquilo faz com que as pessoas ali arregalem os olhos e tenham mais uma leva de reações exageradas.

— Isso não pode ser verdade... — solto incrédulo.

— Acredite, é... Eu estava lá — Dimitri confessa ao meu lado.

— Você viu?

Ele assente, fechando os olhos, respirando fundo e segurando o riso por uma situação que, provavelmente, não quer revelar muito mais do ocorrido, a fim de poupar o amigo.

— Vocês acham que eu ia conseguir chupar dois caralhos ao mesmo tempo? Porra! Olha o tamanho da minha boquinha!

Sem condições para segurar o riso naquele lugar, com Pablo como chefe...

Quando todos se acalmam, e mais algumas pessoas participam da dinâmica, começamos a quinta e última.

É engraçado pensar que eu estou me divertindo aqui, já que eu acreditava que seria um dia completamente constrangedor, forçado e chato.

Um leve sentimento de "que pena" passa pela minha mente, quando Liv anuncia que estamos chegando ao fim.

Acho que as risadas de Dimitri e o pequeno momento que passei com meus colegas me fizeram enxergar as pessoas de uma forma um pouco menos insuportável. Não que eu vá virar amigo de todo mundo ali, porque acredito que não vou, mas gostei da experiência. Gostei do dia.

— Como última dinâmica, adaptada ao espaço que nós estamos hoje, quero que vocês se unam a uma pessoa e, de mãos dadas, tentem subir em uma das mesas de pole dance.

— Valendo mil pratas, caralho! — Pablo grita.

— Senhor, a ideia da dinâmica é fazer os funcionários trabalharem em equipe e não promover uma competição por dinheiro em que...

— Mil pratas! Pra dupla que conseguir subir primeiro! — Pablo grita mais uma vez, ignorando completamente a fala de Liv e fazendo todos ali vibrarem com o anúncio do prêmio em dinheiro.

Logo em seguida, ele olha para Liv e conversa baixo com ela, provavelmente se explicando e dizendo alguma coisa que faz a mulher dar de ombros e aceitar sua brincadeira.

Enquanto isso, Dimitri vira para mim e, com aquele sorriso habitual no canto dos seus lábios, mantém um olhar sugestivo.

— Já tem dupla? — pergunta, mas seu tom soa quase arredio.

Olho para Victor, minha primeira opção já que achei que Dimitri ficaria com Eric ou Pablo, mas o homem está sendo sacudido por Luna, implorando para que ele faça dupla com ela.

— Acho que não... — confesso, observando Eric, atrás de Dimitri, conversando com Key.

Pela forma que falam, perto demais mesmo que ainda não precisem se aproximar, me pergunto se estão realmente tratando da dinâmica do jogo ou se há algo além.

— Pode ser comigo? — mais uma pergunta arredia, mas seu tom é doce, meigo. Talvez, uma súplica suave.

— Vamos dividir o prêmio?

— 500 pratas já me ajudam muito...

Eu rio da sua fala e confirmo com a cabeça.

Liv termina de explicar as regras e avisa que a dupla terá que dar as mãos e não soltar de jeito nenhum. Que, para ficarem sobre a mesa, precisam trabalhar juntos e com os dedos entrelaçados.

Eu, que tenho um problema enorme com contatos físicos além do meu conforto, estou nervoso por entrelaçar os dedos com Dimitri.

Eu quero isso... Chega a ser irritante.

No momento seguinte, estamos de mãos dadas na frente de uma das mesas com pole dance.

Dimitri olha para mim com aquele sorriso bonito no canto dos lábios e posso jurar que seu polegar está resfolegando na minha pele, da mesma forma que posso jurar que estou feliz pela sua carícia.

Atrás dele, Eric e Key estão trocando sorrisos e falando com os rostos ainda próximos demais e, antes mesmo que Liv possa anunciar o começo da brincadeira, eles olham para os lados e simplesmente deixam o salão juntos, aproveitando as mãos dadas.

É muito claro que Eric não precisa de nenhum prêmio e, persuadindo Key, conseguiu convencê-lo a ir a outro lugar.

— Já dançou com alguém? — Dimitri pergunta baixinho, tirando a minha atenção de Eric e Key, que sumiram pela porta dos fundos.

— Nunca — confesso.

Dimitri ri.

— Vamos fazer um passo de dança, ok? Você vai abaixar devagar e vai me impulsionar para cima, me jogando na mesa com os seus punhos. É mais rápido do que eu tentar subir com os joelhos.

Nossos dedos roçam uns nos outros mais uma vez. As palmas estão quentes. As carícias não param de ser trocadas.

— Vou te jogar no chão... — falo medroso.

— Vai ficar tudo bem. — Dimitri ri, percebendo meu nervosismo. — Quando eu estiver lá em cima, eu te puxo, você dá impulso com o pé na mesa, e a gente ganha.

— Você já sabia dessa dinâmica?

— Não, mas eu penso rápido.

Eu rio mais uma vez com sua fala e balanço a cabeça positivamente, concordando com seu plano.

No momento seguinte, Liv começa uma contagem regressiva ao lado de Pablo, que está tão animado com a dinâmica que quase dá pulinhos, sentado no palco principal, enquanto olha para todo mundo ali posicionado.

— Agora! — Liv grita.

Como combinado, eu impulsiono os punhos de Dimitri para o alto com os meus próprios punhos e o jogo para cima. É impressionante a facilidade que ele tem para fincar os pés na mesa e, com uma força escondida nos braços, me puxar com força, até eu apoiar o joelho na madeira, depois o pé e, enfim, estar em pé com ele ali.

Os outros ainda estão tentando e, com exceção de Luna e Victor que quase conseguem, ninguém tem muito sucesso na tarefa.

Mas eu e Dimitri, sim...

— Ah, caralho! — Pablo grita e aplaude ao mesmo tempo, enquanto eu e Dimitri estamos nos olhando, sorrindo e sentindo o peito subir e descer com a adrenalina do momento. — Porra, que lindo!

Dimitri ri baixinho, nossos olhos ainda estão se encarando e nem percebemos que ainda estamos de mãos dadas, mas estamos.

E estamos ali, dividindo um momento que foge daquilo que eu imaginei que teria com Dimitri.

Foge do casual...

Está indo além, e me enche de sentimentos, talvez, perigosos, já que quanto mais eu tenho dele, mais o quero.

Mas torço silenciosamente para que nada disso seja leviano, porque não quero mais que seja. Eu me engano ao pensar que estou pronto para levar essa conexão de forma leve e desprendida.

Porque o que sinto, cada vez, me enlaça mais.

— Você foi muito bem... — ele diz num roçar sutil, brincando com nossos dedos ainda entrelaçados.

— Você também...

Ele aproxima o corpo do meu e, envolto de sussurros e risadinhas no meio do salão, segura o pole dance para se equilibrar, coisa que faço igual, então fica na ponta dos pés e beija meu rosto devagar.

Seus olhos brilham quando olha para mim e me faz pensar que, todo esse tempo, talvez eu estivesse errado em achar que o maître via em mim apenas casualidades.

E o momento é incrível, é gostoso, é único...

Até não ser mais.

Até uma virada de chave.

Até Dimitri conseguir fazer com que o sorriso no meu rosto diminua por completo, quase sumindo.

— Queria tanto foder com você agora... — sussurra no meu ouvido e consegue quebrar.

Consegue quebrar toda aquela magia, que eu estava experimentando, de dividir um conforto com alguém que, há muito tempo, não dividia.

Conseguiu quebrar minha inocência de achar que algumas pessoas não resumem tudo a sexo.

Com minha reação fechada, porque não consigo disfarçar o quanto não quero ouvir isso, tenho certeza que ele sente.

Sente que eu não gosto da sua fala.

Sente que, neste momento, eu começo a duvidar se realmente foi bom me abrir novamente para um envolvimento que não vai me levar a lugar algum.

20

COPOS QUEBRADOS

DIA 46

Aquela pequena frase que Dimitri disse me pegou...

Eu me pergunto por que eu deixei que me pegasse tanto, já que tenho absoluta ciência de que casualidade é assim: arranca-nos o direito de reclamar que, no final, tudo se trata de sexo e sexo somente. É apenas isso que importa e fodam-se as profundezas impregnadas no processo da aproximação.

Queria tanto foder com você agora.

Como sou idiota...

Idiota, fraco, rendido e trouxa.

Completamente controverso, também. Afinal, não era eu que não queria nada com ninguém e agora estou resmungando — mentalmente — pelos cantos, por estar vivendo uma aproximação carnal e um distanciamento emocional por escolha própria?

Eu achei que seria mestre nisso, achei que, desta vez, ia conseguir me envolver sem choramingar.

Mas e quando tudo foge dos planos?

Quando você jura que conhece a si mesmo o suficiente para ditar seus afetos e o quanto vai deixar que eles o penetrem?

E eu nem estou falando de putaria nesse caso. Estou falando do fato de, mesmo depois da frase sacana de Dimitri, continuar indo com ele ao motel. Continuar jurando para mim mesmo que está tudo bem. Continuar nesse jogo de "estou me deliciando com o seu corpo apenas por prazer carnal, nada mais".

Aham, Bandile, vai nessa...

Acho que minha fraqueza maior, no entanto, é não expor o quanto tudo isso está me incomodando. O quanto sua fala, de certa forma, me feriu.

Firme na tentativa de mostrar que não há problema algum em nadar contra minha própria forma de lidar com meus afetos, ainda tento dar chance ao sexo casual, negando que meu lado demirromântico já deu todos os sinais de que a conexão surgiu e está aqui...

Gritando.

Crescendo e exigindo mais.

Mas não importa como estou me sentindo, porque eu permito cada vez mais...

Permito me afundar, me enrolar, me emaranhar.

Permito entrarmos no mesmo número 11 e transarmos da mesma forma absurda. Dimitri conduzindo tudo e comigo terminando do meu jeito. Jeito que, mais uma vez, ele demonstra gostar, enquanto geme meu nome e se treme sobre o meu corpo.

Da última vez, depois da tarde das dinâmicas, ele se permitiu deitar em meu peito, após gozarmos juntos, e cochilou pelo cansaço que o abraçava após uma noite cheia no trabalho, com carga horária maior que o comum.

Enquanto dormia, me permiti passar os dedos pelo seu cabelo e acariciar sua bochecha, velando por seu sono.

Perguntando-me por que eu não consigo cortar isso...

Por que eu, simplesmente, não explico para Dimitri que isso não está me fazendo bem.

Então, apenas fiquei em silêncio. Não consegui dormir, mas não queria sair dali, muito menos acordar o maître. No entanto, assustado como se fosse morrer, ele despertou quase pulando da cama, catando suas roupas e pigarreando nervoso.

— Porra, eu dormi. — Ele quase chorava, demonstrando um desespero latente brotando em seu peito.

— Dimitri, calma, não foi nem meia hora — falei, levantando, buscando minhas roupas pelo chão e fazendo o mesmo que ele.

Eu me arrumo para ir embora correndo depois de transar. Foda.

E eu menti, para mim mesmo, no exato momento em que prometi que não iria me abalar com isso, porque lá estava eu: abalado feito um idiota.

— Meia hora é o suficiente, Gael... — dizia ainda choroso, terminando de abotoar a camisa e procurando as chaves do seu carro.

Suficiente para quê?

Tinha a ver com suas cicatrizes?

Não lhe perguntei naquele dia, mas, não querendo perdurar sua agonia, saí do quarto primeiro que ele, o esperando na garagem.

Ele me levou em casa, como fez todas as vezes que estivemos no motel naquele período, mas, naquele dia em questão, me despedi sem beijá-lo, nem aceitei que ele me beijasse. Não estava no clima.

Tudo estava ficando cada vez mais fodido entre nós, porque eu estava alimentando o monstro mudo do incômodo e do desconforto.

Se Dimitri sentiu estranheza no meu ato, não demonstrou também, mas sabia que estava sendo infantil a ponto de aparentar fazer birra. Ou adulto a ponto de demarcar meus limites.

É confuso... Parece uma linha tênue, finíssima.

Ainda assim, sei que, igual a uma criança, não sei falar sobre as coisas que sinto, muito menos acho que vale a pena correr atrás de algo que não deve acontecer, só porque eu estou querendo exclusividade. Uma exclusividade que eu não posso exigir, nem sequer tenho maturidade para conversar sobre.

Dizem que muita coisa se resolve com diálogo e a conversa é sempre uma ponte.

Mas ninguém me disse que é muito fácil se acomodar com situações de apego, e que é preciso ter coragem para esclarecer as coisas.

As coisas seriam menos irritantes se eu chamasse Dimitri para conversar.

Mas eu não sou nada valente...

A semana passou.

Eu e Dimitri fomos abraçados por uma estranheza silenciosa, que surgiu naquele específico dia, e voltamos à estaca zero.

Hoje não há mais visitas ao motel.

Ele mal olha na minha cara, a não ser que tenhamos que falar sobre o trabalho, e eu tampouco me esforço para melhorar as coisas, mas sei que sinto sua falta, porque a distância que se criou entre nós dois me tortura ainda mais, depois do nosso pequeno progresso de aproximação.

Estávamos indo bem? Eu, inconscientemente, queria chegar a algum lugar?

Não importa mais...

No entanto, sei que também sou culpado por essa bagunça, porque, antes de mal olhar para a minha cara, Dimitri ainda tentou se aproximar de mim nas raras aberturas que tivemos, mas eu sempre o cortei.

E corto, porque me arrependo de ter cedido.

Arrependo-me de ter me envolvido do jeito que estou envolvido.

Arrependo-me de, porra...

Saber que, mesmo que eu tentasse com muita força, nunca conseguiria resistir a Dimitri. Mas eu ainda tento, mesmo que saiba que, uma hora ou outra, irei falhar.

Então, como hoje, todos os dias trabalhados são frustrantes, principalmente quando preciso encarar o motivo da minha saudade oculta andando na minha frente, durante toda noite, trabalhando e dando tudo de si.

A falta de comunicação é um defeito de fábrica, inerente a qualquer ser humano que ainda não amadureceu o suficiente para entender que a conversa é o melhor caminho, apesar de poder trazer ainda mais conflitos.

No momento, sei que sou esse ser humano não amadurecido. Tenho ciência disso. Simplesmente, não consigo conversar, sou travado, inacessível, bloqueado e limitado.

Focando terminar meu trabalho e ir embora, mal observo a movimentação da boate começar a diminuir e, quando levanto o rosto mais atento, percebo os poucos clientes que ainda andam por ali. Alguns se beijam, outros tentam pegar os números dos dançarinos. Tudo normal, por enquanto.

Abaixando minha cabeça, respiro fundo e inicio a limpeza no bar. Começo pelas facas de corte que lavo com cuidado. Com os olhos vidrados nas lâminas, para que não me cortem, percebo apenas um par de mãos deslizando sobre o balcão do bar.

Mãos já conhecidas, não vistas há muito tempo, que chegam quase juntas à voz que soa e que ainda perdura em minha memória. Percebendo a pequena tatuagem de coelho ao canto da mão direita, não é difícil identificar quem seja, mesmo que não esteja olhando para a pessoa.

— Oi, barman.

Eu levanto o rosto, e meu coração palpita um pouco.

Dói, não sei dizer.

Porque é William, meu ex-namorado.

Respiro fundo.

Fecho a torneira, coloco as facas dentro da pia, observo a movimentação da boate ficando escassa e as poucas pessoas, antes dando uns amassos nos sofás, começando a se levantar e ir em direção ao guichê de pagamento.

— Oi, William — é o que respondo educado, mas sei que, por dentro, estou nervoso.

Talvez, com vontade de mandá-lo tomar no cu?

Provavelmente.

— O que está fazendo aqui? — Cruzo os braços na frente do corpo, de forma folgada, enquanto movo o rosto para um lado e para o outro, estalando meu pescoço.

— Vim com alguns amigos e fiquei surpreso quando vi você trabalhando no bar. — Praticamente me julga.

— É um emprego como outro qualquer — respondo sem muita paciência.

— Não é o tipo de lugar que você gosta.

Ele é irritante, mas não daquela forma que você consegue rir da situação. É irritante de um jeito ruim mesmo.

— Não vem achando que conhece tudo sobre mim, William — falo, respirando fundo mais uma vez, mantendo a posição séria ao encará-lo.

— Mas eu conheço, meu gatinho. — Levanta uma das sobrancelhas enquanto não desvia o olhar do meu.

— Para de me chamar assim.

— Você sempre gostou.

— Não gosto mais.

— O que aconteceu pra você ficar tão azedo, meu gatinho? — Ele é cínico de uma forma que eu não compreendo como é possível.

— Talvez seja porque você me traiu, William?

— Preferia quando você me chamava de Will. — Ele desgruda do balcão, dando de ombros, como se tivesse falando sobre um assunto trivial, quando diz: — E sobre a traição: já disse que estava bêbado.

— Todas as três vezes? — pergunto, franzindo o cenho.

— Detalhes, Gael, detalhes... — Ele balança a mão, como se seu ato não fosse porra nenhuma.

E eu balanço a cabeça negativamente, diante da sua cara de pau, mas sua presença é motivo suficiente para que eu permaneça nervoso, então não consigo controlar o riso que vem.

Não é um riso de felicidade, sequer de deboche.

É um riso de agonia.

Eu estou mal e quero que ele vá embora.

Entretanto, ele continua falando, fixo naquele seu plano idiota de tentar uma reaproximação.

— Vai fazer o que depois de sair daqui? — Lambe o lábio inferior e sorri.

Aquele sorriso que, há muito tempo, me faria acatar todas as suas vontades, mas hoje...

Só me causa repulsa.

— Vou pra minha casa e sugiro que você vá para a sua.

— Ah, Gael, por favor, você não quer repetir algumas coisas?

— Não, eu estou de boa.

Ele revira os olhos, provavelmente, não desistindo de me convencer, porque se debruça no balcão do bar e me encara, como se estivesse pronto para desvendar minha alma. Deve estar bêbado.

Então, vejo Dimitri se aproximando, com sua bandeja grande e todos os copos que conseguiu capturar no trajeto. Ele ouve o que William diz a seguir, porque chega exatamente no momento em que o desgraçado abre a boca.

E, visivelmente, Dimitri se abala com as palavras que ele solta.

— Me fala se alguém te chupa melhor do que eu, meu gatinho.

Uma jogada de bandeja com violência.

Dois copos quebrados.

E Dimitri saindo da frente do bar com um semblante, inegavelmente, mais magoado do que eu esperava.

— O patrão de vocês deve ser um pau no cu. — William ri debochado, quando percebe o maître saindo dali bem mais afetado do que ele normalmente costumava estar. — Tá todo mundo azedo neste lugar.

Eu estou quase bufando quando fecho os olhos, sem paciência alguma, depois de ter causado uma reação em Dimitri que eu não esperava, mas que chega a me incomodar.

E me confunde feito o caralho.

Com o que ele está revoltado?

— Respondendo à sua pergunta, William — falo calmo, voltando a abrir a torneira e pegando as facas novamente para terminar de lavá-las e sinalizar que quero, de uma vez por todas, que ele vá embora dali. — Alguém me chupa muito melhor do que você. — Involuntariamente, mesmo que não seja minha situação atual e não esteja atrelada a um relacionamento, penso em Dimitri quando as palavras saem da minha boca.

Quem parece azedo agora é ele, revirando os olhos e se debruçando ainda mais no balcão.

— Beleza, Gael. É você quem perde.

— Na verdade, eu ganho muito...

William nunca foi bom em sair por baixo, então, como a pessoa odiosa que é, dá um tapa em um dos copos da bandeja que Dimitri deixou no balcão, o fazendo quebrar ao cair na minha pia, depois sai dali, como se fosse normal ser uma pessoa tão babaca.

Mesmo que odeie limpar cacos de vidro, estou aliviado por ele ter ido embora, mas ainda sinto um incômodo latente e não tem nada a ver com meu ex-namorado cuzão.

Talvez, pelas consequências de seus atos.

Não é difícil notar quando Dimitri entra na sala de Pablo e fecha a porta atrás de si, como não é difícil notar, também, que o tempo todo que eu estou limpando o bar, ele não retorna ao salão.

Victor já fez a ronda pelo primeiro andar e está indo até o segundo piso. Os zeladores da boate já limparam tudo e, juntamente com os dançarinos, foram embora. Alguns garçons estão terminando de trocar de roupa, e o meu bar já está limpo, então desligo as luzes e deixo o local.

Há tempo suficiente para tomar banho, trocar de roupa e pensar, o tempo todo, no quanto a reação de Dimitri me afeta. Causa-me um questionamento fora do comum, o que me faz desejar que minhas suposições, lá no fundo da minha mente carente, estejam certas.

Aquele seu olhar de mágoa e desapontamento misturado à brutalidade na hora de colocar a bandeja sobre o balcão do bar me deixam confuso a ponto de não entender como uma pessoa, que busca tanto sexo casual, pode se incomodar com uma fala aleatória desferida a mim.

E eu sei que quero tirar isso a limpo quando, voltando para o salão, vejo as luzes da sala de Pablo ainda ligadas. Sei que o dono da boate não está na casa, tampouco seu sócio, então me sinto satisfeito por ele ainda estar lá.

Tenho, dentro de mim, essa necessidade absurda e gritante de saber por que se mostrou tão aborrecido com as palavras do meu ex-namorado.

Mais do que curiosidade, neste momento, sei que quero saber de Dimitri se estou louco...

Ou se ele realmente está com ciúmes.

Respirando fundo e segurando a alça da mochila em apenas um dos ombros, ando devagar até a sala, batendo três vezes à porta antes de ouvir a voz do maître soar, demonstrando um esgotamento maior do que eu compreendo.

— Pode entrar.

Segurando a maçaneta, respiro fundo, empurrando a porta até que a imagem de um Dimitri sentado sobre a mesa, enquanto usa o celular, seja revelada a mim.

Antes de falar, observo seu semblante, parecendo ainda mais cansado do que o habitual.

Existem algumas marcas em seus braços que eu não me lembro de ter visto antes, mas, agora, com as mangas arregaçadas e a luz branca, são nítidas.

Aconteceu alguma coisa com ele nos dias em que ficamos distantes?

— Dimitri?

Ele levanta a cabeça devagar e olha para mim.

— Ah, é você. — Seus olhos voltam a repousar lentamente sobre a tela do celular, com a impaciência que não costuma ser característica dele. — No que eu posso te ajudar, Bandile? — sua voz soa como um chefe distante, que a única coisa que quer é se desfazer do seu funcionário pé no saco.

— Você está bem? — pergunto, me aproximando de Dimitri o suficiente para ficar à sua frente, mas longe o bastante para nem chegar perto do seu corpo.

Ele me surpreende quando me responde baixo, mas mais agressivo do que eu esperava:

— Muito bem, obrigado. Pode ir lá com o cara que te chupa melhor do que todo mundo.

E eu confirmo todos os absurdos que estavam passando pela minha cabeça.

Dimitri está com ciúmes.

Mas, inegavelmente, sinto, dentro de mim, uma vontade de colocá-lo contra a parede, até entender qual a extensão e motivação desse ciúme, já que não faz o menor sentido para mim.

— Eu só estava preocupado contigo, por que está me tratando assim?

Ele bloqueia o telefone e o põe sobre a mesa, depois coloca uma mão em cada lado das coxas e olha para o meu rosto, franzindo o cenho com impaciência.

— Você nem olha na minha cara ultimamente e agora está preocupado?

A fala me irrita, mas não sei se posso culpá-lo. Entretanto, sou levado pela emoção do momento que me faz dar uma resposta mais malcriada do que gostaria.

— Achei que fosse isso que você queria.

— Isso o quê, Bandile?

— Isso. Essa distância. Não é isso que pessoas adeptas a sexo casual fazem?

Dimitri solta uma risada nasal amarga, e ela não contém nenhum pingo de humor. Enquanto me encara, concluo que ele realmente está esgotado fisicamente.

Antes que possa pensar sobre suas olheiras, no entanto, ele toma uma atitude e começa a falar.

— Sexo casual? — Ele se levanta da mesa e anda na minha direção, até que nossos peitos quase se colem. — Então, é isso que você acha que eu quero com você?

— Não parece ser nada diferente disso, Dimitri. Você só me procura quando quer ir pro motel.

Dimitri para por um segundo, parece que quer me xingar.

Mas *ainda* não o faz.

— Você me procura em qualquer outra ocasião, Bandile? Olha... — Ele leva a pequena mão ao rosto, massageando as têmporas, como se estivesse se controlando muito para não explodir.

Só que não adianta.

Porque, um segundo depois, o maître está esbravejando e vomitando palavras furiosas que expressam um esgotamento mental, do qual eu não tinha conhecimento.

— Você não faz ideia do que eu tenho passado em casa. Não tem noção de como é minha vida, porque você simplesmente não se interessa. — Suas mãos pequenas são movimentadas na frente de seu corpo mais baixo que o meu. Seria uma imagem fofa, se eu não tivesse achando tudo tenso demais. — Será que você questionou o motivo de eu não estar tão sociável quanto antes? O motivo de eu não estar me rastejando por você como sempre faço? Não, né? Porque, pra você, pessoas que querem só "sexo casual" não devem merecer atenção. — Ele se vira, respira fundo, volta em direção à mesa e começa a organizar alguns papéis, colocando-os dentro de sua mochila, enquanto continua falando comigo: — Olha, Bandile, mesmo com o mar de merda que está acontecendo na minha vida, eu ainda tentei. Eu tento todo dia. Eu me aproximo de você, e você só recua, me ignora e me afasta. E isso dói pra um caralho.

Eu engulo em seco, sentindo um amargor descer pela minha garganta, porque sei que ele está certo.

Sei que, se não fosse por Dimitri, nem "boa noite" nós trocaríamos. Isso porque eu estou ocupado demais me magoando por não ter exclusividade na sua vida, por conta das ilusões que eu tenho de que sua rotina sexual é um banquete servido ao seu colo.

Eu sou feito de hipocrisia, covardia e sequer tenho coragem de fazer algo quanto a isso, por medo de um envolvimento que eu quero evitar a todo custo.

Um envolvimento que, porra... Eu sei que já existe, não importa o que eu faça.

— Eu não sei mais o que fazer pra você entender, Bandile...

Então, ele fecha a mochila, pega suas chaves e celular, volta a se virar para mim e olha para o chão, balançando a cabeça negativamente, parecendo magoado, triste.

Mas, mais que isso, Dimitri parece que desiste de algo dentro de si.

— Meus beijos não são suficientes. Minhas carícias e a forma que meu corpo grita que quero passar o máximo de tempo ao seu lado não são suficientes. O jeito que estou sempre olhando pra você aqui no trabalho, como se não houvesse nada que chame mais minha atenção, porque não tem. Eu não sei, Gael... Não sei como fazer você enxergar.

— Enxergar o quê? — preciso perguntar antes que sufoque.

Dimitri levanta o rosto suavemente e me encara.

— Que eu te amo desde o dia que eu entrei na porra desta sala e te vi assinando o seu contrato de trabalho aqui, na porra desta mesa.

Meu coração para. Eu sei que para.

— E quer saber? — Segura a alça da sua mochila com força, da mesma forma que eu faço com a minha, enquanto mantém o olhar fixo ao meu. — Foda-se se você não sente o mesmo. Só para de me tratar que nem um puto que só quer usar você, porque eu nunca quis isso.

E sei que Dimitri não está mais na sala, quando ele sai da minha frente e, logo em seguida, ouço o barulho da porta se fechando.

Eu estou sozinho e petrificado.

Dimitri me ama.

É... Isso explica muita coisa.

Ainda assim, eu estou fodido de tão desnorteado pela sua confissão, o que me faz demorar muito para, sequer, conseguir me mover.

E eu não sinto o mesmo que ele, mas isso não tem uma conotação ruim na minha mente, porque sei que posso facilmente sentir.

Porra, eu posso sentir, eu sei que posso, e isso deveria me deixar desesperado, mas não há como negar que não tem nada de desespero em mim.

Porque eu estou...

Feliz? Eufórico?

Sentindo-me como uma criança que acabou de ganhar o presente mais caro da loja?

E, como se todas essas sensações de entusiasmo ligassem as reações do meu corpo, saio daquela sala, rezando aos céus para que Dimitri ainda não tenha ido embora.

E eu corro que nem um idiota pela boate, até alcançar a porta dos fundos e ver o maître tentando, sem muito sucesso, abrir seu carro.

Quando seguro seu braço, ele se vira para mim, ainda com o mesmo semblante de desânimo e irritabilidade que compartilhava comigo momentos atrás.

— Bandile, me deixa em paz...

Eu coloco a testa na sua, envolvo seu corpo com meus braços cansados, depois de tanto trabalho, e vejo seus olhos se fecharem.

Sua respiração está pesada, e a minha também.

Fecho meus olhos de igual forma.

— Te deixar em paz depois que você disse que me ama? — sussurro quase suplicante. Seguro a cintura de Dimitri com força.

Ele não fala nada, mas sinto suas mãos segurando meus braços com avidez.

— Te deixar em paz... — Roço o nariz no seu, sentindo sua respiração quente batendo no meu rosto. — Agora que sei que eu fui um merda decifrando tudo?

As mãos de Dimitri estão inquietas, me apertam e me puxam para si com força, quase como se ele não aguentasse mais a expectativa contida no momento.

— Você quer mesmo... que eu te deixe em pa... — Não consigo terminar.

No mesmo segundo em que minha frase é cortada, sua língua quente invade minha boca, e eu retribuo seu beijo desesperado. Estou enfiando a mão na sua nuca, puxando-o para mim num beijo mais afoito e sedento do que o primeiro que trocamos, fazendo-o soltar um gemido baixo e aliviado entre nossos lábios.

Um gemido de saudade, de desejo, que faz com que todos os poros do meu corpo se arrepiem, porque sinto a mesma sensação de tensão sendo quebrada, enquanto saboreamos nossos gostos mais uma vez.

Eu aperto seu corpo contra a porta do carro enquanto sinto as mãos macias de Dimitri subindo por cima de meus ombros e me abraçando, enquanto nossas línguas se enroscam uma na outra e se massageiam, com ele sugando meu lábio para sua boca em seguida, demonstrando até mais do que sua força característica, num beijo que se torna cada vez mais desesperado.

Dimitri me deseja, me quer e me ama.

Ele demonstra tudo isso com seu corpo, entre sons, apertos e mordidas que me envolvem e me esquentam, naquela madrugada fria em que o clima parece ser a última das minhas preocupações, pois só quero saber do cara por cujo corpo deslizo as mãos, até envolver a cintura num abraço que grita o quanto senti saudade da sua pele e de seu cheiro.

— Desculpa, Dimitri. Eu sou idiota demais... — sussurro entre nossos beijos e sinto suas mãos pequenas segurando meu rosto e seu nariz sendo esfregado no meu devagar, quando sua cabeça reage em negação à minha fala. — Lerdo, sou lerdíssimo...

Dimitri solta uma risada baixa, roçando os lábios aos meus, então balança a cabeça negativamente.

— Tudo bem, Gael, acho que você... Você não tinha como saber até eu falar com todas as letras... — ele diz com dificuldade, enquanto estou apertando seus lábios com os meus algumas vezes.

Ainda estou tentando entender que ele acabou de se declarar para mim.

Porra...

Queria que ele falasse de novo. Meu coração, que bate enfurecidamente, está clamando por isso.

Provavelmente, percebendo o estado em que estamos, Dimitri tenta desacelerar os beijos, respira fundo da mesma forma que eu faço e une a testa à minha. Em seguida, com aquela voz doce que me aquece inteiro, começa a sussurrar no meio daquele estacionamento vazio:

— Desculpa se eu assustei você com o que eu disse, eu só... Eu não aguentava mais — seu tom é quase choroso e ele me causa dor, ao perceber o quanto ele havia guardado tudo aquilo para si, por tanto tempo.

— Não assustou, Dimitri... — falo sincero, envolvendo ainda mais sua cintura e o puxando para mim com mais força. — Eu gostei de saber e fui um babaca esse tempo todo, porque achava que você só me chamava quando queria transar.

Ele balança a cabeça negativamente, quase com agressividade, como se minha fala fosse um insulto para ele. Talvez.

— Já faz muito tempo que eu não saio com mais ninguém. — Abaixa um pouco o rosto, respirando fundo, enquanto sua testa bate no meu queixo. Aproveito para beijá-lo mais uma vez ali. — Quanto mais eu me apaixonava por você, mais impossível ficava eu achar graça em qualquer outra pessoa...

Meu interior é feito de gelatina, e as palavras de Dimitri tem mais poder sobre mim do que ele é capaz de compreender.

Porque, no segundo seguinte, estou segurando em seu queixo e o beijando novamente, sentindo uma saudade que parece não parar de crescer. Uma saudade pelo tempo que perdi, sendo idiota nas minhas suposições rasas, enquanto poderia desfrutar de sua companhia e de seu carinho.

— Porra, todo dia é isso? Quatro engradados. — Victor, mais uma vez, aparece para nos atrapalhar, o que faz com que eu e Dimitri nos separemos apenas o suficiente para rir da situação, enquanto o segurança sobe em sua moto, dá partida e vai embora depois de nos despedirmos de qualquer jeito.

Quando estamos sozinhos mais uma vez, olho para Dimitri, segurando sua bochecha com carinho e deslizando o polegar sobre a parte macia e levemente corada. Então, faço a pergunta que não tem necessariamente a intenção de ser sexual, mas, sim, camufla a vontade dentro de mim de passar mais tempo com ele depois de sua confissão.

— Quer ir pro motel? — pergunto sutilmente. — É meio contraditório da minha parte, mas acho que a gente não tem muitas opções pra ficarmos sozinhos... E eu não quero fazer sexo com você.

Dimitri franze o cenho e segura o riso.

— Quer dizer, quero, mas não quero ir pro motel por sexo... Eu quero... — Respiro fundo, encostando a testa na sua. — Quero ficar com você um pouco. Sem ninguém por perto.

Ele olha para mim, me lança aquele sorriso gentil e meigo que se tornou meu favorito, então segura meu rosto com carinho e sussurra sobre meus lábios:

— Vou te levar pra um lugar melhor...

21

APARTAMENTO

Sem necessidade de irmos num carro só, Dimitri fala para que eu o siga até o endereço que ele tem em mente.

Não rodamos nem por cinco minutos, e ele estaciona devagar, na frente de um prédio pequeno, numa rua que se divide entre casas, apartamentos e várias lojas.

É um bairro mesclado entre familiar e comercial, absurdamente perto da boate, ainda assim, meio escondido. O perfeito centro de Astra precisa ser esteticamente bonito e chique, já essa rua parece um beco a céu aberto, ainda no centro, mas para pessoas que não têm tanto dinheiro assim.

Eu paro logo atrás dele, fecho a porta do carro, vou andando até o maître, depois de colocar minha mochila nas costas. Vendo-o fazer o mesmo, me aproximo de Dimitri, que me lança um daqueles sorrisos meigos que não estava presente nos últimos dias.

E percebo novamente como sinto falta dele...

Sorrio de volta enquanto ele segura na minha mão, e eu não faço objeções, até gosto. Assim, permito que entrelace os dedos aos meus e me conduza à entrada do pequeno prédio que, com um porteiro sonolento, não temos problemas em seguir.

— Desculpa, não tem elevador — ele fala meio sem graça, e eu acabo rindo.

— Não tem problema — digo quando alcanço os primeiros degraus da escada.

— Mas é no primeiro andar, então... menos mal. — Dá de ombros.

Eu rio mais uma vez, enquanto ele me puxa animado para não sei onde.

Mas não demoro a descobrir quando Dimitri para o corpo baixo em frente à porta de número 103, tirando uma única chave pequena do seu bolso de trás.

Quando abre a porta, o maître faz um sinal educado com as mãos, para que eu entre e, estando do lado de dentro, ouço a porta ser fechada com cuidado e o barulho da chave trancando a fechadura.

Ao tirar os sapatos, os joga no canto. Eu retorno e faço o mesmo, antes de analisar um pouco melhor aquele lugar em que acabei de entrar.

É um apartamento pequeno e quase não há móveis.

A sala e a cozinha são uma só, mas há uma divisão bonita e de bom gosto, com uma mesa pequena entre as duas. Não há sofás, poltronas e nem televisão, apenas um rack comprido e baixo colado em uma das paredes. Também há cortinas brancas bem colocadas e arrumadas, com laços beges segurando-as de cada lado. É difícil não notar a presença de algumas caixas no canto, próximas à janela. Devem ser seis ou sete, não conto ao certo.

Na parte da cozinha, há um fogão um pouco velho e uma geladeira que parece ser mais nova, além de um micro-ondas pequeno e alguns utensílios para uma ou duas pessoas.

— Ok, não é melhor que o motel — fala rindo, tirando a mochila e colocando por cima da pequena mesa. Eu, parecendo ter entrado num jogo de imitação involuntário, deposito minha bolsa no mesmo lugar.

Sua voz chega a ecoar suavemente dentro do cômodo sem móveis.

— Você mora aqui? — pergunto levemente confuso, mas não há julgamento e nem nojo nas minhas palavras, apenas estou surpreso pela novidade.

— Desde ontem. — Dimitri parece orgulhoso, pois seu sorriso é daqueles que comprimem seus olhos.

— As coisas pioraram na sua casa? — pergunto, e seu riso não some, mas diminui. — Desculpa, eu sou mais curioso do que deveria.

— Não, tudo bem... — responde enquanto anda devagar até sua geladeira.

Eu não consigo ver se tem comida lá dentro, mas tira uma garrafa de vinho.

A necessidade de Dimitri beber, para relaxar, me intriga, mas não consigo dizer que sou totalmente contra. Também gosto de vinho.

— Meus pais fizeram... coisas comigo — ele fala, engolindo em seco enquanto tenta abrir a garrafa devagar. — Não sei como, mas descobriram que eu estava beijando um homem no carro perto da minha casa e... Bem... — Respira fundo. Coloca a garrafa de vinho sobre a bancada, então abraça o próprio corpo devagar, afagando uma região de seu braço esquerdo que detém leves manchas que parecem ser de violência. — Antes que você possa perguntar, o homem era você. — Parece precisar me contar, provavelmente, achando que eu o julgarei mal. — Mas você não tem culpa nisso, preciso deixar claro.

— Dimitri, me perdoa... — falo, sentindo um bolo ruim nascer na minha garganta.

Ele balança a cabeça negativamente e volta a pegar a garrafa de vinho.

— Não precisa pedir perdão, a culpa não é sua. Eles que são filhos da puta a ponto de terem amigos fofoqueiros na rua toda, praticamente, trabalhando pra eles! — Solta uma risada amarga, balançando a cabeça em negação às barbaridades que me conta. — E o pagamento dessa função é só o prazer de foder a vida dos outros — sua voz tem ódio, é bem claro, mas é perceptível o quanto Dimitri tenta não se deixar sucumbir por esse sentimento ruim, porque, no segundo seguinte, ele respira fundo mais uma vez, fechando os olhos e tentando se acalmar, antes de prosseguir: — Enfim... Eric deu um basta nisso porque eu estava num tipo de prisão mental e precisei de um amigo pra me fazer enxergar que eu não era ingrato por abandonar meus pais... — Pega duas taças, repousa sobre a bancada e abre a garrafa de vinho. — Peguei o dinheiro que tinha guardado e aluguei isso aqui. Não é muito grande e certamente não é o que eu tinha em mente, mas é perto do trabalho e, pra mim, serve, por enquanto.

— É perfeito, Dimitri — falo sincero, chegando perto dele e pegando a taça que ele havia enchido enquanto falava. Dou um gole longo, depois me aproximo do seu rosto, então beijo seus lábios devagar. — É melhor que o motel, sim. É seu.

Dimitri volta a sorrir, fechando os olhos enquanto levo a mão até o seu rosto e acaricio sua bochecha, num carinho sutil.

E eu sei que me importo com ele quando fico genuinamente feliz pelo maître ter conseguido sair de casa. Fico genuinamente feliz por ele ter alguém como Eric na sua vida, que aparentemente não poupa esforços para ajudá-lo.

— Como eles lidaram com sua mudança? — pergunto, enquanto vejo Dimitri enchendo uma taça para si, já que tomei a primeira.

— Sabe o que é engraçado? — ele pergunta, enchendo sua taça até a metade, depois completando a minha e voltando a fechar a garrafa, colocando-a na geladeira. — Eles sempre dizem que eu sou uma desgraça na vida deles e que seria melhor que eu estivesse morto, claramente porque sempre suspeitaram que sou gay, mas, quando disse que estava saindo de casa, eles... — Dimitri engole em seco, respirando fundo.

— Eles bateram em você? — pergunto, me sentindo engolido por uma atmosfera de tensão muito ruim e pesada.

Dimitri assente, o que faz com que o amargor na minha garganta se intensifique.

— Mas foi a última vez... De madrugada, eu tirei tudo que eu precisava, saí escondido com Eric. Esqueci umas fotos minhas, da época da escola. Eu tenho muito apego a essas fotos... — Dimitri fala num saudosismo que não compreendo, porque não sei do que está falando, mas assinto mesmo assim. Ele dá um gole lento no vinho. — E quando voltei, minha mãe gritou o quanto eu era ingrato e, por muitos anos, eu acreditei nisso... Mas acho que me libertei.

Assinto mais uma vez e, erguendo a mão suavemente, toco seu rosto, arrastando o polegar suavemente por sua bochecha. Tento, com meu ato, demonstrar carinho e qualquer tipo de apoio que ele possa precisar nesse momento.

— E isso foi ontem? — pergunto baixo.

— Você gosta de fazer perguntas, não é? — Dimitri devolve, rindo um pouco, mas não demonstra se incomodar, no entanto, me desculpo mais uma vez.

— Desculpa. Meu problema com socialização não é por não gostar de contato humano, sabe? É por começar a fazer perguntas e não conseguir mais parar. Acho que é uma doença — digo brincando, e ele entende meu tom.

No mesmo momento, está rindo e olhando para mim, enquanto arrasta o dedo pela borda da sua taça.

— Nunca imaginei, Bandile... — diz, levando a taça aos lábios e dando mais um gole lento. — Mas, não, isso não aconteceu ontem. — Então, ele respira fundo mais uma vez, rodeando o vinho dentro do vidro, enquanto continua a falar: — Faz pouco mais de uma semana que eu estou dormindo na casa do Eric, desde que isso aconteceu, e nesse meio tempo, eu fui comprando algumas coisas de segunda mão e tentando montar o apartamento.

— Por que não me pediu ajuda?

— Bandile, sério? — Franze as sobrancelhas, incrédulo, e eu sei que tem total razão na sua reação.

Por mais que meu desejo de ajudar Dimitri seja verdadeiro, agora que eu sei das coisas que ele passou, não fui a pessoa mais acessível a ele nos últimos dias.

— É, eu sei — respondo meio sem graça, dando um gole no meu próprio vinho enquanto rio baixo. — Eu queria não ter sido um cuzão e ter te ajudado.

— Sabe montar armários? Podia me ajudar — diz, dando um último gole lento, finalizando o vinho e colocando a taça dentro da pia. — O meu vai chegar esta semana, você ainda tem chance de se redimir.

Eu sorrio com seu jeito sutil de conseguir as coisas de mim, então finalizo a bebida da mesma forma e coloco a minha taça próxima à sua.

— Sei, sim.

— Perfeito, Gael.

Provavelmente, com outras coisas em mente, Dimitri segura na minha mão e me puxa devagar até uma das portas que existem na sua sala, que dá para outro cômodo.

É um quarto espaçoso, até, mas não há camas, apenas um colchão de casal no chão, com alguns travesseiros e um edredom grosso dobrado ao canto, além de várias outras caixas ao lado, esperando para serem abertas ou aguardando a chegada do armário.

E claro, cortinas. Grossas e escuras, bem diferentes do tecido das cortinas da sala.

Perto do colchão, há uma pequena luminária, um notebook fechado e um livro marcado pela metade, o que me mostra que *talvez* ele leia antes de dormir.

Hoje não vai acontecer...

— Agora, acho que deveria ter sido melhor ter te levado pro motel — ele fala num humor envergonhado, frente à simplicidade das suas coisas.

— Ei — chamo, ficando na sua frente, segurando suas mãos com calma e levando até meus lábios, que beijam o dorso dos seus dedos com carinho. — Eu estou me sentindo mais confortável aqui do que quando estive lá, ok? Minha casa é simples também e é o único lugar em que me sinto totalmente bem. Não se preocupe com isso.

Sorrindo carinhoso ao receber meus beijos em sua mão, Dimitri assente, se distanciando de mim até que possa fechar as cortinas escuras de seu quarto. Deixa o cômodo numa meia-luz convidativa.

— Pode se deitar, eu vou tomar um banho e já venho — ele diz, ajeitando os travesseiros para que eu me acomode, e sua voz é quase sofrida quando soa novamente: — Por favor, não dorme.

Eu rio do seu pedido e, sem muita cerimônia, me jogo no colchão ao chão.

Apesar de estranhar demais estar num lugar com que não estou acostumado, me esforço para Dimitri não perceber meu incômodo, que nada tem a ver com seu quarto ser simples ou não, mas, sim, com minha inabilidade social de relaxar em habitats diferentes do meu.

E como disse a ele, minha tensão no motel era, inegavelmente, maior do que a que eu sinto agora, apesar de ainda existir.

Então, repouso minha cabeça sobre o travesseiro e olho para o teto, respirando fundo, mas sem conseguir fazer meu interior se acalmar. Minha mente volta a ecoar a declaração que Dimitri fez a mim na sala de Pablo.

Penso em como Dimitri me amar vai além de todas as expectativas que eu tinha quando assinei um contrato naquela boate.

Chega a ser um presente...

Sei que estou mais afetado do que gostaria de admitir quando ele retorna, momentos depois, aparecendo na porta com apenas uma toalha amarrada no quadril e os cabelos molhados, pingando e sendo jogados para trás.

Dimitri é bonito, é gostoso e saber o que ele sente por mim parece intensificar o jeito como o vejo agora.

Eu o desejo ainda mais.

Ele anda até uma das suas caixas, a que está empilhada de forma mais alta sobre as outras, e a abre, procurando algumas coisas que não consigo distinguir, até notar que o safado sabe exatamente onde guarda seu lubrificante e suas camisinhas.

Aquilo me faz rir, porque Dimitri é certeiro e claro demais com as coisas que quer. Não tem problema em demonstrar estar sedento por sexo, quando está sedento por sexo.

Jogando tudo do meu lado, ele percebe a forma que eu o olho, então anda devagar sobre o colchão e senta suavemente sobre o meu quadril.

Eu, antes deitado, me ergo na hora em que ele se encaixa sobre mim e abraço sua cintura, sentindo o cheiro do sabonete adentrar minhas narinas enquanto enfio o rosto no seu pescoço, beijando-o devagar.

Tanto minha boca quanto minhas mãos em suas costas sentem agora os leves respingos da água ainda quente, causadas pelo banho recente.

— Você mal me toca e meu corpo já te atende — fala manhoso, aninhando-se em meu colo, pegando minha mão e colocando por cima de seu membro, já duro por mim.

Eu quero fazer sexo com Dimitri, porque minha primeira reação é apertar seu pau com todo desejo dentro de mim, ainda por cima do tecido grosso atoalhado, mas, apesar de seu gemido arrastado arrepiar toda a minha pele, não quero continuar enquanto não desembolar os fios bagunçados que eu mesmo emaranhei nas nossas cabeças.

— Dimitri... — chamo baixo, ainda beijando sua pele devagar, mas começando a me afastar até que esteja olhando em seu rosto.

— Pode falar — murmura, respira fundo, provavelmente frustrado com a quebra de tesão que causo.

— Desculpa... — Rio de leve, levando as mãos até seus ombros e massageando-os devagar. — Nós já vamos continuar, mas eu preciso conversar com você, antes que fiquemos mais envolvidos do que... Bem, do que já estamos.

— Certo — diz apreensivo, saindo do meu colo e se sentando ao meu lado, de pernas cruzadas, reforçando aquela imagem de bebezão que eu sempre tive dele. — Mas não precisa pedir desculpas por isso... Eu que não resisti.

Dou um sorriso leve com seu comentário, então balanço a cabeça positivamente, uma vez apenas, antes de respirar fundo.

No outro segundo, começo a falar:

— Eu sei que as coisas só ficaram uma merda entre a gente, porque não conseguimos conversar... — Sinto a dificuldade das palavras saírem, mas não vou recuar em dizê-las. Prossigo, mesmo que sinta quase um pavor em continuar: — Mas é clara a forma que isso foi mais culpa minha do que sua, porque, depois disso tudo, você conseguiu se abrir muito mais do que eu, quando a única coisa que eu fiz foi ficar criando histórias na minha cabeça, que justificassem o comportamento merda que eu estava tendo.

Dimitri me olha um pouco mais sério, mas decidido a prestar atenção em tudo que eu digo, além de parecer muito interessado também.

— Eu só queria dizer que eu tenho um ritmo muito diferente do seu e isso não é necessariamente errado ou ruim, apenas me faz uma pessoa com motivações diferentes.

— O que você quer dizer?

— Eu sou demissexual e demirromântico. Você sabe o que significa?

— Não é exatamente uma surpresa, mas fico feliz que você diga com todas as letras. — Ele sorri sutil, daquela forma meiga que me aquece.

Mais uma vez, me deixa confortável por ser ele ali, então eu continuo:

— Então, pra nós termos transado e eu ter achado confortável e tão gostoso, significa que eu estou envolvido emocionalmente, afetivamente ou intelectualmente, pra chegar a desejar você de verdade, com todo o meu corpo. E eu poderia estar ligado a você em qualquer uma dessas três vertentes, porque você me atrai em qualquer aspecto. Além de... — pigarreio sem graça — fisicamente, que costuma ser irrelevante pra mim, mas você é bem gostoso também.

Dimitri solta uma risada alta, parecendo se deliciar com todas as palavras que saem da minha boca, e seus olhos ficam tão comprimidos que demora a voltar a olhar para mim e me dar atenção.

— Tá caidinho por mim, não é, Bandile? — ele brinca, ainda controlando a risada — sua brincadeira e riso fácil quebram o gelo do clima tenso que existia até agora, me fazendo rir também e balançar a cabeça concordando.

Mesmo que eu quisesse negar, não conseguiria, porque, contra esse fato, eu não tenho argumento nenhum.

— Quando você disse que me amava... — falo, dando uma pausa, buscando as palavras certas para prosseguir enquanto olho para os meus dedos nervosos que estalam, numa mania que acabei absorvendo facilmente de Dimitri nos dias em que estivemos juntos — você falou sério?

— Nunca falei tão sério na minha vida, Gael... — confirma e, apesar de não ter sorrisos, seu tom é carinhoso e firme.

— Certo... — Respiro fundo mais uma vez, continuando aquela busca incessante por coragem para continuar.

Mas nada nesta conversa é fácil.

Não é fácil porque, há pouco tempo, eu não pensaria em dizer isso a ninguém, tendo em vista que relacionamento era a última coisa que eu tinha em mente com alguém.

Mas, ainda assim, aqui estou eu.

Permitindo-me.

— Eu gosto de você, Dimitri, eu realmente gosto e quero respeitar o amor que você tem por mim, então eu preciso ser sincero. — Não sei quantas vezes preciso respirar fundo, mas repito mais uma vez. — Por mim e por você.

Ele assente, atencioso, me fazendo voltar a falar em seguida, cada vez mais confortável com o quanto consegue ouvir e absorver as coisas que digo.

— Eu não quero te prometer que vou te amar de volta, porque não tenho controle sobre isso. A minha noção de amor é uma coisa bem mais profunda do que eu consigo explicar, mas também não consigo ficar com alguém que fica com outras pessoas. Isso pode ser fodido e egoísta, mas eu preciso me envolver o suficiente e criar um nível de segurança e confiança muito grande em alguém pra, de fato, chegar a amar a pessoa.

O semblante de Dimitri fica levemente mais duro e seu peito respira um pouco mais pesado, então imagino que ele deva se sentir pressionado com tudo isso.

Eu não posso exigir nada dele, mas preciso ser sincero para que ele entenda como eu funciono.

Porque eu preciso me respeitar nesse processo.

Entretanto, estou disposto a tentar e preciso saber se ele quer o mesmo.

Se ele acha que vale a pena...

— Eu não quero que você desista de tudo pra ficar comigo, enquanto sua vida passa e você fica preso na esperança de eu te amar de volta, não é isso, mas, se você estiver disposto a tentar, nem que seja só por um tempo, e disposto a termos exclusividade um com o outro, eu... — A respirada funda está lá de novo, comigo me sentindo ainda mais nervoso à medida que as palavras vão saindo da minha boca. — Porra, Dimitri, eu realmente quero fazer dar certo.

Eu sei que a conversa fica mais séria do que eu imagino quando sinto minhas mãos suarem e apertarem minhas pernas involuntariamente, até perceber que estou tremendo.

Dimitri parece notar, porque leva as mãos bonitas e macias até às minhas e me segura, olhando em meus olhos com uma profundidade que me faz prender o ar.

Antes que me responda, se arrasta pelo colchão e se senta no meu colo, encaixando a bunda sobre meu quadril. Passa os braços pelos meus ombros, enquanto une a testa à minha, roçando os lábios nos meus devagar.

— Eu vou ser só seu pelo tempo que eu achar que vale a pena continuar com você ou até o dia em que você se der conta de que já me ama, Gael — sussurra entres os meus lábios, começando a depositar selares calmos e intensos sobre a minha boca, enquanto continua a passar seu recado: — E quando esse dia chegar, porque eu sei que vai chegar, eu vou continuar sendo seu, porque meu coração nunca mais vai pertencer a mais ninguém.

E os selares calmos não existem mais, porque Dimitri me beija com uma intensidade torrencial, a que me entrego sem reservas.

Sua língua pede passagem pela minha boca, adentrando de forma quente e necessitada, e recebe toda a retribuição do desejo explodindo dentro de mim, assim como sei que explode nele.

A toalha de Dimitri é arrancada pelas minhas mãos afoitas que clamam pelo contato direto de sua pele e as mesmas mãos são esfregadas pela extensão de suas costas, até que sejam repousadas em cima de sua bunda, cada uma em uma parte. Aperto com a força que faz Dimitri soltar um gemido baixinho e prazeroso entre nossos lábios.

— Amor... — ele sussurra.

A palavra me causa estrondo.

É a primeira vez que me chama assim, fazendo com que eu me arrepie com uma violência que nunca experimentei em vida.

— Eu quero sentir você dentro de mim e rebolar em você, enquanto te abraço. — Dimitri continua, passando a mão pela barra da minha camisa e a tirando do meu corpo, depois voltando a me beijar enquanto fala comigo: — Enquanto eu te beijo, enquanto olho pra você.

Não existe nenhuma resistência dentro de mim, porque, no momento seguinte, depois de me desvencilhar das minhas roupas idiotas, já estou nu, embaixo dele mais uma vez.

Então, ele pega o lubrificante e se ajoelha sobre o colchão, ficando com o peito na direção do meu rosto. Beijo devagar cada parte de sua pele arrepiada e quente, colocando as mãos agora sobre suas costelas e sua tatuagem, esfregando o polegar gentilmente e olhando o desenho tão de perto.

— Me fode com seus dedos, Gael, me deixa pronto pra você — deixa sua ordenança meiga, curvando-se um pouco e pegando minha mão, jorrando lubrificante sobre ela e arqueando levemente as costas, empinando aquela bunda linda para trás, que intensifica a vontade que sai de sua boca.

E eu obedeço.

Fodo Dimitri com meus dedos até que ele esteja pronto. Até que sua dor diminua e vá dando lugar calmamente ao prazer que ele quer sentir comigo.

Ouço seus gemidos enquanto continuo tocando-o devagar, com dedos que enfio, mas aquilo não é o suficiente para ele nem para mim, então, quando parece suficientemente preparado, pega um dos preservativos e coloca no meu pau, com toda destreza que sei que ele tem nos dedos.

Ele mesmo segura, se encaixa e se enterra em mim, fazendo nossos corpos estremecerem juntos quando, sem pena alguma, estala a bunda no meu quadril, de uma vez só.

— Caralho, Dimitri... — quase rosno, segurando seu quadril com força quando sinto sua entrada se contraindo de propósito contra meu pau. — Por que você faz isso? — eu reclamo, estremecendo e sentindo meu corpo fraco pelas reações fodidas de tão fortes causadas em mim.

Parece que meu corpo nem me pertence mais quando ele senta assim...

— Porque você gosta... — Dimitri não mente. Sua voz soa sacana, chegando o rosto próximo do meu e mordendo meu lábio, me fazendo abrir a boca apenas para receber uma lambida suave sua, porque não me beija.

Dimitri gosta de me observar enquanto me fode ou quando se fode em mim.

Gosta de dar a entender que vai me beijar e deixar minha boca aberta, ansiando por seu gosto enquanto, como pagamento pelo meu desejo ao seu beijo, apenas lambe minha boca e ri.

O filho da puta ri toda vez que me deixa querendo mais dele.

Quando está transando, gosta de comandar, e eu não faço objeção nenhuma a isso, porque ele não é egoísta e, como me prometeu, quando eu lhe obedeço, eu sempre ganho.

E como ganho...

Com seu polegar, segura meu lábio inferior enquanto fecho os olhos com força, sentindo a rebolada agressiva que dá sobre meu caralho. Indo e vindo, desliza com tanta profundidade que meu gemido se arrasta e ecoa por aquele quarto com poucos móveis.

Não trocamos de posições, porque, como disse no início, Dimitri quer olhar para mim em tudo que faz. A verdade é que gosto disso. Fico feliz por olhar para ele, mesmo que só me entregue malícia, provocação e, porra, um rosto fodido de tão lindo quando geme para mim.

Tão lindo quando faz qualquer coisa.

Sem que peça, levo minha mão até seu membro que pulsa com força quando o envolvo com meus dedos quentes, o masturbo devagar até ver seus olhos se fecharem e Dimitri morder o lábio inferior, contendo gemidos que não quer me dar, mas que sei que estão presos em sua garganta.

— Você me toca tão gostoso, amor — diz rouco, baixo, enlouquecido e voltando a me beijar daquele jeito profundo, que enrosca minha língua quente e a envolve na sua, enquanto nosso ar quase se esvai.

Ele roça os lábios pela minha bochecha, num caminho de beijos carinhosos e perigosos, até que continua sussurrando e gemendo baixo, enquanto se fode em mim tão gostoso que eu preciso respirar fundo, a fim de estender nosso prazer.

Mas o que fala é gatilho suficiente para me estremecer inteiro:

— Eu não quero que mais ninguém me toque... — Sua respiração é arfada, intensa, e ele move tudo dentro de mim, como se sua voz fosse lava eruptível sob minhas camadas mais profundas.

Prestes a explodir.

— Eu não quero que mais ninguém me foda além de você, Gael.

Porra, Dimitri...

Ele leva a minha questão delicada de "exclusividade" para um nível superior demais, e isso me atinge diretamente. Sei que atinge quando fico ainda mais sensível por tudo que vem dele.

Mas não há espaço para raciocínios longos ou para pensar sobre como estou a cada segundo mais rendido a Dimitri, pois, parecendo querer me levar ao limite, o maître arrasta as mãos para trás do seu corpo, arqueando o abdômen e se inclinando para trás, enquanto continua ondulando o quadril sobre meu pau.

— Dimitri... — é o que consigo dizer, quando ele apoia as mãos sobre as panturrilhas e aumenta ainda mais o ritmo, fodendo-se tão fundo contra mim, que a única coisa que eu consigo fazer é continuar o masturbando, mesmo que minhas mãos estejam trêmulas demais pela sensação de profundidade que ele causa no meu caralho.

— Vai, Gael. Assim, amor — ordena.

Estremeço, mas obedeço, focando dar-lhe o mesmo prazer que ele me proporciona.

Mas sei que não consigo nesse momento...

Nesse específico momento que ele faz com que eu me esqueça da funcionalidade das minhas articulações.

— Dimitri, eu estou quase... — aviso, percebendo-o se erguer novamente e me beijar na intensidade que parece pertencer à sua boca, sempre ansiosa por mim.

Eu não preciso que mais nada seja dito para entender que ele quer que gozemos juntos enquanto nos beijamos, então é isso que acontece.

Ele aumenta o ritmo.

Faz meu pau ser engolido pela sua bunda farta que começa a quicar com mais força enquanto nossas bocas se arrastam num beijo violento entre gemidos rasgados e seguradas intensas que dou em sua cintura.

Dimitri se fode em mim. Com força, bruto, com a violência que ele gosta, até perceber, pelos meus gemidos intensificados, que estou gozando e, logo depois, aumento o movimento em seu caralho quente. Pulsa em minha mão até que chegue igualmente ao ápice, quase no mesmo momento que eu.

Nós jorramos e nos beijamos.

Gememos nossos nomes na boca um do outro enquanto sentimos nossos corpos se arrepiarem pela sensação do nosso encaixe tão perfeito e certo que eu não deixo de ter lapsos de pensamentos enquanto transamos.

O corpo de Dimitri parece ter sido feito para mim, e todas suas ações são gatilhos ao meu corpo, que reage prontamente para atender-lhe.

Respirando fundo, rápido e descompassadamente, sinto sua testa sobre a minha e depois volto a ser beijado.

Mas ele não beija meus lábios.

Ele beija meu nariz, minha bochecha, meu queixo...

Dimitri me dá carinho, me abraça e me envolve como nunca me envolveu em nenhuma outra vez que transamos. E, quando eu ergo o rosto para encará-lo, ele está mostrando o sorriso que me aquece e me amolece.

Aquele sorriso...

Que não existe armadura, no mundo, capaz de me proteger do quanto me afeta e me atinge. No entanto, o que me afeta ainda mais são suas palavras, que diz em sussurros gostosos enquanto me abraça e se prova incapaz de parar de me beijar:

— Dorme comigo hoje?

22

SEVEN LINES

Dimitri não sabe, mas me desmonta mais uma vez quando faz esse convite.

E eu confesso que me sinto levemente culpado.

Culpado por tê-lo julgado mal no primeiro dia em que transamos, sem nem mesmo acreditar quando ele disse que era obrigado a ir para casa.

Eu nem pensei no lado dele.

Entretanto, tentando disfarçar aquela culpa que não vinha em boa hora, sorrio sutil, segurando seu queixo com carinho e deixando um calmo selar em seus lábios.

— Durmo, mas eu tô morrendo de fome.

Dimitri ri, se levanta e vai em direção à caixa das putarias, tirando, de lá, uma embalagem de lenços umedecidos.

Eu me pergunto o que mais tem nessa caixa...

Ele tira um, se limpa; depois, joga a embalagem para mim, porque sabe que estou sujo com sua porra.

Sem aparentar problema algum em ficar pelado na minha frente, Dimitri procura lentamente por roupas, em uma das caixas mais baixas e, achando uma cueca limpa, a veste, mas continua na busca de algo.

Ele acha um short folgado e joga na minha cara, depois faz o mesmo com camisetas de algodão surradas, que parecem ter sido feitas apenas para dormir.

Ele veste uma e joga outra em mim.

— Já está me emprestando suas roupas? Tá indo rápido demais, Dimitri — soo levemente implicante, colocando o short que ele me deu e depois a camiseta, vendo-o se vestir também e ficar só de cueca e camisa.

— Você pode andar pelado pelo meu apartamento, eu não ligo, amor... Inclusive, vou gostar demais. Assim, fica mais fácil passar a mão em você.

Eu rio e balanço a cabeça negativamente, porque, apesar de achar suas palavras engraçadas, o que me faz rir é o nervoso por ele me chamar de *amor* mais uma vez.

Espero que não seja difícil me acostumar.

Espero que não haja legiões de borboletas voando no meu estômago toda vez que ele falar assim comigo.

— Vem. — Ele me dá a mão e me ajuda a levantar-me. — Vamos ver que gororoba tem na geladeira.

Não há nada além de vinho, água, ovos e frutas. Apesar de gostar disso tudo e não ser fresco para comer, não faço cerimônias quando digo que preciso de algo mais substancial, depois de um turno de trabalho intenso com sexo em seguida, mesmo que eu pague pela comida.

Dimitri ri do meu desespero em precisar me alimentar e faz algumas poucas compras por um aplicativo de mercado 24h, que chegam uns 30 minutos depois.

Sai meio caro, mas é a velha lei da oferta e procura.

Nesse meio tempo, cansado, me sento em uma das suas cadeiras e, sem pedir minha permissão, Dimitri senta-se no meu colo, de frente, encaixando o quadril novamente por cima da minha pelve. Ele ri baixinho antes de me beijar devagar, enquanto eu abraço sua cintura e o deixo ainda mais próximo.

Não queremos ainda mais sexo naquele momento, mas ainda nos queremos.

Seu beijo é gostoso, viciante, intenso numa medida tão certa que ele sempre finaliza um ciclo, me fazendo ansiar pelo próximo tocar de seus lábios nos meus.

Ter conversado com Dimitri, esclarecer as coisas e saber da nossa exclusividade parece acender, em mim, uma confiança que está diretamente ligada a quanto o quero.

Quanto mais eu confio em Dimitri, mais fico confortável para desejá-lo.

Não tenho mais medo de retribuir seu carinho e nem demonstrar o quanto estou a fim, porque agora tudo é mais fácil.

Mais leve...

Porra, tão mais leve.

Quando as compras chegam, Dimitri pede para que eu pegue, devido à sua falta de roupa decente e, já está tudo pago, porque ele não me deixou pagar nada no final, mesmo com aquele valor exorbitante. Então, coloco tudo em cima da sua pia que é, inclusive, bem grande.

Dimitri e eu ficamos em pé, um do lado do outro, fazendo sanduíches, cada um do seu jeito enquanto rimos, e ele, sempre que pode, implica comigo de alguma forma. Ele parece gostar disso. Gosta de me deixar sem fala, de ser ousado comigo, com suas palavras safadas e estranhamente carinhosas ao mesmo tempo.

Quando terminamos de comer, guardamos as compras, vamos para o seu quarto, onde ele espera que eu me deite para, depois, vir por cima de mim, deitando-se no meu peito e me abraçando. Aquele contato abrupto ao deitarmos, que ele se permite ter comigo ainda é estranho para mim.

A forma que ele tem necessidade de me tocar, de me beijar sempre que tem vontade, não é algo que estou acostumado, mas não posso dizer que me causa um desconforto, pois não causa.

Ainda estou me habituando e há momentos que sinto meu corpo travar com algumas das suas investidas mais intensas ou falas mais atrevidas, mas, com certeza, não posso dizer que não gosto.

— Gael... — ele me chama, aninhando o rosto no meu peito, num tom que soa incomodado, talvez desconcertado.

— Sim? — Sinto suas mãos acariciarem minha barriga por debaixo do tecido.

— Você pode... me contar quem era o cara que estava falando com você no bar?

Não consigo conter uma risada baixa saindo quando percebo que Dimitri estava segurando o ciúme até agora. Tentando ser sincero quando o tranquilizo, coloco uma das mãos na sua cabeça, acariciando os fios loiros do seu cabelo com cuidado.

— Meu ex-namorado. O nome dele é William.

— Você ainda sai com ele? — pergunta ainda sem jeito, provavelmente, movido pela frase despudorada que saiu da boca daquele pau no cu.

— Não, faz alguns anos que nós terminamos, e depois, eu cortei o contato.

— O que aconteceu? — sua voz soa preocupada, e ele levanta o rosto sutilmente, me encarando com aqueles olhos bonitos que, por vezes, me intimidam, mas, neste momento, só me acalmam.

— Ele me traiu algumas vezes, e eu acabei perdoando. Eu estava apaixonado, cego, bem burro. — Respiro fundo, me sentindo idiota. — Até que ele me traiu de novo, e eu percebi que, enquanto eu continuasse perdoando, ele continuaria fazendo, então eu só... segui em frente. — Dei de ombros, percebendo que, pela primeira vez, não me dói tanto falar disso.

Chego a questionar se a falta da dor tem a ver com Dimitri me abraçando e me dando carinho.

— Se eu soubesse, tinha virado a bandeja inteira na cabeça daquele filho da puta.

Rio com vontade, apertando ainda mais Dimitri no meu abraço e beijando o topo de sua cabeça, que volta a se deitar no meu peito.

— Não ia valer a pena, e você podia ser preso e, apesar dele ser um pau no cu, não estou totalmente infeliz por ele ter aparecido.

— Por quê? — sua voz soa confusa.

— Porque, se você não tivesse uma crise de ciúmes, a gente nunca chegaria a lugar nenhum.

— Não foi uma crise de ciúmes, foi só... — Ele segura o riso, passando as unhas devagar pela minha barriga e me fazendo sentir cócegas que me fazem segurar sua mão para que pare com aquilo, antes que eu dê uma guinada de risada que soe muito estranha. — Uma crise de ciúmes — ele mesmo conclui de forma rendida.

Eu beijo sua cabeça mais uma vez, rindo da sua incapacidade de dar alguma desculpa, então minha mão solta a sua, e ele continua com carinhos contidos por baixo da camiseta.

— Dimitri... — eu o chamo baixo.

— Oi, amor — sua voz é calma e sonolenta quando solta a palavra estrondosa mais uma vez.

Devem ter avestruzes no meu estômago agora.

— Por que você nunca tentou se aproximar de mim antes? — pergunto curioso, sentindo seus dedos pararem por um segundo e, logo depois, voltarem a me acariciar.

— Eu quis várias vezes. — Ele respira fundo, aninhando-se ainda mais no meu peito. — Só que, por mais que você respondesse educadamente a todo mundo que falasse com você, até porque você nunca me tratou mal também, você nunca pareceu dar abertura pra nada. Pra assunto nenhum, então eu não tinha coragem.

Lembro-me de Eric e de todos naquela roda de funcionários, no dia da dinâmica, parecendo ter a mesma impressão de mim. A mesma impressão de porta trancada e inacessível.

— Eu sempre achei que você tivesse medo de mim. Muitas pessoas acabam tendo medo. — Respiro fundo, pensando sobre como nunca fui exatamente bem recebido nos lugares à primeira vista. — Minha cor causa essas reações. Me sinto meio idiota de ter sido tão fechado, ao mesmo tempo, é um costume... Realmente, não gosto muito de pessoas, mas elas parecem ter um motivo implícito para não se aproximarem de mim.

Na maioria das vezes, um motivo bem explícito.

— Sinto muito por isso, mas precisa entender que você não é idiota — fala meigo, num tom carinhoso que, naquela hora, me tranquiliza e me conforta. — É o seu jeito, não dá pra forçar ser diferente. Além do mais, você é fechado, mas é muito gentil. Inteligente, centrado e tão, tão educado, Gael. — Dimitri não mede esforços para me elogiar.

É mais um daqueles momentos estranhos, mas gostosos.

Não estou acostumado.

— Se sou assim, é mérito totalmente dos meus pais — solto calmo, num riso baixo que morre rápido demais ao tocar num ponto sensível da minha vida.

Meus pais. Minha mãe.

O meu tom é suave, ainda assim, minha sutil mudança de humor é notada por Dimitri, que nada sabe da minha vida, então é surpreendido por tudo que venha de mim.

Até pelo meu silêncio que tenta camuflar minhas dores.

— Tudo bem? — ele pergunta, me olhando daquela mesma forma preocupada, mas meiga.

— Tudo. O cansaço bateu... — É a desculpa que uso para mudar de assunto, fechando os olhos e me acomodando mais nos travesseiros.

— Certo. — Sua desconfiança é minúscula, mas presente. Entretanto, ele parece ser sensato demais para saber que aquele era um terreno que não devia se aprofundar.

Pelo menos, não agora.

Nem sei quando.

Chegando o rosto próximo do meu, Dimitri não me pega de surpresa quando sela meus lábios devagar, na profundidade que é permitida pelo momento, mas que demora um pouco mais do que eu imaginava.

Todos os seus movimentos são retribuídos por mim que vejo, naquele beijo, um ponto de escape para pensamentos tortuosos.

Dimitri encosta a testa na minha, respira devagar sobre meus lábios quando para de me beijar e sussurra tão perto que sua boca roça levemente na minha, naquele contato quente, que eu descubro gostar de compartilhar com ele.

— Eu amo você — diz, mas não espera resposta porque sabe que eu não darei, mas respeito sua necessidade de dizer, entendendo quando sentimentos precisam ser colocados para fora.

Admiro sua coragem.

E me sinto inegavelmente bem quando ele confessa seu amor.

Depois, como se estivesse satisfeito só por se declarar, Dimitri volta a se aninhar no meu peito, puxando a coberta, até que esteja sobre nossos corpos que compartilham calor e, segundos depois, ressona baixo, provando que estava com mais sono que eu. Não muito tempo depois, também sou acometido por um sono profundo que vem fácil.

Vem fácil, porque é fácil perceber:

Dormir com Dimitri me dá paz.

DIA 52

DiCaprio:

> Ah, mas você é muito preocupadinho. 17:05

O debochado manda depois que pergunto se ele ainda está vivo.

Desde que tivemos nossa pequena discussão, comigo o pressionando a dizer quem era, nossas conversas não têm a mesma constância de sempre, mas continuam acontecendo. Entretanto, diferente de quando nosso contato começou, agora só iniciamos algum bate-papo se eu tomar a iniciativa de chamá-lo.

Tenho a impressão de que ele não tem mais o mesmo gás para falar comigo.

Mas, se mostrando sempre solícito às minhas tentativas de conversa, o estranho sempre continua o assunto — se eu o chamar—, me tratando do mesmo jeito descarado de sempre.

Esse jeito que sempre me distrai e me diverte e que, apesar da problemática da nossa relação, eu acabei me apegando.

Eu:

Sou. Se você morrer não vai ter mais ninguém pra amaciar meu ego com os seus elogios loucos. 17:07

DiCaprio:

É só pra isso que eu sirvo mesmo... 17:08

Eu não sou ninguém nesta vida. 17:08

Eu não tenho valor. 17:09

Ninguém me quer, eu sou só um massageador de ego alheio. 17:09

Eu começo a rir demais, porque é sempre engraçado quando ele desanda a falar desse jeito e finge estar ofendido.

Ele deve ser ator ou algo do tipo. Nunca vi ninguém com tanta habilidade para dramaturgia.

Eu:

Kkkkkkkkkkkkk 17:10

Meu Deus, você é tão dramático... 17:10

DiCaprio

Você me irrita. 17:11

Nunca cai no meu drama. 17:11

Eu:

Era pra cair? kkkkkk 17:12

DiCaprio:

Seria mais divertido, Bandile. 17:12

Eu olho para o telefone ainda rindo, estico minhas pernas sobre o colchão e respiro fundo, aproveitando o resto de tempo que tenho antes de ir trabalhar.

Penso em Dimitri. É involuntário.

Nos últimos dias, tenho pensado muito nele e não é por querer. Quando dou por mim, ele está na minha cabeça.

Então, voltando ao menu principal do aplicativo, abro seu contato e mando uma mensagem.

Eu:

Por que eu estou com saudade de você se não tem nem 24h que nos vimos? 17:15

Mando e me sinto nervoso pela declaração abrupta, então volto à conversa do talvez-maníaco, respirando fundo e tentando me distrair de como estou ficando mole com tudo que envolve Dimitri.

Eu:

O que tem feito? 17:17

Pergunto despretensiosamente, apesar de ser curioso o suficiente para me alegrar com novidades aleatórias da vida dos outros.

Gosto de chamar meu comportamento de "fofoqueiro passivo". Sou quase um fofoqueiro, com a diferença de apenas absorver a informação. Não passo nada adiante.

Os que passam para frente são os "fofoqueiros ativos".

Voltando minha atenção ao celular, percebo que, diferente de Dimitri — que nem recebe a mensagem —, o estranho me responde na hora.

DiCaprio:

Chorado, porque não estou sentando em você. 17:21

Eu:

Para com isso, caralho. 17:22

Porra, você tem algum problema? 17:22

DiCaprio:

Kkkkkkkkkkkkkkkkkkk 17:23

Bandile... 17:23

kkkkkkkkkkkkkkkkkkk 17:23

Por que você ficou tão agressivo do nada? 17:24

E é com a pergunta dele que eu me dou conta.

Eu realmente fiquei agressivo.

E realmente foi do nada.

Fiquei agressivo porque, automaticamente, pensei em Dimitri chateado com esse tipo de coisa e, automaticamente, também me senti atingido por uma estranha sensação de proteger os sentimentos dele para que não se magoe comigo.

Porra...

As coisas dentro do meu coração evoluem sem que eu tenha controle algum sobre isso. É apenas percebendo como eu me sinto quanto às situações que podem atingir Dimitri, que eu noto: se eu ainda não estou em queda livre, no precipício que se chamaria "estar apaixonado por Dimitri", meu pé, com certeza, já está na beira do desfiladeiro.

Eu:

Olha, desculpa, eu não queria ser grosso. 17:27

É o que começo a falar, respirando fundo para tentar passar a mensagem sem ser estúpido.

Aliás, eu sempre dei liberdade para a pessoa atrás das mensagens fazer esse tipo de brincadeira comigo.

Ele merece uma explicação sobre o motivo da minha mudança abrupta.

Eu:

Eu estou saindo com uma pessoa. 17:27

As cantadas leves são engraçadas e tal... 17:28

Mas acho que até isso não é legal... 17:28

Eu não gostaria se fosse comigo... 17:28

Então, gostaria que o flerte e esse tipo de brincadeira mais explícita parassem. 17:28

DiCaprio:

Essa pessoa tem acesso ao seu celular, Bandile? 17:29

Eu:

Não, mas isso é desrespeitoso. 17:29

DiCaprio:

Você vai mesmo acabar com a parte mais gostosa da nossa conversa por causa de uma pessoa que nem sabe que eu existo? 17:30

E nem vai descobrir a nossa conversa? 17:31

Eu:

Você conhece o incômodo de se sentir traído? 17:32

Nem que seja por mensagem? 17:32

DiCaprio:

Não, nunca namorei. Exatamente pra não passar por isso. 17:33

Eu:

Então, é uma porra. 17:33

Eu não quero passar por isso de novo e não quero que ele passe. 17:34

E mesmo que ele não descubra, eu não me sinto bem, brincando com você assim. 17:35

Não dá mais. 17:35

DiCaprio:

Kkkkkkkkkkkkkk 17:38

Porra, você está casado, Bandile? 17:38

Eu:

Pelo amor de Deus, não. 17:40

Não precisa estar casado pra ter caráter. 17:40

DiCaprio:

Tá aí, agora você que está fazendo drama. 17:41

Tá bom, rabanete, vou parar de dizer que quero me esfregar pelo seu corpo todo e passar a língua em você. 17:42

E ouvir você gemendo. 17:43

E apertar sua bunda. 17:43

Vou parar em respeito a você e ao seu marido. 17:44

Eu reviro os olhos e bloqueio o celular.

Percebendo que não consigo continuar aquela conversa, me levanto da cama e vou até meu computador, que tinha colocado para ligar, mas, devido à demora, acabei me jogando na cama para jogar conversa fora com a máquina de me irritar.

Com o papo finalizado, não foi difícil me sentar na frente da tela e abrir meu e-mail, que já não era verificado há alguns dias, por conta do meu desânimo em não conseguir a vaga que eu queria.

Entretanto, um e-mail diferente está em destaque, de uma empresa à qual havia me candidatado: Seven Lines.

A mesma empresa, onde perdi o estágio inicial muitos e muitos meses atrás, agora, está me oferecendo uma nova proposta.

Uma possível vaga de emprego.

Depois de esperar alguns minutos, o e-mail é aberto, e eu demoro um pouco para tomar coragem e ler o que está escrito, mas o faço assim que respiro fundo.

Caro Gael Bandile,

Recebemos seu portfólio e, como foi constatado em nossos registros, vimos que o senhor declinou de uma vaga de estágio há algum tempo, por falta de fundos financeiros para arcar com a mudança até a cidade de nossa matriz.

A proposta para tal mudança ainda está mantida, porém temos uma vaga diferente à sua disposição, que acreditamos poder atender às suas necessidades, desta vez, como membro efetivo do nosso quadro de funcionários.

Entretanto, queremos ver se você se adequa ao nosso estilo de trabalho, então, arquivado a este e-mail, há uma pasta com dez tipos de serviços diferentes, que queremos que você execute e mande para nós em até 40 dias.

Se conseguir concluir todas as tarefas, algumas mais difíceis do que as outras, teremos prazer em prosseguir com sua candidatura e conversar sobre as questões trabalhistas.

Já conhecendo seu trabalho, estas avaliações não passam de mera formalidade, porque temos muita vontade de tê-lo em nossa equipe, mas necessitamos que você avance nessa etapa de testes.

Lembrando que, passando no processo, você poderá optar por trabalhar conosco, na nossa matriz, onde teremos todo um grupo e material de apoio sempre presente para orientá-lo, além de grande chance de crescer dentro da empresa, ou ficar na sua residência, através de trabalho remoto, também com material de base que lhe enviaremos.

Aguardamos ansiosamente seu contato.

Atenciosamente, Saori Hime
Diretora de Equipe Criativa
Seven Lines

Eu termino de ler.

Leio e releio quantas vezes eu consigo, porque ainda não consigo acreditar.

E a sensação, que tenho, é de que meu coração vai parar, porque eu estou feliz a ponto de senti-lo quase explodir dentro de mim.

Eu tentei por tanto tempo, que isso não parece ser real, não na mesma empresa.

No mesmo lugar que me martirizei tanto tempo por ter perdido uma das melhores oportunidades da minha vida.

Mas era, estava ali na minha frente...

Uma segunda chance rara, dessas que a vida não costuma te dar.

Entretanto, meu sorriso diminui e a dúvida brota, cantando uma saudade prematura nos meus ouvidos, que eu deveria evitar quando esse momento chegasse.

Eu penso em Dimitri.

E, pela primeira vez, toda aquela gana de deixar o país se enfraquece dentro de mim, ainda mais com uma oportunidade de trabalho remoto.

Ela ainda está lá, ainda existe, e eu sei que ainda quero...

Mas não tanto quanto um dia quis.

É por isso que baixo os arquivos, olho os trabalhos a serem executados e, arquitetando um planejamento mental do tempo que terei para fazer essas tarefas, fecho meu notebook e vou tomar banho para ir trabalhar.

E quanto à minha decisão, ela será tomada em breve, dependendo de como meu coração estupidamente carente conduza e enlace a minha mente, na tomada de decisões que seriam muito mais claras se eu não estivesse me envolvendo com ninguém.

Mas eu estou.

Muito.

E não há nada de claro agora.

Nada mais é simples...

23

BAR

Eu chego à boate mais cedo.

É sexta-feira e Eric mandou uma mensagem no grupo do trabalho, avisando que todos os vouchers haviam sido vendidos, logo vai ser uma daquelas noites que eu me fodo de tanto trabalhar.

Quando apoio a mochila em cima do balcão do bar, vejo Davi lá dentro, já trabalhando.

— E aí, pai de família? — eu o cumprimento rindo, abrindo minha mochila e pegando meu uniforme, para trocar no vestiário.

— Oi, Gael — ele responde amigável, dando um sorriso bonito e mostrando covinhas que eu não tinha percebido, até resolver ser mais sociável com o cara que me acompanha esporadicamente no trabalho. — Eu já cortei as frutas, ok? Já separei os copos, não quebrei nada dessa vez.

Eu rio meio alto e entrego minha mochila a ele.

Minha mudança de humor nos últimos dias está começando a ficar muito na cara...

E eu vou fingir que não sei o motivo.

— Tá perfeito. Coloca embaixo da pia pra mim, cara? Vou trocar a roupa e já venho; hoje, a noite vai ser foda...

— E eu já tô quebrado — ele resmunga, apesar de soar bem humorado, e eu saio dali, em direção aos vestiários, com o uniforme dobrado nas mãos.

Quando chego ao vestiário vazio, coloco a roupa em cima do largo banco central e tiro minha camiseta preta de algodão, jogando-a em cima do assento amadeirado. Ao colocar a mão no cinto para desafivelar, observo alguém entrando devagar no vestiário, de forma calma e perigosa.

É Dimitri, mais uma vez, me olhando como se eu fosse uma presa, enquanto me lança um daqueles sorrisos sutis, no canto dos lábios, e ergue apenas a sobrancelha direita.

Dimitri pode matar qualquer um só com esse olhar, se for sua vontade.

— Entra — ele ordena, colocando a mão no meu peito nu e me empurrando para a cabine de chuveiro atrás de mim.

Eu faço o que ele manda e, quando estamos presos no pequeno espaço do box, Dimitri fecha a porta. Antes que eu possa questionar o que ele quer, o maître leva a mão pequena até minha boca, calando qualquer tentativa de fala minha.

— Então, você sentiu saudades de mim? — sussurra malicioso, me apertando contra uma das paredes do banheiro e levando a outra mão até meu membro, sobre o tecido da calça.

Eu fecho os olhos e respiro fundo, sentindo seu toque ousado incendiar meu corpo.

Porra, Dimitri, eu preciso trabalhar...

Mas não quero que pare.

— Responde, Gael — sussurra mais uma vez, pressionando o polegar na minha glande e me fazendo soltar um gemido baixo e anasalado, por conta de sua mão que ainda tapa meus lábios.

Eu afirmo com a cabeça.

Ainda de olhos fechados.

Ainda controlando minha respiração.

A mão que estava na minha boca desliza para minha nuca, e Dimitri choca nossos lábios num beijo tão ardente que me questiono qual a utilidade de roupas.

Sua língua tem pressa quando se enrosca à minha e a suga para dentro de sua boca, finalizando o beijo com mordidas dolorosas que arrancam de mim gemidos mais altos do que eu poderia dar.

— *Shh*, baixinho meu amor — diz sacana, rindo entre nossos lábios, voltando a me beijar e esfregando a própria rigidez em cima da minha, de forma tão despudorada que não deixo de perguntar até onde Dimitri vai com aquilo.

Sua mão volta a tapar minha boca e ele desce os lábios num caminho lento pelo meu queixo, pescoço, até a extensão do meu peitoral, onde desliza a língua até parar por cima do meu mamilo. Lambe de forma lenta e tortuosa, esfregando os dentes e sugando a região sensível, em seguida.

Eu respiro fundo mais uma vez, levando as mãos até sua cintura, apertando-o com certa força quando ele me morde de forma ardente, arrastando o músculo úmido, quente e gostoso na minha pele arrepiada.

Mas um gemido incontido sai de meus lábios, no exato momento em que ele estimula meu mamilo e esfrega o próprio caralho no meu, numa resfolegada tão apertada que eu pulso sedento.

— *Tsc*, você não sabe ficar quieto. — Ergue o rosto, olhando para mim e balançando a cabeça negativamente. — Você sabe que ganha tanto se me obedecer, pena que não obedece.

Dimitri descola o corpo do meu, dá um selar frouxo e rápido em mim, deixando, em seguida, o box apertado que dividíamos. Mas não antes de olhar para mim e sorrir, mordendo os lábios como quem tem total noção do que causa no meu corpo.

Filho da puta sádico, manipulador e provocador.

Eu estou furioso a ponto de sair correndo do chuveiro e buscar seu corpo, para que possa puxá-lo de volta, mas, quando o faço, dou de cara com alguns funcionários que estão entrando no vestiário, distraídos em conversas aleatórias. Com cumprimentos educados, finjo que não estava prestes a atacar o maître da boate e volto ao banco com minhas roupas.

Respiro fundo muitas vezes, de costas para os outros, tentando esconder a ereção idiota que demora a ir embora. Quando ela morre, termino de me vestir e volto ao bar, parecendo mais irritado do que quando saí de lá.

— Tudo bem? — Davi pergunta desconfiado, provavelmente, me percebendo puto.

— Tudo, eu... — respiro fundo, balançando a cabeça negativamente. Pego minha mochila para guardar minha roupa de casa, e, no exato momento em que a coloco em cima do balcão, percebo Dimitri andando devagar na frente do bar. — Quase caí no vestiário.

O maître se aproxima do bar, olhando para nós dois com aquele sorriso simpático e bonito, de quem finge que é inocente, mas que sei que é um safado. E que não me engana mais.

— Tudo certo por aqui? — sua voz soa meiga.

Dissimulado, puta merda.

— Tudo, Dimi. Já deixei tudo pronto — Davi responde, porque eu estou com uma taça grande de conhaque na mão, polindo por mais tempo do que o necessário, enquanto encaro Dimitri sério.

— E você, Bandile, tudo certo? Você parece meio nervoso.

Porra, como é sonso.

— Eu estou bem — respondo entre os dentes, respirando fundo.

— Perfeito — o sorriso carrega falsa meiguice e possui o tom leve de quem sabe que esconde muito bem o devasso que existe dentro de si. — Vou mandar Victor abrir, bom trabalho pra vocês!

Então, Dimitri sai, andando suave, rebolando aquela cintura gostosa, e eu só queria pôr as mãos nele naquele momento. Tão ardiloso que me faz desejá-lo ainda mais, com cada uma de suas ações.

E sou ingênuo se acho que suas provocações do dia vão parar por aqui. Porque, conforme a noite passa, elas só aumentam.

Dimitri é esperto.

É esperto, porque, como eu, ele não quer que as outras pessoas descubram que estamos *realmente juntos.*

Pelo menos, não agora. Ainda não.

É por isso que, quando estou trabalhando ao lado de Davi, Dimitri não me provoca.

Ele fala comigo apenas o necessário, mesmo que use palavras totalmente sugestivas, que só têm um sentido pornográfico na minha cabeça, porque sei a atmosfera safada em que estamos envolvidos.

Mas hoje ele está diferente.

Não sei se minha *quase-declaração* o incendiou ou se só o fato de dizer que estou com saudades seja estopim suficiente para ele se sentir tentado a cruzar todos os limites que nos rondam, mas Dimitri parece se segurar, parece estar prestes a voar por cima do balcão do bar a qualquer minuto. Eu sei que estou da mesma forma, porque não consigo tirar os olhos do maître, durante a noite que se passa, mesmo no meio do trabalho, da correria, dos pedidos que chegam apressados e das pessoas bêbadas que se debruçam no balcão do bar.

Em cada oportunidade, estou encarando Dimitri, e ele me encara de volta, sustenta o olhar, lambe o lábio inferior, sorri para mim. Em dado momento da noite, parece pouco se importar se Davi pode perceber o que acontece entre nós ou não.

E é quando o movimento da boate começa a diminuir, próximo das 3h da manhã, que vejo a oportunidade de mandar meu ajudante para casa, antes que as coisas fiquem ainda mais difíceis de disfarçar.

— Davi, pode ir, eu termino aqui — falo, porque sou eu quem detenho o poder de decidir até quando preciso do auxiliar, já que Pablo deixou isso bem claro para mim na primeira vez que o triturador de vidro — não tão triturador hoje — começou esporadicamente aquele trabalho.

— Tem certeza? — ele pergunta desconfiado, porque, apesar de o movimento estar normal para mim, eu nunca o dispensei tão cedo.

— Tenho, vai ficar com seus filhos. — Tento soar amigável, para o cara não achar que estou sendo debochado.

Mas ele não acha. Lança-me um sorrisão, pega sua mochila e sai correndo gritando um "valeu", antes que eu mude de ideia.

Parece uma criança desesperada quando o sino do recreio toca.

Quando Davi vai embora correndo, Dimitri olha para mim, ao longe, e sorri mordendo os lábios, balançando a cabeça negativamente, percebendo o que eu havia acabado de fazer.

Eu havia acabado de abrir todas as portas da provocação que estavam fechadas apenas por um fio de cabelo. E ele sabe disso, pois começa a se aproximar do bar.

Entretanto, antes mesmo que o maître chegue perto, a silhueta elegante e misteriosa de Eric aparece na minha frente, me surpreendendo com sua presença que não é muito comum na boate, nos últimos dias.

— Bandile. — Cumprimenta, enquanto preparo cinco drinks iguais, para uma das mesas que pede a saideira.

— Carpo — cumprimento-o de volta, no mesmo tom.

— Muito trabalho hoje? Preciso preencher uma pesquisa de bebidas que Pablo pediu por e-mail. O puto está de folga em casa e não consegue parar de pensar em trabalho, mesmo tendo uma piroca pra chupar.

Eric está irritado, o que me deixa levemente confuso, porque nunca o vi assim. Geralmente, ele está andando por aí sendo misterioso e exalando uma sensualidade confiante, mas não é o caso no momento.

E penso que, bem provavelmente, seu tom se dá ao fato de que ele precisa trabalhar e não quer.

— Já está mais tranquilo, pode fazer.

— Vou pegar a prancheta — ele responde, meio bufando, meio cansado, meio puto.

Com certeza, não gosta de ter que fazer a contabilidade interna de estoque, mas Dimitri não deve estar dando conta de trabalhar na boate e, ainda assim, ficar responsável pelo serviço de Eric, o que nos leva a este momento.

O momento em que ele tem que mover a bunda para fazer o que ele precisa fazer.

Parecendo notar exatamente o momento em que o homem de cabelo loiro deixa o local, Dimitri aparece magicamente no bar, mas ele não está do lado de fora.

Ele entra no meu espaço pessoal de trabalho, chega o corpo perto do meu, mas encosta as costas no balcão e cruza os braços, olhando para mim.

— Não tem que mandar nos seus garçons? — pergunto meio irritado. Ainda estou puto com Dimitri, mas sei que não quero realmente que ele saia dali.

Gosto da presença desse cara safado e extremamente irritante quando quer.

— O expediente está quase acabando, tem pouca gente — ele responde gentil e sua voz tem aquele tom meigo e aveludado que arrepia minha nuca. — Eles são grandinhos, já sabem o que fazer, amor.

Legião de borboletas bate no meu estômago, ainda mais por ele falar isso no meio do trabalho.

Eu coloco a bandeja com os drinks prontos em cima do balcão, para algum garçom aleatório pegar, enquanto me controlo para não cair em seu jogo devasso de provocação. Porque eu sei que ele quer me provocar, até me fazer perder a linha, mas o que ele faz em seguida me deixa quase petrificado.

Eu demoro a entender, demoro a assimilar.

Demoro a acreditar que ele está sendo tão safado desse jeito.

Olhando para os lados, com a certeza de que nenhum funcionário está próximo dali, Dimitri abaixa e se encaixa no vão embaixo do balcão, puxando o cós da minha calça e, consequentemente, eu, até que meu quadril esteja na altura de seu rosto.

— Dimitri, o que você está fazendo? — pergunto num sussurro desesperado, espalmando as mãos sobre o balcão do bar, enquanto vejo a figura de Eric voltando devagar.

Ninguém, do outro lado do bar, consegue ver Dimitri ali, ainda assim...

A impressão, que eu tenho, é de que o balcão vai explodir e todo mundo vai descobrir a devassidão que está começando a acontecer.

— Finalizando o serviço do vestiário — responde enquanto desafivela o meu cinto com os dedos ágeis e eficientes, que logo estão na extensão do meu zíper. — Fiquei com pena de você...

Eu congelo.

Travo meu maxilar, não sei como respirar.

Não consigo afastar Dimitri, nem mesmo quero. Ao mesmo tempo, não sei o que fazer quando o meu outro chefe encosta do outro lado do balcão.

— Certo, Bandile... — ele fala alto, respirando fundo e jogando a prancheta por cima da madeira escura do bar.

Eu olho para baixo enquanto Eric folheia algumas coisas antes de prestar atenção em mim, e percebo que Dimitri ouviu, sim, sua voz, porque ele sorri sacana.

Ele sorri, mordendo o lábio inferior. É um sorriso tão depravado que sei que ele sente prazer naquela brincadeira perigosa a que me submete.

Safado, depravado, descarado, caralho...

Como Dimitri é indecente.

— Qual bebida mais tem saído? — ele começa, e eu chego o corpo mais para frente, escondendo a região do meu quadril para baixo, porque agora meu membro está para fora, enquanto Dimitri começa a me masturbar devagar.

— Ce... Ce... Cerveja — respondo com dificuldade, porque ele dá uma lambida lenta na minha glande.

E, se eu achava que não ia ficar duro pelo nervoso que estava sentindo, estava absurdamente enganado.

Meu caralho virou uma tora.

— Desde quando você é gago, Bandile? — Eric me pergunta com desconfiança, levantando apenas uma das sobrancelhas, enquanto anota minha resposta.

— Eu não tô...

Dimitri suga lentamente, enfiando meu pau inteiro na boca, até que a cabeça bata em sua garganta e ele succione de forma tortuosa.

— ... Passando bem hoje.

— Quando terminar, vai logo para casa, então — fala quase ríspido.

Ah, eu vou sim. Vou para casa de Dimitri, fazer com que ele pague por essa brincadeira.

— Depois da cerveja, o que mais sai? Preciso das bebidas que saem mais e as que você acha que não vale a pena manter. Pablo quer trocar o cardápio até semana que vem.

As mãos de Dimitri estão segurando a minha coxa, e ele enfia as unhas pequenas na minha pele, por cima do tecido fino de linho preto.

Sua boca gostosa agora se movimenta para frente e para trás, enfiando meu caralho na sua garganta, enquanto esfrega a língua quente por toda extensão de minhas veias que pulsam por ele.

Eu não posso vê-lo, mas imagino seus lábios cheios e vermelhos deslizando por toda minha pele, enquanto sinto meu membro vibrar com brutalidade, graças ao melhor oral que eu já recebi de alguém.

Puta merda, um oral tão errado.

Tão errado...

E por que caralhos isso é tão gostoso?

— Bandile? Abre os olhos — Eric fala, começando a ficar sem paciência. — Ele batuca os dedos sobre o balcão do bar e respira fundo. Sei que minha lerdeza o está irritando, mas eu não consigo raciocinar direito.

Dimitri está sugando toda minha atenção.

Literalmente.

— Eu preciso terminar isso. Vai tomar uma aspirina, um remédio, fazer uma oração, sei lá, mas foca aqui.

— Desculpa. — Eu posso jurar que, pela vibração, uma risada sai da boca de Dimitri enquanto ele me chupa e, logo em seguida, volta a me engolir. — Eu... Eu...

Não dá, eu não consigo pensar, e Eric percebe.

— Gael, leva isso e me manda preenchido, assim que chegar em casa. Eu não sei que porra você tem, mas nem vem trabalhar amanhã se estiver assim. — E ele sai, xingando mais um pouco, praguejando mais um pouco.

Eu nunca vi Eric desse jeito, com essa raiva, e sei que não ajudei muito a melhorar seu estado, mas a culpa não é minha. A culpa é do cara que soca tanto a cabeça do meu pau na sua garganta que eu sei que vou gozar a qualquer minuto.

Minhas mãos apertam o balcão do bar, eu movo o quadril levemente para trás e abaixo o rosto, respirando fundo enquanto — agora — consigo observar com perfeição Dimitri me chupando e se deliciando com o que faz.

Mal consigo ouvir, por conta da música alta da boate, mas sei que ele está fazendo aqueles sons eróticos enlouquecedores, quando sinto novamente a vibração da sua voz sobre minha rigidez.

Ele se delicia com aquilo, e eu tremo.

Tremo porque ele é bom. Porque, caralhos, Dimitri é louco e me enlouquece junto.

Eu quero tocar seu rosto, eu quero segurar seu cabelo e foder sua boca, mas não posso.

Sinto que, a qualquer movimentação minha, os poucos funcionários e clientes que andam por ali, finalizando o trabalho e indo para fila de pagamento, nos pegariam.

Mas Dimitri se atenta a isso e aumenta ainda mais o ritmo, segurando meu pau pela base e me chupando tão rápido que ele tem, de mim, o que espera.

Ele sabe que eu vou gozar, porque meu corpo dá todos os sinais disso.

Então, ele...

Simplesmente...

Para.

Dimitri para de me chupar e dá uma risada tão sacana, me olhando de baixo, que não acredito no que ele está fazendo. Ele tira meu membro rígido de sua boca, dá um beijo lento na minha glande, coloca a minha ereção para dentro da minha cueca e, pegando um engradado de cerveja no chão, levanta-se, colocando a bebida em cima do balcão disfarçadamente.

— Estou te esperando no meu apartamento. Quero ver como você fode quando está com raiva... — diz gentil, destoando das palavras eróticas que saem de sua boca, e sai do bar, arrumando o cabelo e a roupa, como se nada tivesse acontecido. Como se ele não tivesse me deixado fodidamente duro por ele mais uma vez, dentro daquela boate.

Mas ele vai ter o que quer.

Porque eu nunca senti tanta vontade de foder alguém quanto sinto agora.

24

CERTEZA INCONTESTÁVEL

Caralho.

Literalmente... Caralho.

O meu, que está pulsando com violência, quase estrangulado pela minha cueca que o aperta. Eu ainda seguro o balcão do bar e olho para frente, respirando fundo, tentando me controlar.

Dimitri passa na minha frente e vai embora, mas não sem antes me lançar um último olhar.

Aquele último olhar...

Sorrindo com o canto da boca e levantando uma das sobrancelhas, completamente ciente do que fez, ele some, e eu não o vejo mais durante o final do expediente, nem quando estou terminando de limpar o bar, muito menos quando vou embora e chego ao estacionamento.

O carro dele não está mais lá, mas eu sei onde está: no seu apartamento, então é para lá que me direciono, sentindo meu sangue ferver, mas não mais por tesão.

Eu estou com raiva.

Estou com raiva porque é a terceira vez que Dimitri faz isso.

É a terceira vez que ele é inconsequente desse jeito.

Porra, é a terceira vez que ele me deixa louco e simplesmente vai embora!

E pior, no nosso local de trabalho, como se não desse uma foda para o emprego que nós temos.

Eu já estou dirigindo enquanto bufo como um touro, seguindo com o carro em direção à sua casa, onde não demoro a chegar, por ser próxima à boate.

Estaciono naquele quase beco e, mais uma vez, seu porteiro sonolento nem percebe quando eu entro. Então, é sem dificuldade que estou à sua porta, batendo com força, ainda com raiva.

Meu punho chega a ser pesado, porque a porta é empurrada na hora em que bato. A impressão, que eu tenho, é de que não foi só minha força física que abriu a porta.

Ela parece estar aberta de propósito...

Talvez estivesse mesmo, porque estamos falando do cara que planeja, minuciosamente, todas as emboscadas.

E que me faz cair em todas elas.

Essa parece ser mais uma, pois, quando abro a porta devagar, logo me deparo com ele.

De costas, nu, a não ser por uma toalha branca que rodeia sua cintura bonita e marcada por gotas de água, que escorrem lentamente do seu ombro, banhado pelo seu cabelo levemente molhado.

Eu bato a porta com certa força, fechando-a, e me aproximo depois de chutar meus sapatos para o canto.

Ele está sereno demais, inabalável, e isso me irrita mais um pouco.

— Você é louco? — pergunto, sentindo meu sangue ainda ferver, me aproximando mais e percebendo que Dimitri lê algo numa revista, que consigo ver por cima de seus ombros.

— Como assim? — ele responde calmo e cínico, folheando lentamente, sem fazer questão alguma de se virar para mim.

— Louco, sádico, inconsequente. Você é? — sei que meu tom está alterado, mas tenho dificuldade de abaixar minha voz.

Quanto mais me aproximo de Dimitri, mais sinto o cheiro do sabonete exalando de sua pele pálida e, tão perto agora — quase roçando o quadril em sua bunda —, consigo ouvir até sua respiração.

— Sádico... talvez — sua voz continua calma.

A revista na sua mão continua sendo folheada lentamente e minha paciência fica cada vez mais escassa.

Quase inexistente.

Entretanto, antes que eu exploda, sua voz soa de novo.

— Mas me diz... Você não gostou de me sentir chupando você daquele jeito? Cheio de gente em volta? Não te deu uma adrenalina a mais?

Eu fico em silêncio, cruzo meus braços e respiro fundo. Balanço a cabeça negativamente enquanto olho para o teto, desacreditado de suas palavras pervertidas e provocantes.

Mas meu silêncio também é por consentir.

Porque eu gostei, e Dimitri, cada vez mais, me leva a limites em que eu nunca estive. Faz com que eu experimente coisas que tinha total preconceito.

Ele me provoca, sim. Ele me deixa furioso, faz meu corpo ferver a temperaturas que eu não sabia ser capaz de chegar, mas me faz desejá-lo de uma forma tão singular que me pergunto se já desejei alguém assim.

Se já fervi por alguém desse jeito...

— Gael, seu pau pulsava inteiro na minha língua — o tom... Aquele maldito tom provocador e calmo, que me incendeia tão fácil.

Sua postura inabalável ao falar comigo como se nada tirasse sua paz, e ele detivesse o controle absoluto de tudo.

E, nessa hora, parece que tem, porque eu sei que estou perdendo o meu próprio.

— Você é tão indecente, Dimitri, porra — quase rosno, me sentindo fraquejar pela sua voz.

Pelo aroma que sai de sua pele, por suas costas nuas na minha frente, tão próximas que eu posso tocá-las sem dificuldade.

Que eu até desejo beijá-las.

— É tão bom te chupar, amor... — continua falando calmo, folheando a revista em suas mãos. Percebendo que estou próximo a si, dá um leve passo para trás, até suas costas molhadas encostarem na minha camiseta de algodão. — Foi tão bom te sentir nervoso, ansioso e trêmulo — esfrega a bunda devagar sobre meu quadril —, enquanto eu fodia minha boca no seu pau.

Eu engulo em seco.

Eu estou puto, não estou? Ainda assim, a ereção vem fácil, do jeito que sempre vem quando se trata desse manipuladorzinho do caralho.

Minhas mãos descem até segurar minha própria cintura, eu me nego a cair no seu jogo sujo.

— Foi tão gostoso... — Ele solta um gemido baixinho, manhoso, enquanto se esfrega em mim. — Te fazer tremer, ir embora e te ver com essa cara de putinho porque não gozou.

Caralho, Dimitri.

Você pede...

Eu agarro sua cintura com a mão direita enquanto a esquerda se ergue e o envolve, indo direto ao seu rosto, segurando-o com brutalidade e virando-o parcialmente para mim, de modo que minha boca encoste na sua bochecha.

— Você precisa parar com isso — ordeno, sentindo sua bunda ainda ondular por cima do meu quadril.

— Tem certeza que quer que eu pare? — pergunta debochado, baixo e rouco. Seu tom me enlouquece cada vez mais. — Seu caralho já está duro, Gael. Você já quer me foder. — Ele dá uma risada baixa. — Eu estou sentindo...

Dimitri não mente, eu quero fodê-lo.

Então, com a mão que estava em seu quadril, eu puxo a toalha com violência, jogando-a no chão e empurrando Dimitri para a mesa à sua frente, fazendo a revista deslizar de suas mãos, batendo no chão.

Não tem carinho em mim quando tiro minha blusa rápido, e a mão, que estava no rosto de Dimitri, vai para sua nuca, obrigando-o a ficar de bruços na madeira.

— Você vai aprender a parar de me provocar assim.

É o que digo, então seguro as duas mãos de Dimitri nas suas costas, o deixando com a bunda — perfeitamente linda e redonda — empinada para mim.

— Então, me ensina, Bandile — sua voz soa erótica, provocativa, enquanto ele fica na ponta dos pés, empurrando ainda mais suas nádegas contra meu caralho que grita por ele.

Logo, me faz perceber algo sólido ali, na sua entrada.

Levando a mão livre até sua bunda, a aperto com força, arrancando mais um gemido sôfrego de Dimitri, esfregando os dedos até tatear uma extremidade circular metálica.

É um maldito plugue anal, completamente lambuzado por lubrificante.

— Caralho, Dimitri... — rosno, sentindo meu pau pulsar violentamente dentro da cueca ao perceber que ele planejou tudo isso.

Que ele já estava preparado para mim.

— Eu estava só esperando você vir me foder sem pena, amor — diz, depois geme arrastado quando eu tiro o plugue da sua entrada lambuzada e o coloco na bancada próxima a nós dois.

Onde percebo já ter até camisinhas separadas.

Caralho, Dimitri é um filho da puta.

Ainda segurando seus punhos atrás do corpo, não encontro dificuldade para abrir a calça e fazê-la cair por minhas pernas, mas preciso soltar suas mãos para colocar a camisinha. Aproveito para deslizar também minha cueca e chutá-la para o canto, junto à minha calça, enquanto estou colocando o preservativo.

E percebo Dimitri levar uma das mãos ao próprio pau e começar a se masturbar devagar.

— Solta — eu ordeno, terminando de deslizar o preservativo até a base do meu caralho tão rígido, mas ele não obedece.

É claro que não obedece.

Não tendo meu pedido atendido, volto a pegar seus punhos, segurando-os com apenas uma de minhas mãos e prendendo-os nas suas costas.

Quando eu uso essa violência moderada, ele ri mais um pouco.

Ele não para de me provocar, ele gosta de me ver nervoso.

— Você gosta, não é? — pergunto, segurando meu cacete e roçando a glande na sua entrada exageradamente lambuzada pelo lubrificante. — Gosta de me provocar, me deixar puto. Gosta de me deixar louco...

Suas costas estão arqueadas, seu rosto levemente virado para o lado enquanto vejo seus lábios cheios e gostosos balançarem levemente, quando fala:

— Você não faz ideia do quanto, meu amor — responde, no tom devasso que me faz ferver mais um pouco, enquanto seu cabelo loiro escorre bagunçado pelos seus olhos.

— Por que você gosta tanto disso, Dimitri? — faço outra pergunta enquanto começo a enfiar devagar, só um pouco, sentindo a cabeça do meu pau sendo apertada pela sua entrada.

— Porque eu amo você, Gael.

Porra.

Porra, mil vezes porra.

Eu soco meu caralho inteiro dentro de Dimitri, de uma vez só.

E ele geme alto, arrastado, fazendo seu corpo quicar sobre a mesa num solavanco que o faz tremer todinho, enquanto sua bunda é ainda mais empinada contra mim.

— Tão... Tão gostoso, meu amor — Dimitri diz num choramingo de tesão puro, enquanto rebola no meu pau, rodeando o quadril e contraindo sua carne em mim, me fazendo pulsar violentamente dentro de si.

Eu solto seus punhos e coloco minhas mãos em seu quadril, uma de cada lado, apertando sua pele macia e quente, ainda salpicada por poucas gotas d'água, então começo os movimentos de estocada que não são sutis, muito menos carinhosos.

E eu começo a foder Dimitri com raiva, com força; eu dou o que ele quer.

Arranco dele os gemidos mais altos, fazendo sua voz ecoar pela sala pequena e sem móveis, junto ao barulho erótico que vem do choque de nossas peles se batendo.

Suas pernas tremem, fraquejam, seu corpo inteiro sacoleja enquanto me recebe.

Eu penetro rápido e fundo.

Dimitri geme meu nome várias vezes.

Ele me chama de amor, causando arrepios quando o faz.

Eu gosto quando me chama assim, porra, eu gosto demais.

Suas mãos bonitas alcançam as laterais da pequena mesa de madeira, e ele a aperta, aproveitando para tomar impulso e ondular sua entrada de encontro ao meu pau, enquanto eu o estou fodendo, numa sincronia que chega a me assustar de tão perfeita.

É fodida de tão gostosa a forma que Dimitri me enlouquece, mesmo quando eu estou no comando.

Na verdade, não quero admitir...

Mas sei que não tenho controle de nada, nem quando eu estou por cima.

Olho para baixo, assisto ao meu cacete entrando e saindo de sua carne cheia, não aguento e ali estalo um tapa alto, ardido, que faz sua derme ficar vermelha na hora, com a marca dos meus dedos.

— Caralho, Bandile, porra! — ele diz arfado, levantando levemente o corpo e fazendo um arco bonito com as costas quando inclina ainda mais a bunda para mim, fazendo meu pau envergar dentro dele. — Faz de novo, me bate assim.

Eu obedeço, e outro tapa forte e estalado é desferido na pele farta de sua nádega.

Mais um gemido alto e agudo sai de seus lábios, e ele se enterra em mim com ainda mais força. A mão, que antes o batia, agora desliza pela extensão de sua pele, acariciando-o devagar, enquanto meu quadril continua os movimentos de vaivém, fodendo-o sem pausas.

Uma de minhas mãos continua firme em sua cintura e a outra sobe até seu ombro, segurando-o com a força que denuncia meu ritmo aumentado dentro de si.

Como Dimitri é gostoso, como eu gosto de foder e empurrar meu pau nele, desse jeito. E se gosto tanto assim do sexo com Dimitri, ansiando diariamente pelo conforto desejoso que seu corpo me causa, sei que as coisas já evoluíram demais no meu interior. Coisas que ainda não tive coragem de admitir para mim mesmo, muito menos para ele.

Alheio aos meus pensamentos, Dimitri leva a mão até a minha, que segura sua cintura, e volta à sua sincronia gostosa de se enterrar em mim, enquanto eu o fodo.

— Amor, me leva pra cama... — pede manhoso, gemendo fraco, com a voz trêmula e rouca.

Eu diminuo os movimentos, tiro o pau de dentro dele, estico o braço, pego outro preservativo na bancada, depois seguro seus ombros e o levanto devagar, rodeando os braços pelo seu corpo e beijando seu ombro de forma carinhosa.

Tão meigo, tão sutil, tão diferente da brutalidade com a qual eu o fodia minutos atrás.

Passando a mão pela sua barriga, deslizo os dedos até seu membro, onde sua rigidez clama por mim.

Dimitri geme aliviado, tremendo mais uma vez quando começo a masturbá-lo devagar, erguendo o braço e levando-o para trás, até segurar minha nuca, enquanto suas costas se colam ao meu peitoral e meus lábios se arrastam pela lateral do seu rosto.

Eu beijo sua bochecha avermelhada, bombeando seu pau mais um pouco, sentindo sua rigidez cuspir pré-gozo pela sua glande inchada, babando meus dedos que iam e voltavam pelo seu falo.

Empurrando-o devagar, sem parar de masturbá-lo, vou ouvindo seus gemidos gostosos até alcançarmos a porta de seu quarto, alguns passos de distância e, soltando seu membro, o observo deitar-se no colchão.

— Vem me foder olhando pra mim, do jeito que você sabe que eu gosto — pede, mas eu não atendo ao seu pedido.

— Onde está o lubrificante? — pergunto baixo, calmo, respirando fundo e tentando me concentrar no que eu quero fazer, antes de obedecer cegamente às suas ordens.

— Na caixa, mas não preciso de mais, amor — responde, não entendendo o que eu quero com isso.

Fica ainda mais confuso quando tiro a camisinha do meu pau e dou um nó, colocando num canto que pudesse jogar fora depois.

— Posso pegar? — pergunto firme, mas ainda baixo.

Ele não me responde com voz, apenas franze levemente o cenho e assente, permitindo.

Eu vou até a caixa e tiro o vidro de lubrificante, percebendo outras obscenidades lá dentro também, mas que não vem ao caso agora. Com o frasco pela metade e com a camisinha ainda em mãos, vou até seu corpo, sentando em suas pernas, colocando um joelho de cada lado.

— Bandile, o que você quer fazer? — pergunta com expectativa, mas eu não respondo.

Sem pressa, coloco o lubrificante ao lado dos nossos corpos, então abro a camisinha.

Antes de colocar nele, o masturbo lentamente, com os olhos fixos nos seus que se fecham, enquanto lhe dou prazer com meus dedos.

Dimitri abre os lábios sutilmente, geme baixinho, eu deslizo o polegar até a cabeça de seu pau, sentindo-o ainda muito inchado, quente, numa rigidez inteira tão gostosa.

Sua cabeça pende levemente para trás, ele continua gemendo baixo para mim, enquanto bombeio seu cacete, resfolegando por suas veias pulsadas e sensíveis.

Porra, que visão linda!

Sei que ele já está pronto para o que eu quero fazer, então passo o preservativo devagar pelo seu pau, enquanto sinto seus olhos ferinos abrindo e repousando em meu rosto.

Eu pego o frasco de lubrificante e lambuzo seu caralho, vendo o líquido viscoso deslizar pela sua extensão.

— Você quer...

Antes que ele possa terminar a frase, estou erguendo o corpo, chegando mais perto dele, colando nossos peitorais enquanto seguro seu pau e encaixo na minha entrada, deslizando devagar, sentando até que o engula por inteiro.

— Caralho, amor! — Ele geme sôfrego, voltando a tombar a cabeça para trás e respirando fundo, enquanto suas mãos vão para cima das minhas coxas, apertando-as com mais força quando eu começo a ondular sobre seu cacete.

Eu sinto a dor de não ter sido preparado, mas ela não dura muito, porque Dimitri leva os dedos curtos até meu falo e começa a me masturbar, ao mesmo tempo que estou quicando devagar sobre si.

E eu cavalgo, ondulo sobre seu pau e contraio minha carne, me deliciando ao ver seus olhos revirarem e sua boca ficar entreaberta enquanto não para de gemer.

Eu também não paro de gemer.

Nossas vozes se unem e se enlaçam em gemidos roucos e arrastados que externam o prazer da união de nossos corpos.

— Caralho, amor! — Ele fecha os olhos com força, e eu sinto suas unhas pequenas fincadas na pele da minha coxa. — Porra, você é tão bom pra mim.

Eu não falo nada, apenas sorrio com o canto dos lábios, percebendo o quanto gosto de vê-lo assim.

Até ele abrir os olhos e perceber que o estou encarando, o que o faz abrir um sorriso lateral tão safado quanto seu corpo.

E ele não deixa nada passar, nada mesmo.

— Tão bonito me olhando assim — ele diz sutil, baixo, me provocando em meio ao seu tom banhado por carícias, segurando meu rosto e repousando a testa na minha antes de sussurrar: — Tão bonito se fodendo em mim desse jeito.

Nossas testas permanecem unidas, mas suas mãos se soltam e deslizam por minhas coxas até minha bunda, uma de cada lado, e ele agarra a carne farta com força, me forçando contra seu caralho, chegando o rosto para frente e abrindo a boca na direção da minha.

Dimitri pede que eu o beije, mas eu faço que nem ele.

Aproximo a boca da sua, dou uma lambida lenta no seu lábio inferior e rio baixo, enquanto ele praticamente implora para que eu finalize aquilo.

— Me beija, amor... Por favor, me beija — pede baixinho, sussurrando um sopro quente sobre minha pele, de um jeito que faz minha derme arrepiada ficar ainda mais enlouquecida.

Dimitri não sustenta a própria provocação quando o jogo vira.

E eu sou fraco, porque obedeço.

Não aguento nada.

Beijo Dimitri, enlaço seu pescoço, o puxo para mim enquanto chupo sua língua quente e depois esfrego os dentes pelo seu lábio inferior, que mordo com força e saboreio na minha boca.

Meu corpo aumenta o movimento das ondulações e, como se não bastasse isso, me levanto levemente e quico com tudo sobre seu pau, começando movimentos sequenciais, me fodendo em seu colo.

— Porra... Porra Bandile... Caralho, que gostoso! — Geme, segurando minha bunda com força e roçando os lábios na minha clavícula, tão sôfrego, tão rendido. — Você é tão gostoso, amor... Porra, Gael!

Dimitri está deliciosamente descontrolado.

Ele fala assim, incendiando meu interior que não consegue processar em palavras o quanto estou à beira da loucura; o quanto Dimitri acaba comigo toda vez que abre a boca e massageia meu ego com frases desse tipo.

Aumento o ritmo ainda mais, quico com mais força e sinto seu corpo tremendo por baixo do meu. Suas mãos me apertam com mais vontade, sua voz é ainda mais falhada.

— Meu amor, continua assim, eu tô quase... — avisa entre gemidos esganiçados, então paro de ondular.

Paro, porque consegui o que queria.

Começo a retirá-lo de dentro de mim, enquanto me ergo com calma.

Dimitri franze o cenho. Ele me olha incrédulo, enquanto estou arrastando os joelhos e saindo de cima de si.

— É assim... — falo baixo, levantando do colchão e ficando em pé — que eu te ensino a parar de me provocar.

Sua cara de choque é impagável.

Deliciosa, devo dizer.

Saio do quarto, me sentindo levemente vitorioso, indo em direção às minhas roupas jogadas no chão da sala e pegando minha camisa escura de algodão.

Minhas bolas estão vibrando de dor, por conta do tesão acumulado que quer explodir, e meu pau está tão rígido que bate erguido na minha barriga, sem esforço algum.

Ainda assim...

É muito bom lembrar-me da imagem de um Dimitri provando do próprio veneno, com aquela feição totalmente abalada por eu ter saído de cima de si, que ainda pulsa na minha mente. Tal qual meu caralho que não me dá folga e torna esse jogo de implicâncias eróticas ainda mais difícil.

Mas minha ingenuidade é do tamanho do prazer que eu tenho em vê-lo pagar por me deixar com tesão tantas vezes, porque ele surge atrás de mim, beijando minhas costas e abraçando meu corpo, levando os dedos gostosos e habilidosos até meu membro. Dimitri me masturba com certa velocidade, pressionando o polegar certeiro na minha glande e voltando a esfregá-lo pela extensão.

Quando é com ele, realmente não sustenta a própria provocação.

E chega a ser maldade o que faz comigo, porque já estou gemendo com sua masturbação...

— Você venceu, meu amor... — se rende em tom baixo, beijando minha pele devagar, enquanto continua aqueles movimentos gostosos, me fazendo gemer rouco, sofrido, quase me deixando chegar lá, apenas me bombeando. — Eu não faço mais isso com você, Gael, eu prometo — sua voz é manhosa e, percebendo meu jeito totalmente desarmado ao lidar com seu tom, pela camisa que eu deixo cair no chão enquanto aperto os olhos, sentindo sua masturbação, Dimitri desliza o corpo para frente do meu e, largando meu pau, leva as mãos até minha nuca, me puxando para si.

E ele me beija numa sede e brutalidade tão grandes que são correspondidas pelos meus lábios famintos por todos seus beijos, por todo seu corpo.

Segurando sua cintura com força, giro Dimitri e o coloco sentado na mesa de madeira, agradecendo a sua astúcia de ter deixado as camisinhas no balcão tão perto e pegando mais uma sem dificuldade.

— Me fode, Gael... Por favor! — suplica, enquanto termino de colocar o preservativo e encaixo a cabeça na sua entrada, penetrando-o devagar.

Suas pernas são cruzadas no meu quadril, e ele pede, com as panturrilhas que me puxam, para que eu enfie fundo.

E é o que faço.

Enquanto Dimitri me abraça e me enlaça, eu soco cada vez mais rápido, segurando sua coxa direita com força, enquanto minha mão esquerda está em seu rosto, fazendo-o olhar para mim.

— Eu quero tanto falar que te amo — parece implorar, porque sua voz sai chorosa entre os gemidos gostosos que deslizam de sua garganta.

— Diz — falo firme, sentindo meu corpo se arrepiar por inteiro, me fazendo fodê-lo com mais força.

— Eu te amo, Gael. Eu te amo muito!

Caralho, como ele me incendeia quando diz isso.

Como é bom ouvir que eu sou amado.

Que eu sou amado por Dimitri.

Um Dimitri que diz, com todos os centímetros de seu corpo, o quanto seu sentimento é real.

Com os olhos vidrados nos meus, com os lábios tremulantes e úmidos pelo suor, ele se vê balançado por uma respiração arfada de quem está sendo fodido cada vez mais rápido, cada vez mais fundo.

Dimitri solta mais um gemido, um mais alto dessa vez, junto a um espasmo violento que seu corpo tem, no momento em que percebo atingir o ponto sensível da sua próstata.

— Porra, acerta de novo amor... — fala quase implorando, e eu obedeço, vendo seu corpo tremer com uma violência que só cresce, enquanto as estocadas aumentam.

Ele geme mais e mais; seu corpo treme mais e mais.

Não preciso de muito mais tempo, e logo Dimitri está gozando, enquanto enfia as unhas no meu ombro e me puxa com força, chocando nossas bocas num beijo descompassado que é banhado por desejo, enquanto termino de fodê-lo em cima daquela mesa.

E seu ápice é estopim para o meu prazer chegar ao mesmo ponto. Eu gozo assim que ouço o choramingo de seu corpo fraco, dizendo que chegou ao limite. Meu gemido rouco e baixo preenche aquele cômodo, e Dimitri para de me beijar apenas para ouvir o tom arrastado de minha voz, quando solto o gemido para ele.

Quando me derramo por ele.

— Você geme tão gostoso, meu amor... — diz sorrindo, arrastando os lábios nos meus e acariciando meu rosto com uma das suas mãos meigas.

— Você também — respondo sorrindo sutil, fazendo aumentar o sorriso em seu rosto e me tirando de dentro de si.

Puxando-me um pouco mais, Dimitri sela meus lábios com calma, enfiando a língua na minha boca. Ela é bem recebida, pois saboreio seu gosto quente, que transforma aquele beijo calmo numa intensa troca de profundidades.

Logo suas mãos estão rodeadas por cima de meus ombros, num abraço forte que retribuo, enlaçando sua cintura com força e o erguendo. Puxo-o enquanto o seguro no meu colo.

Dimitri ri baixo entre nosso beijo que não se finda, e eu caminho devagar até o banheiro, com ele no meu colo. Tomamos o banho juntos, trocando carícias que parecem não ter fim.

Quando finalizamos o banho, já sabendo que quase morro de fome depois de transar, ainda mais tendo saído do trabalho há pouco tempo, Dimitri vai à cozinha, mas eu o sigo e não deixo que cozinhe para mim.

Seguro seu corpo pela cintura, o levanto e o coloco sentado na pia.

Ele inclina a cabeça para o lado e sorri meigo, me olhando enquanto balança os pés devagar. Ainda parece carregar aquela mesma inocência quando não está embaixo do balcão do meu bar, chupando meu pau escondido ou me pedindo para bater nele com força.

Ele me olha sem vergonha alguma de demonstrar o quanto gosta de me admirar, e eu cozinho para nós dois, enquanto conversamos banalidades do dia a dia.

Sem sermos adeptos a formalidades alimentícias, como em pé, enquanto deixo que suas pernas me enlacem, prática que ele gosta tanto de fazer. Ou me abraça ou me envolve com as pernas.

Quando estamos sozinhos, Dimitri mostra ter uma clara dificuldade de ficar longe de mim. E eu gosto tanto disso que me pergunto em que momento as coisas ficaram tão naturais assim. Em que momento eu me permiti ser cuidado e cuidar, dessa forma, de um cara que estava trabalhando comigo há um ano, mas que eu só fui perceber agora o quanto gosta de mim.

— Me pega no colo de novo — pede depois que terminamos de comer.

Parece um pedido meigo, mas é uma ordem velada, que sou incapaz de negar, porque, no mesmo segundo, estou rodeando sua cintura com os braços e o erguendo no meu colo, beijando seus lábios e dando mais alguns poucos passos até chegarmos ao seu quarto, não longe dali, pelo pouco tamanho de seu apartamento.

Eu o deito devagar sobre o colchão, passando o corpo pesado por cima dele, com minha boca sedenta implorando pelos seus lábios, que logo se chocam aos meus, num beijo profundo que não busca afobação nem pressa.

Nós nos beijamos com calma, com carinho, movendo nossos rostos em sincronia e terminando cada beijo com um selar lento, mas que envolve tantos sentimentos que logo estamos nos beijando de novo.

Quando me afasto sutilmente, apenas para olhá-lo, Dimitri sorri calmo, inclinando a cabeça para o lado enquanto analisa meu rosto e passa o dedo indicador pela minha face, contornando a linha da minha mandíbula, depois minhas bochechas e meu nariz.

Eu olho em seus olhos, enquanto ele me delineia, exalando amor e devoção em cada respiração que tem.

Mais do que no sexo ou em todas as horas em que estivemos juntos, é ali, enquanto ele passa o indicador — agora pelo meu lábio —, num carinho meigo, que sinto meu peito queimar tanto ao olhá-lo, me sentindo atingido por uma certeza que já é incontestável.

Então, externo:

— Estou apaixonado por você, Dimitri.

Seu dedo para sobre meu lábio, e ele abre a boca levemente e congela, então seus olhos vagueiam até os meus, muito devagar.

Ele engole em seco, sua pupila dilata, seu peito sobe e desce, com muito mais força, muito mais rapidez. E eu não entendo a dimensão do amor de Dimitri por mim, mas imagino que seja muito quando seus olhos se enchem d'água.

— Você o quê? — Ele sorri. Sua voz soa trêmula, e ele mal parece acreditar nas minhas palavras.

— Estou apaixonado por você — repito, tentando conter um sorriso que pede para ser imenso no meu rosto, mas que eu travo, porque estou constrangido.

Constrangido pelas coisas brutais que explodem dentro de mim.

Mas Dimitri não se importa, porque seus olhos marejados denunciam o quanto aquela fala soa importante e arrebatadora aos efeitos diretos do seu corpo. Ele leva os dedos macios até os olhos e os seca, ainda rindo, enquanto balança a cabeça negativamente.

— Desculpa — pede, por estar chorando.

Eu seguro suas mãos e as abaixo, beijando o dorso. Depois, levando os polegares até suas bochechas, seco-as com carinho.

— Você me pegou de surpresa.

— Não se desculpe, a sua reação foi... — Eu respiro fundo, ainda limpando seu rosto. — Foi linda, Dimitri.

Ele sorri, coloca as mãos no meu rosto e me puxa para si com carinho.

Eu vou até ele e selo meus lábios nos seus, embalado por sua risada fraca quando nos afastamos.

— Você não tem noção, amor... — sua voz baixa sai meiga, e ele olha para os meus lábios, parecendo constrangido para me olhar nos olhos. — Noção de quanto tempo eu esperei pra ouvir isso... — segreda a mim, fazendo meu coração bater um pouco mais forte, um pouco mais rápido. — Eu cheguei a pensar que nunca aconteceria, que você nunca fosse gostar de mim. — Então, sobe os olhos sutis até os meus, enfim me encarando.

A declaração faz algo, dentro de mim, bagunçar um pouco mais, ao mesmo tempo que sinto uma dor sutil, por não compreender a tortura de gostar de alguém por tanto tempo em segredo, e não poder tê-lo para si.

Mas agora Dimitri tem a mim.

— Eu gosto... — começo a falar entre beijos calmos, que selo em seus lábios cheios e avermelhados. — Eu gosto muito. Gosto do que você faz meu corpo sentir, da forma que você faz meu coração bater...

Dimitri sorri.

É forte, é grande. Seus olhos se comprimem e somem em fendas que expressam o quanto seu peito explode nesse momento. Como o meu também explode.

— Eu estou muito apaixonado, Dimitri, mesmo — concluo, sentindo seus beijos me arrebatarem.

Em seguida, seu corpo me enlaça e rolamos, com ele vindo por cima de mim. Seus lábios voltam a expressar a intensidade contida em nossos peitos, por tudo que passamos até chegar a esse específico momento.

Passamos tanto tempo entre beijos e carícias, com ele me embalando com sua voz suave e incansável de segredar o quanto me ama, que não me recordo em que momento caio no sono.

Além da certeza de que tenho paz ao dormir com ele, agora sei de mais uma coisa: eu gosto de estar apaixonado por Dimitri e nunca me senti tão amado quanto me sinto agora.

25

NAMORADO

DIA 61

DiCaprio:

Macarrão instantâneo conta? 17:34

Eu:

Claro que não. 17:34

DiCaprio:

Então, eu só sei cozinhar arroz, carne e legumes. 17:35

Eu:

Pelo menos, não morre de fome se passar por um apocalipse zumbi. 17:35

DiCaprio:

E você, bonzão, o que você sabe fazer? 17:35

Esta é mais uma das nossas conversas aleatórias, que nunca termina, porque eu descobri que, quando eu não me despeço do cara, eu não preciso iniciar outra conversa.

É só emendar na anterior.

E esse sou eu, me mostrando cada vez mais carente de amizade, depois que me apego.

Essa carência de amigos pode ser uma coisa patética se você deixar. E eu, claramente, deixo.

Eu:

De tudo um pouco, apesar de não ser expert em nada. 17:36

Mas, ultimamente, eu tenho cozinhado mais, então acho que estou ficando melhor. 17:36

DiCaprio:

Tão servindo comida no bar agora, é? 17:37

Eu:

Não, só na cozinha da boate mesmo, mas é que eu gosto de cozinhar... 17:37

Enfim, gosto de cozinhar pro cara que eu tô saindo. 17:38

Confesso meio sem graça, observando o notebook ligado na minha frente, nos últimos desenhos que eu estava finalizando para poder enviar à *Seven Lines*.

DiCaprio:

Kkkkkkkkkkkkkkkk 17:38

Virou escravo de pau. 17:38

Reviro os olhos impaciente.

Eu:

Deixa de ser venenoso, porra. 17:39

DiCaprio:

Desculpa, eu não resisti. 17:39

E como é o sexo de vocês? 17:39

É gostoso? Ele manda bem? Atende às suas expectativas? 17:39

Essas perguntas me deixam levemente desconfortável, mas eu tento não dar um fora muito rápido hoje.

Eu:

Estávamos falando de cozinhar e agora você quer saber de sexo? 17:40

DiCaprio:

É tudo comida. 17:40

Eu:

Tá querendo saber demais... 17:41

DiCaprio:

Já vi que o cara fode mal. 17:41

Se o que Dimitri faz é foder mal, eu tenho medo de conhecer alguém que foda bem.

Eu:

Ele fode bem até demais pro meu gosto. 17:42

Não aguento e solto, porque sinto que é meu dever defender o sexo de Dimitri.

DiCaprio:

Ui, Bandile. Então, me conta... 17:42

É chuva de sentada ou chuva de estocada? 17:43

Que falta de vergonha na cara que esse cara tem.

Eu:

Os dois. 17:43

DiCaprio:

Nossa, que delícia. 17:43

Vou mudar teu contato pra "carro total flex". 17:44

Eu podia conversar com seu namorado pra você ficar no meio de nós dois, o que acha? 17:44

Eu:

Idiota, kkkkkkk. 17:44

DiCaprio:

Nada idiota, apenas quero aproveitar as oportunidades. 17:45

Ele chupa bem e faz você ver estrelas? 17:45

De 1 a 10, qual nota você dá pro boquete dele? 17:45

Franzo o cenho ao ler as perguntas.

Que interrogatório insuportável.

Eu:

Não acha que isso tudo é íntimo demais e que só diz respeito a mim e ao cara? 17:46

DiCaprio:

Não, não acho... 17:46

Mas, já que você se incomoda, vou mandar uma pergunta menos íntima. 17:46

Já estão namorando? 17:46

Namorando...

Apesar de parecer um namoro o que tenho com Dimitri, ainda fico desconfortável com essa palavra.

Não por querer outras pessoas. Eu, definitivamente, só quero Dimitri, mas pelo medo de dar errado, porque eu sei que, a cada minuto que passa, estou mais apaixonado por aquela criança *que não tem nada de criança.*

Eu:

Sim? Não sei, não teve pedido, mas, sei lá. 17:47

Eu acho que ainda tenho medo de pedir ele em namoro. 17:47

DiCaprio:

Medo por quê? Já tá todo de coleira, cozinha pro cara, fode e se fode, não sabe falar de outra coisa além desse maluco aí. 17:47

Tô até cansando minha beleza de tanta melação. 17:48

Me deixando triste diariamente, porque perdi a chance de sentar em você. 17:48

Eu:

Não é como se você já tivesse tido essa chance... 17:49

DiCaprio:

Desgraçado, corno, sem futuro. 17:49

Eu:

Kkkkkkkkkkkkkkkk 17:49

Nunca te iludi com nada. 17:50

DiCaprio:

Eu sei, eu gosto de me iludir sozinho. 17:50

Mas... E o pedido sai ou não? 17:51

Eu:

Eu tenho meus traumas com relacionamentos, não vou me forçar a nada. 17:51

Quando eu achar que é a hora certa ou se ele pedir... 17:52

Sei lá, não imagino nada disso demorando a acontecer. 17:52

DiCaprio:

Me chama pro seu casamento. 17:52

Eu quero gritar e chorar quando o padre perguntar: Alguém tem algo contra esse matrimônio? 17:53

Vou responder: Padre, eu nunca rebolei no colo desse homem egoísta, cancela esse casamento. 17:53

Eu:

Pelo amor de Deus, vai se tratar. 17:54

Deixo a conversa de lado, me levanto da cadeira com preguiça e vou tomar meu banho, porque a hora de sair de casa está chegando.

É domingo, a boate vai estar com pouco movimento, então sei que posso me arrumar com calma, mas já faz alguns dias que tenho chegado antes da hora.

Simplesmente para poder me pegar com Dimitri nos boxes do vestiário da Hidden Honey.

Independente de termos sua casa para transar depois do expediente, tem algo de muito excitante em dar uns amassos escondidos e depois sair de lá como se nada tivesse acontecido.

Parecemos dois adolescentes.

E eu nunca me senti tão bem com alguém desse jeito.

Rindo que nem idiota, por não conseguir tirar o maître da cabeça, saio do banho, com a toalha enrolada no corpo, e me deparo com meu pai chegando em casa.

Está bem-arrumado, então presumo que tenha voltado da casa da namorada.

— Ah, oi, meu filho — diz calmo, acenando para mim com a cabeça, enquanto eu vou andando até a porta do meu quarto.

— Oi, pai, boa noite — falo, alcançando a maçaneta.

— Filho... — chama, me fazendo parar e virar, encarando-o. — Tá acontecendo alguma coisa contigo?

Eu franzo o cenho levemente, não entendendo o que ele quer dizer.

— Eu acho que não... — falo olhando para nenhum lugar específico, tentando pensar em algum problema que esteja acontecendo comigo. — Por quê, pai?

— É que eu quase não te vejo mais em casa. Você está com... — Ele pigarreia, daquele jeito grave, olhando para o chão, parecendo sem graça. — Com raiva de mim, porque eu comecei a namorar?

Então, eu solto uma risada nervosa, balançando a cabeça negativamente, de forma rápida e quase desesperada.

— Não, pai, não... Não é nada disso. — Agora quem está tenso sou eu.

Meu pai sabe que eu já namorei tanto uma mulher quanto um cara e, quando eu contei para ele sobre William, demorou tempo demais para aceitar e entender, mas acabou acontecendo com o passar dos meses.

Foi difícil, eu não nego. Eu me senti muito mal por muito tempo, não tinha ninguém para me aconselhar, e meus parentes seriam tão inúteis quanto meu pai numa missão de me fazer sentir um ser humano normal.

Mas veio dele, algum tempo depois, a iniciativa de sentar-se comigo e conversar, para entender como eu me sentia, se eu realmente estava apaixonado. Isso só aconteceu depois de eu ter passado noites em claro me culpando. Demorou, mas ele acabou me entendendo, ficando do meu lado e, quando William me traiu, quis matar o cara.

Ele realmente, *realmente* queria matá-lo, eu tive que segurar o homem.

Ainda assim, depois de toda essa problemática, continuo me sentindo desconfortável de confessar a ele o motivo de todo o meu sumiço, mas não vou deixar de fazê-lo, agora que vejo meu pai com medo de que eu possa o estar evitando.

Ele não merece ficar se culpando por uma coisa que é só fruto da sua imaginação.

— É que eu tô saindo com um cara do meu trabalho já tem um tempo, então eu acabo ficando mais na casa dele — falo, não sendo muito fã de rodeios.

— Saindo de namorar? — aquele homem todo truculento e sério pergunta sem graça, me fazendo ter que conter o riso, porque o tom dele não tem agressividade nem nada.

Ele parece até aceitar, só não consegue se desfazer desse jeito meio brutamontes de ser.

— Sim, ainda não estamos namorando, mas parece que está perto disso... — digo, um pouco mais calmo, depois de perceber seu tom.

Ele respira fundo, balança a cabeça positivamente enquanto continua olhando para o chão, depois levanta o rosto, olhando para mim de forma serena.

— Espero que você seja feliz, meu filho.

Eu amo esse homem.

— Obrigado, pai. — Eu sorrio fraco ao agradecer, porque sei que seus desejos são sinceros.

E sorrio ainda mais porque sei que estou feliz.

Porra, Dimitri tem me feito feliz demais.

— O seu cheiro... — digo, beijando o pescoço de Dimitri, passando os dentes levemente por ali, antes de depositar selares calmos na região para não deixar marcas, enquanto o aperto contra aquele restrito box na parte dos chuveiros do vestiário.

— Você gosta, amor? — pergunta rouco, sussurrando, enquanto enfia as mãos por dentro da minha roupa, arranhando minhas costas devagar, me arrepiando inteiro.

— Eu estou tão viciado.

Ele ri leve, daquele jeito sacana, depois tira uma das mãos das minhas costas e enfia os dedos no meu cabelo, o puxando com certa força e fazendo com que eu o olhe.

Dimitri sorri malicioso, passando o nariz no meu, depois o arrastando pela minha bochecha, ao mesmo tempo que roça os lábios na minha boca.

— Já é apaixonado por mim... — ele fala baixinho, mordendo meu lábio inferior de forma leve. — Está viciado no meu cheiro... — Então, ele passa a língua quente devagar no mesmo lábio. — Agora é questão de tempo, El...

— Pra quê? — pergunto sussurrando, arrepiado por ele me chamar de "El", apelido novo que me deu nos últimos dias.

No entanto, não há resposta alguma vinda dele.

Dimitri apenas dá mais um sorriso malicioso e depois me beija de forma intensa e urgente, me puxando pela nuca com força, me fazendo roçar ainda mais o corpo no seu, espremendo minha ereção marcada contra a sua, que chama por mim, da mesma forma que eu chamo por ele.

E Dimitri realmente cumpre sua promessa, quando nunca mais me deixa passar vontade. Ainda soltando risadas safadas e abafadas pelos nossos lábios que se encaixam e com dificuldade de se distanciar, ele desce as mãos e abre minha calça e a sua, abaixando o meu zíper e depois o seu.

Enquanto eu o beijo, ele tira nossas ereções para fora e começa a me masturbar devagar, me fazendo gemer rouco e baixo dentro de sua boca.

Parecemos dois amantes proibidos que, se forem pegos, vão para a forca.

A forca, nesse caso, é o olho da rua.

Mesmo assim, quando Dimitri me puxa para trocarmos beijos escondidos naquele box, eu nunca, em hipótese alguma, consigo dizer não.

Eu não quero dizer não e sei que estou enfeitiçado por tudo que ele faz.

— Vem me tocar, amor — ele pede, e eu obedeço, levando os dedos até seu caralho, que começo a estimular devagar, enquanto nossas glandes são esfregadas uma na outra, no movimento de vaivém tão gostoso que fazemos em sincronia.

Dimitri sabe como me tocar, e eu descubro, a cada dia mais, o jeito que ele também gosta de ser tocado, então alguns minutos se passam e não demora muito até que gozamos um para o outro, sussurrando nossos gemidos dentro de beijos intensos que não paramos de trocar.

Sabendo que estamos sozinhos na boate, com exceção de Victor que deve estar cochilando em algum sofá, antes da casa abrir, Dimitri me beija mais algumas vezes, mostrando novamente sua dificuldade de sair de perto de meus lábios.

Ele sai do vestiário quando terminamos e nos limpamos, me deixando para trás apenas para arrumar meu uniforme e tentar parecer menos suspeito.

Quando chego ao salão, me deparo com Dimitri conversando com Pablo, que havia voltado de sua outra lua de mel há dois dias.

Deve ser bom ser rico. Sair em lua de mel, voltar ao trabalho e, depois, simplesmente, decidir que quer viajar de novo.

Tentando disfarçar e fingindo que não acabei de gozar no meu local de trabalho, pigarreio sem graça e ando até o bar, enquanto o maître parece fazer o trabalho sujo de distrair nosso chefe.

Dimitri é um safado fingido...

O tempo passa normalmente e a hora de abrir a boate se aproxima, mas, antes disso, Dimitri está debruçado no balcão do bar, com os cotovelos em cima da madeira, uma das mãos esticadas por cima da superfície escura e a outra segurando o queixo, enquanto sua bunda fica empinada, balançando devagar de um lado para o outro, para qualquer um ver.

Ele nem faz questão de esconder o quanto está a fim de mim.

E porra, eu também acabo dando todos os sinais, porque a forma que eu olho para Dimitri é intensa demais para sermos apenas meros colegas de trabalho.

— Eu nunca trabalhei de tão bom humor... — digo sorrindo pequeno, observando Dimitri gargalhar.

Ah, como sua risada me amolece.

— Tem trabalhando menos tenso esses dias, amor? — ele pergunta sugestivo, falando baixo, tendo em mente as últimas vezes que estivemos naquele box.

Eu confirmo com a cabeça, ainda rindo, observando-o rir e morder o lábio inferior, enquanto eu continuo lavando e cortando os morangos.

— Já podemos abrir? — Pablo aparece animado, mas eu não sei há quanto tempo ele está por ali.

Instintivamente, Dimitri se descola do bar e vai em direção ao salão, rindo atrevido e me deixando sozinho com Pablo.

Bandido.

— Quase tudo pronto, Pablo — falo, tentando não parecer nervoso.

— Ótimo. — Ele sorri pequeno agora, mas parece sugestivo demais, enquanto se senta em um dos bancos altos do bar e olha para mim, e eu não consigo encará-lo.

Porra, eu estou nervoso.

— Bandile... — chama meu nome, me fazendo levantar o rosto e dar de cara com seus olhos sendo espremidos.

Meu chefe está me analisando.

— Sim? — tento ser firme, mas minha voz vacila.

Porra, que merda!

Será que ele sabe que a gente estava se punhetando no vestiário antes de todo mundo chegar?

— Já comeu o Dimitri na minha sala? — simplesmente solta.

Eu tusso com força, engasgo. Caralho, como estou nervoso.

Eu vou ser demitido, certeza.

— Eu não... Não, é claro que não!

Pablo gargalha tão alto que parece se divertir com o meu nervosismo.

— Sabe... — ele começa a falar calmo e devagar. — Eu conheço o Dimitri há mais anos do que eu consigo contar. Antes de eu montar essa boate, ele já estava comigo, já era meu amigo... Eu sei do que aquele safado é capaz.

Abaixo o rosto e continuo cortando os morangos, mas permaneço prestando atenção a tudo que meu chefe diz.

— Antes mesmo de eu conhecer o Vicenzo, ele e Eric já estavam comigo, fazendo umas putarias, coisas leves de jovens, sabe? Não precisa se importar... — ele continua, me fazendo engolir em seco quando despeja essas informações no meu colo.

Então, eles realmente fizeram algumas coisas no passado.

Devo ficar com ciúmes?

Porra... Já estou.

— Mas uma coisa é certa... Presta atenção aqui! — Pablo dá um tapa no bar, provavelmente, percebendo que meu semblante mudou com as informações que ele jogou sobre mim. — Eu nunca vi o Dimitri tão besta, babão apaixonado e sem vergonha de demonstrar o quanto está completamente arriado por alguém, da forma que eu estou vendo ele agora... Empinando a bunda e tudo, porque está distraído falando com você!

Eu continuo nervoso, mas seguro o riso.

Porque eu gosto do que eu ouço.

Porra, como eu gosto de saber disso.

— E você segurar o riso assim — Pablo continua, seu tom é malicioso e faz meu sorriso congelar —, só mostra o quanto você está de quatro da mesma forma, porque dentre os meus funcionários, o mais sério é você. E você não estava exatamente sério com ele minutos atrás... Estava?

É agora que eu pergunto onde assino minha carta de demissão.

Minhas esperanças estão na Seven Lines...

Levanto o rosto e o observo ainda rindo, mas antes que consiga abrir a boca para responder a qualquer coisa, percebo uma movimentação diferente na boate.

Ainda não abrimos, então aquilo é estranho.

Uma mulher baixa entra correndo, vai em direção a Dimitri e lhe dá um tapa estalado e forte na cara.

O maître derruba no chão a bandeja que segurava, com todos os guardanapos e suportes que eram para serem colocados nas mesas laterais da boate.

— Pelo santo caralho alado! — Pablo brada em choque, se levanta correndo e vai em direção a Dimitri. — Essa velha do caralho de novo!

De novo?

Eu fecho a torneira e faço o mesmo, pulando por cima do bar mais uma vez e indo na mesma direção que meu chefe.

Ouço gritos que vêm da porta e, quando percebo, Victor está segurando um homem magro e alto, que xinga vários palavrões. Provavelmente ele não conseguiu segurar os dois e focou apenas o cara, que demonstrava perigo maior.

Quando chego próximo a Dimitri, consigo ouvir claramente sua voz e a da mulher também.

— Então, é aqui que você trabalha? Seu garoto imundo e nojento! — o tom soa amargo, venenoso, e ela joga algumas caixas de fósforo na cara de Dimitri.

Eram as caixas de fósforo da boate, com o desenho e endereço da Hidden Honey.

— Não, mãe, por favor! Aqui não! — Dimitri suplica, começando a chorar fraco e levando a pequena mão até o rosto que estava inchado e vermelho pelo tapa agressivo, de mão aberta.

E eu nunca bati em mulher nenhuma, nem mesmo gosto de brigar com homens.

Mas se ninguém me segurar...

— Sra. Dangeli, por favor... — a voz de Pablo soa irritada, quando nos aproximamos da mulher que não para de gritar com Dimitri. — Vamos nos acalmar neste caralho!

É claro que Pablo a conhece e parece não suportá-la, ainda assim, tenta resolver as coisas pelo bem de Dimitri, mantendo a paz dentro de sua boate.

Eu já não tenho tanta calma.

Enquanto o homem continua tentando entrar na casa à força, sendo brutalmente seguro por Victor, a mulher continua elevando a voz e levanta a mão aberta novamente, enterrando-a na direção do rosto de Dimitri mais uma vez, mas ela não conclui seu plano.

Eu avanço e seguro seu punho com força, antes que ela consiga acertá-lo, enquanto percebo Dimitri retraindo seu corpo de forma amedrontada.

Ele ia deixar a mulher bater nele, sem nem tentar se defender.

Ia aceitar como se essa violência fosse normal. Cotidiana.

Como se estivesse acostumado a isso.

Meu coração dói só de pensar em quantas vezes ele apanhou e deixou aquilo acontecer, porque a violência que recebia dentro de casa já era comum.

— Me solta! — a mulher grita com raiva, olhando para mim como se quisesse me matar.

Além da clara vontade assassina, ela olha para mim, para minha pele, para minha cor...

Olha-me de cima a baixo, bufando e não deixando de estampar nojo da minha existência, de quem sou.

E esse sentimento de discriminação emanando de seus poros, como se eu não fosse digno de tocar em sua pele pálida, tem um cheiro tão forte que infelizmente já é conhecido por mim.

Mas reconhecer o racismo em seus olhos não faz com que eu abaixe minha cabeça, nem me amedronte perante a situação.

— Solto — digo, dando mais um passo e me colocando na frente de Dimitri, de maneira protetiva —, assim que você abaixar sua mão e sair daqui — minha voz é calma e baixa, contrastando com meu interior que está revirado em fúria.

Eu nunca fiquei tão afetado pela dor de alguém, como eu estou neste momento pela dor de Dimitri.

— Eu sou a mãe dele! Eu tenho direito! — ela está vermelha e balança tanto o rosto enquanto grita que temo que se transforme em um bicho a qualquer momento. — Tenho direito de... — ela balança o punho, tentando se desvencilhar de mim, sem sucesso — educar esse imundo e ensiná-lo a ser normal! — A mulher começa a socar meu peito, e eu aperto ainda mais minha mão em torno de sua pele, até que ela para de me bater e leva sua própria mão em direção à minha, que a segura, tentando inutilmente se soltar. — Me solta, nojento!

— Ele não é imundo... — corto, aumentando a voz, aproximando-me do rosto dela e capturando sua atenção. — E a única coisa anormal em Dimitri é o fato de ele ser tão bom e ter saído de uma pessoa tão podre como você.

Eu seguro seu punho com mais força e dou um impulso, empurrando-a para longe. A mulher vai cambaleando e quase cai.

Quando recobra o equilíbrio e consegue parar em pé, me olha, ajeitando o cabelo e afagando o próprio punho, provavelmente, sentindo dor.

Mas eu não posso me foder mais para isso.

— Quem você acha que é, seu... Seu... — ela praticamente cospe fogo, falando comigo.

Ela quer dizer as palavras. Ela quer ser racista a plenos pulmões.

Mas eu a calo com uma informação que lhe causa ainda mais revolta.

— Sou namorado dele.

Então, cruzo os braços na frente do peito e, segundos depois, sinto as mãos pequenas de Dimitri, uma encostando suavemente no centro das minhas costas e a outra repousando na lateral do meu braço, e seus dedos tocam os meus.

Ali, eu entrelaço nossos dedos, enquanto sinto seus lábios encostarem no meu ombro, por trás de mim, e sua respiração funda bater no tecido da minha camisa fina de cetim vermelho.

Também sinto o início de uma umidade causada pelas lágrimas que caem sobre o pano.

Sei que todos estão olhando para nós dois, mas eu não me importo.

— Você é imundo igual a ele! — ela grita, quase pulando de raiva.

— Chega! — Pablo é quem grita dessa vez. — Vai embora daqui, sua arrombada do caralho! Cria do capeta, boca de esgoto, sucuri dos infernos! Sai daqui, sua caloteira homofóbica, antes que eu chame a polícia!

Tenho a impressão de que Pablo sempre quis uma oportunidade como essa...

Ele balança as mãos, nervoso e tomado por raiva, enquanto faz sinal para os garçons próximos tirarem a mulher dali. Junto a Victor, os dois são enxotados para fora da Hidden Honey.

Enquanto isso acontece, me viro para Dimitri, que não para de chorar, e seguro sua cabeça, fazendo-o deitar no meu peito.

Ele me dá um abraço frouxo e se permite chorar ainda mais, enquanto passo o polegar devagar, acariciando seu rosto vermelho pelo tapa recente.

— Eu estou com tanta vergonha, amor. A forma que ela te olhou, o jeito que entrou aqui me batendo... — ele diz engasgado no choro, tão dolorosamente que faz com que meu coração se dilacere. — Eu só queria sumir...

— Está tudo bem agora, meu anjo. Ela já foi embora — sussurro só para ele ouvir, enquanto encosto os lábios na sua cabeça e deposito um beijo calmo.

Ele aperta os braços em volta de mim, respira fundo e tenta controlar o choro, depois levanta o rosto e me encara, sorrindo de forma pequena e magoada no canto dos lábios.

Não importa quantas vezes eu veja o rosto inchado de choro de Dimitri. Ele sempre reduz meu coração a pó.

— Do que... você me chamou? — pergunta, com os olhos marejados brilhando tanto que faz a inocência da novidade de um apelido novo vibrar na sua feição triste e carinhosa.

E eu nem mesmo percebi o quanto aquele "meu anjo" saiu sem querer. Apenas passou por meus lábios.

— Meu anjo.

— Eu sou seu anjo? — pergunta baixinho entre fungadas dolorosas, com as bochechas e o nariz tão vermelhos que minha única reação é continuar segurando seu rosto e beijar sua testa mais uma vez.

— Tira o Dimitri daqui, Gael, pra ele ficar mais calmo — Pablo pede, reaparecendo ao nosso lado, antes que eu consiga responder ao maître. — Peguem suas coisas, voltem amanhã.

— E o bar? — pergunto confuso.

— Hoje é domingo, e antes de te contratar, eu fiquei lá várias vezes. Acho que ainda sei cuidar do meu bar. Anda, leva seu namorado a um lugar melhor — diz e, apesar do clima merda, sei que está segurando o riso quando diz "namorado".

Pablo parece ser morador da quinta série.

Enquanto ele se encaminha para o bar, olho para Dimitri e ainda seguro seu rosto devagar, com as duas mãos, me sentindo corajoso a ponto de deixar um selar leve em seus lábios, antes de encará-lo.

Já gritei que ele é meu namorado para a boate toda ouvir, então acho que um beijo rápido não vai chocar mais ninguém.

— Você não para de me salvar, meu amor — ele fala baixo entre soluços que começam a diminuir e, um segundo depois, vejo seus olhos se encherem de lágrimas novamente.

Dimitri é feito de ondas nesse momento, e elas quebram nas suas pálpebras inferiores, depois se espumam pelas suas bochechas.

Recuando, mas voltando a desaguar e quebrar mais uma vez, inevitavelmente, movido pela ressaca de suas dores internas.

— Vamos... — falo, dando mais um dos infinitos beijos em sua testa, entrelaçando os dedos nos seus, a fim de dar-lhe a privacidade que precisa para chorar. — Minha vez de te levar pra um lugar melhor.

26

TATUAGEM

Aguardo Dimitri ir até seu armário e, enquanto isso, vou ao bar, pego minha mochila, meu celular que estava em cima da pia e dou a volta no balcão, esperando-o aparecer novamente.

É notório o quanto os funcionários cochicham sobre nós dois.

Até Victor, na porta, olha para mim e me permite fazer uma leitura labial perfeita do que ele diz rindo:

— Cinco engradados.

Pergunto-me se ele pretende ter um casamento ou um open bar.

Quando Dimitri volta do vestiário, seu nariz parece estar mais vermelho e seus olhos encharcados, o que evidencia que ele voltou a chorar assim que ficou sozinho.

Parece ainda sem graça, então não poupo esforços, me aproximando de seu corpo e entrelaçando nossos dedos com carinho. Quando faço isso, Dimitri suspira aliviado por algo que não entendo, depois olha para mim e sorri fraco.

Nós nos despedimos de Pablo, que mostra total apoio e seriedade ao que acabou de acontecer com Dimitri, mas, assim que tem a permissão do seu amigo, faz piadas com a palavra “namorado” mais uma vez.

Acho que lidar com as coisas de forma humorada é seu jeito de tentar remendar cacos tão quebrados, e não o culpo por isso, pois o sorriso leve no rosto de Dimitri demonstra que ele encontrou conforto no amigo.

Depois de mais uma despedida, porque devo ter ouvido a palavra “tchau” umas três vezes — Pablo parece estar realmente preocupado com Dimitri e tem certa relutância em deixá-lo ir —, vamos em direção ao estacionamento dos funcionários e andamos até meu carro, que eu havia mandado lavar e polir há pouco tempo.

Nem parece o mesmo carro.

Nem eu pareço ser a mesma pessoa...

Eu busquei Dimitri mais cedo em sua casa, fazia isso às vezes, então não tivemos problemas em decidir qual veículo tomar, já que só há o meu disponível.

— Pra onde vai me levar? — ele pergunta depois que entramos no carro, dando um leve suspiro choroso, sem largar o tom meigo de sua voz, enquanto se senta ao meu lado e passa o cinto pelo corpo.

— Pra fábrica do Willy Wonka[7] — respondo brincando, sem querer revelar o destino final, apesar de imaginar que não deve ser nada tão inédito na sua vida.

Dimitri ri fraco, balançando a cabeça negativamente pela minha resposta idiota, mas acha o mínimo de graça. Por dentro, estou dando socos de vitória no ar, porque cada vez que Dimitri sorri — depois de ter presenciado mais uma violência na sua vida —, é um motivo de comemorar.

No entanto, suas risadas parecem superficiais, apenas para agradar a quem se esforça para deixá-lo feliz, pois, quando ligo o veículo e coloco a playlist de músicas que ouvimos sempre, Dimitri não acompanha as músicas.

Não cantarola, nem resmunga sons. Nada...

Ele sequer parece prestar atenção no que sai do aparelho de som, e isso me dilacera por dentro. Já não sinto vontade de socar o ar de felicidade. Não há muitos motivos para comemorar.

Sou apaixonado por sua voz e me derreto toda vez que seu timbre bonito chega aos meus ouvidos, mas me destruo por saber que ele não canta porque não se sente bem.

Porque não está feliz.

Atento a isso, mantenho a mão esquerda no volante, enquanto a direita vai até a sua, capturando seus dedos e os entrelaçando aos meus com carinho.

Ele me olha suavemente e me lança um sorriso sutil, mas carregado de dor.

Eu mal consigo entender como ele se sente nesse momento, mas mantenho o objetivo de ajudá-lo a melhorar o ânimo, então dirijo até seu apartamento e, depois de estacionar, digo:

— Me empresta sua chave? E não saia do carro, por favor, eu não vou demorar.

Dimitri não entende, mas confia em mim, porque, mesmo com suas sobrancelhas franzidas, enfia a mão na mochila em seu colo e tira de lá um molho de chaves que me entrega. Eu subo e entro. Sem demora, vasculho uma caixa grande, que sei ser de suas roupas de cama, tiro de lá um edredom de casal e uma manta.

Menos de dez minutos depois, estou de volta ao carro, colocando as coisas no banco detrás e dando partida no veículo. Ele não me pergunta nada, só deixa que eu o leve para onde eu tenho vontade, e não demora muito para que cheguemos lá.

Eu o levo à praia, tão bonita à noite, banhada por luzes amarelas dos postes enfileirados que iluminam a orla.

Há pouca movimentação pelo horário e por fazer um pouco de frio, mas, ainda assim, alguns casais podem ser vistos, afastados, distribuídos pela areia, fazendo o que eu planejo fazer, naquele momento, com Dimitri.

---

6 Willy Wonka é um dos personagens principais do livro *Charlie and the Chocolate Factory*, do escritor galês Roald Dahl, e dos filmes (1971, 2005 e 2023) baseados nessa obra.

Pego o edredom e a manta, saio do carro e dou a volta, abrindo a porta do maître e pegando sua mão.

— Tão cavalheiro — ele diz, com a mesma medida de meiguice e implicância, sorrindo com o canto dos lábios, apesar do semblante desanimado.

Eu rio com seu comentário e, logo depois de fechar o carro, estamos andando em direção à areia, o mais próximo possível do mar, onde arrumo o edredom no chão e o ajudo a sentar-se, cobrindo-o com a manta e me sentando ao seu lado.

Chega a ser engraçado o cuidado que tenho com Dimitri...

Nunca fui cuidadoso, com nada na minha vida, do jeito que sou com ele.

— Por que me trouxe aqui? — pergunta baixo e seu tom não é grosso, nem rude.

Ele me passa apenas curiosidade e expectativa.

— A sua tatuagem na costela... — falo, me ajeitando ali, erguendo os joelhos e cruzando os braços em cima deles, enquanto olho para frente e observo as ondas se quebrarem. — Imaginei que gostasse do mar.

Dimitri dá uma risada baixa, balançando a cabeça negativamente.

— O que foi? — pergunto, franzindo o cenho, não entendendo o motivo de sua risada.

— Ainda me assusta o quanto você é totalmente diferente do que eu pintei na minha cabeça, Gael... Você tem uma sensibilidade gigante, sabe? — diz de forma gostosa e apaixonada, com a voz ainda baixa e meio destruída, mas aparentando estar um pouco mais disposto, enquanto chega o tronco para mais perto do meu e deita a cabeça no meu ombro.

— Tenho, é? — a pergunta é realmente genuína, já que "sensibilidade" não é uma das três qualidades obrigatórias que eu diria sobre mim, caso estivesse numa entrevista de emprego.

Dimitri balança a cabeça positivamente.

— Você não errou. — Dimitri continua: — Eu realmente gosto da praia, do mar, das ondas, mas...

Ele respira fundo, estica as pernas, movimenta os pés. Faz todos aqueles movimentos fofos de sempre, responsáveis por me iludirem e me fazerem criar uma imagem angelical na minha cabeça, quando o conheci.

Tirando as horas em que ele é um safado, Dimitri parece, sim, um anjo.

— Ela tem outro significado — conclui, encolhendo-se dentro da manta.

— Pode me contar? Se não quiser, não tem problema. — Eu o abraço um pouco mais apertado debaixo do tecido, a fim de confortá-lo por conta da baixa temperatura não calculada, porque a ideia não era fazer com que ele sentisse frio.

Apesar de ser verdade minha afirmação, confesso que gostaria de ouvir o significado das marcas em sua pele.

A curiosidade sempre me derruba.

— Posso, mas é meio brega — confessa, soltando uma risada nasal. Parece constrangido.

— Aposto que não. — Tento estimulá-lo a dizer. Quero fazê-lo entender que não há nada, que venha dele, que eu ache brega.

— A bússola sou eu e... — faz uma pequena pausa e respira fundo. — As ondas violentas são a minha vida e tudo em volta de mim. Significa que não importa o que aconteça e quanto o mar me atinja, sou eu quem tem que decidir o caminho.

Totalmente diferente do que eu tinha em mente.

Dimitri não para de me surpreender.

— A bússola não aponta para o norte — comento, lembrando-me inevitavelmente de *Piratas do Caribe*[7] e rindo sutilmente com a imagem do filme na minha cabeça.

— Ainda não sei que caminho eu quero seguir, mas vou descobrir — responde, rindo baixo, parecendo se divertir com a indecisão quanto ao sentido da própria tatuagem e acompanhando minha risada, por motivos diferentes.

Sua explicação é ainda mais bonita.

— Mas eu poderia facilmente desenhar uma âncora agora... — ele completa a fala, ainda tecendo comentários sobre a tatuagem.

— Uma âncora? — pergunto confuso.

— É... Simbolizaria você. — Olho para a areia, franzindo levemente o cenho com sua resposta, e sem saber reagir a ela. — A única pessoa capaz de me passar segurança e firmeza no meio desse meu mar agitado.

Mais uma vez, Dimitri tem o poder de me fazer travar.

Levanto o rosto e encaro o mar envolto de escuridão, ainda absorvendo as coisas que ele me disse segundos atrás. Percebendo meu estado, ele desliza os dedos até os meus, capturando minha mão e levando para dentro da manta, onde a segura.

— Tudo muito brega, não é? — pergunta, rindo sutil, num leve tom de constrangimento.

— Tudo muito lindo — falo, me virando para ele, que levanta a cabeça e me encara enquanto me aproximo, a milímetros de distância.

E naquele momento, com tudo que ele está me fazendo sentir...

Externo mais uma das realidades que meu colega de trabalho causou, inesperadamente, na minha vida, enquanto aproximo ainda mais o rosto do seu, tendo seu calor por necessidade.

— Eu quero... Quero ser sua âncora, Dimitri — sussurro perto de sua boca, rodeado pelo som do mar à nossa frente, que só elucida a atmosfera de metáforas que espero tanto se tornar real.

Dimitri sorri, dessa vez, de verdade.

Seus olhos se comprimem e ele une a testa à minha, roçando o nariz levemente no meu e subindo a mão quente e suave ao meu rosto.

— Me desculpa ter te chamado de namorado sem ter perguntado sua opinião antes — falo, me sentindo culpado pelo jeito abrupto, pouco tempo atrás. — Eu podia ter piorado tudo. Não sei se piorei.

E sou abrupto mais uma vez, mas essa é uma das poucas vezes que não me arrependo de ser.

Fugindo do que eu acreditava que responderia, Dimitri diz:

— Meu corpo tremeu quando você disse aquilo — confessa com a voz gostosa que ri baixo entre as palavras, me fazendo sentir o que parece ser uma *talvez* repetição de sua tremulação anterior.

---

7 Uma série de filmes de fantasia e aventura, dos estúdios Disney.

— De uma forma boa ou ruim? — estou ansioso quanto ao meu questionamento.

— Definitivamente boa — sussurra, e eu sinto Dimitri segurar a vontade de me beijar, mantendo-se tão próximo assim, sem parar de roçar os lábios nos meus.

— Então, você quer? Quer ser meu namorado, Dimitri?

Porra, estou desesperado pela afirmação.

— Esse é o seu pedido oficial? — questiona sorrindo, me fazendo rir com o jeito meigo e atrevido de impor sua voz.

— Desculpa por não ter glamour, nem flores...

— Eu não preciso de nada disso. — Dimitri fecha os olhos, dando um selar lento nos meus lábios, depois volta a encostar a testa na minha, enquanto mantemos nossos olhos fechados, e eu seguro sua mão com carinho, que vem na direção do meu rosto.

Esse momento é só nosso, e o mundo à nossa volta sequer existe.

— Você não tem a mínima noção, não sei se um dia vai ter — ele continua, sussurrando, entre nossos lábios, palavras segredadas a mim, que eu sei que têm muito mais peso do que eu realmente entendo —, do quanto eu amo você, Gael. Eu não preciso de presente, nem desse glamour que você se sente culpado por não me dar. Ter você é o que eu sempre quis, meu amor, desde o primeiro dia que eu vi você.

Meu coração vai explodir...

Sei que vai.

— Isso é um sim? — pergunto sorrindo pequeno, me sentindo embalado por suas palavras que me aquecem mais a cada segundo.

Acho que nunca...

Não, eu tenho certeza de que nunca fui amado desta forma.

— É claro que sim, seu lerdo — diz rindo um pouco mais alto, quando solta a palavra "lerdo", o que me faz rir junto a ele.

Ali, Dimitri enlaça meu pescoço e, provando que não suporta nem mesmo os milímetros de distância entre nós, dá um beijo tão gostoso, tão intenso que tem de mim toda reciprocidade exigida, pois a merece por inteiro.

E aqueles beijos mesclados em sorrisos, mesclado em risadas baixas e abafadas, pelos nossos lábios afoitos e eufóricos, não estão nem perto de expressar verdadeiramente o quanto nossos peitos estão explodindo pela felicidade que sentimos no momento.

Namorar alguém por quem você é, sem dúvidas, completamente apaixonado é assim? Alguém que você tem certeza de que sente o mesmo?

Porque nunca passei pela experiência e tenho certeza de que dificilmente irei experimentar coisa igual.

Mas não há espaço para ansiedades quanto ao futuro nesse momento, enquanto o gosto de Dimitri está tão acentuado e quente na minha boca, e suas mãos macias seguram meu rosto com tanto carinho.

Ele me acalma e me dá conforto de uma forma que não sei se compreende.

Nem eu mesmo compreendo.

Assim como sua voz, completamente reconfortante, começa a soar calma entre nossos lábios:

— Amor... — ele me chama baixinho e, além do conforto já conhecido, percebo um tom levemente temeroso no seu timbre.

Um pouco doloroso e preocupado.

E quando olho, mirando seus olhos que brilham pela expectativa da minha resposta, percebo que sua feição não é feita apenas da mais plena felicidade nesse momento.

Algo ainda o machuca.

— O que foi, meu anjo?

Ele sorri meigo por chamá-lo de "meu anjo" mais uma vez.

Mal percebi quando chamei da primeira vez, apenas saiu, porque parecia certo. Tal qual seu sobrenome, Dimitri me remete a coisas angelicais com que nunca tive contato.

— Pode me chamar assim pra sempre? — pede com a voz quase infantil, o que me faz rir baixo com a forma tão bonita que sua voz soa e seu pedido é feito.

Seguro seus dedos gelados, balanço a cabeça positivamente e, em seguida, dou vários beijos neles.

— Posso, meu anjo...

Ele sorri carinhoso mais uma vez, e eu lhe dou um selar gentil, ainda segurando a expectativa pela sua chamada segundos atrás.

— Mas não era isso que você queria me dizer, era? — pergunto firme, mas não há grosseria no meu tom.

Dimitri percebe isso, porque balança a cabeça negativamente, roça o nariz no meu e se encaixa ainda mais no meu abraço, debaixo da manta onde compartilhamos calor.

— Quero te pedir perdão — sua voz é tão sussurrada que quase não a ouço.

— Perdão? — pergunto confuso, passando um dos braços pelo seu tronco e o trazendo para mim, com certa força que o faz deslizar até estar sentado no meu colo, de frente para mim.

Sem dificuldades, ele se encaixa sobre meu colo e dividimos aquela manta com ainda mais facilidade. Dimitri, levemente elevado no meu colo, encosta a testa na minha e fecha os olhos, respirando fundo antes de dizer:

— Perdão pela forma horrível que — ele parece ter dificuldade em dizer, mas tenta ainda assim — minha mãe olhou para você. Pelas coisas que ela disse, o tom que usou...

Ele também percebeu.

Provavelmente, todos na boate.

— Ela é horrível, horrível, meu amor, me perdoa — sua voz soa mais dolorosa do que eu gostaria nesse momento, mas seu incômodo é o suficiente para que eu me alegre com a sua empatia.

Uma das minhas mãos volta a segurar seu rosto com carinho, enquanto a outra está firmemente eu sua cintura. Eu beijo seus lábios mais uma vez, depois suas bochechas e, novamente, seus lábios.

— Para de me pedir perdão... — peço, quase ordenando. — Por favor, para, Dimitri.

Ele balança a cabeça positivamente, mas continua falando sem parar, com o tom claramente nervoso.

— Me diz que eu nunca fiz você se sentir assim... Por favor, me diz... — ele nem consegue terminar a frase.

Minha hesitação é o suficiente para que ele morda o lábio inferior, reforce a cara sofrida de culpa e encha, mais uma vez, aqueles olhos doloridos de lágrimas.

— Ah, amor... — diz baixinho, balançando a cabeça negativamente. — O que eu fiz que fez você se sentir assim?

Eu rio baixinho, de uma forma levemente amarga, porque não é um sentimento muito agradável de reviver, no entanto seguro seus dedos com carinho e os levo até meus lábios, os beijando devagar.

— Antes de eu entender que você gostava de mim, você era muito arredio, sabe? — Volto com uma das mãos até seu rosto, segurando-o com delicadeza e esfregando o polegar em sua bochecha que, diferente da ponta do seu nariz, está levemente quente. — Que nem uma criança assustada...

Dimitri dá uma risada baixa e assente, com aqueles olhos cheios d'água.

— Você me olhava como se eu fosse alguém muito ruim, que pudesse te bater a qualquer momento e, como você sempre foi a pessoa que mais me chamou atenção naquele lugar, eu comecei a questionar o motivo da sua reação comigo...

Por dentro da manta, Dimitri enfia a mão no meu tronco e, sobre a fina camisa social do uniforme, me massageia, ainda prestando atenção no que eu falo.

— Por um bom tempo, achei que sua reação era por não gostar da minha cor ou por pensamentos racistas, sim.

— Nunca... — Ele volta a balançar a cabeça negativamente, com tanta força que parece realmente querer afirmar o quanto eu estou altamente enganado. — Nunca, nunca, nunca... Nem por um segundo, nunca mesmo.

— Eu sei agora... — digo, rindo baixo, porque ele está igual a um cachorro colado no painel de um caminhão, que anda numa estrada esburacada.

Tenho até medo que fique tonto.

— E me perdoa se eu te fiz pensar essas coisas terríveis... — diz, e é ele agora a levar as mãos ao meu rosto e me puxar com carinho, até que nossas testas voltem a ficar coladas. — Eu sempre achei você tão lindo, tão gostoso, amor... — Ele choraminga e me faz rir com suas palavras sacanas e fofas ao mesmo tempo. — Mas eu te olhava daquele jeito porque, na verdade, eu estava chorando por dentro, me perguntando quando você ia deixar de ser uma porta trancada e me dar uma chance.

— A porta está bem aberta pra você agora... — Minha fala pega Dimitri de surpresa e ele lança uma gargalhada tão grande que seu corpo pende para trás.

— Eu adoro quando você fala putaria. Já falei que adoro quando você fala putaria?

Rio com sua fala, balançando a cabeça positivamente e deixando selares sequenciais em seus lábios.

— Aproveite as oportunidades raras... — digo, compartilhando sorrisos com Dimitri que está balançando a cabeça negativamente.

— Agora, você é meu namorado, El... — ele afirma, com um sorriso tão orgulhoso nos lábios que meu peito volta a se aquecer.

Ele realmente ama estar comigo.

Acho que ninguém nunca fez com que eu me sentisse tão importante...

— Vai falar tantas putarias comigo que mal vai perceber. — Dimitri faz sua previsão, devolvendo todos os selares gostosos que eu lhe dei segundos atrás.

Eu acabo balançando a cabeça positivamente, confirmando sua fala ao pensar que, na verdade, não é nada tão absurdo de acontecer.

Afinal, minha ligação com ele está ficando cada vez mais forte e mais intensa...

Cada vez encontro mais conforto em trocar esse tipo de humor com meu namorado.

Antes que eu possa falar alguma coisa, vejo seu sorriso diminuir, mas não morrer. Seus dedos carinhosos continuam deslizando pelo meu rosto sutilmente, e seus olhos, antes nos meus lábios, agora sobem de encontro aos meus. Ele me encara daquela forma intensa que me causa um arrepio agressivo.

Tenho aprendido a gostar tanto desses arrepios.

— Me promete uma coisa? — pede, o tom baixo novamente.

— Depende, seu safado.

Dimitri ri mais uma vez, enquanto sinto seu polegar roçando pela minha mandíbula.

— Promete que vai me contar toda vez que se sentir desconfortável com algo que venha de mim? Vai dar a oportunidade de te mostrar que, às vezes, as coisas têm outro sentido? — Continua acariciando minha bochecha e com os olhos fixos aos meus, provando que, com ele, não tenho incômodo no contato visual direto. — Me promete que não vai deixar que os mal-entendidos te machuquem?

Meus olhos desviam dos seus ao mesmo tempo que vagam até sua testa, onde eu enfio meus dedos e penteio seus fios para trás inutilmente. Um sorriso pequeno surge no canto dos meus lábios, enquanto penso sobre as palavras cuidadosas que Dimitri usou comigo.

Então, volto a encará-lo.

Beijo seus lábios devagar e, com os narizes ainda roçando, sussurro:

— Só se você me prometer o mesmo.

Num riso baixo, apaixonado e rendido, assim como o meu, Dimitri balança a cabeça positivamente, aceitando silenciosamente selar esse trato.

Em seguida, como se não aguentasse mais aguardar, beija meus lábios com um pouco mais de intensidade do que antes.

Talvez pela nossa troca de corações abertos e por toda atmosfera daquele lugar, nossa troca de carícias fica ainda mais intensa e nossos corpos parecem não querer mais usar palavra alguma.

O encaixe dele sobre o meu colo, dentro da manta que dividimos, torna-se encaixado demais.

Nossas peles, quentes demais.

Nosso beijo, urgente demais.

E é perceptível o quanto aquela praia não nos cabe mais, porque há quilômetros de desejos suprimidos em dois corpos que, a qualquer momento, não irão suprimir mais nada.

Então, eu levo meu namorado a outro lugar...

27

CEREJA VERMELHA

DIA 63

Depois de oficializar nosso namoro na praia, acabo levando Dimitri a um motel caro, que quase custou meus órgãos. No entanto, ele fez com que eu me esquecesse de cada centavo que paguei, enquanto esteve comigo sobre aquele colchão extremamente macio.

Depois de vivermos alguns momentos bem muquiranas da minha parte; eu pedindo sempre as pizzas mais baratas ou requentando comida da sua geladeira, fiquei me sentindo culpado pela minha *mão de vaquice* e comecei a pesquisar um lugar bacana para levá-lo.

Conheci o Videre Stella — um motel chique, de riquinho —, pela internet e não acreditei quando vi o preço de um simples pernoite. Porém, pela emoção do momento e com um imenso fogo no cu, me empolguei e levei Dimitri ao local que, pelo valor, deveria ter anjos colocando uvas em nossas bocas.

Bem, não tinha, mas felizmente meu namorado fez com que aquele fosse o dinheiro mais bem gasto da minha vida até o momento.

Hoje, segunda-feira, estamos exaustos, e não só pela maratona de *sexo comprometido* que fizemos durante a madrugada inteira, e sim, pela carga psicológica que enfrentamos nas últimas 24 horas.

Muita adrenalina para um dia só.

Como se lesse nossas mentes — ou apenas por ser um ser humano melhor do que a maioria que eu conheço —, Pablo liga para Dimitri enquanto ele está na cama do motel, abraçado ao meu corpo e com o rosto enfiado no meu peito.

Dimitri atende e coloca no viva-voz, avisando a Pablo.

— Já fizeram o "sexo-espanta-depressão"? — Pablo solta, e eu acho sua pergunta uma ofensa à comunidade assexual.

No entanto, estou rindo.

Chefe idiota, odeio rir de suas piadas sempre tão safadas.

— Vou socar você... — Dimitri o repreende, fazendo Pablo dar uma gargalhada do outro lado da linha.

— É sério, porra... Vocês estão bem? — ele pergunta preocupado.

Então, Dimitri olha para mim, sorri com o canto dos lábios e aproxima o rosto do meu, me dando um beijo lento.

— Isso foi um beijo? Ah, não, porra, vamos mudando a ligação pra vídeo, vamos? Quero ver um pouquinho... Sei que vocês estão pelados.

Dimitri volta a gargalhar, enquanto estou num misto de vergonha e risadas.

Quanto mais se tem intimidade com Pablo, mais não se sabe se ele está brincando ou falando sério.

— Estamos bem... — sou eu quem fala. — Não estamos? — Olho para Dimitri.

— Estamos, sim... Perfeitamente, bem.

— Ótimo, seus melequentos, grudentos, namoradinhos frescos do caralho...

Eu e Dimitri seguramos o riso e trocamos beijos, os mais silenciosos possíveis.

— Quero que tirem o dia de hoje de folga, mas vão trabalhar amanhã, ok? Foi uma piroca muito louca ontem, então eu quero que vocês voltem pra boate descansados. Por favor, parem de transar um pouco, senão terão que ir ao hospital pedir atestado pra uma semana, e eu não vou dar conta da Hidden sem vocês. Manerem nas fodas!

Eu e Dimitri estamos gargalhando e, claramente, não conseguimos lidar com Pablo com nenhum pingo de seriedade.

Com muito custo, diminuímos um pouco as risadas, então conversamos com nosso chefe e agradecemos *muito* a folga extra.

Por dentro, estou agradecendo ainda mais, porque, apesar de estar tendo horas tão gostosas com meu namorado, sei que existem traumas que são muito profundos, não apagados apenas com algumas horas de sexo, palavras apaixonadas e beijos incessantes.

Tomar um tapa na cara no seu local de trabalho é um desses traumas.

No entanto, eu deixo com Dimitri a missão de guiar nosso dia da forma que ele ache mais proveitoso e, mostrando que não cansa de passar todos os segundos possíveis ao meu lado, saímos do motel e vamos para sua casa, estender nossas carícias no seu colchão ao chão.

E não contamos a Pablo que ignoramos totalmente suas ordens...

DIA 64

Pablo, Eric, Luna, Victor e Davi, exatamente nessa ordem, estão debruçados sobre o bar, apoiando seus cotovelos no balcão e seus queixos nas palmas das mãos.

Aquela implicância começou com Pablo e, parecendo sempre dividir das mesmas brincadeiras idiotas que seu amigo de anos, Eric colocou-se a seu lado e imitou a pose. Luna, como parece ter um parafuso a menos, achou normal fazer a mesma coisa que os chefes, então Victor e Davi apenas entenderam o que aquilo significava e se juntaram ao resto do grupo implicante.

Eu estou secando um copo há quase cinco minutos, de olhos fechados e meditando, para não pegar a mangueira de enxágue e jogar na cara de todos ali, que estão sorrindo de forma dissimulada.

— Acho que ele empina a bunda assim — Pablo diz, depois faz uma imitação idiota da voz de Dimitri, exagerando na manha característica dele: — Ai, garçom, me chama de vitamina e me sacode todo, vai.

Todos gargalham e quase saem de suas poses. Eu acabo abrindo os olhos com sua palhaçada e caio na sua graça.

No entanto, ele é o único a fazer piadas, porque sabe que tem intimidade para isso. Eric também tem, mas, como os outros, apenas se mantém na pose implicante e observa o amigo.

— Tão romântico, sabe? — meu chefe continua a implicância, dessa vez, quase se derretendo no balcão. O que me faz acreditar que ele realmente acha meu último ato romântico. — Você gritando pra boate toda: "meu namorado, caralho, porra, cu!"

— Eu tenho certeza de que não falei tantos palavrões assim.

Todos estão caindo na gargalhada mais uma vez, com exceção de Eric, que sempre nos entrega apenas risos pequenos e contidos.

A não ser que esteja bêbado, o sócio de Pablo raramente gargalha. Pelo menos, não na minha frente, mas tenho certeza de que é mais solto quando está apenas com seu precioso trio de amigos do ensino médio.

— Depois, pegou Dimitri no colo, subiu no pole dance com ele, beijou-o enquanto rebolava pra mim. Ai, foi tão lindo...

— Isso aconteceu? — Luna pergunta confusa, rebolando a bunda em excesso e a batendo em Victor, que franze o cenho com os movimentos exagerados e brutos da dançarina.

Estou balançando a cabeça negativamente, dando a resposta antes de Pablo justificá-la.

— Sim, no meu sonho... Tão perfeito, momento único.

— O que está havendo aqui?

Pablo é o primeiro a levantar-se abruptamente quando a figura loira escorrida de Dimitri irrompe dentro do bar e, com poucos passos, vem para o meu lado.

Seguro o riso com força, enquanto observo todos os outros se erguendo com rapidez.

— Ai, porra!— Victor resmunga baixo, colocando a mão nas costas doloridas, por ter ficado tempo demais naquela pose e ser o mais alto de todos ali, com seus 1,98m.

— Nada, não! — Eric diz com seu sorriso pequeno, tentando limpar a barra de seu sócio sem-vergonha.

— Eles estavam fingindo que eram você, e empinando as bundas que nem você faz, quando está no bar comigo — delato tudo.

A galera está rindo, incrédula, da minha resposta, mas Pablo franze o cenho absurdamente e volta à sua velha postura de colocar as mãos nos quadris e me encarar como se fosse me matar.

— Ah, seu barman língua de elástico solto! Tá demitido!

Eu arregalo os olhos na hora, e Dimitri começa a rir com a minha reação, então abraça meu tronco e repousa a cabeça no meu ombro. Consigo sentir seu corpo sacolejando pela risada, ainda agarrado ao meu.

— Pablo, você vai assustá-lo de verdade... Ele não está acostumado com essa sua brincadeira.

A cara de culpa de Pablo e a forma que ele volta a se pendurar no balcão, enquanto Victor, Davi e Luna já circulam pela boate fechada — provavelmente indo pegar suas coisas para irem embora de fininho —, demonstra que, realmente, era uma brincadeira.

Mas é a primeira vez que ele brinca assim comigo, então realmente levei a sério.

— É brincadeira, você sabe, não é, porra? Qual é, Bandile, brincadeirinha besta dessas, coisa boba, caralho, não fica passando mal, não. É brincadeira!

Eric e Dimitri compartilham uma risada ao notar a reação de Pablo tentando se desculpar da forma mais boca suja que eu já vi alguém se desculpar.

Passando o braço pelo ombro de Dimitri, puxo-o para um abraço carinhoso sem me dar conta do que eu faço, porque acontece tão naturalmente que eu mal percebo, deixo um beijo meigo na sua têmpora, praticamente agradecendo-lhe ter me abraçado e me defendido da brincadeira de Pablo.

Quando o beijo acaba, no entanto, nosso chefe está com um sorriso imenso, de orelha a orelha, observando nós dois abraçados do outro lado do bar.

— Que bonito, porra, que bonito! — Ele comemora, então dá dois tapas sobre o balcão e descola o tronco dali. — Vamos, Eric... Fiquei com tesão.

Rio do seu comentário e questiono sobre o motivo de ele ser casado com Vicenzo, mas avisar a Eric que está com tesão. Eric apenas balança a cabeça negativamente e também descola o corpo do bar.

No entanto, ele não sai imediatamente. Olha de mim para Dimitri por alguns segundos, demorando em seus olhos — com seu sorriso sempre misterioso e sugestivo —, sobre o meu namorado.

Parece admirar algo, parece dizer muito com o olhar...

Dizer coisas que estou muito longe de entender.

Tudo sobre aquele cara é sempre uma grande incógnita na minha mente, então me dou conta de que devo estar me acostumando com seu jeito estranho — que ainda me causa uma tensão absurda —, pois não acho anormal que ele apenas saia dali, sem falar nada, depois de observar eu e Dimitri abraçados quase orgulhosamente.

Ou de forma safada. Realmente não dá para decifrar.

Finalmente, livre das plateias, viro o corpo para Dimitri, seguro seu rosto com carinho e roço o polegar sobre sua bochecha quente, enquanto observo seu sorriso bonito, ainda bem-humorado pela brincadeira que acabou de acontecer.

— Seu coração parece um tambor... — ele fala rindo baixo, com uma das mãos sobre o meu peito.

— Meu cu trancou — confesso, lembrando-me da falsa demissão de Pablo.

Dimitri ri, sobe as mãos até meu rosto e o segura com carinho, mas firmeza, puxando para que eu me curve levemente, então beija meus lábios devagar, causando sons estalados muito sutis.

— Vamos pra sua casa? — sugiro baixo, passando o nariz pelo seu, enquanto sinto seu corpo, mais baixo que o meu, esticar-se no meu abraço.

— Tenho outros planos... — confessa, apertando ainda mais os braços no meu pescoço e me dando mais um beijo.

— Que planos?

— Uma surpresa boba e brega do jeito que eu gosto.

Solto uma risada fraca, antes de receber mais um beijo carinhoso.

— Já disse que não acho nada que você faça brega — pontuo.

— Tranca tudo, Dimitri? — Pablo dá uma porrada no balcão, fazendo eu e Dimitri, até então de olhos fechados pelos beijos, darmos pulos assustados juntos, como dois gatos que são espantados por uma buzina alta.

Eu jurava que já estávamos sozinhos ali.

Pablo, que parece ter o espírito de um adolescente encapetado no corpo, está gargalhando da cena, enquanto percebo Eric mais à frente, caminhando em direção ao fundo da boate enquanto fala com alguém ao telefone.

— Vamos pegar você, meu amor... — é o que consigo ouvir saindo da voz do Carpo e, conforme mais ele anda, mais inaudível sua voz fica.

Quem é o amor dele?

Key, talvez? Não o vi hoje por aqui.

— Tranco, Pablo — Dimitri responde e respira fundo e, levando as mãos às costas, começa a desfazer o nó do seu avental vermelho.

— Se forem transar na boate, não se esqueçam de ficar num ângulo bom. Quero assistir depois. — Ele manda um beijo para mim, depois para Dimitri e, virando-se em direção a Eric, anda rebolando em direção à saída.

— Ele sempre foi assim? — pergunto incrédulo com a safadeza do meu chefe que, até pouco tempo atrás, conseguia ser um pouco mais controlado comigo.

Parece que o fato de eu começar a namorar Dimitri fez com que ele achasse que agora eu faço parte do seu pequeno clube de safadezas e piadas de putaria, além das que eu já estou acostumado.

Estou tentando assimilar isso tudo, mas ainda é muita informação.

— Você está desconfortável com ele? — Provando-me que tem uma sensibilidade de ouro, Dimitri joga o avental sobre o bar e encosta o quadril, me olhando num misto de preocupação e carinho. — Eu posso pedir para que o Pablo pare um pouco... Entendo que isso pode não ser legal e... — Dimitri para de falar quando eu balanço a cabeça negativamente, me aproximando.

— Por incrível que pareça, Pablo não me deixa desconfortável... Eu até gosto das brincadeiras com ele.

Dimitri me olha por um segundo e seu cenho se franze levemente. Acho que ele está confuso com a informação que eu lhe dei.

— Eu não gosto de piadas de cunho sexual com quem eu não tenho intimidade e não me sinto confortável — começo a explicar —, mas acho que me sinto confortável com ele. Eu gosto dele.

— Gosta dele por que ele paga seu salário, por que ele é gostoso ou por que ele é uma pessoa boa? — Seu cenho se mantém franzido e ele cruza os braços, enquanto eu chego o corpo perto dele, encosto as coxas nas suas e começo a rir pelo seu questionamento.

— Ele é gostoso, mas eu não o vejo desse jeito e não é porque ele paga meu salário também. Só, sei lá... Não acho que somos amigos, mas...

— Queria ser amigo dele? — Dimitri pergunta, deixando um sorriso pequeno brotar no canto dos lábios.

Solto uma risada nasal e dou de ombros, me achando levemente infantil por demonstrar que gosto de ter Pablo por perto.

Quanto mais eu trabalho com ele, mais minha admiração pelo cara cresce, porque além daquele mar de putaria e de todo dinheiro em que ele nada, sei que há alguém muito humano e bondoso em todos seus exageros, bonificações para funcionários e festas que faz questão de dar para nós.

Pablo foge da curva...

Acho que é um dos motivos de me deixar tão confortável. Gosto dele por inteiro, até do seu humor duvidoso, por isso ele não me incomoda.

— Acho que é recíproco — Dimitri diz. — Pablo te acha incrível.

— Acha, é? — Rio baixinho, abaixando o rosto e olhando para nossos quadris juntos, pois me sinto levemente envergonhado com sua confissão.

— Eu também acho...

Levanto o rosto assim que Dimitri solta a frase e o encaro com um sorriso leve. Ele retribui meu sorriso, estica o corpo levemente e sela meus lábios devagar.

— E quero fazer algo *um terço* incrível, para o meu namorado incrível, que merece uma coisa 100% incrível, mas que eu ainda não tenho dinheiro para nada tão incrível assim, então me viro com o que dá...

Aquilo parece um trava-língua, então solto uma risada alta que ecoa pela boate completamente vazia. Rindo comigo, Dimitri me beija mais uma vez, então entrelaça os dedos aos meus e me puxa para fora do bar.

— Vem, El... Me deixa tentar fazer você sentir só um pouquinho do quanto eu te acho infinitamente incrível.

Existem nulas negativas no meu corpo quando Dimitri me chama ou me pede para fazer qualquer coisa, então apenas assinto e deixo que ele me guie para onde quiser.

Surpreendentemente, nós não saímos da boate.

Não sei o que Dimitri quer, mas ele me pede para me sentar à mesa central, exatamente a mesma mesa, com o sofá arredondando imenso, onde me sentei no dia do casamento de Pablo.

Onde ele performou para mim.

Não sei se meu namorado quer repetir a dança daquele dia, mas confesso que isso cria certa expectativa na minha mente.

No entanto, segundos depois, percebo que seu plano, na verdade, é outro.

Depois de sumir por alguns minutos e pedir para que eu tenha paciência, ele retorna com uma de suas bandejas — pretas e imensas —, contendo coisas que eu ainda não identifico.

Colocando-a sobre os aparadores baixos, em volta da mesa de pole dance, Dimitri permite que eu veja os vários pratos diferentes, com os diversos tipos de comida que são servidos na boate.

Há um pequeno vapor saindo de cada um dos potes, cerca de dez ou doze deles, e ele vai até o bar e pega uma bandeja menor, traz dois copos e duas garrafas de cerveja de uma marca que ele sabe que eu gosto.

— O que está fazendo? — pergunto curioso, mas feliz pelo tratamento carinhoso que ele tem comigo, quando o percebo se portando como se eu fosse um dos clientes mais importantes da casa.

Ele me serve com tanta maestria que me pergunto se Dimitri precisou se formar em alguma faculdade para garçons ou algo assim, porque o cara tem uma postura perfeita.

Eu me sinto muito chique, muito metidinho.

— Todas as noites, eu sirvo centenas de pessoas... — ele fala baixo, pegando o copo de cerveja, colocando na minha frente e, no momento seguinte, repousando a bandeja no aparador. — E nenhuma dessas vezes, sirvo alguém que eu amo tanto...

A fala me faz engolir em seco levemente e não é difícil perceber que Dimitri, mais uma vez, causa um arrepio involuntário em mim, com a rapidez de um raio, apenas por falar que me ama.

— Hoje, eu posso servir você e dar tudo que você quiser, porque sei que você merece ser servido — não sei se é proposital, mas sua voz sai tão rouca e tão sensual, enquanto ele faz o movimento maestral de servir a cerveja sem que a espuma engrosse demais, que acho excitante.

— Nossa, isso soou tão pornográfico... e lindo.

Dimitri gargalha alto, então pega o copo de cerveja, entrega a mim e, enchendo o seu, propõe um brinde.

— Missão cumprida! — ele alfineta.

Eu bato o copo no seu, e brindamos ao momento, com um leve tilintar de vidros se tocando. Depois do primeiro gole, ele começa a me servir e vai pegando, um a um, os potes com as refeições prontas, colocando o mais próximo que consegue de mim.

Em seguida, se senta ao meu lado e, como se não tivesse me mimado o suficiente, passamos os próximos momentos dando comida na boca um do outro, rindo e vendo os farelos caírem. Até mesmo falando palavras engraçadas que, de boca cheia, ficam ainda mais hilárias.

Estamos morrendo de fome e não escondemos, mas é engraçado o quando esse momento é tão íntimo, tão nosso.

— Você fez isso tudo? — pergunto desconfiado com a boca cheia de tiras de frango frito.

Dimitri balança a cabeça negativamente.

— Sou péssimo cozinhando, né? — solta com um tom depreciativo, mas está rindo. — Pedi para a cozinha deixar pronto e apenas esquentei no micro-ondas.

— Esperto — solto o elogio, fazendo Dimitri rir e me dar um beijo no rosto.

Depois, ele fica com as bochechas tão grandes quanto as minhas, empanturrando-se de frango frito comigo. Além disso, bebemos cervejas que ele repõe às vezes e, como os clientes da boate, conseguimos fazer uma pequena pilha de garrafas sobre o aparador na frente do pole dance.

Mesmo não sendo uma grande bebedeira de me fazer desmaiar no chão da boate, já fazia tempo que eu não bebia tanto assim.

Já fazia tempo que eu não me sentia confortável em beber com alguém.

— Achei que preferisse vinho... — digo, olhando para a quinta ou sexta garrafa de cerveja na minha mão, já pela metade.

— Prefiro, mas essas cervejas artesanais de Aiboon chegaram essa semana, pra degustação, e eu resolvi experimentar.

— São boas... — falo, analisando o selo verde e vermelho e, logo embaixo, as inscrições com o logo da Red Ale que tomamos.

Yani'Altan Beer

— O suficiente pra deixar seu corpo molinho e dançante? — Dimitri pergunta rindo, e é fácil notar seu rosto um pouco mais vermelho do que o normal.

Ele está ficando meio bêbado e eu não posso julgá-lo, porque estou indo pelo mesmo caminho.

— O que você quer? — pergunto, compartilhando da sua risada.

Ele olha para a barra de ferro à nossa frente e não é surpresa que peça em seguida:

— Quero que você dance pra mim no pole dance... Eu já dancei pra você, é mais que justo.

Eu solto uma risada, dou um gole lento na cerveja vermelha e a coloco sobre o aparador de bebidas à nossa frente.

— Você me seduziu, foi diferente...

Dimitri continua rindo e balança a cabeça positivamente, assumindo a culpa.

— E você gostou?

— Porra! — é a única coisa que solto, jogando a cabeça no estofado e olhando para o teto.

Sorrio de forma idiota ao lembrar-me de tudo; da ereção agressiva que Dimitri me causou e de como eu não sabia lidar com aquilo, então simplesmente saí correndo.

Mas, apesar do meu mau jeito, o que eu mais quero é ver aquilo novamente um dia, porque não me lembro de ter ficado tão eufórico com algo, alguma vez na minha vida.

E Dimitri parece ler meus pensamentos, porque beija minha bochecha com carinho e arrasta os lábios até meu lóbulo.

— Se você dançar pra mim, eu danço pra você de novo. Mesma performance.

Ardiloso, manipulador...

Eu rio baixo e não acredito no que estou fazendo, provavelmente estimulado pelo álcool, mas fico em pé. Dimitri dá uma gargalhada alta com a atitude que eu tenho e, no segundo seguinte, está batendo palmas, animado, no ritmo da música sensual que começa.

— Não reclame se o show for uma merda... — aviso.

Rindo, ele joga os braços por cima do estofado, cruza as pernas e fica o mais confortável possível, exatamente na posição poderosa que os clientes costumam ficar quando param para assistir aos dançarinos e às dançarinas fazendo suas performances.

Rindo de nervoso e me sentindo um idiota, seguro com firmeza na barra de ferro e, dando um impulso, subo na pequena mesa de dança.

Derrubo duas garrafas de cerveja no chão quando faço isso, mas Dimitri está ocupado demais, focando a atenção em mim, e nem repara no meu pequeno acidente.

E eu até tento fazer uma performance ousada, segurar naquela barra de ferro e ondular meu corpo, como meu namorado já fez para mim, mas, além de não saber o que fazer, eu também sinto meu corpo duro — para movimentos dançantes — como se as articulações fossem feitas de concreto.

E as gargalhadas, que Dimitri está dando no sofá, provam que é exatamente essa imagem que eu estou passando.

— Tá muito ruim? — pergunto, tentando dar uma rebolada.

— Não, continua, tá ótimo... — Dimitri claramente mente, balançando a cabeça negativamente e batendo palmas para o meu pequeno show. Ele ri mais um pouco e acaba colocando a mão na boca, segurando inutilmente o riso. — Só precisa de um pouco de óleo nas dobradiças de robô... — implica comigo.

Eu me seguro muito para não dar o dedo do meio para ele.

— Vem aqui, então, se você é tão bom assim.

Dimitri diminui o riso, mas o mantém levemente nos lábios, então, sem nem me deixar descer da plataforma de pole dance, levanta-se, segura na barra de ferro e, tomando impulso, sobe.

Ele é mais baixo e menor do que eu, então consegue perfeitamente se enfiar dentro dos meus braços e segurar no pole dance com uma das mãos perto das minhas, roçando-as.

— Precisa soltar um pouco esse quadril... — diz, colocando a mão livre para trás, segurando minha cintura e a puxando, para que eu encaixe o quadril no seu.

Estamos quase colados ali em cima. Eu estou roçando meu peito nas suas costas; as coxas batendo nas suas, além da minha pelve espremendo sua bunda.

E eu já estava com calor por conta da bebida, mas tudo começa a ficar um pouco mais quente, com ele ondulando desse jeito, me ensinando a fazer os movimentos certos.

— Ondula como se estivesse comigo na cama, você sabe como é... Sempre faz tão gostoso...

Porra, Dimitri...

No entanto, suas aulas parecem funcionar, porque, no ritmo da música, ele está conseguindo me fazer mover o corpo num movimento ondular leve, sensual, que eu nunca pensei em fazer na minha vida. Não como uma dança.

Ele solta o pole dance e vira o corpo na minha direção, recostando-se à barra de ferro, enquanto eu ainda a seguro com força e, sem perceber, continuo fazendo os movimentos lentos, porém ritmados.

Dimitri morde o lábio inferior e me olha de cima a baixo, deliciando-se com o fato de que estou dançando sobre ele, roçando o corpo no seu.

— Você aprende tão rápido, El...

Sinto meu rosto esquentar com a sua fala.

— E você parece um profissional. Já seguiu carreira na dança? — pergunto, tentando disfarçar o quanto meu corpo está pegando fogo com todos esses olhares atrevidos que Dimitri lança para mim.

— Não... Eu só gosto muito de pegar num ferro.

A fala me causa uma gargalhada instantânea, e automaticamente, eu perco as forças das pernas, rindo tanto que minha única reação quase bêbada é descer da plataforma de dança e cair no sofá.

Compartilhando das mesmas risadas que eu, Dimitri também desce dali, mas ao invés do sofá, seu destino é o meu colo.

Destinado ao nosso encaixe perfeito, ele encaixa as coxas sobre o meu colo e, em um movimento instintivo, minhas mãos vão direto ao seu quadril, segurando-o com força e puxando-o ainda mais para mim, enquanto seus braços envolvem os meus ombros.

Entre risos frouxos e arrepios involuntários, Dimitri e eu trocamos beijos gostosos que finalizam nosso pequeno encontro não planejado por mim, mas arquitetado com tanto carinho por ele.

Eu me sinto grato. Sortudo.
E eu, que tinha medo de me entregar a alguém, estou aqui...
Dando-me, cada vez mais, de bandeja a Dimitri.

DAVI

VICTOR

28

GUISADO COM BATATAS

DIA 75

É domingo.

Eu e Dimitri precisamos trabalhar mais tarde, mas hoje fizemos o sacrifício de acordar mais cedo do que geralmente acordamos. São 13h, e eu estou descendo as escadas do meu sobrado, indo buscá-lo na rua.

Meu pai quis conhecê-lo quando contei que estava namorando oficialmente e, juntamente à namorada e ao seu filho, marcou um almoço para nós todos, na minha casa velha e acabada.

Eu estou nervoso feito o caralho.

O velho nunca fez isso e agora, do nada, quer dar uma de superprotetor nos meus relacionamentos.

— Amor, você está bem? — Dimitri pergunta, segurando o riso, enquanto fecha o carro, estaciona na calçada, na frente do açougue, e aciona o alarme.

— Porra, eu tô nervoso... — confesso, respirando fundo.

Chego perto do seu corpo e o pressiono contra o carro, colocando uma mão de cada lado do veículo, enquanto Dimitri é encurralado no meu abraço e olha para mim, ainda segurando o riso.

— Por que está assim? — Leva a mão macia até meu rosto e acaricia minha bochecha devagar, enquanto deito a testa na sua e fecho os olhos, tentando controlar a respiração.

— Você e meu pai são as pessoas mais importantes da minha vida, e eu quero muito que isso seja agradável, que vocês se gostem — eu solto, respiro fundo mais uma vez e mal penso no peso que minhas palavras têm.

Dimitri gela, porque eu o sinto travado e, quando abro meus olhos, percebo que ele apenas me encara e não sabe o que dizer. Eu esqueço, por diversas vezes, o quanto ele me ama e como as coisas têm um impacto diferente na sua mente e coração.

Não estou acostumado com as pessoas gostando tanto assim de mim.

— Desculpa... — peço, olhando-o, percebendo seu nervosismo. Então, dou uma risada baixa e selo seus lábios três vezes, rapidamente. — A intenção era desabafar, não te transformar num boneco de pedra.

— Você precisa parar de me pegar de surpresa desse jeito. — Entrega um sorriso sutil e atordoado. — Dimitri descola o corpo do carro ao mesmo tempo que balanço a cabeça positivamente.

Saio de sua frente, deixando que ele me acompanhe até a escada que leva à minha casa.

— É simples, não tem luxo, a mesa onde vamos comer é pequena e apertada. — Eu paro no primeiro degrau, desando a falar e viro o corpo em direção ao seu mais uma vez.

É a primeira vez que Dimitri visita o lugar onde moro.

Porra, eu estou suando frio.

— Minha casa tem cheiro de produto de limpeza barato, e eu não tenho nada de tecnológico e caro, meu sofá é antigo, tem muitas fotos minhas quando pequeno, eu era uma criança feia demais — concluo, percebendo o quão alterado eu estou.

Dimitri gargalha. Joga a cabeça para trás, daquele jeito que faz quando não se aguenta de tanto que ri, depois dá mais alguns passos e cola o corpo no meu, fica na ponta dos pés e me beija em seguida.

— El... — ele tenta continuar, mas não consegue, porque ri mais um pouco. — Meu amor, eu só tenho um colchão no chão. Eu não tenho sofá, minhas coisas estão em caixas até hoje, e você nunca ligou pra isso — ele fala, depois de conseguir parar de rir. — Você acha que eu vou ligar pra como é sua casa? Sério?

Então, ele repete o que eu fiz e me beija. Três vezes rapidamente. Eu rio, caio direitinho no seu charme e me sinto mais tranquilo.

A paz instantânea, que Dimitri me transmite, não parece ser real.

— Está fazendo seu pai esperar, anda — finaliza e, quando eu viro o corpo para subir as escadas, dá dois tapas na minha bunda, me fazendo rir um pouco mais.

Entrando em casa, ando com Dimitri até a cozinha, onde já estão meu pai, sua namorada e seu filho esquisito. Coçando a nuca, espero-o aparecer ao meu lado, para pigarrear, limpar a garganta e apresentar.

— Esse é Dimitri, meu namorado — falo, chamando atenção de todos que estão ali, distraídos até então.

— Eita, ele não é... — Daniel começa a falar, franzindo o cenho e, provavelmente, reconhecendo a fisionomia de Dimitri. — Ninguém, devo ter confundido — diz, voltando a enfiar a cara no celular que segurava.

Sei...

— É... Oi, Dimitri — meu pai fala meio desconsertado, claramente uma tora de madeira, sem habilidades sociais. — Eu sou o Augusto, senta-se aí, meu filho.

Eu seguro o riso, olhando para baixo. Ele tem essa mania de chamar qualquer pessoa, mais nova que ele, de "meu filho" ou "minha filha".

Depois que Marina e Daniel se apresentam, Dimitri responde educadamente a todos e se senta ao meu lado. Ele parecia calmo quando chegou, mas sei que não está mais, porque suas pernas se balançam e batem nos meus joelhos, por baixo da mesa.

Dimitri volta a aparentar ser aquela criança assustada, ainda mais acuada dessa vez. Imagino que essa deva ser a expressão que tem toda vez que se sente desconfortável.

Eu não gosto disso, só quero que ele fique tranquilo, então, enquanto meu pai conta histórias sobre seu trabalho, desço minha mão e capturo a de Dimitri, que estava parada nervosamente em cima da coxa. Ali, entrelaço nossos dedos e esfrego carinhosamente o polegar pela sua pele.

Ele respira e olha para mim, sorrindo com o canto dos lábios, depois volta a se servir da comida, proveniente de uma panela de barro enorme, no centro da mesa. Ali há um guisado de carne com batatas muito bom, feito pelo meu pai.

— Você trabalha com Gael há muito tempo, meu filho? — meu pai pergunta a Dimitri.

— Sim — mas é Daniel quem responde, distraído no celular. — Ah, desculpa, estou falando com o jogo.

Eu seguro o riso mais uma vez.

A mãe dele, em momento nenhum, parece ser uma pessoa odiosa quanto à minha relação com Dimitri, não entendo por que ele tem esse cagaço todo de revelar suas preferências variadas.

— Sim, senhor, eu...

— Me chama de Augusto, meu filho — meu pai o corta daquele jeito que mistura brutalidade ao carinho de família, e agora é Dimitri quem está segurando o riso.

Ele não sabe lidar com meu pai sem rir, e eu não sei lidar com Marina e seu filho da mesma forma. Ninguém sabe lidar com esse almoço, nessa porra dessa mesa, isso é claro.

— Certo, Augusto... — Dimitri continua, após conter o humor e ser apenas educado agora. — Gael entrou na boate dois anos depois de eu ter começado a trabalhar lá.

— Eu sabia! — Daniel fala alto, olhando para Dimitri, depois pigarreia e volta a olhar para o celular. — Desculpa, é o jogo de novo.

Eu me pergunto se ele precisa de ajuda para contar à mãe que ele é um devasso ou se essa partida vale dinheiro, para estar tão exaltado.

— E como conseguiu esse emprego? — o velho curioso pergunta.

Eu tive a quem puxar.

— Estudei com os donos da boate durante o ensino médio. Eles eram ricos, um deles mais rico que o outro — Dimitri se refere a Pablo, claramente. — Só estudamos juntos porque eu consegui uma bolsa de estudos pra escola deles, mas acabamos ficando amigos durante os anos — Dimitri desanda a falar.

Percebo que sua voz soa suavemente trêmula algumas vezes, então me lembro do dia que mandei mensagens de texto a ele, pela primeira vez.

"Desculpa, eu digito demais quando estou me sentindo mal", foi o que me disse na época, e imagino que isso se aplique para conversas ou quando está nervoso também.

Ele está falando demais agora, mas não deixo de achar fofo, até porque gosto de saber de todas essas coisas, mesmo que eu já saiba.

— O Pablo... Gael já deve ter falado dele — Dimitri fala, olha para mim rapidamente, depois continua com o assunto, quando meu pai responde, afirmando com a cabeça, para que prossiga —, me ofereceu esse emprego. Ele queria me dar dinheiro e me bancar, na verdade, não queria me empregar. — Então, ele riu, balançando a cabeça negativamente, olhando para o próprio prato.

— Mas você preferiu trabalhar, querido? — dessa vez, foi Marina quem perguntou, soando doce.

— Eu nunca gostei de depender de ninguém, então, sim, preferi trabalhar.

E, provavelmente, Dimitri também preferiu passar o máximo de tempo possível longe de casa e daqueles monstros que chamava de pais.

— Você fez certo, nada melhor do que ganhar o próprio dinheiro — ela conclui e, por baixo da mesa, eu intensifico o carinho que faço na mão de Dimitri. — Mesmo que seja pouquinho.

Dimitri solta uma risada carinhosa, concordando.

Eu me sinto orgulhoso dele, e todos ali parecem estar da mesma forma. Ele me olha mais uma vez, agora seu rosto está mais aliviado e seu sorriso é angelical, praticamente, confortável.

E, definitivamente, está orgulhoso de si próprio.

Ele ainda fala apenas de seu trabalho, e eu não sei tudo que Dimitri passou, talvez, um dia, ele me conte, mas me sinto genuinamente agradecido por participar de seu crescimento pessoal e ver como, aos poucos, ele é mais livre para ser quem é.

E definitivamente, também sei que quero estar ao seu lado para apoiá-lo, porque esse sorriso...

Não há nada mais gratificante, neste mundo, do que ver Dimitri feliz.

O almoço prossegue e, bem mais relaxado agora, vejo Dimitri rir e conversar com todos ali.

Daniel praticamente não sai do celular, mas, quando o faz, é para lançar olhares na minha direção e na de Dimitri, claramente muito curioso com o nosso relacionamento proveniente da boate.

— Os funcionários podem se pegar lá dentro? — ele sussurra para nós dois, quando meu pai e Marina se levantam e vão se sentar no sofá da sala.

Que porra de pergunta é essa?

Dimitri coloca a mão na boca e tenta segurar uma risada que quer explodir dos seus lábios, de qualquer jeito.

— Podem, mas eu e Dimitri temos carta branca ainda maior, somos protegidos pela chefia — respondo também segurando meu riso e, apesar do meu tom ser divertido, eu falo a verdade.

Se depender do Pablo, a gente filma todos os beijos e outras coisas, que fazemos na boate, e mandamos para ele apreciar.

Apesar de achar Daniel um cara muito enxerido, não posso culpá-lo, pois sou curioso da mesma forma, só não tenho a coragem que ele tem, de sair perguntando as coisas na cara dura desse jeito.

Mesmo assim, a conversa se estende por algum tempo, calma e descontraída, comigo me perguntando internamente — e mais uma vez — como deveria ser a vida de alguém que tem um irmão.

Claros pensamentos de uma pessoa carente.

Algum tempo depois, meu pai aparece de mãos dadas com Marina, na cozinha.

— Vamos, meu filho — a namorada de meu pai diz, meiga, a Daniel que prontamente se levanta como se fosse um grande bebezão. — Prazer em conhecê-lo, Dimitri — ela fala, dando um leve aceno com a cabeça, e se despede de nós dois, deixando apenas meu pai na cozinha.

Ele rodeia as chaves do seu carro, com os dedos, parecendo meio sem jeito de falar.

— Eu vou deixar Marina em casa, acho que não volto hoje — diz, ficando vermelho, sem deixar de olhar para as mãos, onde o arco do chaveiro roda em seus dedos.

Eu e Dimitri nos entreolhamos e precisamos segurar o riso de forma violenta, porque é muito engraçada a figura daquele homem enorme e envergonhado porque vai dormir na casa da namorada.

— Tudo bem, pai, nós já vamos sair, precisamos trabalhar daqui algumas horas — falo, respiro fundo, controlando todas as piadas internas que passam pela minha cabeça.

— Foi um prazer, Dimitri — ele diz sincero, levantando o rosto e olhando para o meu namorado. — E Gael... — Então, meu pai olha para mim e parece ter certa dificuldade nas suas próximas palavras, ainda assim, as solta: — Sua mãe teria gostado muito dele.

O homem dá dois tapas nas minhas costas, antes de fazer um aceno breve e educado para nós dois, então, em seguida, deixa nossa casa.

Nossa...

Não consigo dizer nada, apenas ouço o som da porta da sala bater, anunciando que meu pai foi embora.

— O que foi, amor? — Dimitri pergunta preocupado, percebendo meu choque com as palavras do homem.

Mas ele não entende.

Eu ainda demoro um pouco a assimilar o que acabou de acontecer, mas tento explicar ao maître da forma que consigo.

— Ele nunca fala dela. Eu nunca falo dela... — solto, respiro fundo e me levanto da cadeira em que estava sentado, mas paro em pé, com o olhar perdido em nenhum ponto em específico. — Eu só... Nossa...

— Gael... — Dimitri diz, se levantando e vindo para mais perto de mim. Segura minhas mãos e me faz olhá-lo. — Você está bem?

— Eu estou, é que... — Olho para as suas mãos entrelaçadas às minhas, então começo a andar e o puxo devagar em direção à sala, onde alguns porta-retratos estão espalhados próximos à televisão, no rack baixo.

Sinto necessidade de mostrar a ele de quem eu falo, para que tudo fique mais claro, já que eu mesmo não consigo expressar as coisas de forma clara.

— Essa era ela, Helga Bandile — falo, pegando uma fotografia antiga, a minha favorita.

Minha mãe usava um vestido amarelo comprido até os pés, de alças finas nos ombros, que tinha um contraste tão belo com sua pele preta. Também usava um chapéu de praia grande, que segurava para que o vento não o levasse. Seus cabelos escuros, trançados até o quadril, faziam um movimento muito bonito. A outra mão me segurava em seu colo, nós dois ríamos muito e eu era muito pequeno. A foto foi tirada por meu pai que, segundo ela, também ria demais, enquanto registrava o que seria uma das minhas lembranças mais saudosas.

— Ela era linda, meu amor — diz meigo, após pegar o porta-retratos de minha mão e encarar a fotografia contida em seu interior por alguns momentos. — Quem é essa criança no colo dela?

— Eu — falo, soltando uma risada baixa. — Feio demais.

— Para com isso Gael, não tem nada de feio aqui. — Dimitri briga comigo, ao mesmo tempo que ri.

Então, eu não sei se ele diz isso por não me achar feio de verdade ou por me amar e querer me poupar de bullying.

Mas eu tinha um cabeção. Sempre tive. Ainda tenho.

— O que... — ele começa cuidadoso, ainda olhando para a fotografia em suas mãos. — O que aconteceu?

E eu respiro fundo mais uma vez, pensando sobre a dor de encarar esse assunto que nunca trago à tona.

Mas agora é diferente...

Parece que não dói tanto.

E eu sei que, inegavelmente, a anestesia de uma dor tão lancinante só pode ter a ver com o cara loiro que me olha de forma tão amorosa.

— Se não quiser falar, você não precisa, certo?

Isso se tornou comum entre nós.

Sempre demonstrar que estamos com curiosidade, mesmo assim, expor que também sabemos respeitar, caso o outro não se sinta confortável para contar algo.

E é justamente isso que faz com que eu me sinta tão bem ao abrir com ele.

— Não, tudo bem — digo, retribuindo seu olhar de carinho, enquanto pego o porta-retratos de sua mão e o coloco novamente no rack. — Ela tinha uma doença chamada "Anemia Aplástica" e nós não sabíamos... — Respiro fundo, sem conseguir encarar aqueles olhos tão profundos, que me olham com atenção. — Ela se sentia fraca e sem ânimo, mas nunca deixou de fazer nada em casa. Quando os desmaios começaram, minha mãe se negou a ir ao hospital, e meu pai, trabalhando o dia inteiro, mal tinha tempo de reparar na sua saúde. Eu era um moleque de quinze anos, não percebia que ela estava enfraquecendo, e ela era uma teimosa... — Engulo em seco, tentando engolir também um choro instantâneo que nasce dentro de mim.

É a primeira vez, em dez anos, que eu tenho coragem para tocar nesse assunto.

Não é fácil, é doloroso como eu imaginei que seria, mas o cuidado de Dimitri é combustível suficiente para que eu tenha coragem de concluir o assunto, mesmo sentindo o peso das lágrimas tentando içar meus olhos.

Ele aproxima ainda mais o corpo do meu, segurando minhas duas mãos com cuidado, me dando a motivação silenciosa que eu precisava para continuar a falar.

— Foi num domingo como esse... — falei, soltando a primeira fungada forte, tentando segurar inutilmente o choro. — Meu pai estava em casa. Ela derrubou as panelas no chão, desmaiou na cozinha, e nós não conseguíamos acordá-la. Levamos para o hospital, e ela ficou internada por três dias, mas já era tarde, ela... Ela não resistiu.

Dimitri percebe que eu derramo a primeira lágrima, então leva o polegar macio até meu rosto e a limpa.

— Se eu fosse mais inteligente, mais esperto na época... Eu devia ter falado pro meu pai antes — confesso minha culpa, sentindo meu peito doer quando, pela primeira vez, externo, em voz alta, o que sempre me atormentou nos últimos anos. — Ela podia ter continuado viva se eu tivesse prestado mais atenção antes, se não estivesse com a cabeça enfiada em animes, desenhos e estudos...

— Ei, meu amor, não... Não diz isso, olha pra mim — Dimitri diz, segurando meu rosto com carinho, me fazendo encará-lo, enquanto não para de enxugar minhas lágrimas. — Gael, você não teve culpa, meu amor. Eu não sei nem explicar em quantas escalas isso estava fora do seu controle, El...

— Mas eu podia ter visto, Dimitri... — continuo, fortemente segurando um soluço que tenta brotar, destoando completamente da pessoa que sou no meu dia a dia.

Dimitri nunca me viu chorando, ninguém me vê chorando há anos, porque eu simplesmente odeio que me vejam derramando lágrimas, odeio que me vejam vulnerável.

Mas, mais uma vez, ele quebra todas as minhas armaduras e é a primeira vez que não me importo em me mostrar frágil e sentimental a alguém.

Dimitri me ama e quer que eu seja sua âncora, mal sabendo que já se tornou todo meu porto seguro.

— Meu amor... — ele fala, me puxando para um abraço que dou, encostando a testa em seu ombro, enquanto Dimitri sobe as mãos macias pelas minhas costas, em carícias carinhosas que não tem fim. — A hora dela veio e se foi e, nesse meio tempo, ela cumpriu a missão dela aqui. — Então, ele se afastou levemente, me fazendo olhá-lo. — Sei que é difícil pensar assim, é duro, mas ela ajudou a formar o ser humano maravilhoso que você é, o ser humano maravilhoso que eu amo — ele fala, chegando o rosto perto do meu e me dando um beijo lento. — Eu sou tão grato à Helga, e é só isso que você deveria sentir, além da saudade. Só gratidão, sem culpas.

Eu pondero sobre suas palavras por alguns momentos.

— Sem culpas... — repito baixinho enquanto balanço a cabeça positivamente, mais para mim mesmo do que para Dimitri.

Encosto a testa na sua, respiro fundo e deixo os últimos soluços, calmamente, perderem forças no meu peito.

Nós permanecemos mais alguns minutos assim, com as testas unidas, Dimitri me acariciando mais um pouco e deixando que minha respiração volte ao normal, sem me apressar.

Sem exigir que eu encerre meus sentimentos de uma hora para a outra, e é exatamente isso que me dá forças para que eu acabe com esse clima melancólico, que me arrebatou por alguns momentos.

— Vem... — digo, fungando e afastando o choro de uma vez por todas. — Vamos descansar antes de trabalhar. — Rio sem graça, então seguro sua mão e o puxo até meu quarto, já que ele ainda não o conhece.

Dimitri anda devagar e se senta na cama, só que se senta com tudo e logo faz uma careta sofrida.

— Porra, que cama dura — diz com cara de dor, depois me olha esbugalhando os olhos, cheio de culpa. — Desculpa, amor, não era pra pensar em voz alta, desculpa...

— Tudo bem, ela é horrível mesmo... — digo, finalmente rindo, chegando perto dele e me sentando ao seu lado, depois jogando as costas no colchão. — Sabe que sou meio mão de vaca, não quis comprar outra.

— Meio? — Ele também ri, me observando enquanto me ajeito.

Diferente dele, eu estou acostumado com meu colchão de cimento, então fecho os olhos e penso sobre o pouco tempo que temos antes de trabalhar.

Sinto o colchão se mover, mas não me levanto, porque realmente não fico incomodado com Dimitri andando pelo meu quarto.

Sei que não há grandes bostas a serem vistas.

— O que é isso? — ele pergunta, e eu ouço barulho de papéis sendo folheados.

Erguendo meu corpo, para entender do que se trata, finco meus cotovelos no colchão e olho diretamente para Dimitri.

Ele está em pé, na frente da minha mesa de estudos, observando meus desenhos.

E, em suas mãos, também está a versão impressa da carta que recebi da Seven Lines.

— Isso é... — Franzo o cenho, olhando para Dimitri, sem saber exatamente como começar esse assunto.

Ele coloca os papéis de volta à mesa, parece desconcertado.

— Desculpa, não era pra ter mexido aqui.

— Não, tudo bem... — Eu me levanto, caminho em sua direção, pegando a carta da Seven Lines novamente e lhe mostrando. — Isso é uma oportunidade de emprego que me deram, e esses — falo, pegando também os desenhos — são rascunhos de desenhos que eu já enviei, para ver se sou aprovado no processo deles.

Ele parece surpreso, afinal, nunca havia dito a ele que desenhava.

— Você é muito bom — Dimitri diz, olhando para os traços em minhas mãos. — Sério... É bom demais. Você... — Ele demonstra oscilar entre encorajamento e dúvida. — Você quer muito?

— Demais, Dimitri... Há anos — respondo, sincero.

— Eu espero que consiga, amor — ele parece querer me animar, mas sei que sua voz não soa o mais genuína possível, e logo entendo o motivo, com sua pergunta amedrontada. — Essa vaga é pra onde? — pergunta baixo, sem coragem de me encarar, ainda analisando os esboços em minhas mãos.

— Para Aleegra — respondo tão baixo quanto, de forma direta.

Ele arregala os olhos e me olha assustado.

Não consegue esconder a reação triste que tem.

— Mas eu posso escolher trabalhar remotamente, não preciso me mudar pra matriz, a menos que eu queira — explico, tentando tranquilizá-lo.

— Você quer ir para Aleegra? — sua pergunta, apesar da voz desanimada, soa contraditoriamente estimulante, e ele me olha ao mesmo tempo que sorri pequeno, querendo me confortar no meio de um assunto que, claramente, me deixa nervoso.

E deixa-o nervoso também.

— Por muito tempo, era tudo o que eu queria, mas agora é diferente...

— Então, você deve ir, Gael — ele finaliza seu ponto, andando até a janela do meu quarto e parando o corpo ali, enquanto olha para alguma coisa na rua. — Você não deve parar seus sonhos e sua vida por nada... Nem ninguém.

— Dimitri... — digo, me aproximo, pego em seu rosto, fazendo-o me olhar. — O único motivo de eu querer ir embora daqui é que tudo nesse país lembrava a minha mãe. E quando não era ela, eu só conseguia pensar nos relacionamentos de merda que eu tive e como eu fui tão substituível. — Respiro fundo mais uma vez, encontrando dificuldade em encarar tantos assuntos ruins de uma vez só. — Doeu por muito tempo, e eu achava que resolveria tudo fugindo, indo embora, desistindo de viver aqui.

— E eu não quero que você jogue tudo fora agora...

— Só que não dói mais, Dimitri. Não como antes — falo, segurando em seu queixo, fazendo com que olhe para mim. — Desde que você disse que me ama, porra... Desde que eu me apaixonei por você, nada mais é a mesma coisa. Eu sinto como se fosse capaz de suportar qualquer merda.

No meio do seu sorriso desanimado, ele dá de ombros, como se não estivesse aceitando muito minhas palavras.

— Amor, mas eu não posso te pedir pra ficar — ele responde, claramente internalizando uma batalha entre querer ficar comigo e a sensatez de saber que pode me prender.

No entanto, Dimitri não precisa se torturar por muito tempo, porque antes mesmo do meu namorado vir à minha casa, ou de me enviarem qualquer resposta positiva, eu já tinha feito minha escolha.

Fiz, nos últimos dias que se passaram, pelo tempo que ficamos juntos. Pelas horas de felicidade que ele me deu, quando fez com que eu me sentisse amado mais uma vez, como nunca ninguém havia feito antes.

A escolha foi pensada e analisada, mas não posso mentir e dizer que foi difícil.

Então, enquanto nossos olhos estão fixos um no outro, deixo que ele saiba:

— Eu quero ficar, Dimitri. Quero ficar com você.

29

PRÊMIO

Dimitri sorri e me aquece com isso.

Seu rosto esquenta, suas bochechas ficam vermelhas. Ele tem um problema sério para esconder suas reações, sejam elas boas ou ruins, mas, naquele momento, eu fico ainda mais apaixonado por todas elas.

Sobe as mãos pelo meu peitoral, depois as enlaça na minha nuca e me puxa devagar, até que meus lábios cheguem ao encontro dos seus, mas ele para antes de realmente me beijar.

— Obrigado, El... — sussurra entre um roçar de lábios e outro. — Obrigado por não me abandonar, meu amor — sua fala soa quebrada, frágil e meu coração dói a partir do momento em que as palavras saem de sua boca, porque nunca foi minha intenção deixá-lo, mas ouvir seu agradecimento faz com que eu pense o quanto Dimitri já sofreu com falta de afeto durante sua vida.

Não tendo como responder ao seu agradecimento com palavras, envolvo sua cintura com força e o puxo para um abraço apertado, então colo os lábios nos seus, iniciando um beijo que não entendo o motivo de ter saudade nele, mas tem.

Talvez pelo fato de que só de me imaginar longe dele, eu já sinta sua falta, mas não há motivo para ansiedade premeditada, nós não vamos a lugar algum, então a única coisa que faço é aproveitar o que meu namorado me dá...

O carinho e amor que tem por mim.

Dimitri intensifica nosso beijo, morde meu lábio inferior, puxa para si, arfa sem ar, depois de trocarmos profundidades que vão muito além das nossas línguas que se esfregam uma na outra, então ele começa a me conduzir devagar até a cama, onde percebo todos os sinais já conhecidos de seu corpo.

Dimitri está incendiado e começa a me incendiar também.

Quando batemos as pernas na beirada da cama, eu me sento, e ele vem para o meu colo, me empurrando e fazendo com que eu me deite.

De forma devota, tira minha camiseta com cuidado, depois leva os dedos bonitos até a fivela do meu cinto, abrindo-o devagar. Temos poucas horas, deveríamos estar descansando antes do trabalho, mas eu não consigo dizer não a Dimitri...

E ele parece apaixonado demais para se importar com descanso, me confirmando isso quando sussurra as próximas palavras cheias de tesão:

— Me deixa te foder, El? — pede manhoso, deitando-se com metade do corpo sobre mim, com a boca no meu pescoço, onde esfrega a língua quente na minha pele, me fazendo arrepiar ao mesmo tempo que enfia a mão na minha cueca e tira meu caralho inteiro, começando a me masturbar devagar.

— Eu quero tanto sentir sua carne contraindo, ouvir teu gemido gostoso, ver seu rosto se contorcendo pra mim... — continua seu sussurro que mistura um tesão absurdo a um tom carinhoso e apaixonado.

— Ca-camisinha e lubrificante no armário, porta do meio... Pra-prateleira de cima... — respondo com pressa, de um jeito baixo, entrecortado, fechando os olhos com força quando sinto a masturbação de Dimitri ganhar velocidade.

O filho da puta ri do meu desespero, para de me masturbar, deixa um selar lento nos meus lábios e se levanta da cama, indo até o lugar indicado e voltando poucos segundos depois, sem dificuldade de achar os itens que quer.

— Essas camisinhas estão vencidas, meu amor? — pergunta, franzindo o cenho, procurando a validade dos preservativos, já que antes eu disse que não fazia sexo há muito tempo, e ele nunca tinha ido à minha casa.

— Eu comprei ontem... — confesso envergonhado, fazendo o debochado rir mais uma vez.

— Ah, meu amor... — ele diz, tirando a própria camisa devagar, depois vem para perto de mim, jogando as camisinhas e o lubrificante no colchão ao meu lado.

Ali, ele começa a abrir o próprio cinto e se despe, também, da parte de baixo de suas roupas, na mesma lentidão.

Eu amo ver Dimitri tirar suas roupas e amo como, toda vez, ele faz disso um ritual, me deixando preso em cada movimento seu.

— Já estava esperando por isso, não é? — fala quando já está completamente nu, levando a mão bonita ao próprio cacete e se masturbando devagar, enquanto olha para mim com um sorriso leve no canto dos lábios.

Dimitri me desmonta inteiro, me desconfigura de uma forma que ninguém foi capaz de fazer.

Eu engulo em seco, não consigo responder-lhe, apesar de ele já saber que minha resposta seria positiva, então ele se aproxima da cama mais uma vez, até parar perigosamente na minha frente.

— Tira o resto das suas roupas, El — pede daquele jeito meigo, disfarçando sua ordem, a que obedeço no mesmo segundo.

Dimitri continua se masturbando e me olhando enquanto tiro minha calça, depois minha cueca e deixo tudo cair ao chão, mas ele não me ajuda.

Igualmente a mim, ele gosta de observar tudo que faço, e mantém o sorriso safado nos lábios, sem tirar os olhos do meu corpo, do meu rosto.

— Agora, deita de bruços, ok? — mais uma ordem aveludada, que faz meu corpo estremecer.

— Não quer me foder enquanto me olha? — pergunto, contrariando seu pedido.

Ele continua com o sorriso no canto dos lábios, olha para o próprio pau que ainda masturba e balança a cabeça negativamente, antes de abrir a boca e parecer ser a última vez que me avisa:

— Só obedeça, Gael — a suavidade de sua voz camufla, com facilidade, a devassidão que há dentro de si, então, engolindo em seco, me arrasto devagar pelo colchão e me viro, deitando-me da forma que ele mandou.

Meu caralho está sendo espremido entre meu corpo e o edredom que cobre minha cama e sinto a cabeça inchada do meu pau sendo esfregada no tecido de forma que, juntamente àquela atmosfera que Dimitri proporciona ao quarto, eu fique cada vez mais excitado, quase sentindo dor.

Ele vem devagar, desliza os joelhos pelo colchão, mas não fica em cima de mim ainda. Senta-se ao lado do meu corpo, passa as mãos pelas minhas coxas, pela minha bunda, me aperta com tanta força que eu dou um gemido baixo, sentindo suas mãos suaves fazerem contraste àquela brutalidade que tem comigo, quando assim quer.

Segundos depois, sinto o respingar do líquido gélido deslizando pela minha pele, para pairar por cima da minha entrada, que recebe também os dedos de Dimitri, dois deles, os quais ele enfia devagar e com carinho.

— Sempre tão apertado, amor... — ele quase choraminga quando fala, deliciando-se com meu corpo. — Não acredito que eu te fodo o tempo inteiro, e você continua assim, tão gostoso — diz.

Suas palavras me enlouquecem, fazem com que eu vibre inteiro, assim como meu caralho vibra com força em contato com o colchão.

Com a habilidade que nunca experimentei com mais ninguém, Dimitri enfia os dedos inteiros dentro de mim, depois os curva e ondula no meu interior, massageando a área que ele sabe ser tão sensível. Como se fosse a porra de um mágico, um mago da putaria, não demonstra dificuldade nenhuma em achar minha próstata, que estimula devagar.

— Caralho, porra, Dimitri... — Eu me contorço na cama.

Agora, Dimitri não é violento, nem bruto. Ele massageia minha próstata devagar, fazendo com que eu sinta todas as minhas terminações nervosas explodirem ao mesmo tempo.

— Não quero que goze ainda, meu anjo, então vou continuar bem calmo... — ele diz, quase sádico, enquanto sinto a ponta de seus dedos sendo esfregadas na delicadeza esponjosa do meu interior. — Porra, Gael, você é gostoso demais, tremendo desse jeito na minha mão.

Ele não mente, porque não há um centímetro do meu corpo que não esteja tremendo neste momento. Eu enfio a cara no colchão, meus gemidos começam a ficar um pouco mais descontrolados à medida que seus dedos se movem fatalmente dentro de mim.

— Tira a cara do colchão, Gael. Eu quero ouvir você gemer pra mim — não há tom aveludado na sua voz desta vez. Ele fala sério comigo e enterra um dedo na minha próstata, me castigando.

Eu dou um gemido mais alto, mais grosso e mais rouco. Imundo o quarto e me arqueio todo de tesão, ele percebe e se delicia com aquilo.

— Você gosta de como eu trato você? De como eu sou bom com você, meu amor? — ele diz, colocando a outra mão na minha bunda, deslizando até o meu quadril, me apertando enquanto continua me estimulando. — De como eu faço você se sentir, se contorcer?

— Go... gosto... — quase rosno ou tremo, não sei dizer.

Estou ficando alucinado, agressivamente pedindo arrego, com meu tom que já não suporta mais a lentidão das preliminares de Dimitri, que sempre gosta de me fazer quase gozar, para me deixar no meu estado mais vulnerável.

Ouço a risada nasal do putinho, que intensifica o quanto ele se delicia em me levar à loucura.

E, no final de tudo, eu sequer posso reclamar...

Porque eu gosto. Porra, como eu gosto e como eu tenho a certeza de que nunca vou ter nada assim, com mais ninguém, em toda a minha vida.

Parecendo se satisfazer com minha resposta, ele aumenta o ritmo dos dedos, fazendo meu quadril, involuntariamente, movimentar-se e resfolegar no colchão, me fazendo desejar ainda mais que ele termine logo.

Porque mais do que me preparar, Dimitri adora me torturar, ele quer que eu implore ainda mais.

Ele enfia três dedos, os soca dentro de mim sem pena alguma. Chega o rosto perto da minha carne e me beija suavemente, enquanto não há suavidade nenhuma nos movimentos de sua mão.

— Dimitri... — chamo rouco, respiro fundo e seguro o edredom com força. — Já está bom... Vem... Vem logo, por favor.

Ele tira os dedos de mim e dá outra risada baixa.

— Eu adoro quando você implora, El — o safado diz, fazendo barulho que entendo ser ele colocando a camisinha e, logo depois, vem devagar para cima do meu corpo, encaixando os joelhos no meio das minhas pernas. — Vai, meu bem, abre as pernas devagar pra mim...

Eu afasto os joelhos, ele desce o corpo, encosta o peito nas minhas costas, mas não me penetra ainda. Dimitri beija minhas costas devagar, dá leves chupadas na minha pele. Superficiais, não deixam marcas. Respira fundo e me faz arrepiar mais uma vez, com a respiração quente sobre minha derme.

E toda a atmosfera que ele cria, parecendo uma montanha-russa que vai do melancólico ao erótico, volta ao tom completamente rendido, apaixonado e necessitado de antes, com suas próximas palavras:

— Eu te amo tanto, Gael... — ele confessa, enquanto segura o próprio caralho pela base e esfrega na minha entrada, enfiando-o devagar, aos poucos. — Eu te amo porque você podia ir... — Ele tira sua rigidez e a enfia mais uma vez, com calma, até a base, me fazendo gemer sôfrego.

— Mas preferiu ficar comigo...

Então, sua suavidade se vai e dá lugar a movimentos ondulares que ele intensifica, até que esteja socando o seu cacete inteiro em mim, tirando, colocando, fazendo nossas peles se baterem com força, causando uma ardência que me incendeia cada vez mais.

Dimitri enfia os dedos na parte traseira do meu couro cabeludo e segura os fios mais longos do meu cabelo com força, tanto quanto consegue, puxando minha cabeça para trás, com brutalidade.

Seu rosto vai ao encontro da minha bochecha, que ele força para que eu vire para ele, então Dimitri não para de socar dentro de mim, enquanto um de seus cotovelos o mantém sustentado na cama. Ele beija meu rosto, continua puxando meu cabelo com raiva e, porra, é mais uma das coisas com que eu me delicio tanto.

Eu gosto tão exageradamente do seu tratamento, contrastado entre o erótico e o carinhoso, que estou gemendo arrastado, enquanto ele me preenche cada vez mais fundo, cada vez mais rápido.

— Gael, o seu gemido... Ah, meu amor... — Dimitri estremece por cima de mim, intensificando a puxada que dá no meu cabelo. — Tão rouco, tão gostoso, porra, El...

Ele se tira do meu interior, sinaliza para que eu vire meu corpo para cima, eu o faço, então Dimitri se encaixa no meio das minhas pernas mais uma vez, segurando o pau e esfregando na minha entrada, antes de enfiar com tudo, de uma vez só.

Ele adora fazer isso.

Adora me ver tremer por ele, gemer por ele.

Gosta ainda mais quando eu faço isso olhando diretamente nos seus olhos, porque agora ele tem uma feição completamente manhosa, chorosa, de quem mal aguenta o tesão por encarar de frente minhas reações, quando ele estoca dentro de mim sem pena.

— Porra, Gael, porra... — ele fala, se deitando por cima de mim, então entrelaça os braços por volta do meu pescoço e me abraça com força, enquanto ondula o quadril devagar.

E eu não entendo a intensidade que ele passa no momento, mas eu sinto, porque Dimitri me beija como se aquele fosse o nosso último dia vivos. Dimitri me beija como se não houvesse mais tempo para estarmos juntos, então precisamos aproveitar cada segundo restante.

Ele me beija com pressa, com medo, seu corpo treme e me inunda, ao mesmo tempo que me faz sentir suas inseguranças, seus gatilhos do passado sendo jogados na sua mente, sem aviso prévio de que hora irão surgir.

Mas eu quero que ele entenda que não vai me perder, então eu enlaço seu corpo com força, em outro abraço que diz, com todos os meus músculos, que o quanto eu quero ficar com ele é o tanto quanto ele quer ficar comigo.

Ele está vulnerável, então eu seguro seu corpo com força e o viro na cama, sem descolar de si, ainda mantendo seu caralho dentro de mim.

Fincando os joelhos no colchão, me ergo e me encaixo melhor em cima de seu quadril, começando a ondular com calma, enquanto olho para o seu rosto que se contrai, ao mesmo tempo que o observo morder seu lábio inferior e controlar a respiração quando começo a quicar com um pouco mais de força sobre si.

— Para de morder o lábio, eu quero ouvir você gemendo pra mim — eu falo, usando o mesmo tom sério que ele usou da outra vez, e ele olha para mim, rindo com o canto dos lábios, percebendo minha provocação, mas seu sorriso não se estende, porque eu me ergo levemente e sento com mais força, o engolindo por inteiro.

Dimitri se entrega aos gemidos, arqueia as costas, joga a cabeça no travesseiro, depois espalma as mãos no meu corpo. Uma delas segura minha coxa com força, quando eu intensifico os movimentos sobre si, e a outra vai direto à minha rigidez, segurando meu falo e me masturbando em movimentos certeiros que voltam a desregular tudo no meu interior.

Eu estou gemendo para Dimitri, e ele está gemendo para mim.

Seu dedo se esfrega e se lambuza na minha glande, que cospe pré-gozo pela extensão do meu pau, de que se aproveita para melar toda minha pele. E os toques habilidosos, que ele já sabe, me fazem ficar tão vulnerável, tão pronto para chegar ao ápice.

Eu me sento com mais força, rebolo sobre seu caralho, seus dedos ganham velocidade, estamos gemendo sem pudor nenhum, dentro daquele quarto onde ecoam vozes que demonstram o quanto nossos corpos se encaixam e parecem feitos um para o outro.

Com um gemido manhoso e arrastado, que eu sei ser o que anuncia que Dimitri vai gozar, ondulo ainda mais sobre si, me fodendo em seu caralho cada vez mais rápido, cada vez mais forte.

Seguro as duas mãos em seu quadril com força, o engulo ainda mais, sinto seus dedos fraquejarem ao segurar meu cacete enquanto olho suas feições se desmancharem e sua boca entreabrir, quando ele está gemendo mais alto e gozando dentro de mim.

Porra, aquilo é lindo demais. Observar as feições vulneráveis de Dimitri, enquanto ele goza para mim, é um dos prazeres mais carnais e mais sublimes que eu poderia imaginar alcançar.

Não demora para que eu sinta meu corpo querer atingir o mesmo destino, então eu franzo o cenho quando sinto o orgasmo se aproximar, minha respiração falha e Dimitri percebe.

— Que rostinho lindo você tem quando vai gozar pra mim, meu amor... — ele diz, aumentando o ritmo da masturbação até que eu goze, o fazendo morder o lábio inferior, observando todo meu corpo tremer inteiramente para ele.

Eu melei sua barriga inteira, precisamos tomar banho, mas caio deitado ao seu lado, sentindo meu peito subir e descer com violência, enquanto sua mão — a que não está toda cheia de porra —, vem na direção do meu rosto e tira um cacho suado da testa, arrumando-o para trás.

Dimitri se aproxima, dá um beijo suave no meu rosto, depois fica deitado no meu ombro, recobrindo também sua respiração ainda fraca.

— Eu acho que nunca — começo a falar baixo, ainda tentando respirar direito —, vou me acostumar com o quanto... você é um safado.

Dimitri dá uma gargalhada fraca, depois levanta o rosto levemente, olhando para mim, que também viro o rosto na sua direção. Eu sorrio pequeno enquanto o observo todo suado.

— Eu sempre fui assim, mas com você... — ele diz, parecendo pensar no que vai dizer, tomando cuidado com as palavras que usa. — Com você, eu sou ainda mais, eu não consigo me controlar. Eu me sinto tão vivo, tão confortável para te dar prazer. Você me deixa louco, El...

— Você também me deixa louco, Dimitri, e não é pouco — falo, deixando um selar leve em seus lábios.

Não é pouco *mesmo.*

— Acho que eu merecia um troféu... Me sinto especialmente vitorioso em conseguir fazer você perder a linha.

Agora quem está gargalhando sou eu, porque ele não mente. O que Dimitri causa no meu corpo é, com certeza, digno de várias premiações.

Dimitri é mestre no que faz.

— Vou encomendar uma medalha escrito "Honra ao mérito para Dimitri, por fazer o Gael sentir tanto tesão".

Ele ri com força, depois chega o rosto mais perto do meu e me beija devagar, enquanto tenta controlar o riso. Quando consegue parar de rir, intensifica nosso beijo por mais alguns segundos e deixa a cama, indo folgadamente em direção ao meu banheiro, que já sabe onde fica.

Enquanto vejo aquela bunda bonita andar até sair do meu quarto, observo também sua pele, sinto seu cheiro agora espalhado pelo meu edredom e penso sobre como é ter Dimitri comigo.

Apesar das brincadeiras e de como conseguimos ficar descontraídos um com o outro, quando eu olho para ele eu sei...

A partir do momento em que Dimitri entrou na minha vida, quem ganhou o prêmio fui eu.

30

TELA QUEBRADA

DIA 78

São muitas delas, diversas, e eu não faço ideia de qual comprar.

Os modelos de televisão se enfileiram, um do lado do outro, com opções mais caras do que eu gosto.

Sim, eu vou dar uma televisão de presente a Dimitri.

Isso é esforço monetário demais para mim, por isso eu o faço em segredo, porque penso até o último segundo em desistir. Porra, eu odeio gastar dinheiro, mas ele não tem televisão e, caralho, ele precisa ter uma televisão!

Sei que se eu perguntar a ele, Dimitri não vai aceitar, então o meu plano é apenas comprar, levar, deixar lá e foda-se, ele não vai ter como recusar. Por isso estou aqui, olhando aparelhos há mais de trinta minutos, sem saber exatamente qual comprar.

— *Estava no banho, amor, desculpa a demora...* — ele diz com a voz gostosa, rindo ao me atender.

Precisei ligar porque tinha que levar a televisão para ele e seria agradável que eu não desse com a cara na porta, já que hoje é sua folga e ele pode ter decidido sair.

— Só queria saber como você está... — digo, olhando os aparelhos à minha frente. — Bateu uma saudade do nada.

— *Sei...* — ele fala desconfiado, ainda rindo por trás do telefone. — *O que você quer, Gael?*

— Nada, não posso sentir falta do meu namorado, seu grosso? — digo, tentando segurar o riso.

— *Você quase nunca me liga, amor, eu só estranhei.*

— Vai sair hoje? — eu o corto, para não enrolar muito e dar na cara que, na verdade, tenho uma surpresa.

— Não, *El*...

— Posso ir *praí* depois do trabalho?

— *Não precisa nem perguntar, tô doido pra rebolar gostoso em você...*

— Porra, Dimitri! — sussurro, completamente nervoso e agitado, olhando para os lados, em pânico. — Eu tô na rua!

Ouço sua gargalhada do outro lado.

— *Desculpa, amor, me perdoa...* — ele diz, ainda rindo e tentando se controlar.

— Eu vou desligar, depois falo contigo, criança. Beijo.

— *Beijo, meu amor. Bom trabalho mais tarde.*

Eu desligo ao mesmo tempo que percebo um vendedor se aproximando de mim, perguntando se preciso de ajuda e, sabendo que eu não decidiria nada sozinho, aceito seu auxílio.

Falo a ele que não quero nada grande demais, nem pequeno demais, e ele me apresenta um modelo de SmartTv médio, parecido com o que tenho em casa e o preço não me dá vontade de me matar.

E no final de todas as apresentações de televisões, com todo impulso que existe em meu ser, eu ainda compro um aparelho maior do que o que o cara me mostrou.

Se fosse em outra ocasião, eu estaria chorando apenas por gastar uma quantia assim, mas é fodida a forma que Dimitri me faz até abrir a carteira, mesmo que não me peça por isso.

Eu sou, realmente, um rendido da porra.

Mas, unido ao fato de que eu não deixaria mais o país, me sinto um pouco mais inclinado a presentear a pessoa que, nas últimas semanas, tem me feito tão bem.

Uma televisão, sem dúvidas, não é nada, perto do que ele me faz sentir.

Arrependido por pedir para embalar a televisão para presente, saio da loja com um embrulho dourado que chama tanta atenção que me sinto carregando uma girafa no meio da rua.

Dando graças aos céus, chego à minha banheira e coloco a televisão no banco detrás e, antes de dar a volta para entrar no lugar do motorista, saco meu telefone.

São 16:35, e eu ainda tenho esperanças de conseguir efetuar meu plano.

— *Fala, seu safado.*

— Boa tarde, Pablo... Alguma chance... — Eu tremo, nunca pedi isso antes.

— *Diz logo, porra.*

— Alguma chance de você colocar o Davi no meu lugar hoje e me dar folga?

Pablo gargalha do outro lado da linha.

— *Mas que chá que o Dimitri te deu, hein, porra?* — Ele gargalha ainda mais.

Quero enfiar meu rosto num buraco, no meio da rua.

Mas não é mentira...

— *Eu ia falar contigo hoje na boate, mas já que você ligou...* — ele começa e eu franzo o cenho, não entendendo direito do que se trata. — *Eu sei que você tá pouco se fodendo pra quem fica pelado ou pelada na sua frente, mas algumas clientes estão reclamando de ter um homem barman nas quartas.*

Estava demorando...

Mas não posso culpá-las.

— *Eu contratei uma barwoman pra ser fixa no dia das mulheres e ia pedir pra você treinar a garota hoje, depois ia trocar sua folga para quarta, mas já que o Dimitri apertou sua coleira, pode ficar com ele que eu mesmo ensino o básico da casa pra ela.*

— Valeu — é a única coisa que consigo dizer, ainda tentando assimilar que teremos uma empregada a mais na boate.

No meu bar.

Acho que acabei ficando um pouco possessivo com aquele espaço cheio de bebidas.

— *Vai lá aproveitar... A cesta básica deste ano vai junto a uma cadeira de rodas pra vocês dois.*

Eu nunca senti tanta vontade de jogar na cara de alguém um "vai tomar no cu" que nem eu sinto agora, mas eu respiro fundo, despeço do meu chefe e desligo o aparelho, colocando-o no meu bolso.

Vamos lá entregar essa girafa dourada ao meu namorado.

Depois que entro no carro, não encontro grandes dificuldades para chegar ao apartamento de Dimitri, então coloco o grande embrulho chamativo no chão, bato à sua porta sete vezes, num toque específico que combinamos entre nós dois.

A porta abre, mas não é Dimitri que me atende.

É Eric, com aquele mesmo sorriso saliente e observador que lança para mim, toda vez que me vê. Aquele sorriso carregado de tensão.

— Dimitri, seu macho está aqui — meu segundo chefe diz, implicando, não sei se comigo ou com Dimitri. Ele abre a porta e me dá passagem.

É claro que, fora do local do trabalho, ele não se importa em ser completamente informal comigo.

Informal demais...

Eu pego o enorme embrulho dourado, entro e percebo Dimitri sair do quarto usando só um short vermelho e curto, com o cabelo levemente úmido, jogado para trás.

Percebo também um sofá de três lugares bonito, marrom-escuro e aveludado, parecendo completamente confortável e...

Caro, bem caro.

Quando olho para a porta do quarto aberta, também consigo ver a ponta de uma cama montada no quarto de Dimitri.

De onde ele tirou dinheiro para tudo isso, de uma vez?

— Gael? O que... — ele diz surpreso, sorrindo, então olha para a grande embalagem dourada em minhas mãos e franze o cenho. — Meu Deus, o que é isso?

Antes que eu possa responder, Eric chega perto de Dimitri, segura seu rosto e lhe dá um beijo na bochecha. A intimidade que eles têm sempre me incomoda, mas não chego a reclamar disso e nem vou.

Confio em Dimitri, então devo calar a vozinha diabólica que clama pelo crescimento do ciúme na minha mente.

— Eu volto outro dia, não transe demais, vai ficar assado.

Dimitri revira os olhos, mas segura o riso, olhando para ele.

— Amo você.

— Também amo você, vai embora, peste.

Eric ri da forma "carinhosa" que Dimitri o trata e olha para mim.

Sem muitas cerimônias nem grandes intimidades, nos despedimos, e ele deixa o apartamento do meu namorado, enquanto estou parado e segurando aquele grande embrulho até então.

— O que é isso, amor? — pergunta novamente, chegando perto de mim.

— Um presente pra você — digo, entregando o embrulho pesado, que ele pega sem muita dificuldade, depois leva até o sofá.

— Meu Deus, Gael! — Ele solta uma gargalhada assustada e surpresa. — Porra!

Dimitri parece uma criança e, se eu estava tenso até então, não estou mais.

A risada dele me desmonta inteiro, e vê-lo feliz, com uma coisa assim, só aumenta a certeza de que eu havia feito algo certo com aquele presente.

E me sinto egoistamente feliz em lhe ter dado algo antes que seus amigos milionários lhe dessem. Pelo menos, em uma coisa, eu sou o primeiro.

— Você comprou uma televisão pra mim? — Ele ainda gargalha, sem conseguir acreditar. — Amor! Mas você é tão mão de vaca!

— Tá, tá, comprei, sou mão de vaca, já sei... — Fico emburrado, percebendo-o deixar a caixa da televisão cuidadosamente no sofá e depois vir na minha direção.

Dimitri vem feliz e pula no meu colo. Eu o seguro na hora, sem dificuldades, e ele envolve as pernas no meu quadril, me beijando quantas vezes consegue.

Já não existe nenhum traço de emburramento na minha cara, com ele eufórico e selando meus lábios, minha bochecha, testa, queixo, nariz.

— Você nunca teve televisão em casa? Meu Deus, calma!

Ele está tão feliz que eu não consigo evitar rir, porque eu esperava uma reação positiva, mas isso vai além do que eu tinha em mente.

Não deixo de achar fofo. Porra, é fodido de fofo...

— A questão não é a televisão, seu lerdo — ele diz ainda rindo, me dando um beijo mais lento dessa vez, enquanto o seguro com mais força ainda no meu colo. — É você ter gastado dinheiro comigo!

— Realmente, eu estou ficando mole demais com você... — digo, quando ele se solta do meu colo e coloca os pés no chão, ainda rindo, me puxando e me beijando mais uma vez.

Ele larga meu pescoço, depois volta todo feliz para sua televisão nova, terminando de desembrulhá-la.

Sozinho, ele mesmo tira o aparelho, coloca em cima do seu rack e liga os cabos. Isso só reforça o quanto Dimitri viveu uma vida acostumada a não depender nunca de ninguém. E nem parece gostar muito de pedir por ajuda, porque, em momento nenhum, ele pede a minha.

— Senta-se aí no meu sofá novo — diz animado, igualmente feliz, quando se refere ao sofá. — Depois, vamos transar na minha cama nova.

Dimitri parece que vai explodir de felicidade.

Ah, o prazer de ganhar ou comprar coisas novas...

— Você está cagando dinheiro? — pergunto, sentando-me no seu sofá e percebendo que é confortável o quanto aparenta ser.

A gente pode transar aqui mesmo.

— Não, amor... — Ri da minha pergunta, enquanto pega o controle remoto e começa a configurar o wi-fi da televisão. — O sofá foi presente do Pablo, e a cama foi presente do Eric, chegaram hoje de manhã. Ele ainda me deu uma mesa de estudos bonita, eu estava arrumando as coisas lá quando você chegou.

Ter amigos ricos deve ser bom, né?

Porra, um sofá com cheiro de "valho mais que a sua casa" e uma cama que grita "você é pobre". Pelo menos, essas coisas pertencem ao meu namorado, e eu posso desfrutar junto a ele.

Quando Dimitri termina de configurar a televisão, ele se senta do meu lado — ainda sorrindo como um bobo — e passa alguns canais para o lado, e acabamos assistindo a um filme que estava sendo transmitido.

— Obrigado, amor, sério... Nunca pensei que ia ficar tão feliz com uma televisão.

— Mesmo tendo ganhado um sofá e uma cama no mesmo dia?

— Sim. Eles têm dinheiro demais, isso não é muita coisa pros dois. Agora, uma televisão de um muquirana? Isso, sim, é demais... — ele diz rindo, me dando um beijo e deitando no meu ombro.

Não consigo não rir e pensar que, no fim, ele está certo.

O filme continua.

Dimitri deita-se na minha coxa, e eu faço carinho no seu cabelo, assisto a suas feições, admirando mais as cenas do que o filme em si.

Estou tão rendido a ele que chega a ser patético...

Quando os créditos sobem, o loiro escorrido me olha e sorri, subindo o corpo devagar, até que me abraça e passa as pernas, uma de cada lado, do meu corpo. Ele consegue fazer com que eu me renda à sua manha com muita, muita facilidade.

Dimitri arrasta o nariz pelo meu, depois pela minha bochecha, enfia os dedos nos meus cachos, acaricia meu couro cabeludo, faz com que eu arrepie com seus toques tão sutis. Então, ele me beija calmo, enquanto minhas mãos envolvem seu corpo e encaixam-no cada vez mais no meu quadril.

— Vem experimentar a cama — sussurra sorrindo, olhando para mim, manhoso, saindo do meu colo e segurando minha mão.

Dimitri me puxa para o seu quarto, e quando chego lá, percebo melhor a cama com o colchão de molas, a cabeceira aveludada, a mesa de estudos ao canto do quarto, com as caixas, antes no chão, reviradas e abertas em sua superfície. Ela tem três gavetas, uma está aberta, parece realmente que estava sendo arrumada, mas Dimitri não deixa que eu observe muito tempo, porque logo me empurra na cama e vem para cima de mim, esfregando sua ereção despudoradamente no meu corpo.

— Gostou? — ele pergunta, referindo-se à cama, enquanto roça o corpo no meu e começa a beijar meu pescoço devagar.

— A partir de hoje, eu só durmo aqui, estou de mudança — falo rindo, o que faz Dimitri parar de me beijar e rir, deitando a cabeça no meu ombro. — Dimitri...

— Oi, meu amor — questiona, levantando o rosto, olhando para mim.

— Eu também estou com tesão, mas... — Engulo em seco, sem graça. — Eu tô morrendo de fome.

Dimitri volta a gargalhar, me dando um beijo lento e se arrastando para fora da cama, bem a tempo de ouvir um ronco agressivo soando do meu estômago.

— Eu aprendi a fazer ravióli, a massa e o molho estão prontos, só vou esquentar, ok? — diz animado, já que seus dotes culinários não se mostraram os melhores ultimamente, mas ele parece querer melhorar nessa área. — Fica aqui, preciso experimentar e ver se não está uma bosta.

Eu solto uma risada baixa e confirmo com a cabeça, vendo-o deixar o quarto. Logo, sinto um incômodo na minha bunda e tiro o aparelho celular que estava no meu bolso traseiro.

Antes de checar o aparelho, percebo que Dimitri enquadrou o desenho que fiz dele, depois de pedir que eu o desenhasse, e vejo que a moldura está jogada no meio das caixas. É um desenho um tanto revelador, que eu gostaria que ele não colocasse na parede, então me pergunto se alguém o viu por ali.

Tentando controlar meus ciúmes de sua bunda perfeitamente desenhada e entediado, abro o aplicativo de mensagens e vejo que há uma antiga do maníaco, que eu não lhe respondi há três dias.

Com o passar do tempo, eu fiquei mais desmotivado para falar com ele, já que ficava claro que eu estava sendo amigo sozinho e, depois de Dimitri, comecei a criar a mentalidade de me encaixar apenas onde eu me sinto confortável.

Mas, ainda assim, naquele último resquício de carência, começo a digitar uma resposta qualquer, tendo em mente que aquela conversa vai morrer nos próximos dias.

Talvez, para sempre.

Eu:

Mas se você nunca pescou, não tem como saber se gosta ou não. 18:25

Tem que experimentar. 18:25

O que...

Quando mando as mensagens, no certo e preciso mesmo segundo, ouço exatamente dois sinos distantes vindo de algum lugar no quarto.

Parecem vir da nova mesa de estudos de Dimitri.

Eu franzo o cenho confuso, aquilo parece loucura demais para ser verdade, mas minhas paranoias e curiosidades são *sempre* muito bem alimentadas por mim.

Arrasto o corpo para frente, o máximo que consigo, e me sento na ponta da cama, o mais próximo possível da mesa de estudos de Dimitri.

Eu:

Certo? 18:27

Envio...

O sino soa mais uma vez.

Porra.

Eu não posso testar apenas com mensagens, então faço o que fiz meses atrás:

Eu ligo para o número do cara por trás daquele contato.

Dessa vez, o aparelho próximo a mim, aparentemente, dentro de uma das gavetas, começa a tocar...

Eu não consigo acreditar no que ouço, no som daquele telefone, eu preciso ver se é uma coincidência.

Tem que ser engano, precisa ser.

Eu me levanto da cama num pulo, agarro a alça da terceira gaveta e a abro.

"Bandile"

É o nome na tela do celular que toca.

E é o mesmo aparelho com a tela quebrada, que estava sendo usado por Dimitri, na madrugada em que o salvei de Miro, no vestiário da boate.

31

ESCREVO MINHA RESPOSTA

Eu pego o aparelho.

Ele ainda toca na minha mão esquerda, enquanto o meu próprio celular é seguro na direita.

Trazendo uma bandeja, com o que seria a comida que esquentou para mim, Dimitri aparece no quarto, exatamente na hora que o telefone para de tocar.

Seu corpo para abruptamente na soleira e, em seguida, treme em choque quando entende o que está acontecendo.

Ele arregala os olhos, completamente assustado, e coloca a bandeja em cima da cama, vindo para cima de mim, enquanto permaneço estático com dois aparelhos nas mãos.

— Meu amor, eu... Gael, isso é... — sua voz soa medrosa, em pânico.

— Me diz que é mentira, Dimitri — eu peço, mas todas as suas reações indicam que a verdade está escancarada na minha frente.

Mas eu preciso ouvir que é mentira, precisa ser mentira...

— Meu anjo, por favor, eu só... — ele fala, chegando perto do meu corpo, tirando ambos os aparelhos das minhas mãos, colocando em cima da mesa de estudos, tão entulhada de caixas.

Então, ele segura minhas mãos, mas eu não consigo olhar para ele.

Eu olho para baixo, para os dedos trêmulos que ele entrelaça aos meus.

— Foi você, Dimitri? Esse tempo todo... era você? — minha voz soa baixa, e eu engulo em seco em seguida.

Não posso chorar, não quero.

— Eu ia te contar, eu juro. Eu estava esperando a oportunidade certa, meu amor. Mas eu não sabia... Eu não sabia como fazer você olhar pra mim, gostar de mim...

— Porra, Dimitri! — eu quase grito, solto nossas mãos, levando minhas palmas ao rosto, balançando-o negativamente com força.

Eu ainda não consigo acreditar, eu ainda não consigo aceitar...

Eu não quero aceitar.

— Eu só queria que você me amasse o tanto quanto eu amo você, Gael... — seu tom quebrado retorna à sua garganta, mas, dessa vez, ele me traz um sentimento de extrema indignação.

A ponto de eu começar a gritar.

— Caralho! Como você é burro! — eu estou com raiva, magoado, então as palavras saem sem freio de dentro de mim.

— Eu sei, meu amor, eu sou burro... — sua voz soa choramingona, desesperada, e eu sei que Dimitri está começando a chorar, sequer preciso olhar no seu rosto para ter certeza disso. — Eu devia... Eu devia ter deixado no silencioso...

— O quê? — rosno desacreditado, já que ele não entendeu o que eu quero dizer. — Não! Você é burro se acha que precisava disso tudo! Acha que precisava me enganar pra eu amar você? Porra! Eu amo você, caralho! — Então, eu levanto o rosto, olhando na direção daqueles olhos amedrontados que agora choram tanto, com tanta violência. — Eu amo você, e eu nunca senti nada parecido pelo cara que me mandava as mensagens! Porque eu estava ocupado demais me apaixonando por você! Entregando meu coração idiota e cego pra você!

— Gael, me... Me perdoa, por favor! — ele diz, aproximando-se de mim e tentando pegar minhas mãos novamente, enquanto soluça e se engasga com o choro.

— Dimitri, não encosta em mim... — Eu respiro fundo, segurando o choro que também brota na minha garganta, pegando o meu celular, desviando do seu corpo e andando até a porta do quarto, onde paro e olho para ele por um momento. — Você teve tantas chances, tantas oportunidades de me contar a verdade... — Eu olho para a maçaneta que seguro e ouço apenas o choro soluçado de Dimitri ecoando pelo quarto, enquanto ele abraça o próprio corpo de maneira frágil. — O cara das mensagens era meu amigo, eu contava coisas sobre a gente pra ele... Eu confiei nele, eu me abri. — Engulo em seco mais uma vez, enquanto sinto lágrimas, quentes e teimosas, serem derramadas dos meus olhos. — Você quis me testar através dele... Porra, você me fez de palhaço, cara... Até sobre o nosso sexo você... Você perguntava!

— Não, meu amor, não era isso, por favor... — Dimitri tenta se aproximar mais uma vez, mas para quando percebe que estou olhando para o chão novamente e balançando a cabeça em negação à sua aproximação. — Virou uma bola de neve, Gael. Eu não tive controle, eu não sabia como parar.

Eu fecho os olhos, suspiro...

Largo a maçaneta do quarto e vou embora, mas antes que consiga chegar à porta da sala, sinto o abraço apertado de Dimitri me segurar, enquanto percebo seu corpo tremendo de tanto que chora.

Não consigo repelir seu contato de imediato.

— Por favor, me escute, El... — ele pede, totalmente arrasado, e eu, mesmo lutando contra a rendição que tenho por Dimitri, permito que fale, então fico parado, aguardando que prossiga.

— Eu achei... Achei que você nunca fosse me notar, que nunca fosse deixar... eu me aproximar de você, então eu f-fiz isso... — Ele soluça um choro tão sofrido que a raiva começa a esfarelar, sendo estrangulada por uma empatia que quer tomar conta de mim. — Eu fiz isso porque... Porque me doía o quanto que eu te amava, Gael... Me doía... Me doía te ver de longe e não saber o que fazer. — Dimitri me aperta com ainda mais força, com a bochecha úmida colada às minhas costas. — Me doía você ser tão maravilhoso e bondoso e, ainda assim, ser tão fechado...

— Mas a gente se aproximou, Dimitri — enfatizo baixo, quase entre os dentes.

— Só depois que eu consegui te mandar as primeiras mensagens... E eu nunca... Nunca tive certeza se você realmente queria alguma coisa comigo ou não! Depois... Depois, eu tentei parar com as conversas do DiCaprio, eu queria... Queria tanto que desistisse de falar comigo por mensagem, mas você não parava, e eu não queria... Eu não p-podia ser grosso ou te fazer se sentir mal. Mas, por favor, acredite... Acredite em mim, eu nunca quis te enganar, tudo que eu fiz foi pra me aproximar de você, meu amor — termina de falar, cheio de dificuldades em concluir seu raciocínio, já que mais soluça e chora do que consegue pôr palavras para fora.

— Você sabe a dificuldade que eu tenho pra confiar em alguém, Dimitri... Você sabe disso e, mesmo assim, mentiu pra mim... Foram mais de dois meses de mentira.

— Meu amor, por favor, me perdoa. Gael, por favor, meu lindo... — Dimitri não para de chorar, esfregando o rosto molhado nas minhas costas, me abraçando com força, esganiçando a voz desesperada que quase grita.

E eu respiro fundo mais uma vez, torço a maçaneta da porta, seguro em uma das suas mãos que me envolve e peço, silenciosamente, que me solte. Olho para o chão, sinto tudo dentro de mim doer, tudo dentro de mim se contorcer em amargor.

— Mentira não, Dimitri... — falo baixo, abrindo a porta. — Uma mentira dessas é muito pra mim, eu não... Eu não consigo.

— Você nunca deixou ninguém chegar perto de você! Eu tinha medo de ser rejeitado se falasse... Se falasse pessoalmente contigo! — ele grita, enquanto eu abro a porta e coloco meu corpo para fora, saindo de seu apartamento. — Amor, não! Por favor, Gael! Eu não sabia que ia chegar tão longe, amor... — seu grito ecoa pelo corredor daquele andar, agora abraçado pelo desespero e mais esganiçado ainda pelo choro.

Mas eu não olho para trás, eu sequer consigo ficar perto de Dimitri agora.

Desço as escadas devagar, sinto meu corpo imerso num torpor ruim, de agonia. Meus olhos queimam, eu nem percebo em que momento começo a chorar tanto assim.

Eu entro no meu carro e, por um milagre, chego bem em casa, mas não presto atenção, realmente, em como dirigi. Só sei que consigo estacionar na calçada em frente ao meu sobrado, vinte ou trinta minutos depois, já não faço ideia do tempo. Em todo percurso, meu celular toca incessantemente, e não preciso olhar a tela para saber que é Dimitri.

Quando, enfim, olho para a tela do aparelho, existem mais de cinquenta ligações perdidas dele, silenciadas desde o começo, mas quando entro em casa e vou direto ao meu quarto, desligo o aparelho, porque não sei lidar com isso agora.

Não sei se, um dia, conseguirei lidar.

Eu me sento na minha cadeira, em frente à minha mesa de estudos, sentindo meu corpo rasgar de todas as maneiras possíveis, de dentro para fora.

Dimitri já me fez sentir as melhores sensações do mundo.

Agora, ele me faz experimentar as piores.

E absorto em pensamentos que turvam minha mente dolorosamente impulsiva naquele momento, abro meu e-mail e dou de cara com a resposta positiva da Seven Lines, me parabenizando por entrar na empresa e perguntando sobre minha posição de ficar em Caelum ou ir para Aleegra.

Eu poderia ler essa carta em qualquer segundo da minha vida, mas ela chega quando estou sendo engolido pelo oceano, e a única coisa que quero fazer é respirar.

E, naquele específico momento, vejo minha chance de submergir.

Naquele específico momento, quero fugir.

Naquele específico momento, escrevo minha resposta.

Eu aceito ir para Aleegra.

Eu ligo para Pablo, a segunda vez naquele dia, e conto sobre a vaga que consegui. Ele nota algo de errado, então pergunta se eu estou bem várias vezes.

Diferente do habitual, não fala palavrões e nem é sacana comigo, pelo contrário, parece se preocupar genuinamente com meu estado e estranha, completamente, minha decisão abrupta de deixar a boate.

Digo a ele que quero essa vaga há mais de um ano, e ele não se surpreende, pois quando entrei na Hidden Honey, deixei claro que só iria ficar tempo suficiente até que conseguisse minha vaga como quadrinista ou ilustrador. Apesar de sua voz soar triste, meu, até então, chefe se mostra apoiador da minha carreira, então não me segura desnecessariamente, nem faz drama.

Já imagino que não preciso contar nada a Pablo que Dimitri não lhe contará pessoalmente, então o poupo das minhas lamúrias pessoais.

Digo, por motivos pessoais, que prefiro não ir até a boate novamente e, sem questionar, a semana corre. Através de motoboys e ligações, tratamos de finalizar toda a papelada da minha demissão.

Ele não precisa me pagar nada além do meu salário, já que fui eu quem pediu as contas, mas Pablo faz questão de me dar todos os valores adicionais que eu teria direito, caso fosse ele quem me demitisse. Isso cobre e vai muito além da grana que gastei com a televisão que dei de presente a Dimitri e nunca pediria de volta, mas o valor que gastei nela iria fazer falta na viagem, caso Pablo não fosse tão generoso comigo.

— Você tem certeza, meu filho? — é o que meu pai pergunta, encostando o ombro no batente da porta do meu quarto, quando eu estou terminando de arrumar minha mala.

— Sim, pai — respondo fungando, porque, inevitavelmente, me despedir do meu pai dói. — Espero que você não fique com raiva de mim — digo, fechando a mala, virando o corpo e olhando para ele.

— Não, meu filho. Eu só... vou sentir sua falta — o homem diz, olhando para as mãos, meio desconcertado.

— Pai, eu também... — Eu me aproximo do seu corpo, dando-lhe um abraço que começa sem jeito, mas que termina com ele me apertando bem mais do que eu esperava.

E nossa, o homem está fungando também.

— Eu amo você, meu filho... Imaginava que, uma hora ou outra, você fosse voar pra longe... — ele diz, me soltando, passando os punhos brutos pelo rosto, fungando mais um pouco. — Mas eu quero que você saiba que você me dá muito orgulho, Gael.

Eu sorrio, passando a mão nos olhos, tentando limpar as lágrimas teimosas, no meio daquele momento tão sensível, destoando da brutalidade que meu pai tem e que reflete em mim também.

Meu pai e eu não sabemos demonstrar as coisas e não costumamos fazer declarações, mas não quer dizer que a distância premeditada não doa...

Porque dói mais do que eu imaginava que iria doer. E, por não querer intensificar essa dor, eu nem toco no nome de Dimitri.

Ele não precisa ter o desgosto de saber o que aconteceu, muito menos se arrepender de ter tocado no nome da minha mãe, até porque a mágoa que sinto no meu peito é imensa e me machuca, mas eu sequer consigo odiar ou desejar mal a Dimitri e não quero que meu pai tenha sentimentos ruins por ele.

— Eu volto sempre que puder, homem, não precisa chorar — digo rindo, sentindo o meu próprio choro banhar meu rosto.

Ele ri da minha hipocrisia de bebê chorão e assente com a cabeça, sabendo que, pelas conversas prévias que tivemos, sempre vou dar um jeito de vir em casa e visitá-lo o máximo que conseguir.

Mesmo que não seja tão frequente assim, talvez uma vez por ano, mas eu sempre vou tentar estar próximo dele.

Porque ir para Aleegra sempre foi sobre fugir de tudo que me fez mal, mas meu pai nunca esteve incluso nisso.

E a saudade que ele vai me causar já dói.

32

ANÉIS DE VIDRO

DIA 84

Enfim, o dia da minha partida chega.

Eu termino de arrumar minha mochila, verifico minha passagem comprada, checo a reserva do apart-hotel, que previamente aluguei por dois meses, no endereço que sei ser perto do local que irei trabalhar.

Eu ainda tenho uma semana, antes de começar efetivamente, mas preferi ir o mais rápido possível, para me habituar ao bairro e às condições locais.

Além de querer fugir de tudo que me faz mal...

Meu voo está marcado para as 22:30. São 18:30, e eu já estou me despedindo do meu pai, Marina e seu filho, que não sai de sua saia.

Chega a ser engraçado...

Meu pai pergunta se eu não quero que ele vá comigo ao aeroporto, eu digo que não precisa, porque não quero lhe dar trabalho, mas a verdade é que eu acho que vai doer mais. Sou péssimo com despedidas e tenho medo de desistir de ir embora.

Eu chego ao aeroporto, sento-me em uma das cadeiras gélidas e solitárias que existem em filas, em um dos vários saguões e, por todo tempo que estou ali, penso em Dimitri.

Sinto saudade do seu beijo, do seu cheiro, do seu corpo...

Mas essa mesma saudade é esmagada pela dor de ter sido enganado e rapidamente faço força para me esquecer de todas essas lembranças.

Mas é em vão...

Não importa o que eu faça, meu coração não para de bater por ele, e sua lembrança foi a coisa mais dolorosa que eu precisei enfrentar nos últimos dias em que fugi de qualquer tentativa de contato da sua parte.

Não quis vê-lo, não quis conversar, não quis dar chances a nada, pois a mágoa me fez muralha e a dor me tornou inacessível.

Chamem de orgulho, mas não aguento mais dar chances à mágoa.

Eu mal sei lidar com o que eu estou sentindo.

Eu mal consigo entender o que aconteceu.

Depois de me torturar mentalmente, por todo tempo que estou ali, ouço a última chamada para o meu voo e me levanto devagar, respirando fundo, me preparando e encarando, de uma vez por todas, minha nova etapa.

E eu ando com calma, com minha mochila nas costas e arrastando a minha grande mala preta de viagem. Chego próximo à mulher que verifica as passagens, na entrada do corredor para o embarque.

Até notar uma silhueta distante correndo, que é impossível não reconhecer...

Do outro lado do vidro, no corredor oposto ao embarque, com o rosto mais inchado de choro do que jamais esteve, está *ele*.

Dimitri olha para mim, espalmando as mãos pequenas e bonitas no vidro distante, mergulhado num desespero pelo qual eu nunca o vi passar.

Ele usa uma camisa fina demais para o tempo frio. As bochechas, a testa e o pescoço estão vermelhos, como se tivesse corrido muito até chegar ali.

E, mais uma vez, eu sinto meu olhar ser pincelado pela vontade de chorar que brota instantaneamente, ao encarar seus olhos que se encharcam e derramam sem pena, enquanto a atendente está olhando meu passaporte e minha passagem.

Ele começa a falar e eu não consigo entender, apenas compreendo uma pequena frase que sai de seus lábios.

"Por favor, meu amor..."

A dor me consome, me sufoca. Mescla-se à vontade de sair correndo e abraçá-lo, enquanto a voz da mágoa sussurra para mim o quanto eu preciso seguir em frente. O quanto eu só descobri a ponta do iceberg.

Se ele mentiu sobre as mensagens, sobre o que mais não deve ter mentido?

Você vê como ele, Eric e Pablo agem o tempo todo?

Você vê como Eric não para de contar segredos no ouvido dele?

A voz não para de sussurrar.

E eu balanço a cabeça negativamente, fungo baixo, limpo o rosto com o dorso da mão.

A mulher me entrega meu passaporte e minha passagem, e eu olho mais uma vez para o homem que tem meu coração, antes de entrar pelo corredor que me leva à nova fase da minha vida.

Eu ouço os socos que ele dá no vidro, misturados ao tilintar dos anéis que batem na superfície, mas é tarde demais...

Adeus, Dimitri.

BIOGRAFIA DA AUTORA

Formada em Fotografia e Intérprete de Língua de Sinais, Yulle sempre teve um amor profundo por livros, mas publicar seu próprio exemplar foi um sonho que abandonou antes de completar 18 anos.

Com 7 anos de idade, escreveu seu primeiro livro não publicado: um conto infantil que falava sobre um garoto que levava a família até Marte.

Por muitos anos, acreditou que essa seria sua única conquista no meio literário: um livro feito à mão e conhecido (mesmo que com muito amor e carinho) apenas por sua mãe, seu pai e sua irmã mais nova, na época.

Mesmo escrevendo até os 17 anos, a exigência da inserção ao mercado de trabalho a fez entender que os textos deveriam ficar de lado e as obrigações precisariam vir primeiro, o que a levou a um hiatus literário que acreditava ser eterno.

Nesse meio tempo, se formou como Técnica em Língua de Sinais e, logo após, concluiu a Faculdade de Fotografia, sendo essas as suas principais áreas de atuação até então.

Quase 10 anos depois, graças a uma amiga próxima em tempos de uma pandemia mundial, retornou ao seu amor pela produção de textos e descobriu que tinha muito mais histórias para contar do que imaginava.

Histórias com muitos tipos de amores, porque nunca se limitou a apenas uma forma de amar e sempre quis passar isso em suas linhas e trechos.

Família, reciprocidade, amizade, reflexões sociais, drama e um pouquinho de "acorda pra vida" são outros traços marcantes que a autora não abre mão, presentes em todas as suas histórias.

Yulle é uma pessoa que desistiu, mas que teve a chance de abraçar seu sonho novamente e acredita que, não importa quem você seja, muito menos sua idade, nunca é tarde demais para correr atrás do que ama e passar sua mensagem.

Hoje, tal mensagem é passada através dos seus cinco livros publicados, incluindo Desconhecido Sob Meus Olhos, que chegou para completar ainda mais seu universo original criado com muito carinho, onde todas suas obras se conectam de alguma forma.

Redes sociais:

@Yulleby

DESCONHECIDO SOB MEUS OLHOS,
Volume I: Bússola - 1ª Edição, 2024
Dimensão: 16x23

editoraeuphoria.com.br